Zum Buch:

Für Alec war die Nacht mit Jess nicht nur ein One-Night-Stand, aber er akzeptiert ihre Entscheidung, nur Freunde zu bleiben. Doch als sie ihm erzählt, dass sie sich um ihre schwer kranke Mutter kümmert und deshalb Single bleiben möchte, kommt ihm eine Idee. Er bittet Jess, ihn einen Monat lang zu daten. Da seine Gefühle für sie mit jeder Verabredung tiefer und intensiver werden, wünscht er sich bald, dass die gemeinsamen Stunden nicht nach Ablauf der festgelegten Datingtage enden.

Zur Autorin:

»Ein Monat und für immer« ist Suzanne Ewarts Debüt. Bevor sie ihren ersten Roman geschrieben hat, war sie Lehrerin an einer weiterführenden Schule in Greater Manchester. Sie hat den eHarmony/Trapeze-Schreibwettbewerb zu dem Thema »Schreib deine eigene Liebesgeschichte« gewonnen. Zusammen mit ihrem Ehemann und ihren beiden Kindern lebt sie in Warrington.

Suzanne Ewart

Ein Monat und für immer

Roman

Aus dem Englischen von
Christiane Meyer

HarperCollins

Die Originalausgabe erschien 2021 unter dem Titel
One Month of You bei Orion Fiction, an imprint of
The Orion Publishing Group Ltd, London.

1. Auflage 2023

Deutsche Erstausgabe

Published by arrangement with
The Orion Publishing Group Ltd, London
Umschlaggestaltung von Büro Süd GmbH
Umschlagabbildung von Arkhipenko Olga, Flaffy,
Anastasiya Bleskina / Shutterstock
Gesetzt aus der Stempel Garamond
von GGP Media GmbH, Pößneck
Druck und Bindung von CPI books GmbH, Leck
Printed in Germany
ISBN 978-3-365-00095-3
www.harpercollins.de

Klimaneutral
Druckprodukt
ClimatePartner.com/15109-2009-1001

FSC
MIX
Papier
FSC® C083411

Für meine Familie

Regeln

1. *Verlieb dich nicht.*
2. *Denk überhaupt nicht mehr an Männer.*
3. *Sieh dir so viel von der Welt an, wie du kannst.*
4. *Spare Geld, um es in Reisen zu investieren, und verschleudere es nicht für Magazine und Klamotten.*
5. *Hör auf, so zu tun, als würdest du Prosecco mögen. Trink stattdessen einfach Wein.*
6. *Geh aus, auch wenn dir mal nicht danach ist.*
7. *Versäume keine Arzttermine.*
8. *Sprich mit niemandem darüber.*
9. *Hör nie auf zu lächeln.*

Kapitel 1

Nur noch ein Drink, dann fängt das Wochenende an. Achtundfünfzig Stunden, ehe am Montagmorgen mein Wecker klingelt und das Wochenende vorüber ist.

Wenn ich Ärztin wäre oder Restaurantleiterin oder Trapezartistin, dann gäbe es für mich gar kein Wochenende. Die Arbeit wäre gleichmäßig über die ganze Woche verteilt. Mit ein bisschen Freizeit zwischen den Visiten oder zwei Zirkusvorstellungen könnte ich umgehen. Alles, was länger dauert, finde ich schwierig. Während meine Kollegen jeden Freitag eilig ihre Rechner ausschalten, ihre Schreibtische aufräumen und ihre Sachen zusammensuchen, um genau in dem Augenblick, in dem unsere Büroleiterin Jane den Feierabend verkündet, wie Rennpferde loszupreschen und so schnell wie möglich das Büro zu verlassen, verfluche ich den Moment, in dem ich einen Nine-to-five-Job für eine gute Idee gehalten habe.

Wenigstens kann ich mich auf die After-Work-Drinks mit Olivia in unserem Stammpub freuen, der sich genau gegenüber von unserem Büro befindet. Doch das ist auch schon alles. Ein paar Drinks. Das ist kein Plan fürs Wochenende, sondern vielmehr ein Nachklapp der Woche, bevor wir uns voneinander verabschieden und Olivia das tut, was sie eigentlich heute Abend vorhat.

Als sie mit der nächsten Runde an der Reihe ist, ist sie so nett, jedem von uns ein großes Glas Weißwein zu besorgen. Aber sobald wir den Wein ausgetrunken haben, wird sie ihren Mantel anziehen, mir einen Kuss auf die Wange geben und mich alleinlassen.

Ich nehme mir fest vor, sie nicht zu fragen, wann das heute sein wird.

Wir sitzen im *The Wishing Well* auf unserem angestammten Platz im hinteren Teil des Pubs. Olivia lacht, als ich ihr erzähle, wie ich heute Morgen mitten in den Streit zwischen unserem Seniorchef Mr. Lewis und Jane, die nicht nur Büroleiterin, sondern zufällig auch seine Gattin ist, geplatzt bin. Ich habe mein Glas auf den Tisch gestellt, doch sie hält ihres in der Hand und berührt mit dem Rand zwischen den Schlucken immer wieder ihre Lippen. Sie nickt geistesabwesend, als ich mutmaße, dass es bei dem Streit vermutlich um Janes dringenden Wunsch ging, einen Personal Trainer zu engagieren. Ich bin mir ziemlich sicher, gehört zu haben: »Sixpack? Von wegen!« Olivia nippt wieder an ihrem Wein. Meine Zeit mit ihr ist also so gut wie abgelaufen, ich werde sie aber trotzdem nicht bitten, noch zu bleiben.

Stattdessen zwinge ich mich, sie nach ihren Plänen zu fragen. »Wohin geht ihr beide heute Abend?«

Sie stöhnt. »Zum Bowling, zum Scheißbowling! Eines kann ich dir sagen: Es ist ein *todsicheres* Zeichen, dass man sich in einer Beziehung viel zu wohlfühlt, wenn man sich für ein Date nicht mehr in einem Sternerestaurant oder einem hübschen Hotel am See trifft, sondern mit den Kumpels zum Bowlen geht.«

»Absolut. Du gehst von hier aus direkt dorthin, oder?« Unter dem Tisch werfe ich einen Blick auf ihre Lederhose und die hochhackigen Stiefel, die sie, ehe wir losgegangen sind, auf der Toilette angezogen hat. »Du wirst super reinpassen.«

»Hör auf! Ich habe ihm gesagt, dass ich auf ein Bier und ein paar Nachos dazukomme – mehr nicht. Echt verschwendete Zeit.«

Eigentlich ist sie gar nicht wirklich genervt. Vielleicht ist Bowling nicht so ihr Ding, doch Rick ist es, und ich glaube kaum, dass sie sich nicht auf den Abend mit ihm freut. Sie macht das hier mit Absicht, damit ich mich besser fühle. Nur deswegen behauptet sie, Rick würde sie nicht glücklich machen oder es gäbe Probleme in der Beziehung, obwohl wir beide wissen, dass sie ihn vergöttert. Sie will einfach nur nett sein – genau wie mit unseren gemeinsamen Drinks am Freitagabend. Sie hüllt mich in eine Decke aus Nettigkeiten, allerdings ist diese Decke so dünn und fadenscheinig, dass sie mich inzwischen kaum noch wärmt.

»Vielleicht macht es ja doch Spaß. Du solltest hingehen«, sage ich zu ihr und erlaube ihr damit, aufzustehen und sich zu verabschieden.

»Ja, vielleicht sollte ich das tun.« Unter ihren falschen Wimpern hervor blickt sie mich an. »Und was ist mit dir? Kommst du zurecht? Du kannst gern mitkommen, wenn du möchtest.«

»Netter Versuch, aber da musst du schon allein durch. Komm, ich bring dich raus!« Ich schnappe mir meine Tasche, und Olivia und ich drängeln uns an einer Clique von Buchhaltungskollegen aus dem Nebengebäude vorbei Richtung Ausgang. Kurz bleibe ich noch mal stehen und winke ein paar Leuten zu, die ich im Laufe der Jahre kennengelernt habe, weil wir in derselben Straße arbeiten, ehe ich mich zur Tür umdrehen will. Aber Olivia hält mich zurück.

»Heute Abend ist es hier nicht besonders voll. Willst du dich nicht an die Bar setzen und noch einen Drink nehmen? Ich bin mir sicher, dass Alec sich freuen würde. Alec, du hast doch nichts dagegen, wenn Jess dir noch ein bisschen Gesellschaft leistet, oder?«, ruft sie dem Barkeeper zu.

»Es wäre mir ein Vergnügen«, sagt er und lächelt mir kurz zu. Dabei blitzen für einen Moment seine strahlend weißen Zähne auf, über die Olivia und ich schon endlose Diskussionen geführt haben. Wir haben uns übrigens darauf geeinigt, dass es sich eigentlich nur um Veneers handeln kann. »Willst du schon gehen?«, fragt er und wendet sich Olivia zu.

»Oh, sie hat große Pläne für heute Abend«, erzähle ich ihm. »Bowling.«

»Klingt gut«, sagt er. Und ich glaube, er meint es tatsächlich ernst.

»Gut wird es ganz bestimmt nicht. Aber ich kann beruhigt gehen, nachdem ich jetzt weiß, dass wenigstens ihr beide hier sitzt und ein bisschen Spaß habt.«

Sie denkt, ich bemerke nicht, wie sie Alec zuzwinkert, bevor sie sich zu mir umdreht und sich zu mir beugt. »Ich hab dich lieb«, flüstert sie.

Ich schüttele den Kopf und sage dann: »Ich dich auch. Ich wünsch dir ein schönes Wochenende.«

Ein besorgter Ausdruck huscht über ihr Gesicht. »Bist du dir sicher, dass du zurechtkommst?«

»Klar! Jetzt geh schon.«

»Okay. Alec, bring ihr noch einen Drink, ja?«, sagt sie, ehe sie mir einen Kuss auf die Wange gibt und verschwindet.

Sie ist sicher stolz auf sich. Seit zwei Monaten versucht sie, Alec und mich zusammenzubringen – seit er begonnen hat, im *The Wishing Well* zu arbeiten. Sie hat ihn zum zweitschönsten Mann erklärt, den sie je getroffen hat. Wenn es Rick nicht gäbe, der natürlich auf Platz eins rangiert, hätte sie es selbst bei Alec versucht. Stattdessen hat sie sich entschieden, das Naheliegendste zu tun: Sie versucht, mich mit ihm zu verkuppeln. Das hier ist ihre bisher erfolgreichste Maßnahme. Sie wäre es zumindest, wenn ich auch nur das geringste Interesse an unserem Barkeeper hätte.

In Alecs Bereich der Theke mit der Oberfläche aus glänzendem Kupfer stehen keine benutzten Gläser herum. Der Tresen ist trocken und blank poliert. Ein Stückchen weiter, wo die Buchhalter aus dem Büro nebenan sich zusammengesetzt haben, ist der Tresen übersät mit Gläsern und Flaschen. Doch für diesen Bereich ist Alec nicht zuständig. Dort bedient ein anderer Barkeeper, der das gleiche graue Hemd trägt wie Alec. Der Mann rackert sich ganz schön ab, und die Schweißflecken unter seinen Armen nehmen allmählich gigantische Ausmaße an.

»Wie läuft's?«, fragt Alec mich, nachdem er mir ein Glas Weißwein serviert hat und noch einmal beginnt, die bereits glänzenden Zapfhähne links neben mir zu polieren. Anscheinend völlig vertieft in seine Aufgabe, sieht er mich nicht an.

»Gut. Musst du deinem Kollegen nicht aushelfen? Er sieht aus, als würde er da drüben ordentlich schwimmen.«

»Mike? Nein, der kommt schon klar. Im Übrigen könnte ich ihm gar nicht helfen, selbst wenn ich es wollte. Man muss in seinem eigenen Bereich bleiben, sonst bricht das System zusammen, wir versinken in Anarchie und niemand weiß mehr, wer wie viel vom Tip bekommt. Man bleibt also besser in seiner eigenen Ecke und behält die Herrschaft über sein eigenes Trinkgeld. Regeln sind Regeln.«

Ich kann mir kaum vorstellen, dass hier am Ende des Abends noch viele Gäste an großzügiges Trinkgeld denken. Das ist doch eher in Restaurants üblich oder in stylischen Bars, in denen die Cocktails mit Wunderkerzen verziert oder mit flüssigem Stickstoff aufgeschäumt werden. Aber im *The Wishing Well*?

»Wer bin ich, ein so ausgefeiltes System infrage zu stellen?«, grinse ich. »Hattest du eigentlich schon Glück bei der Wohnungssuche?«

»Sehr viel Glück«, entgegnet er und blickt mich endlich an. »Ich habe am Mittwoch den Schlüssel bekommen. Ich bin endlich eingezogen.«

»Das ist doch toll! Ich habe mich schon gefragt, ob es geklappt hat. Herzlichen Glückwunsch!«

Seine Augen weiten sich ein bisschen – als hätte ich ihn irgendwie überrascht.

»Danke. Es ist super, eine eigene Wohnung zu haben und nicht mehr zusammengepfercht mit drei anderen Barkeepern in dieser feuchten Bude leben zu müssen.«

»Das kann ich mir vorstellen. Na ja, eigentlich kann ich es mir nicht vorstellen, aber ich freue mich trotzdem für dich. Wann findet denn die Einweihungsparty statt?«

»Gar nicht. Ich will, dass die Wohnung so lange wie möglich so makellos wie möglich aussieht. Die Wände sind weiß. Ich kann die alten Säufer aus dem Pub nicht zu mir einladen.«

Ich hebe die Hände. »Na gut. Es gibt ja schließlich nichts Schlimmeres als einen alten Säufer in einem Raum mit weißen Wänden.«

Er lacht, ehe er sich abwendet. Heute Abend kann er mich anscheinend nicht länger als eine oder zwei Sekunden ansehen. Während er den Blick also wieder abwendet, fahre ich mit den Fingerspitzen über meine Augenbrauen, unter den Augen entlang und um meinen Mund herum – nur falls dort irgendetwas nicht stimmen und etwas Scheußliches kleben sollte.

Die Zehnpfundnote, die ich für meinen Wein auf den Tresen gelegt habe, liegt noch immer neben dem Bierdeckel, auf dem mein Glas steht. Ich will Alec gerade darauf hinweisen, als die Tür des Pubs aufschwingt und eine Gruppe junger Männer hereinkommt und so schnell an die Theke prescht, dass kein Zweifel an ihrem Vorhaben für den heutigen Abend besteht: Sie wollen sich gepflegt betrinken. Alec macht einen Schritt von mir weg und bereitet sich darauf vor, die neuen Gäste zu bedienen. Derweil lehne ich mich auf meinem Barhocker zurück und beobachte ihn bei der Arbeit. Dabei ignoriere ich die Blicke der jungen Männer in meine Richtung und achte auch nicht weiter darauf, wie sie sich gelegentlich mit den Ellbogen anstoßen, um sich gegenseitig auf die offenbar einsame Frau an der Theke aufmerksam zu machen.

Ich versuche, meinen Wein zu genießen und noch ein paar schöne letzte Momente auszukosten, ehe ich aufbrechen muss. Einige Töne der Musik, die im Hintergrund läuft, wehen durch das Gemurmel der Gäste zu mir herüber, und ich konzentriere mich auf den Song, bis die Typen ihre Drinks bekommen haben und Alec sich mir wieder zuwendet.

»Hey, du hast mein Geld vergessen«, sage ich zu ihm. Ich versuche, ihm den Geldschein in die Hand zu drücken. Mit den Fingerspitzen berühre ich seine weiche Haut, doch er zuckt zurück.

»Nein, das habe ich nicht.«

Es gelingt ihm, mir zum ersten Mal an diesem Abend direkt in die Augen zu blicken. Olivia hat recht: Abgesehen von seinem Bart ist er unglaublich gut aussehend. Aber das ist noch nicht einmal das Beste an ihm. Eine so aufrichtige, offene Ausstrahlung wie bei Alec habe ich noch bei keinem anderen Menschen je erlebt. Man sieht ihm an, was er denkt und fühlt. Es ist erschreckend, wie leicht es ist, ihn zu durchschauen und zu lesen.

Deshalb weiß ich auch, was er vorhat. Die leichte Röte in seinen Wangen, das Funkeln in seinen Augen, die beinahe unmerklichen Bewegungen seiner Lippen, als er versucht, sich die richtigen Worte zurechtzulegen, und dabei scheitert. Es ist noch nicht so lange her, dass ich mich nicht daran erinnern könnte, wie sich das anfühlt. Und die aufregende, verworrene Mischung aus Panik und Freude in meinem Innersten hat sich auch nicht verändert.

Ich spüle sie mit einem großen Schluck Wein hinunter.

Alec findet vielleicht noch den Mut, um den Schritt zu wagen – doch er wird ihn nicht brauchen. Denn es gibt keine Veranlassung, etwas an meiner normalerweise stabilen Verfassung zu verändern. Vielleicht wird er sein Glück versuchen, aber er hat keine Chance.

Es ist an der Zeit, nach Hause zu gehen.

Kapitel 2

Zuerst bemerke ich den warmen Druck eines Unterschenkels auf meinen Beinen. Noch im Halbschlaf genieße ich das Gefühl, und Erinnerungen an eine Zeit, in der ich oft so aufgewacht bin, durchströmen mich, lebhafte Erinnerungen an lange Vormittage im Bett, dösend und eng umschlungen. Ich schwelge genüsslich in ihnen – bis ich irgendwann wach genug bin, um mich daran erinnern zu können, unter wessen Unterschenkel ich hier liege. Mit einem Schlag werde ich zurückgeholt in diesen Moment, in dieses Bett.

Ganz, ganz langsam winde ich mich unter ihm hervor. Zwischendurch halte ich immer wieder inne, um sicherzugehen, dass er durch meine Bewegungen nicht aufwacht.

Jess, wie konntest du nur?

Ich drehe meinen Kopf auf dem Kissen und kann ihn im schummrigen Licht kaum ausmachen. Er liegt auf dem Rücken und hat das Gesicht abgewandt. Das Bein, das er nicht über mich gelegt hat, hat er ausgestreckt. Wie ein selig schlafendes Kind hat er die Arme über den Kopf gestreckt. Er liegt mitten im Bett in der Kuhle, die sein Körper in der Memory-Schaum-Matratze hinterlassen hat. Mein Po dagegen ragt unbedeckt über die Bettkante. Obwohl er das Bett mit jemandem teilt, ist er kein Stück zur Seite gerückt.

Gott, er ist so selbstsüchtig!

Ich stoße einen langen Atemzug aus und hole gleich wieder tief Luft. Zufrieden, dass ich schon mal *einen* Fehler an ihm entdeckt habe, mache ich mich gleich auf die Suche nach weiteren. Vielleicht lege ich mir sogar eine Liste an.

Zum einen ist da der Geruch. Okay. Das ist vermutlich all der Wein, den er sich gestern nach Feierabend genehmigt hat und den er, während er geschlafen hat, ausgedünstet hat. Sicher, er war nicht der Einzige, der betrunken war, doch dafür ist er ganz allein verantwortlich – da bin ich mir sicher.

Es ist jammerschade, dass er nicht schnarcht oder ganz hinten in seinem Rachen ekelig klickende Laute macht oder irgendein anderes Geräusch aus der Vielzahl an grässlichen Geräuschen, zu denen Männer im Tiefschlaf fähig sind. Durch so etwas lasse ich mich leicht abschrecken und vertreiben. Aber stattdessen ist er absolut leise. Das ist an sich schon etwas seltsam, schätze ich, doch ich kann ihm das wohl kaum verübeln.

In der Dunkelheit des Wintermorgens ist es schwierig, noch weitere Fehler zu finden, ohne ihn noch genauer zu betrachten.

Der Großteil seines Körpers ist unter der Bettdecke versteckt, die er bis zur Brust hochgezogen hat. Vorsichtig schiebe ich mich näher an ihn heran, hake meinen Finger in die Decke ein und ziehe sie langsam herunter. Er rührt sich, wacht jedoch nicht auf. Allerdings bringt das Rascheln der Bettdecke ihn dazu, den Kopf auf dem Kissen umzudrehen. Sein Gesicht ist plötzlich nur noch wenige Zentimeter von meinem entfernt.

Und da ist er: der Fehler aller Fehler. Der Grund dafür, dass ich diesen Mann nicht attraktiv finde. Der Grund, den ich Olivia wieder und wieder genannt habe. Der Bart! Nicht nur ein bisschen Flaum oder ein Dreitagebart, sondern ein riesenhafter Flokati aus schwarzen Haaren, der die untere Hälfte seines Gesichts verdeckt. Ich hasse Bärte! Solange der betreffende Mann kein Komparse bei *Game of Thrones* ist oder gerade keinen Zugang zu fließendem Wasser oder einer Rasierklinge hat, gibt es keine Entschuldigung für so etwas.

Ich zucke zusammen, als ich mir die gestrige Nacht ins Gedächtnis rufe, die ich vergraben in diesem … Ding verbracht habe. Als ich mit den Fingerspitzen über mein Kinn streiche, kribbelt meine Haut, und ich ahne, dass ich beim ersten Blick in den Spiegel um meinen Mund herum gereizte, gerötete Haut entdecken werde.

Trotzdem habe ich Glück, dass er diesen Bart trägt, denn abgesehen davon gibt es an diesem Mann nicht viel auszusetzen. Eine schwarze Haarsträhne liegt auf seiner glatten Stirn. Um seine geschlossenen Augen herum ist die Haut straff, und er wirkt vollkommen friedlich, ruhig. Er hat eine schmale, gerade Nase, deren Spitze ganz leicht nach oben zeigt, und hohe Wangenknochen, die aus seinem schlanken Gesicht hervorstechen, ehe sie von diesem Bart verschluckt werden. Seine Lider sind geschlossen und verdecken das Beste an seinem Gesicht.

Mit dem Zeigefinger streiche ich sacht über seine Haarspitzen und denke an Olivia und daran, was sie wohl sagen würde, wenn sie wüsste, wo ich heute Morgen aufgewacht bin. Und nicht nur Olivia. Alle weiblichen Angestellten in der Verwaltung von *McAllister Lewis Glenn* hätten etwas dazu zu sagen. Seit Alec im *The Wishing Well* angefangen hat, hat sich die gesamte Abteilung in den Mittagspausen derartig oft verdrückt und ist ebenso oft angeschickert wieder ins Büro zurückgekehrt, dass eines klar ist: Wenn man in der Personalabteilung eine Statistik anfertigen würde, würde man in null Komma nichts herausfinden, dass es einen direkten Zusammenhang zwischen Alecs Auftauchen und einem rapiden Absinken der Produktivität in der Firma gibt.

Mit einer Ausnahme: Meine Produktivität ist so durchschnittlich wie immer. Vor drei Jahren hätte ich vielleicht über den Bart hinwegsehen können und ihn ebenfalls angehimmelt, aber das ist jetzt anders. Jetzt habe ich meine Regeln, und ich lasse nicht zu, dass ich auf irgendjemanden stehe. Abgesehen von einem gelegentlichen Tagtraum, in dem der unglaublich gut aussehende Bodycoach Joe Wicks die Hauptrolle spielt, hat mir vor allem eines dabei geholfen, mein Leben zu optimieren: *nicht* an Männer zu denken. Ich habe einfach auf diesen albernen Kram und die vergeudete Energie verzichtet. Zumindest bis jetzt.

Aber das ist schon okay. Nachdem Alec gestern den Pub abgeschlossen hat und wir gemeinsam eine Flasche Wein geleert haben, habe ich offenbar in seine Augen geblickt und einen Moment der Selbstvergessenheit erlebt. Das wird mir sicher nicht noch einmal passieren – ich habe ja meine Liste, und es besteht keine Gefahr, dass hier Liebe im Spiel sein könnte.

Ein kleines Lachen entfährt mir, als mir klar wird, wie lächerlich die Vorstellung ist.

»Was ist so lustig?«

Bevor er die Augen aufschlägt, drehe ich mich schnell um und rutsche zurück auf meine Seite des Bettes. Ich hoffe, ich kann noch so tun, als würde ich schlafen, damit er mich vielleicht für einen dieser seltsamen Menschen hält, die im Traum lachen.

Funktioniert aber nicht. Er rollt sich neben mich, beugt sich vor und legt die Hand auf meine Hüfte. Ich mache die Augen auf und ertappe ihn dabei, wie er mein Gesicht mustert.

»Weißt du, Jess, davon aufzuwachen, wie du dich neben mir kaputtlachst, ist nicht gerade der ermutigendste Start in den Tag.«

»Tut mir leid.«

»Komm schon, was ist los?«

»Ich habe gerade ... äh ... darüber nachgedacht, wie lustig es gestern Abend war.«

Ein Grinsen, das seine Wangenknochen betont, erscheint auf seinem Gesicht. »Ja, das stimmt. Es war nicht wirklich *komisch*, wenn ich mich recht entsinne, doch wir hatten auf jeden Fall eine Menge Spaß.«

Ohne zu zögern, zieht er mich an sich und schließt mich in seine Arme, um mich zu küssen. Keine Spur mehr von der Schüchternheit, die mir gestern Abend aufgefallen war. Sie scheint sich im Schlaf in Luft aufgelöst zu haben.

Ich würde mich so gern von ihm küssen lassen. Jedes Mal, wenn er mich in der letzten Nacht geküsst hat, hat er mich zuvor mit einem aufrichtigen Ausdruck in seinen Augen angesehen, als wäre ich die einzige Frau, die er von nun an küssen will. Diesen Ausdruck würde ich gern noch ein letztes Mal sehen.

»Ich sollte mich auf den Weg machen«, sage ich stattdessen, rolle zur Seite und taste auf dem Fußboden nach meiner Unterwäsche. Als ich sie finde, forme ich mit den Lippen ein stummes Danke, weil ich dem Rat meiner Mutter gefolgt bin, BHs und Höschen immer in Schwarz zu kaufen, sodass alles zueinander passt und niemals schmuddelig wirkt. Schenke deiner Unterwäsche genauso viel Aufmerksamkeit wie den Klamotten, die du darüber trägst, hat sie immer gesagt – schließlich weiß man nie, wenn man morgens das Haus verlässt, ob bis zum Abend jemand diese Unterwäsche zu sehen bekommt. Das war zumindest ihre Meinung.

Ich ziehe Alec die Bettdecke weg und schlinge sie um meine Schultern. Das war schon in der Schule mein Trick nach dem Schwimmunterricht gewesen: mich mit meinem Handtuch einzuhüllen, um mich anzuziehen, sodass niemand etwas von mir zu sehen bekam.

Der Nachteil an dieser Methode, meine Würde zu diesem späten Zeitpunkt vielleicht doch noch zu bewahren, ist, dass es unglaublich lange dauert, den Verschluss meines BHs zu schließen. Denn ich muss gleichzeitig versuchen, die schützende Bettdecke davon abzuhalten, runterzurutschen. Ich bin mir sicher, dass Alec grinst, während er sich das Schauspiel zu Gemüte führt. Aber als ich mich schließlich umdrehe, betrachtet er mich stirnrunzelnd. Er versucht, es zu verstecken, indem er mir über den Arm streichelt und dabei lächelt, doch es ist zu spät.

Wie viel habe ich ihm gestern erzählt? Alles, was ich vom gestrigen Abend noch weiß, wirkt auf mich lustvoll und leicht und glücklich. Hat es vielleicht einen Punkt gegeben, an dem ich mich veranlasst sah, mehr mit ihm zu teilen als nur meinen Körper?

Wenn ich mir so ansehe, wie er mich anschaut, muss ich ihm etwas erzählt haben.

»Okay. Auf geht's«, sagt er und reißt mich aus meinen alkoholvernebelten Erinnerungen.

Er drückt einen Knopf oberhalb seines Nachttischchens, und die Jalousie öffnet sich leise surrend. Zum Vorschein kommt der wohl trübste Morgen, den Manchester je erlebt hat.

»Sieht arktisch aus. Ich bringe dich schnell nach Hause, ja?«

»Das musst du nicht. Ich kann auch die Metro nehmen.«

»Das könntest du natürlich tun. Aber wenn ich mich recht entsinne, hattest du gestern Abend nur ein Kleid und High Heels an. Nein, du wärst innerhalb von wenigen Minuten klatschnass und würdest dir eine schreckliche Erkältung einfangen, und ich müsste dann nächste Woche dabei zusehen, wie du dich jeden Tag wie ein Häufchen Elend zur Arbeit schleppst. Und dann würde ich mich schlecht fühlen. Das willst du doch nicht, oder?«

»Klar. Also gut«, lenke ich ein, weil das Wetter echt beschissen ist und weil er, was mein Outfit angeht, nicht ganz unrecht hat. »Aber du kannst ruhig aufhören, diese Schnute zu ziehen – nur falls du vielleicht meinst, dass du damit süß und unwiderstehlich aussiehst. Das tust du nämlich nicht.«

»Gestern Abend hat es noch wunderbar funktioniert«, erwidert er mit einem Zwinkern.

»Tja, jetzt und in Zukunft aber nicht mehr.«

»So ein Jammer! Ich fand die letzte Nacht ziemlich toll. Wenn du allerdings nicht an mir interessiert bist, werde ich mir wohl jemanden suchen müssen, bei dem das anders ist. Hey, du könntest nicht zufällig bei Maureen ein gutes Wort für mich einlegen?«

Die arme Maureen ist dreiundsechzig Jahre alt, hat vier Kinder und acht Enkelkinder und ist in Alecs Nähe die Schlimmste von all meinen Kolleginnen. Letzte Woche schleppte sie mich nach der Arbeit zur Happy Hour ins *The Wishing Well*, und ich musste all ihre Cocktailbestellungen aufgeben, weil sie fürchtete, vor lauter Nervosität bei Alec einen *Penis Colada* zu ordern.

Ich werfe ein Kissen nach ihm, das erfreulicherweise direkt in seinem arroganten Gesicht landet.

»Okay, das war's.« Er stürzt sich mit ausgestreckten Armen auf mich, um mich zu kitzeln.

So überheblich, wie man mit nichts als einem BH und Höschen bekleidet nur wirken kann, stehe ich auf, mache einen Schritt nach vorn und bin außerhalb seiner Reichweite.

»Wow. Was für ein Anblick«, raunt er.

»Zieh dich einfach an und bring mich nach Hause, okay?« Ich bücke mich, um mein zerknittertes Kleid vom Boden zu klauben. Vorsichtig schlüpfe ich hinein.

»Okay, okay. Aber ich brauche zuerst ein Frühstück. Möchtest du auch etwas?«

»Kaffee wäre toll.«

»Kaffee ist kein vollwertiges Frühstück, Jess.«

»In meiner Welt schon.«

»Na gut. Ich setze welchen auf.«

Er streckt sich, ehe er aus dem Bett springt. Offensichtlich hat er kein Problem mit seiner Nacktheit. Er schnappt sich einen blauen Bademantel von einem Haken an der Tür und zieht ihn an. Den Gürtel knotet er so locker zusammen, dass der Großteil seiner Brust weiterhin gut zu sehen ist.

»Ein Instantkaffee ist völlig in Ordnung«, rufe ich ihm hinterher, als er das Zimmer verlässt.

»In meiner Welt nicht!«, ruft er zurück.

Als ich nun alleine bin, gehe ich zu dem bodentiefen Spiegel, der gegenüber von seinem Bett steht, um nachzusehen, welche Spuren die letzte Nacht in meinem Gesicht hinterlassen hat.

Ich bin achtundzwanzig Jahre alt, doch die tintenblauen Halbkreise unter meinen Augen erzählen etwas anderes. Ohne mein Make-up-Täschchen kann ich jedoch kaum etwas daran ändern, also widme ich mich erst einmal dem dringendsten Problem: meinem Kleid. Es handelt sich um ein weinrotes Hemdkleid aus Chiffon, das angezogen nicht mal bis zur Mittagspause faltenfrei bleibt, sondern im Handumdrehen aussieht wie zerknülltes Seidenpapier. Ein kompletter Arbeitstag, ein Abend im Pub und eine Nacht auf dem Fußboden haben ihm ganz offensichtlich den Rest gegeben. Mit den Händen rubbele ich, so schnell ich kann, über die Vorderseite und hoffe, dass durch die Reibungswärme wenigstens ein paar der schlimmsten Falten verschwinden – ein Bügeleisen habe ich nämlich zufällig gerade nicht dabei. Als klar wird, dass das nicht das Geringste bringt, ziehe ich das Kleid ein paarmal straff herunter, streife meine schwarze Strumpfhose über und hoffe, dass damit das unmögliche Aussehen des Kleides, das durch meine blassen Beine noch einmal besonders hervorgehoben wurde, nicht mehr *so* sehr zur Geltung kommt.

Eilig fahre ich mit den Fingerspitzen durch mein Haar. Tja, das ist alles, was ich in der Kürze der Zeit tun kann. Nicht, dass es überhaupt eine Rolle spielen würde, wie ich gerade aussehe – zumindest rede ich mir das ein, ehe ich die Tür aufmache.

Ich kann Alec in der Küche werkeln hören. Er bereitet mir meinen Kaffee zu. Ich beschließe, im Wohnzimmer zu warten. Abgesehen vom L-förmigen Sofa, das den Raum beherrscht, entdecke ich noch ein halb leeres Bücherregal und einen kleinen Holztisch in der Ecke. Das ist alles. Ich bin überrascht – irgendwie passt das alles überhaupt nicht zu dem Menschen, für den ich Alec halte. Es hängen keine Bilder an den Wänden, nirgends stehen Fotos von seinen Freunden, und es gibt auch keine besonders kunstvoll gestaltete Wand, um den Raum aufzuwerten. Mein altes Ich hätte ihn deswegen ausgequetscht und gelöchert, bis er mir eine zufriedenstellende Antwort auf meine Frage gegeben hätte, warum er in einer so unpersönlichen Wohnung lebt.

Unter den gegebenen Umständen schweige ich jedoch, als Alec schließlich mit Tassen und einer French Press beladen in den Wohnbereich kommt. Eigentlich rechne ich damit, dass er sich setzt, aber er verschwindet gleich wieder in der Küche und kehrt ein paar Momente später mit einer Schachtel Croissants und einem Glas mit edler Marmelade zurück.

»Croissants?«, frage ich, nehme Platz und schenke mir Kaffee ein.

»Ja, ich hatte zufällig welche da. Möchtest du auch gern eines?«

»Alec, niemand hat ›zufällig‹ Croissants zu Hause«, sage ich lachend.

»Ich schon«, erwidert er mit einem Grinsen. »Das habe ich mir zum Prinzip gemacht. Es gibt nichts Wichtigeres als ein gutes Frühstück, junge Dame.« Unter dem kleinen Tisch berühren seine Knie meine. Er zieht die Beine trotzdem nicht zurück.

In diesem Augenblick wird mir eines klar: Für ihn war die letzte Nacht kein Fehler.

»Kannst du mich jetzt nach Hause fahren?«, frage ich nach ein paar Schlucken des dringend benötigten Kaffees geradeheraus.

Es entsteht nur eine winzige Pause, bevor er sein Frühstück stehen lässt und aufsteht.

»Klar. Hattest du genug?«

»Mehr als genug.«

»Ich ziehe mich kurz an und bringe dich dann heim.«

Falls er enttäuscht ist, gelingt es ihm ziemlich überzeugend, das zu verstecken. Als er wieder zurückkommt, sieht er in seinem grauen Wollpullover und der dunklen Jeans sehr gesammelt, ruhig, kontrolliert aus. Er streckt die Hand aus, um mir hochzuhelfen, und erklärt mit tiefer Stimme: »Ihre Kutsche ist bereit, Mylady.«

Draußen ist es bitterkalt. Es ist eine Kälte, die auf der Haut brennt, wenn man ihr zu lange ausgesetzt ist. Sein Wagen steht an der anderen Ecke des weitläufigen Neubauprojekts, in dem er wohnt.

»Hier, zieh das an«, sagt er, schlüpft aus seinem wohlig warmen Wollmantel und reicht ihn mir.

Zwar bin ich versucht, ihn anzunehmen, aber ich lehne trotzdem ab. Ich habe schon die Heimfahrt angenommen. Noch mehr Zugeständnisse meinerseits würden ihn nur weiter ermutigen.

Sobald wir an seinem Wagen angekommen sind, springen wir hinein, und er schaltet die Standheizung ein – so hoch es geht. Dankbar lehne ich mich auf dem Beifahrersitz zurück, als ich die ersten Wellen warmer Luft wahrnehme. Versonnen beobachte ich, wie das Eis auf meiner Scheibe schmilzt. Tropfen rollen herunter. Mit dem Finger zeichne ich die Spuren nach, während wir darauf warten, dass das Auto abtaut. Alec stellt das Radio an und schaltet durch die Sender, bis er einen Countdown der besten Weihnachtshits aller Zeiten findet. Schließlich fährt er los.

»Also. Was denkst du? Wer ist die Nummer eins? Bestimmt Mariah Carey.«

Ich konzentriere mich darauf, die eisigen Wassertropfen zu verfolgen, die ihre ruhigen Bahnen verlassen, als das Auto schneller wird.

»Hallo? Jess?«

»Ich bin nicht in Stimmung. Können wir das Radio ausschalten, bitte?«

»Sicher.«

Als wir das Stadtzentrum verlassen und nach Süden auf die Umgehungsstraßen Richtung der Vororte biegen, fallen plötzlich die ersten Schneeflocken. Innerhalb kürzester Zeit kann man außer der dicken Flocken kaum noch etwas erkennen. Alecs Schweigen ist nicht mehr unsicher oder unbehaglich, sondern nötig, weil er versucht, den Wagen sicher durch das Schneetreiben zu lenken.

Erst als er in meine Straße biegt, richtet er wieder das Wort an mich.

»Wo wohnst du?«

»Ganz hinten«, sage ich und deute ans Ende einer Reihe von fast identischen, ordentlichen Doppelhaushälften mit je drei Schlafzimmern. »Aber du kannst mich hier rauslassen. Den Rest schaffe ich allein.«

Er will widersprechen, hält sich jedoch zurück. »Okay.« Er hält am Straßenrand und wartet, bis ich meine Tür geöffnet habe. Er hat den Motor nicht abgestellt, und ich bin dankbar dafür.

»Danke fürs Bringen.«

»Kein Problem. Hör mal, ich wollte es schon die ganze Zeit sagen ... Ich möchte nicht, dass du glaubst, in der vergangenen Nacht wäre es mir nur um Sex gegangen. Mir ist bewusst, dass ich mich nach unserem ersten Kuss ein bisschen habe hinreißen lassen, aber ich könnte es nicht ertragen, wenn du glauben würdest, dass gestern Nacht, dass das mit uns, nicht mehr als ein One-Night-Stand für mich gewesen sein könnte. Ich bin heute Abend im Pub. Nur falls du reden willst oder so.«

»Ja, vielleicht«, erwidere ich und lächele ihm zu, ehe ich aus dem Wagen springe. Ich habe ihm offensichtlich nichts erzählt. Seine Sorge galt nur ihm selbst. Ich bin ein bisschen stolz auf mich, weil ich es geschafft habe, meinen Mund zu halten – wenn ich schon meine Beine nicht zusammenhalten konnte.

Schneeflocken landen auf meinem Kleid und schmelzen in meinem Nacken. »Mach's gut«, sage ich fröhlich.

»Du auch.«

Ich werfe die Tür zu. Sein Blick wandert von meinem Gesicht zum Seitenspiegel. Mit der linken Hand umfasst er die

Handbremse. Ich mache auf dem Gehweg einen Schritt zurück, falls er auf der rutschigen Straße losrasen will. Doch statt wegzufahren, ändert er offenbar seine Meinung und macht das Fenster auf der Beifahrerseite auf.

»Hör mal, ich kann auch versuchen, meine Schicht heute Abend zu tauschen, wenn du möchtest.«

»Nein, das musst du nicht. Ich bin ziemlich müde und sowieso verabredet.«

»Okay. Dann sehen wir uns.«

»Klar«, schwindele ich.

Ich stehe im Schnee und sehe zu, wie er davonfährt. Für einen Moment stelle ich mir vor, wie es wäre, dieser Beziehung eine Chance zu geben. Aber sobald sein Wagen um die Ecke biegt, drehe ich mich um, schlinge die Arme um meinen Körper und stakse durch den Schnee nach Hause.

Kapitel 3

Als ich die Haustür aufschließe, ist es still im Haus. Die Tür zum Esszimmer ist geschlossen. Ich schleiche durch den Flur am Wohnzimmer vorbei, wo der ungeschmückte Tannenbaum anklagend in der Ecke steht. Ich muss Mum noch fragen, wo sie den Baumschmuck aufbewahrt, und am Wochenende zur Tat schreiten. Im letzten Jahr konnten wir keinen Baum aufstellen. Es wäre zu gefährlich gewesen. Jetzt kann Mum kaum noch allein herumlaufen, und das Risiko, dass sie in den Tannenbaum stürzt, ist viel geringer. Also dachte ich, es wäre schön, wenn wir wieder einen Baum hätten, den sie sich anschauen kann. Am Donnerstagabend nahm ich die Mühe auf mich, das Ding vom Dachboden zu schleppen und sorgfältig jeden Zweig in den Plastikstamm zu stecken – bis ich irgendwann entnervt aufgab. Ich wusste, dass ich es niemals so schön hinbekommen würde wie Mum. Bei ihr sah der Weihnachtsbaum immer so perfekt aus, dass ich mir sicher bin, sie hat ein Lineal benutzt, um den Abstand zwischen den sorgsam ausgesuchten Weihnachtskugeln auszumessen.

Ich gehe weiter in die Küche, die sich im hinteren Teil des Hauses befindet. Wie ich erwartet habe, erblicke ich Debs, die sich über die Kochinsel mit der Arbeitsfläche aus schwarzem Marmor gebeugt hat und eine Tasse Tee in beiden Händen hält.

»Hallo, Süße«, flüstert sie mit ihrem typischen Manchester-Dialekt, bei dem ich immer an die Gallagher-Brüder denken muss. Sie lächelt mich warmherzig an, ehe sie sich aufrichtet. »Ich habe gerade an dich gedacht.«

Ich schlinge die Arme um sie und gebe ihr einen Kuss auf die Wange. Mir fällt auf, dass einige Strähnen aus ihrem

Haarknoten im Nacken gerutscht sind. Das Bräunungspuder auf ihren Wangen kann nicht verbergen, wie erschöpft sie aussieht.

»Debs, es tut mir leid, dass ich dir nicht Bescheid gesagt habe, dass ich ausgehe und woanders übernachte. Nach der Arbeit waren wir noch etwas trinken, und eines führte zum anderen. Du weißt ja, wie das ist. Ist alles in Ordnung?«

Sie denkt über ihre Antwort nach. »Ja, es geht uns ganz gut.«

»Das ist schön. Und letzte Nacht? Wie ging es ihr?«

»Ganz okay. Sie war wieder sehr unruhig und hat insgesamt nicht mehr als drei Stunden geschlafen, hat jedoch ihre Medikamente genommen und war sehr zufrieden. Das bedeutet, dass sie heute müde sein wird. Du solltest also nicht davon ausgehen, dass du bis zum Abend besonders viel von ihr mitbekommen wirst.«

»Das heißt auch, dass du völlig kaputt sein musst. Also, fahr nach Hause und ruh dich aus. Ich übernehme jetzt.«

Wir kennen Debs erst seit sechs Monaten, doch in der Zeit ist sie Teil unserer kleinen Familie geworden. Sie hat alles dafür getan, damit am Ende alles zwischen uns passt. Und ich könnte nicht dankbarer sein.

Debs ist nicht die einzige Pflegekraft, die wir eingestellt haben. Mum benötigt schon seit über einem Jahr Tagespflegekräfte, damit ich weiter zur Arbeit gehen kann. Debs ist allerdings die erste Pflegerin, die wir allein ausgesucht haben. Sie ist, seit Mums Schlaf so unruhig geworden ist, nachts bei meiner Mutter. Sie liebt Mum, nennt sie »ihre liebe Freundin«. Und da sie selbst drei Kinder hat, behandelt sie mich wie einen ihrer Sprösslinge, die zwar schon fast erwachsen sind, ihr neben aller Freude aber auch immer noch Kummer bereiten können.

Nachdem sie mich von oben bis unten gemustert hat, verschränkt sie die Arme vor ihrem großen Busen und schnalzt missbilligend mit der Zunge. »Auf keinen Fall solltest du deiner Mutter in diesem Zustand unter die Augen treten. Mach ein Nickerchen und sammle dich. Ich bleibe solange noch da.«

»Auf überhaupt keinen Fall. Ich brauche nur eine Dusche und dann den wöchentlichen Seifenopern-Marathon. Wenn Mum aufwacht, bin ich wieder auf dem Damm. Heute Abend kuscheln wir uns in unsere Pyjamas und sehen uns zusammen noch einen Film an. Das wird schön.«

»Bist du dir sicher?«

»Ja«, entgegne ich und ignoriere den Teil von mir, der sich wie ein kleines Kind an sie klammern und sie anflehen will, mich nicht für den Rest des Wochenendes alleinzulassen.

»Also gut. Dann fahre ich jetzt nach Hause. Heute Nachmittag passe ich auf die Enkelkinder auf, also sollte ich mich und vor allem das Haus mal darauf vorbereiten.«

»Vergiss das Haus. Schlaf dich aus, ja?«

»Ja, du hast recht«, stimmt sie mir nach einem kurzen Zögern mit einem tiefen Seufzen zu. Nachdem sie ihre Tasse in die Spüle gestellt und das Geschirrtuch, das vor der Ofentür hängt, geradegezupft hat, nimmt sie ihre Tasche.

»Dann sehen wir uns am Montag, meine Liebe.«

Sie geht zur Tür, ehe sie sich noch einmal umdreht.

»War es etwas Besonderes … mit dem Mann?«, fragt sie voller Hoffnung.

»Nein, nichts dergleichen. Ich habe bei einer Freundin übernachtet.«

»Oh. Und ich hatte gedacht, du hättest heute Nacht wilden Sex gehabt.«

»Debs!« Es ist mir peinlich. Mum hätte so etwas nie zu mir gesagt.

»Jetzt guck nicht so entsetzt. Eine kleine Affäre würde dir guttun.«

»Ich habe gerade ein bisschen zu viel um die Ohren, um mir den Kopf über flüchtige Affären zu zerbrechen.«

Es hätte eigentlich locker und unbeschwert klingen sollen, aber der Ausdruck, mit dem sie mich anblickt, zeigt ihr Mitgefühl.

»Das weiß ich doch. Ich bin Montag wieder da, ja? Ruf mich an, falls du mich brauchst.«

Debs lässt sich selbst aus dem Haus, nachdem sie noch ein letztes Mal nach Mum gesehen hat, und ich verbringe den Rest des Tages im Bett und sehe fern. Dabei versuche ich, nicht an Alec zu denken, und konzentriere mich stattdessen auf die nächste Folge von *Coronation Street*.

Es ist schon dunkel geworden, als ich höre, wie Mum sich rührt. Ich laufe zu ihr, klopfe vorsichtig an die Esszimmertür und gehe hinein.

»Hi, Mum! Hast du gut geschlafen? Ich mache mal das Licht an, ja?«

Ich warte das Schweigen ab und zwinge mich dazu, es nicht zu füllen. Mum soll selbst antworten. Durch die Krankheit beginnt ihre Stimme allmählich schwächer zu werden, und Mum kann es nicht ertragen, wenn in dieser Situation andere Menschen für sie sprechen. Debs und ich wissen, dass wir ihr Zeit lassen müssen, um ihre Gedanken zu sammeln und sie in Worte zu fassen, aber die meisten anderen Leute wissen das nicht.

»Ja«, sagt sie schließlich.

Ich drücke auf den Lichtschalter, und der goldene Kronleuchter verströmt sein warmes Licht.

Ich hasse das Esszimmer. Es ist der einzige Raum im Erdgeschoss, in den ihr Pflegebett passt und in dem sie auch eine gewisse Privatsphäre hat, doch ich wünschte, sie könnte in einem anderen, fröhlicheren Zimmer liegen. Als der Raum noch so genutzt wurde, wie Mum sich das vorgestellt hatte, wirkte das Esszimmer mit seinen mitternachtsblauen Wänden und dem dunklen Holzfußboden sehr elegant. Wenn wir Besuch bekamen und Mum die Kerzen auf dem goldenen Kerzenständer anzündete, herrschte eine fast magische Stimmung.

Jetzt ist es nur noch deprimierend.

»Es hat geschneit! Es ist zwar noch längst keine geschlossene Schneedecke, nur hier und da mal ein paar Fleckchen, aber die Mädchen von nebenan sind trotzdem rausgegangen und haben eine Schneeballschlacht gemacht. Zumindest bis die ältere der beiden plötzlich anfing zu kreischen, und sich herausstellte, dass die Kleine ihr versehentlich eine Handvoll Schotter ins Gesicht geschmissen hat. Eloise hat die beiden reingeholt, bevor das ältere Mädchen die Gelegenheit hatte, sich zu revanchieren«, plappere ich weiter. Ich hoffe, der Gedanke an den Schnee draußen kann sie aufmuntern, während ich sie nun vom Bett in ihren Sessel hebe. Mum wurde immer selbst wieder zum Kind, wenn es schneite. Als ich noch klein war, flitzten wir bei den ersten Schneeflocken hinaus in den Garten. Ganz egal, wie wenig Schnee lag: Für eine Schneeballschlacht reichte es uns immer, und wenn es viel geschneit hatte, bauten wir Schneeskulpturen. Niemals Schneemänner, aber umso schönere Schneeteddybären, Schneehunde, Schneealiens.

Ich nehme meine geblümte Decke aus Kindertagen vom Bett und breite sie über Mums Beine. Mum ist mittlerweile so dünn geworden, dass ich mir ständig Sorgen mache, sie könnte frieren. Statt einer gemütlichen Größe 46 in eng anliegenden Röcken, lässigen Cardigans und Schal trägt sie inzwischen Größe 38 und Trainingsanzüge.

Als sie anfing, abzunehmen, machte sie noch Scherze darüber. Sie meinte, sie könne nun eine ganze Packung *Jaffa Cakes* am Tag verdrücken und trotzdem die Pfunde verlieren, die sie als aktives Mitglied der Weight Watchers jahrelang nicht hatte loswerden können. Sie hatte es ihren Silberstreif am Horizont, die gute Seite ihrer Krankheit genannt.

Mum hätte jedoch niemals so aussehen wollen, wie sie heute Abend aussieht: Ihre Ellbogen treten spitz hervor, ihre Arme sind abgemagert, ihre blasse Haut lässt ihr Gesicht sehr schmal und sehr krank aussehen. Sie hasst es, dass ihr Kopf sich aufgrund der unkontrollierbaren, unfreiwilligen Muskelbewegungen ständig hin- und herwiegt. Chorea Huntington nennt man diese Krankheit offiziell.

Ich gebe Mum einen Kuss auf den Kopf und greife nach ihrer Bürste.

»Ich dachte, ich koche uns eine Suppe. Anschließend können wir einen Filmabend machen, wenn du magst. Vielleicht schauen wir uns *Titanic* an?«

Ich bürste ihr goldbraunes Haar, das vor nicht allzu langer Zeit noch so dicht und wild wie mein eigenes war, und creme ihr dann das Gesicht ein, während ich auf ihre Antwort warte. Egal, um wie viel Uhr sie aufwacht, sie folgt gern ihrer üblichen Morgenroutine.

»Sie sinkt übrigens«, flüstert sie.

»Verdammt, Mum, jetzt hast du mir das Ende verraten«, erwidere ich lachend und hole einen Stuhl aus der Küche. Wir essen zusammen zu Abend und sehen uns *Titanic* an. Nachdem der Film vorbei ist – und ich mich wieder einmal vom Ende erholt habe –, sehe ich auf die Uhr. Es ist fast zehn Uhr, doch Mum ist natürlich noch überhaupt nicht müde. Mir fällt ein, dass Leo und Kate noch einen Film zusammen gedreht haben, und ich finde ihn tatsächlich auf *Netflix*. Nachdem wir uns auch den Streifen angesehen haben, erkläre ich, dass *Zeiten des Aufruhrs* zwar nicht annähernd so gut ist wie *Titanic*, aber dass die Chemie zwischen den Schauspielern noch immer da und dass es ein solider Streifen ist. Mum findet das auch.

Schließlich wird sie müde, und ich bringe sie ins Bett. Ich trage sie so behutsam, wie ich kann, und versuche, dabei nicht darüber nachzudenken, wie leicht Mum geworden ist. Als sie liegt, setze ich mich in ihren Sessel und mache ein Nickerchen, bis sie mich wieder braucht.

Unerwünschte Bilder von Alec tauchen aus dem Nichts auf, als ich mich im Sessel zusammenrolle. Den ganzen Tag über habe ich versucht, ihn abzuschütteln, doch er ist noch immer da und erscheint immer wieder ungebeten vor meinem geistigen Auge. Ich frage mich, was er wohl gerade macht und mit wem er zusammen ist.

Im Pub ist zu dieser Zeit bestimmt nicht mehr viel los, und er wird sich mit seinen letzten Gästen unterhalten. Wenn er Pech hat, sind allerdings noch ein oder zwei besoffene Gruppen aus dem trendigeren Northern Quarter vorbeigekommen und im *The Wishing Well* hängen geblieben. Er wird seinen Charme nutzen, um sie möglichst schnell wieder loszuwerden, und hoffen, dass es reicht. Wenn es nicht so gut läuft, wird er die Securityleute aus dem *Drenched*, der kleinen Cocktailbar an der Ecke der gegenüberliegenden Straße, zu Hilfe rufen müssen.

Nach letzter Nacht muss er genauso müde sein wie ich. Bestimmt wünscht er sich nichts mehr, als den Laden abschließen und nach Hause zu seiner gemütlichen Matratze zurückkehren zu können.

Es sei denn, er ist mit einer Frau zusammen.

Er könnte in diesem Moment auch im Pub sein und etwas mit einer anderen Frau trinken, der er auch das Gefühl gegeben hat, etwas Besonderes zu sein, weil sie nach Feierabend noch bleiben durfte, während alle anderen Gäste gehen mussten. Wahrscheinlich erzählt er ihr die gleichen lustigen Geschichten, die er auch mir gestern Abend erzählt hat. Sie werden zusammen lachen, bis es wieder diesen Augenblick gibt, in dem sich alles verändert und er plötzlich aufhört zu reden und ab dann alles etwas verschwommen ist. Er wird sich diesem Moment hingeben, und die Frau wird sich dabei ertappen, dass sie sich ihm ebenfalls hingibt, weil sie sich nichts mehr wünscht, als ihn zu küssen.

Sollen sie ruhig!, denke ich. Ich habe es satt, mir solche Gedanken zu machen.

Ob er nun allein ist und sich verletzt fühlt, weil ich heute Morgen so unmöglich war, oder ob er sich jeden Abend eine andere Frau vornimmt – das spielt keine Rolle, macht keinen

Unterschied. Alec ist kein Teil meines Lebens. Mum dagegen schon.

Ich blicke zu ihr und lächele. Was ich vorhin zu Debs gesagt habe, ist wahr.

Heute war ein guter Tag. Es war sogar ein schöner Tag.

Wir kommen klar. Wir brauchen niemand anderen. Uns geht es gut so, wie es gerade ist.

Kapitel 4

Mums Schreie reißen mich aus dem Schlaf.

Die Lampe neben ihrem Bett brennt ständig, falls sie in der Nacht etwas braucht. Jetzt beleuchtet die Lampe ihr gequältes Gesicht und zeigt schonungslos ihre Verzweiflung. Sie wirft sich auf dem Bett hin und her. Ihr tränenüberströmtes Gesicht ist wutverzerrt. Ich eile zu ihr und packe ihre Schultern, ehe sie sich noch selbst verletzt.

»Was ist los? Was brauchst du?«

Ich weiß, dass sie mir nicht antworten wird. Wenn sie so außer sich ist, ist es unmöglich für sie, Worte zu finden und zu formen. Statt zu warten, schnappe ich mir den laminierten Papierbogen vom Nachttisch und halte ihn ihr vor das Gesicht.

»Was ist es, Mum? Zeig einfach auf das, was du brauchst.«

Ich nehme ihre Hand in meine und führe sie an das Blatt Papier. Diese Liste habe ich vor einigen Monaten für sie zusammengestellt. Es sind Bilder von den Dingen, die sie am häufigsten braucht. Wenn sie also so frustriert oder so wütend wie gerade ist, zeigt sie den Pflegekräften oder mir, was genau das Problem ist.

Sie ist so aufgewühlt, dass sie das Blatt gar nicht beachtet, sondern zur Seite schlägt. Nachdem ich es ihr immer wieder vor das Gesicht halte und ihre Hand in die Richtung führe, sieht sie sich die Auflistung irgendwann doch an. Endlich entdeckt sie das Bild, das sie mir zeigen will, und schafft es, ein paarmal mit dem Finger darauf zu deuten.

Die Fernbedienung. Mum hat sie gern neben dem Bett, damit sie den Fernseher allein einschalten kann, wann immer sie will. Ich suche die Fernbedienung auf dem Nachttisch, unter dem Bett und zwischen Laken und Decken, bevor ich sie unter dem Fernsehtisch erblicke. *Scheiße.* Ich muss sie letzten Abend dort hingelegt haben, nachdem wir den Fernseher ausgeschaltet haben.

»Es tut mir so leid, es tut mir so leid«, sage ich zu ihr, nachdem ich ihr die Fernbedienung in die Hand gelegt habe. Aber sie kann sich gerade auf nichts anderes konzentrieren als auf den Fehler, den ich gemacht habe. Sie weint deswegen. Kummer wegen der Fernbedienung und wegen der Hilflosigkeit, die sie empfunden hat, als das Gerät nicht dort lag, wo es hätte liegen müssen, schüttelt ihren Körper. Ich kann mich nur neben sie legen und sie in meinen Armen halten, bis sie erschöpft ist und einschläft.

Sobald sie sich beruhigt hat und leise schnarcht, löse ich mich von ihr. Ihr Haar ist durch die Aufregung ganz zerzaust. Nachdem ich versucht habe, es mit den Händen zu glätten, ergreife ich die Gelegenheit, ihre Tabletten und Wasser aus der Küche zu holen, damit ich sie ihr geben kann, sobald sie wieder wach ist.

Im Rest des Hauses ist es angenehm dunkel, und ich lasse es auch so, als ich vom Esszimmer in die Küche zur Spüle tapse. Ich fülle Mums Plastikbecher und lasse das kalte Wasser aus dem Hahn anschließend noch weiter über meine Hände strömen. Das eisige Prickeln ist eine willkommene Ablenkung.

Als ich wieder zurück im Esszimmer bin und das Neuroleptikum und das Muskelrelaxans neben ihr Bett auf das Tischchen gelegt habe, gibt es keine Ablenkung mehr. Nur Mum und die niederschmetternde Gewissheit, dass der Rest ihres Lebens so aussehen wird.

Ich lehne mich an den Türrahmen und beobachte sie. Sie wirkt immer viel stärker, wenn sie schläft. Durch Chorea Huntington ist sie seltsam verschwommen und unklar, wenn sie wach ist, während der Schlaf sie festigt, sammelt.

Ich hoffe, sie kann einige Stunden schlafen und so lange, wie es geht, von einem Leben träumen, das anders ist als das hier.

Wie so oft in solchen Momenten der Stille wandern meine Gedanken zurück zu dem Tag, an dem Chorea Huntington offiziell in unser Leben trat.

Unser Hausarzt hatte Mum für einige Tests in die neurologische Abteilung des Krankenhauses überwiesen. Sie war zuvor immer öfter gestürzt.

Mums Eltern waren bei einem Autounfall ums Leben gekommen, als ich noch ganz klein war, und Mum selbst hatte ihre Großeltern nie kennengelernt – ihre Mum und ihr Dad hatten sich sehr jung ineinander verliebt und ohne das Einverständnis ihrer Familien geheiratet. Deshalb war die Familiengeschichte nur teilweise bekannt. Ohne also die Hintergründe und Krankheitsgeschichten zu kennen, konnte der Neurologe nur Mums Symptome beurteilen. Symptome, die, wie uns durch die Befragungen und Untersuchungen klar wurde, schon seit Jahren da waren. Wir hatten sie nur nie als Symptome irgendeiner Krankheit erkannt. Gereiztheit, Ungeschicklichkeit, der Kampf, sich selbst zu organisieren und den Alltag zu meistern. Davon einmal abgesehen waren diese ersten Anzeichen leicht zu ignorieren gewesen. Zusammengenommen ergaben sie allerdings ein schreckliches Puzzle und zeigten am Ende ein Bild, das wir nie sehen wollten.

Es brauchte ein paar Termine, um den Verdacht zu erhärten, und schließlich einen simplen Bluttest, um ihn zu bestätigen. An dem Morgen, als wir das Ergebnis erhielten, wurden wir in ein kleines Büro geführt, in dem es nach Vanilleduftkerzen roch und dessen Wände in einem zarten Magnolienton gestrichen waren. Die Einrichtung war schlicht und wirkte zusammengesucht. Wir wurden von einer Neurologin begrüßt, die wir bisher noch nicht kennengelernt hatten. Dr. Hodderts Besorgnis war fast noch stärker als der aufdringliche Duft der Kerzen, und ich kann mir nicht vorstellen, dass sie mit unserer ruhigen Reaktion gerechnet hat, als sie uns die Wahrheit mitteilte.

»Sie sind positiv auf Chorea Huntington getestet worden, Mrs. Hyland. Chorea Huntington ist eine neurodegenerative Erkrankung.«

Ich wollte Dr. Hoddert mit unzähligen Fragen bombardieren. Was bedeutete das? Was würde mit Mum passieren? War die Krankheit tödlich? Doch als die Neurologin zu sprechen begann, drückte Mum meinen Oberschenkel, wie sie es immer tat, wenn sie der Meinung war, es wäre das Beste, ich würde den Mund halten. Der Versuch einer Diskussion mit einem Lehrer nach einer schlechten Beurteilung an einem Elternabend: Sie drückte meinen Oberschenkel. Ein Flirt mit einem Kellner in der Türkei, der mich trotz seines Eheringes schon die ganze Woche über angegraben hatte: Sie drückte meinen Oberschenkel. Ich schwieg also und überließ es Mum, die Führung zu übernehmen und das Gespräch zu leiten. Allerdings tat sie es nicht. Sie nickte Dr. Hoddert einmal zu, ehe sie lächelte und sich dafür bedankte, dass sie es herausgefunden und ihr erklärt hatte. Dr. Hoddert zog ganz kurz die Stirn in Falten, bevor sie ebenfalls zu lächeln begann und sich wieder ihrem Computer zuwandte, um weitere Termine mit uns zu vereinbaren, die folgen würden, wenn wir die Diagnose verarbeitet hätten.

Mums Diagnose. Wir hatten sie endlich. Das Puzzle war vollständig, der Gegner ermittelt. Jetzt konnten wir weitermachen. Wohin genau diese Reise uns führen würde, wussten wir nicht, doch die Last der Ungewissheit, die von uns abfiel, gab uns das Gefühl, freier zu sein, als wir es seit Monaten gewesen waren.

Wir wussten nichts über diese Krankheit. Als die Tests anfingen und klar wurde, dass es sich um etwas Ernstes handelte, gab ich Mum das Versprechen, mich nicht im Internet zu informieren und ihre Symptome dort nicht zu googeln. Sie meinte, die Ärzte würden uns alles sagen, was wir wissen müssten, und ich sollte mein Vertrauen in diese Menschen setzen und nicht ins Internet.

Mein Plan war es, ihr das Versprechen zu machen, ehe ich es hinter ihrem Rücken gleich wieder brechen wollte. Natürlich hatte ich vor, im Internet nachzuschauen. Wenn ich bedachte, wie viel Zeit ich im Netz dafür verbraucht hatte, nach den besten Mitteln gegen einen Kater oder nach den besten Styles für schwer zu bändigendes Haar zu suchen … Und jetzt gab es etwas, das ich unbedingt wissen musste. *Selbstverständlich* hatte ich vor, im Internet nachzuschauen.

Meine Mum wusste genau, was ich dachte. Darum setzte sie sich mit mir zusammen hin und redete mir ins Gewissen. Sie erklärte mir, wie wichtig es ihr wäre, dass ich es für sie nicht noch schlimmer machte, indem ich mit eigenen Theorien kommen würde. Sie sagte, dass sie den Gedanken nicht ertragen könnte, dass ich mich über Dinge aufregen würde, die wir noch gar nicht genau wüssten. Und sie meinte, es wäre wichtig für sie, dass ich positiv bleiben würde, weil sie so viel Angst hätte wie noch nie zuvor in ihrem Leben. Ich versprach ihr, alles zu tun, was sie wollte, und ich hielt mich auch daran.

Als ich also »neurologische Erkrankung« hörte, hatte ich keine Ahnung, was das wirklich bedeutete. Ich fand, es klang nicht so furchtbar dramatisch. »Erkrankung« war kein allzu schlimmes Wort. Hey, wenigstens war es kein Krebs. Davor hatte ich wirklich Angst. Chorea Huntington dagegen war ein Fremder für mich.

Ein Fremder, den ich lieber niemals kennengelernt hätte.

Erst beim folgenden Termin begannen wir zu verstehen, was Mum bevorstand. Danach hatte ich die Arme um Mum geschlungen und die Handtasche voller Broschüren von Dr. Hoddert, in denen wir Adressen und Ansprechpartner finden würden, deren Hilfe wir zukünftig benötigen würden. Diese Hilfe mussten wir viel schneller in Anspruch nehmen, als wir erwartet hätten, da die Krankheit schneller voranschritt als gedacht. All die Symptome, von denen wir geglaubt und gehofft hatten, dass sie Mum erspart bleiben würden, zeigten sich Stück für Stück. Bis zu diesem Moment.

Ich schleiche mich an das Pflegebett heran, um Mum einen Kuss auf den Kopf zu hauchen, ehe ich mich wieder in den Sessel sinken lasse. Ich rolle mich zusammen, um die Kälte zu vertreiben, die sich nachts im gesamten Haus ausbreitet, und angle das Handy aus meiner Tasche. Ich weiß, was ich will, öffne den Browser und tippe »Machu Picchu Reiseblogs« ein.

Wenn Mum wach ist, bin ich ganz für sie da, aber wenn sie schläft, fällt es mir schwer, nicht darüber nachzugrübeln, wie mein Leben aussehen wird, wenn sie einmal nicht mehr ist. Ich habe angefangen, eine Liste der Dinge zu erstellen, die ich dann tun will. Und ganz oben auf dieser Liste steht eine Reise nach Südamerika.

Die meisten Links, die mir angezeigt werden, sind violett unterlegt – ich habe sie alle schon einmal gelesen. Obwohl ich es eigentlich nicht tun sollte, klicke ich meinen Lieblingsblog an, der »Finde die Liebe in Peru« heißt. Der Blog ist von einem Pärchen geschrieben. Die beiden heißen Andy und Dess. Sie haben sich auf einer Reise kennengelernt und ineinander verliebt. Der Blog beschreibt nicht nur ihre Reisen, sondern auch das Wachsen ihrer Beziehung, während sie von einem atemberaubenden Ort zum anderen reisen. Der Blog wurde vor vier Jahren geschrieben und nach ihrer Rückkehr nach England nicht weitergeführt. Das hätten sie eigentlich tun sollen. Ich kann mir vorstellen, dass ich nicht die einzige Leserin bin, die sich durch das abrupte Ende geprellt fühlt. Ist ihre Liebe nach der Rückkehr aus Peru gestorben? Oder sind die beiden noch zusammen und zehren von ihren gemeinsamen Erinnerungen an eine tolle Zeit? Ich habe versucht, einige Antworten zu finden, indem ich die beiden auf Facebook gesucht habe, doch keiner von beiden hat meine Freundschaftsanfrage angenommen.

Ich lese mir noch einmal die Passage über ihren ersten Kuss im Morgengrauen durch, während Machu Picchu sich zu ihren Füßen erstreckte und die Sonne über dem Huayna Picchu aufging. Dann drücke ich den Homebutton an meinem Handy, und Andy, Dess und Südamerika verschwinden vom Bildschirm meines Smartphones. Ich werfe das Handy auf den Boden, schließe die Augen und verfluche mich selbst dafür, es schon wieder getan zu haben.

Wenn ich mich wirklich auf meine eigene Reise vorbereiten wollte, sollte ich recherchieren, welche Marke die geeignetsten Wanderschuhe anbietet oder wer die besten Reiseveranstalter in Peru sind. Und ich sollte mich nicht in der Geschichte zweier Menschen verlieren, die ich nicht kenne und die kaum wertvolle Hintergrundinformationen über eine Wandertour durch die Anden liefern.

Und wenn ich mich wirklich auf meine eigene Reise vorbereiten wollte, sollte ich keine Zeit damit vergeuden, darüber zu lesen, wie es ist, als Paar zu reisen, denn wenn ich diese Tour unternehme, dann unternehme ich sie allein.

Andy und Dess glauben vielleicht, dass das Leben immer locker, lustig und leicht sein wird, aber ich weiß es besser. Ich weiß mehr. Ich habe das Leid hautnah miterlebt, und diese Erfahrung hat mich eines gelehrt: Man muss dem Leid aus dem Wege gehen, wo man nur kann. Neben der Liste von Dingen, die ich noch tun möchte, habe ich meine Regeln. Und die wichtigste Regel von allen lautet: *Verlieb dich nicht.*

Kapitel 5

Fast vierundzwanzig Jahre lang lief im Hause Hyland jeder Sonntagmorgen gleich ab: ausschlafen, ein typisch englisches, warmes Frühstück, frische Luft, Braten. Ab und an kam am Nachmittag Besuch vorbei – eine von Mums Freundinnen oder ein Junge, den ich genug mochte, um ihn mit nach Hause zu bringen. Aber meistens waren Mum und ich allein.

Der Sonntag war immer unser Lieblingstag. Als ich noch ein Kind war, war der Sonntag immer der einzig ruhige Tag in einer streng durchgeplanten Woche. Die strikte Planung erlaubte es meiner Mutter, genügend Stunden beim Optiker zu arbeiten und gleichzeitig dafür zu sorgen, dass ich immer dort war, wo ich sein sollte, und sich immer jemand um mich kümmerte, bis sie von der Arbeit zu mir zurückkehren konnte. Als ich dann erwachsen war, änderte sich nichts an diesem Gefühl der Ruhe am Sonntag. Es war ein Tag, an dem man innehielt und Zeit miteinander verbrachte, ehe man in die Hektik der neuen Woche startete. Ich war immer diejenige, die als Erste aufwachte. Dann hielt ich mich in der Nähe meiner Mutter auf, versuchte, sie zum Aufstehen zu bewegen, damit sie mir Frühstück machte, und lauschte ihrem Stöhnen unter der Bettdecke, ehe sie irgendwann aufstand – immer mit einem Lächeln auf den Lippen und einem Kuss für mich. Als ich älter wurde, änderte sich die Rollenverteilung, und Mum musste mich mit dem Duft von gebratenem Bacon, der unter meiner geschlossenen Tür hindurchwehte, aus dem Bett locken.

An diesem Sonntagmorgen wache ich auf, weil ich die ganze Nacht zusammengerollt im Sessel verbracht habe. Ich kämpfe mich hoch und recke und strecke mich, um Verspannungen zu vertreiben, die mich sonst den ganzen Tag lang begleiten würden. Im Esszimmer ist es dunkel, es ist früh. Mum schläft. Die Sonne muss wirklich sehr stark sein, um durch die blauen Samtvorhänge zu dringen, und das fahle Licht dieses Morgens wird noch eine ganze Weile brauchen, um das Zimmer zu erhellen.

Ich hebe mein Handy vom Boden auf und lasse Mum allein. Acht Uhr zweiunddreißig steht auf dem Display. Unmenschlich früh für einen Sonntagmorgen. Aber ich bin nicht die Einzige, die schon wach ist. Mein Handy vibriert, als ich eine neue Nachricht bekomme.

> Hey, Jess. Ich hoffe, es macht dir nichts aus, aber Olivia war gestern Abend in der Bar und hat mir deine Nummer gegeben. Heute Nachmittag treffe ich mich mit Freunden im **The Rose** ganz in deiner Nähe. Ich habe mich gefragt, ob du vielleicht Lust hättest, dazuzukommen? Um 13 Uhr? Sag einfach Bescheid. Alec xx

Eigentlich hatte ich vorgehabt, mich noch ein bisschen ins Bett zu legen, doch jetzt bleibe ich auf der untersten Treppenstufe stehen und fühle mich mit einem Mal wacher, als ich es nach ein paar Stunden unruhigen Schlafs hätte sein sollen. Statt ins Schlafzimmer gehe ich in die Küche und nehme ganz automatisch den *Cath-Kidston*-Becher mit Blümchenmuster, den meine Mum mir geschenkt hat, vom Abtropfbrett und setze Wasser auf.

Mein erster Instinkt ist mir vertraut: Freude. Ein Junge, den ich mag, hat mir eine Nachricht geschickt. Er will sich mit mir treffen. Ich könnte ihm wieder nahe sein.

Aber ich muss diesen Instinkt zurückdrängen. Ich atme ein paarmal tief durch und ändere meinen Kurs: Statt mich zu freuen, werde ich wütend.

Was fällt Alec eigentlich ein? Gestern habe ich doch wohl sehr deutlich gesagt, dass ich kein Interesse an ihm habe. Warum schreibt er mir dann um halb neun Uhr morgens, um mich um ein Date zu bitten?

Und was hat Olivia sich gedacht? Wenn es nicht so früh wäre, hätte ich sie schon längst angerufen und sie gefragt, wie sie auf die Idee kommt, das Recht zu haben, einfach meine Nummer weiterzugeben?

Es sei denn, Alec hat ihr von unserer gemeinsamen Nacht erzählt.

Na toll.

Ich habe gerade angefangen, Alec eine passende, unmissverständliche Antwort zu schreiben, als das Wasser kocht. Ich lege das Handy zur Seite. Im Moment ist mir Koffein wichtiger als dieser Kerl.

Ich setze mich an den kleinen Glastisch im Erkerfenster. Über Nacht hat es wieder geschneit, und die vertrauten Konturen des Gartens haben sich in sanfte Hügel verwandelt. Die Zweige der Bäume biegen sich unter der weißen Pracht, und der dunkle, wolkenverhangene Himmel verheißt weiteren Schneefall.

Es ist schön und angenehm im Kokon der Küche. Nachdenklich nippe ich an meinem Kaffee, betrachte die Weihnachtskartenaussicht und sehe wieder den leidenschaftlichen Ausdruck in Alecs Augen vor mir, als er mein Gesicht in beide Hände nimmt.

Es gelingt mir nicht länger, das schlechte Gewissen zu verdrängen, weil ich so lange hier sitze und nichts tue, während ich mich eigentlich um meine Mutter kümmern sollte. Also gehe ich, nachdem ich meinen Becher geleert habe, ins Esszimmer zurück und sehe nach Mum. Durch die geschlossene Tür hindurch kann ich schon den Fernseher hören.

»Guten Morgen, Mum! Eine Tasse Tee?«

Sie sieht mich nicht an und stellt den Apparat lauter. Anscheinend hatte sie den Vorfall der vergangenen Nacht nicht vergessen. Ich kenne Mums Launen gut genug, um zu wissen, dass ein solcher Start in den Tag meistens bedeutet, dass der

Tag auch so zu Ende gehen wird. Mum hat nichts von ihrer Sturheit eingebüßt und kann sich in ihre schlechte Laune wie in einen Pelzmantel einhüllen, über den sie im Laufe des Tages immer wieder streicht, um sich daran zu erinnern, wie er sich anfühlt.

Ich versuche erst gar nicht, sie zu besänftigen, und gebe ihr die Medikamente. Dann mache ich Tee. Es tut mir in der Seele weh, ihr den Tee in einer Schnabeltasse servieren zu müssen, damit nichts danebenläuft. Mum nimmt den Becher und ignoriert mich weiterhin. Sie zappt durch die Kanäle und bleibt nirgends länger als eine Minute hängen.

Das Beste, was ich in dieser Situation tun kann, ist, sie eine Weile allein zu lassen. Ich lasse die Tür zum Esszimmer offen stehen und setze mich im Wohnzimmer vor den Fernseher. Genau wie Mum zappe ich durch die Kanäle, bis ich irgendwann einnicke.

Die Türklingel geht, und ich schrecke aus dem Schlaf hoch. Ich blicke an meinem ausgewaschenen Katzenpyjama hinab, und mein erster Instinkt ist, die Klingel nicht weiter zu beachten, damit niemand mich in diesem Zustand zu Gesicht bekommt. Aber das kann ich nicht machen. Es könnte eine Lieferung sein, die wir dringend benötigen, oder es könnte auch Debs sein, die nach uns sehen will. Mit gespreizten Fingern fahre ich mir durch die zerzausten Haare und versuche, sie zumindest ein bisschen zu bändigen, ehe ich die Tür öffne.

»Hallo, Schatz! Hast du mich vergessen?«, fragt Tante Sarah und mustert mich mit ihren strahlenden Augen, unter denen weit und breit keine Schatten zu erkennen sind. Sie sieht wie immer perfekt aus – sie trägt einen tomatenroten Blazer, der an diesem trüben Morgen so leuchtet, dass ich ihn kaum anblicken kann.

»Nein, überhaupt nicht. Wir sind heute Morgen nur ein bisschen spät dran. Komm rein, komm rein.«

Der zweite Sonntag des Monats. Tante Sarahs Besuchstag. Normalerweise freue ich mich schon Tage vorher darauf, umso überraschter bin ich, dass ich in letzter Zeit offenbar keinen Gedanken daran verschwendet habe.

Tante Sarah ist nicht wirklich mit mir verwandt. Sie ist – oder war – Mums beste Freundin. Die beiden haben jahrzehntelang zusammen in ihrem Optikergeschäft in Cheshire gearbeitet. Tante Sarah war ein fester Bestandteil unseres Lebens und gehörte praktisch zum Inventar dieses Hauses. An den meisten Freitagen kam sie nach der Arbeit mit Mum hierher. Die beiden setzten sich mit einer Flasche Wein an die Kücheninsel, ließen die Woche hinter sich, tranken und aßen dazu gigantische Mengen von Chips, die Mum in eine goldene Servierschüssel füllte, der Exzess sollte schließlich Klasse haben. Irgendwann beschloss eine von ihnen, dass es Zeit für Musik wäre, und sie tanzten beschwipst durch die Küche. Sehr oft zogen sie auch mich mit hinein. Wir tanzten ausgelassen bis in die frühen Morgenstunden – bis Mum dann plötzlich wieder einfiel (meist unterstützt durch ein wütendes Klopfen an die Wand), dass wir nicht in einem Nachtclub waren, sondern in einer Doppelhaushälfte, und dass auf der anderen Seite Kinder schlafen wollten.

Obwohl Tante Sarah verheiratet ist und einen Sohn hat, der elf Jahre jünger ist als ich, hat sie uns immer das Gefühl gegeben, wir gehörten auch zu ihrer Familie. Mum und ich wurden ab und zu zu Familienfeiern eingeladen, und einmal im Jahr feierten wir Freddies Geburtstag im *Cricket Club*. Doch den meisten Spaß hatten wir immer bei uns zu Hause. Nur wir drei.

Aber dann wurde Mum krank, und Sarah konnte nicht damit umgehen.

Sie fing an, sich zurückzuziehen. Stück für Stück natürlich. Von jetzt auf gleich zu verschwinden, wäre zu grausam und unhöflich gewesen. Doch im Grunde genommen hat sie genau das im Laufe der vergangenen Jahre getan. Während es Mum immer schlechter ging, hatte Sarah immer mehr zu tun. Freddie, der inzwischen ein Teenager war, brauchte sie anscheinend mehr, als er es als Kind je getan hatte. Die Besuche am Freitag wurden weniger, bis sie ganz aufhörten, Einladungen wurden nicht mehr ausgesprochen, und mittlerweile findet nur noch ein monatlicher Besuch statt. Das ist alles, was sie noch schafft.

»Bist du dir sicher, dass es gerade passt?«, fragt Sarah und bleibt vor der Tür stehen. »Wenn nicht, kann ich auch …«

»Nein, ist schon gut. Geh zu Mum und rede ein bisschen mit ihr. Ich gehe schnell nach oben und ziehe mich an, wenn das okay ist?«

»Oh. Klar. Gut.«

Ich beobachte, wie Sarah beinahe in Zeitlupe ins Esszimmer geht, als würde sie von einer unsichtbaren Hand zurückgehalten.

»Susan, du siehst wundervoll aus!«, sagt sie, und ihre Stimme ist so schrill wie die Farbe ihres Blazers.

Mum stellt den Fernseher noch lauter.

Ich bin dankbar, dass Sarah da ist. Jetzt leistet sie meiner schlecht gelaunten Mutter ein bisschen Gesellschaft, und ich habe Zeit, um eine ausgedehnte Dusche zu nehmen, mir das Haar zu trocknen und sogar etwas Make-up aufzulegen. Irgendwann muss ich wieder nach unten gehen und mich zu den beiden setzen, aber ich habe es damit wirklich nicht eilig.

Sobald ich eine graue Jeans und einen schwarzen Pullover angezogen habe, widme ich mich meinem Make-up. Ich trage zum Outfit passenden grauen Lidschatten und schwarzen Eyeliner auf, den ich viermal korrigieren muss, ehe er richtig sitzt. Danach gehe ich nach unten, um zu sehen, wie der Besuch läuft. Ich habe Mum seit Sarahs Ankunft hier nicht ein Wort sagen hören. Vermutlich sollte ich mich ein bisschen mit Sarah unterhalten und die Fragen stellen, die Mum ihrer besten Freundin stellen würde, nachdem sie sie einen Monat lang nicht gesehen hat. Das einzige Problem sind die Antworten. Wie sollte es Mum helfen, sich anzuhören, wie es Sarah bei der Arbeit geht, welchen Urlaub sie geplant hat oder was ihr junger, freier Sohn für Abenteuer erlebt? Wie kann es irgendeinem von uns helfen?

Sarah ist nicht mehr im Esszimmer. Als ich hineinblicke, sehe ich nur Mum, die wieder schläft – wahrscheinlich tut sie nur so als ob, um Sarahs guter Laune zu entfliehen.

Sarah ist in der Küche und läuft aufgeregt hin und her. Sie hat die Lippen geschürzt und redet anscheinend stumm mit sich selbst. Das ist eine neue Angewohnheit von ihr, und ich frage mich, ob es ein nervöser Tick ist, den sie nun ständig hat, oder ob sie nur darunter leidet, wenn sie bei uns zu Besuch ist.

»Ist alles in Ordnung?«

»Oh, mir geht es gut. Es ist nur … Es ist nur … Es scheint ihr heute viel schlechter zu gehen. Wie lebhaft und temperamentvoll sie früher doch war! Sie so zu sehen, ist schrecklich«, sagt sie. In ihren Augen schimmern Tränen.

»Sie hat auch ihre guten Tage«, entgegne ich. »Heute ist nur leider keiner davon.«

»Hast du schon den Artikel gelesen, den ich dir zugeschickt habe? Man kann offenbar durch diese spezielle Ernährung ganz tolle Ergebnisse erzielen. Es wäre doch einen Versuch wert, oder?«

»Um ehrlich zu sein, bin ich mir nicht sicher, wie viel Grünkohl ich in Mum hineinbekomme.«

»Na ja, wir müssen es versuchen, Jessica! Es lohnt den Versuch, findest du nicht?«

Wir müssen es versuchen. Ich spüre, wie Wut in mir hochkocht, und ich kann nicht verhindern, dass sie sich ihren Weg nach draußen bahnt.

»Glaub mir, Sarah, ich gebe jeden Tag alles dafür, damit Mum nicht leidet! Ich verabreiche ihr ihre Medikamente und achte darauf, dass sie genug isst. Aber hey, wenn du meinst, du könntest hier einmal im Monat aufkreuzen und es besser machen, dann tu dir keinen Zwang an.«

Statt sie anzusehen, starre ich auf die große Uhr an der Wand. Es ist fast halb zwölf.

»Es tut mir leid«, murmele ich. Es ist mir unangenehm, dass ich so wütend geworden bin, und es macht mir Angst, dass ich völlig die Beherrschung verloren habe. »Weißt du was, Sarah? Ich habe ganz vergessen, dass ich heute Nachmittag verabredet bin. Ich habe nur zugesagt, weil ich wusste, dass du kommst, und ich dachte, du hättest nichts dagegen, wenn ich mal eine Pause von all dem hier bekommen würde. Ich muss jetzt los.«

Bevor sie widersprechen kann, schnappe ich mir meine Jacke, mein Handy und meine Tasche, schlüpfe in meine Boots und verschwinde.

Draußen ist es so kalt, dass mein Atem praktisch gefriert, aber ich bemerke es kaum. Die aufregende Aussicht auf einen freien Nachmittag – und das schlechte Gewissen deswegen – reichen aus, um mich innerlich zu wärmen. Ich schicke Alec eine Nachricht, dass ich gleich komme. Dann biege ich vor unserer Haustür nach links ab und laufe zum *The Rose.*

Als mein Telefon vibriert, rechne ich damit, dass es Alec ist, doch dem ist nicht so. Es ist Sarah. Ich werde langsamer, als ich ihre Nachricht lese, und die kalte Luft bekommt die Gelegenheit, in meine Knochen zu kriechen.

Es tut mir leid, Jess. Du machst das alles großartig, und ich fühle mich schrecklich, weil es so geklungen hat, als würde ich etwas anderes denken. Ich werde versuchen, dich besser zu unterstützen. Es ist einfach so, dass mir jedes Mal das Herz bricht, wenn ich deine Mutter sehe. Und es tut mir weh zu wissen, dass es dir eines Tages genauso ergehen wird.

Kapitel 6

Drei Jahre zuvor

»Sind Sie sich sicher, dass Sie es wissen wollen?«, fragte Kal, der Mitarbeiter von der humangenetischen Beratung, zum letzten Mal.

»Ziemlich sicher.«

»Okay. Hier sind Ihre Ergebnisse. Ich werde sie Ihnen geben, aber es ist allein Ihre Entscheidung, was Sie damit machen. Wenn Sie es sich anders überlegen, müssen Sie den Umschlag nicht öffnen. Es liegt ganz bei Ihnen.«

Es hatte drei verpflichtende Beratungssitzungen und einen Bluttest gebraucht, um die Ergebnisse zu bekommen, die er jetzt in einem braunen Umschlag in den Händen hielt, und trotzdem bot er mir noch die Gelegenheit, einen Rückzieher zu machen.

Dass man bei Mum eine tödliche neurologische Erkrankung diagnostiziert hatte, hatte noch nicht gereicht. Im Anschluss daran hatte Dr. Hoddert uns nämlich erklärt, dass Chorea Huntington vererbbar sei und eine fünfzigprozentige Chance bestehe, dass ein Nachkomme der betroffenen Person ebenfalls erkranken würde. Fifty fifty. Ein Münzwurf.

Dr. Hoddert gab uns bei Mums nächstem Termin noch ein Faltblatt, doch Mum weigerte sich, die Broschüre mitzunehmen. In der Broschüre war von einem genetischen Bluttest zu lesen, den die Kinder von Chorea-Huntington-Erkrankten machen konnten, um herauszufinden, ob sie ebenfalls das fehlerhafte Gen besaßen, das zu einem Ausfall der Nervenzellen und damit zu Elend und Tod führen würde.

Mum war sich sicher, dass ein positiver Befund mein Leben ruinieren würde. Sie war davon so überzeugt, wie ich davon überzeugt war, es wissen zu müssen. Jeder von uns bildete sich seine Meinung zu dem Thema und hielt daran fest. Meine Entscheidung, wissen zu wollen, ob ich meine Zukunft mit der Huntington-Krankheit planen musste, war der Grund für einige schlimme Streitereien, die wir in einer Zeit ausfochten, in der wir eigentlich hätten zusammenhalten müssen. Aber ich musste einfach Gewissheit haben. Die andere Möglichkeit – es eben *nicht* zu wissen und mich ständig zu fragen, ob die Krankheit in mir schlummerte, im dunkelsten, hintersten Teil meines Gehirns lauerte und darauf wartete, zuzuschlagen – stand nicht zur Debatte.

Ich versuchte, meine Mutter von meiner Meinung zu überzeugen, indem ich ihr ins Gedächtnis rief, wie sehr ich Überraschungen hasste. Als ich zum Beispiel zehn Jahre alt war und Mum es übernahm, den Zauber von *Father Christmas* durch ihren eigenen Zauber zu ersetzen, schlich ich in ihr Zimmer – nicht, um nach Geschenken zu suchen, sondern in Mums Portemonnaie nach den Quittungen. Ich wollte wissen, auf was ich mich am Weihnachtsmorgen einstellen konnte.

Aber all das spielte keine Rolle. Meine Mum würde meine Entscheidung niemals verstehen, und es würde uns vielleicht entzweien – egal, wie das Ergebnis aussah.

Doch dass Mum mit ihrer neuen Zukunft ringen und zugleich über die Zukunft ihrer Tochter nachdenken musste, war zu viel. Sie tauchte immer wieder ins Dunkel, ins Schweigen ein, und während dieser Phasen kam ich tagelang nicht mehr an sie heran. Um ihr die Last leichter zu machen, traf ich mit Mum eine Vereinbarung: Ich wollte mir ein Jahr nehmen, um darüber nachzudenken.

In diesem schrecklichen Jahr dachte ich an nichts anderes als an die Huntington-Krankheit – aber abgesehen von Mums Zustand, der immer schlechter wurde, änderte sich nichts an meiner Haltung. Zwölf Monate nachdem Mum ihre Diagnose bekommen hatte, traf ich mich zum ersten Mal mit Kal.

Mum versteckte an jenem Morgen meine Schlüssel und weigerte sich, mir zu sagen, wo sie waren. Ich musste durch die Hintertür und den Garten verschwinden. Sie wollte mir die Zukunftsaussichten ersparen, aber ich hatte nicht vor, einen Rückzieher zu machen – ganz egal, was sie auch tat, ganz egal, wie sehr ein positives Ergebnis mein Leben verändern würde. Denn das würde es, das wurde mir in den drei Sitzungen mit Kal durchaus bewusst.

Trotzdem: Ich musste es wissen. Und nun lag endlich das Ergebnis vor. Ich musste es nur noch lesen.

»Jess?«

»Ja«, sagte ich zu Kal. »Ja, ich bin bereit.«

Er reichte mir den Umschlag, und ich schnappte ihn mir, damit er nicht mitbekam, wie sehr meine Hände zitterten. Für diesen möglicherweise einschneidenden Wendepunkt in meinem Leben war ich nicht halb so bereit, wie ich vorgab zu sein. Oh, ich würde den Umschlag selbstverständlich aufmachen, aber ich brauchte noch einen kleinen Moment, um mich zu beruhigen, ehe ein Blatt Papier darüber entschied, wie meine Zukunft aussehen würde.

Kal rutschte auf seinem Sessel nach vorn und schlug die Beine übereinander. Seine Turnschuhe waren abgewetzt, und er trug zwei unterschiedliche Socken. Ich fragte mich, wie viel Gehalt Kal gezahlt wurde, damit er Leute wie mich durch eine solch quälende Zeit führte. Nicht genug offenbar, um sich zueinander passende Socken und ordentliche Turnschuhe leisten zu können.

»Vergessen Sie nicht: Egal, wie das Ergebnis aussieht, es gibt Hilfe und Unterstützung. Wir können uns noch einmal treffen, wenn Sie mögen. Es gibt auch Selbsthilfegruppen, zu denen ich Ihnen gern einen Kontakt herstellen könnte.« Er räusperte sich. »Wie auch immer das Ergebnis aussieht: Beim Öffnen des Umschlags werden alle möglichen Gefühle und

Empfindungen auf Sie einprasseln. Vergessen Sie nicht, dass alles, was Sie empfinden, seine Berechtigung hat! Es gibt in einer solchen Situation kein Richtig oder Falsch. Sie halten jetzt den Umschlag in den Händen. Nehmen Sie sich alle Zeit der Welt, um ihn zu öffnen.«

Ich riss den Umschlag auf und zerrte das Schreiben heraus. Das Bedürfnis, endlich Gewissheit zu haben, war mit einem Mal übermächtig. Eine Sekunde lang schienen die Buchstaben auf dem Papier zu verschwimmen. Es waren einfach zu viele Wörter, die sich auf der Seite zu ballen schienen. Ich konnte sie nicht entziffern. Doch dann sah ich ein Wort, das herausstach: positiv.

»Danke«, sagte ich zu Kal und schob das Papier von meinen Knien, sodass es zu Boden fiel. »Ich würde jetzt lieber gehen, wenn das in Ordnung ist.«

»Jess. Ich glaube wirklich …«

Ich blieb nicht lange genug, um zu hören, was er sagte. Ich ließ das Schreiben mit dem Ergebnis in seinem winzigen Büro und verließ die Beratungsstelle, ging vorbei am Krankenhaus, vorbei an der Universität und bis nach Hause. Ich wusste nicht genau, was ich empfand und ob ich überhaupt etwas fühlte. Ich wusste nur, dass ich es Mum sagen musste.

Aber als ich nach Hause kam, weinte Mum. Sie hatte sich am Bügeleisen verbrannt. Vergangene Woche hatte mein Lockenstab eine üble Spur von Blasen auf ihrem Arm hinterlassen. In der Woche davor hatte sie sich eine Tasse Tee über die Hände geschüttet. Unbeholfenheit war ein Symptom der Huntington-Krankheit, das hatte man uns erklärt. Im Laufe der Jahre hatte ich schon einige Situationen miterlebt, in denen sie sich ungeschickt verhalten hatte, doch das hier war etwas ganz anderes. Mum verletzte sich bewusst.

Es war ihre Art, die Angst und den Schrecken vor der Zukunft auszuschalten, die ihr ständig durch den Kopf gingen. Das erzählte sie mir zumindest, als ich auf eine Erklärung von ihr drängte. Sie brauchte eine Pause von diesen quälenden

Gedanken. Bei dem Mut, den man brauchte, um sich selbst zu verletzen, bei dem Akt an sich und bei den Schmerzen danach ging es einmal nicht um die Huntington-Krankheit. Diese Dinge gehörten zur Gegenwart, zum Augenblick und gaben ihr die Möglichkeit, sich mal einen Moment auf etwas anderes als ihre Erkrankung zu konzentrieren. Sie erklärte mir das mit ruhiger Stimme, als wäre es ganz logisch, unter diesen Umständen so zu handeln.

»Also, hast du das Ergebnis deiner Untersuchungen?«, fragte sie, nachdem ich ihren Arm verbunden und die Wirkung des Schmerzmittels eingesetzt hatte.

Um ein Haar hätte ich sie angelogen. Es wäre ganz leicht gewesen zu behaupten, mich hätte der Mut verlassen und ich hätte das Ergebnis nicht abgeholt. Damit wäre das Thema erledigt gewesen. Mit der Lüge hätte ich sie glücklich machen können. Sie hätte ihr Leben weitergelebt, ohne sich über den Schmerz Sorgen machen zu müssen, den ich empfinden würde, wenn ich sie langsam sterben sah – und zwar in dem Wissen, dass es mir einmal genauso ergehen würde. Aber ich musste es ihr sagen. Wir waren immer ehrlich zueinander. Nur so funktionierte unsere Beziehung. Wenn eine Familie nur aus zwei Mitgliedern besteht, dann spielen Ehrlichkeit und Aufrichtigkeit eine große Rolle.

»Ja, das habe ich. Es tut mir leid, Mum. Das Ergebnis ist positiv.«

»Es tut mir so leid, mein Liebling! So leid.« Sie zog mich in ihre Arme und achtete bei dieser Umarmung nicht auf die Schmerzen ihrer Brandwunde. Ich ließ mir von ihr übers Haar streicheln, während wir beide weinten. Sie sagte nichts mehr, und ich war dankbar dafür. Es gab nichts mehr zu sagen.

Nach dem Abendessen half ich ihr, in ihr Bett zu gehen. Sobald sie eingeschlafen war, nahm ich eine Flasche Wodka aus dem Gefrierfach und ging hinaus in unseren Garten. Ich saß auf einer Bank am Rande des Steingartens, der immer ordentlich gepflegt gewesen, nun jedoch von Moos bedeckt war, und trank und weinte und trauerte. Am nächsten Morgen würde ich wieder umschalten. Unsere Zukunft wurde durch Chorea Huntington auf links gedreht. Zerstört. Mums noch früher als meine. Und ihre Zukunft war im Augenblick das Einzige, auf das ich mich konzentrieren würde.

Kapitel 7

Im *The Rose* ist es brechend voll. Sonntags gibt es dort Braten, den sie zusammen mit köstlicher Soße in einer kleinen Kupfersauciere auf einem Holzbrett servieren. Erst kürzlich wurde *The Rose* von den *Manchester Evening News* der heiß begehrte Titel »bester Braten in ganz Manchester« verliehen.

An jedem anderen Wochentag ziehen das etwas heruntergekommene Interieur, die Plasmabildschirme und das günstige Ale vor allem Studenten an, aber am Sonntag trifft man dort Cliquen gut gekleideter Freunde, die sich die eine oder andere Flasche Wein teilen und die gesprungenen Kacheln auf den Toiletten als charmantes Detail einer Szenelocation betrachten. Um an einem Sonntag um ein Uhr mittags einen Tisch zu bekommen, muss Alec schon vor Wochen reserviert haben. Auf keinen Fall war es ein spontaner Einfall, den er heute in die Tat umgesetzt hat, weil das *The Rose* sich zufällig in Didsbury Village bei mir um die Ecke befindet.

Ich glaube, ich bin zu früh dran, und will noch schnell einen Drink an der Bar nehmen, bevor Alec kommt. Doch als die Tür hinter mir ins Schloss fällt, entdecke ich ihn. Er sitzt allein an einem Tisch vor dem Kamin. Er sitzt unnatürlich aufrecht im Sessel und dreht alle paar Sekunden den Kopf zur Seite. Er sieht wie ein gut angezogenes Erdmännchen aus.

Wenn direkt hinter mir nicht eine große Gruppe von Gästen hereingekommen wäre, dann wäre ich rückwärts wieder zur Tür hinausgeschlichen. Allerdings machen sie ein solches Theater, als sie ihre Mäntel ausziehen und über das Wetter stöhnen, dass ich mir sicher bin, dass Alec jeden Moment in ihre Richtung blicken wird – und dann wird er mich auf jeden Fall sehen.

Der letzte Mann, mit dem ich mich in einem Pub getroffen habe, war mein Ex-Freund Liam. Das ist über vier Jahre her. Er saß wie Alec an einem Tisch vor einem ähnlichen Kamin. Mum hatte gerade ihre Diagnose erhalten, und ich wollte mich mit ihm treffen, um bei einem schwer verdaulichen Essen ein bisschen Mitgefühl von ihm zu bekommen. Stattdessen musste ich mir anhören, dass ich ihm zu viel zumuten würde und dass er sich so etwas Heftiges nicht gewünscht hätte. Und im nächsten Moment war ich wieder Single.

Ich blicke noch einmal zu Alec. Er wackelt ein wenig in seinem Sessel, weil er mit einem Fuß gegen ein Sesselbein wippt. Anscheinend ist er nervös. Liam war nie meinetwegen nervös, nicht ein Mal. Das ist echt süß. Obwohl ich noch nicht viel über ihn weiß, bin ich mir sicher, dass Alec eine Frau niemals mit der Aussicht auf Rindfleischpastete und Pommes frites in einen Pub locken würde, um dann mit ihr Schluss zu machen.

Nicht, dass es eine Rolle spielen würde, falls Alec es doch täte. Er wird bei mir sowieso nicht die Gelegenheit dazu bekommen.

Als Alec mich erblickt, schlängele ich mich zwischen den Tischen hindurch, um zu ihm zu kommen. Ein breites Grinsen erstrahlt auf seinem Gesicht.

»Hi! Du bist früh dran«, sagt er und erhebt sich aus seinem Sessel, um mich zu begrüßen. Als ich mir einen Sessel heranziehe und Platz nehme, bevor er mir einen Kuss auf die Wange gibt oder mich umarmt oder welche Art von körperlichem Kontakt ihm auch immer vorschwebt, lässt er sich ebenfalls wieder in seinen Sessel sinken.

»Und du bist allein«, stelle ich fest. Mir weht ein Hauch seines Aftershaves in die Nase, und ich wünschte – obwohl ich es eigentlich gar nicht will –, ich hätte mich näher zu ihm gesetzt.

»Ja, du hast die anderen verpasst, fürchte ich. Es gab einen kleinen Notfall, und sie mussten wieder los.«

»Ich habe sie also verpasst, ja? Obwohl ich zwanzig Minuten zu früh gekommen bin?«

Mein Grinsen, das ich nicht schnell genug unterdrücken kann, entgeht ihm natürlich nicht, und er lacht. »Okay, im ersten Moment muss es auf dich wirken, als hätte ich mir meine Freunde nur ausgedacht, um dich hierherzulocken. Aber wenn du einen Blick auf die Beweise wirfst, wirst du feststellen, dass das nicht der Fall ist.«

Nach einem großen Schluck trüben Ales weist er auf das Chaos auf dem Tisch. »Beweisstück A: ein Haufen von zerknüllten Servietten auf einem nassen Tisch. Und Beweisstück B: ein Hochstuhl. Beweisstück C: ein Lätzchen, das in all dem Durcheinander liegen gelassen wurde.«

»Also war dein Freund ein unordentliches Kind?«

»Na ja, irgendwie schon. Seine Eltern sind alte Freunde aus Leeds, die gekommen sind, um den Tag hier zu verbringen. Wir hatten das schon seit einer Ewigkeit geplant, und sie haben sich darauf gefreut, dich kennenzulernen. Doch dann hat Sam ein Glas Johannisbeersaft über sich gegossen, und es stellte sich heraus, dass Tom, der an der Reihe gewesen war, die Windeltasche zu packen, so ziemlich alles vergessen hatte, was man bei einem Johannisbeersaftunfall braucht. Sie hatten also keine Wechselklamotten und keine Feuchttücher dabei, dafür aber fünf Kinderbücher und ungefähr zwölf Tütchen Rosinen. Wenn du zehn Minuten früher gekommen wärst, hättest du Hannah mit einem Baby – mit nichts als einer Windel und einem Jäckchen bekleidet – auf dem Arm aus dem Pub stürmen sehen können und Tom, der den beiden bedröppelt hinterherschlich, weil er wohl ahnte, welches Donnerwetter ihn im Auto erwarten würde.«

»Hmmm.«

»Jess, willst du damit etwa sagen, dass ich mir die ganze Geschichte nur ausgedacht habe? Das trifft mich aber sehr!

Es gibt unzählige Zeugen für die Szene. Soll ich für dich das nette Paar zu deiner Linken bitten, dir meine Version der Geschehnisse zu bestätigen?«

Ich mustere ihn aus leicht zusammengekniffenen Augen. »Das ist nicht nötig. Ich glaube dir. Obwohl es echt schade ist: Ohne deine Freunde sind wir beide wieder allein.«

Er nimmt noch einen Schluck von seinem Ale. Als er das Glas schließlich auf den Tisch stellt, ist es fast leer.

»Das ist wirklich schade. Tja, wir müssen irgendwie damit klarkommen. Sollen wir etwas bestellen?«, fragt er, ehe er die Speisekarte nimmt, auf der nur vier Gerichte stehen, und sie hochkonzentriert studiert.

Ich spüre meinen sorgenfreien Nachmittag wie Schnee dahinschmelzen. Obwohl ich gern hier im Warmen bleiben, etwas essen und trinken und lachen will, bin ich mir nicht sicher, ob ich das kann. Wahrscheinlich war das nicht Alecs Absicht, doch für ihn war aus der Verabredung mit Freunden plötzlich ein Date geworden. Ein Date mit Möglichkeiten.

»Eigentlich würde ich lieber gehen.«

»Bitte, bleib!«, sagt er und legt die Speisekarte zur Seite. Mit großen Augen sieht er mich an. »Das war echt keine Absicht! Ich schwöre dir, dass es kein Trick war, um den Freitagabend noch einmal zu wiederholen. Ich habe nicht vergessen, dass du gesagt hast, es würde nicht noch einmal vorkommen. Heute sollte eigentlich ein lockeres Treffen unter Freunden stattfinden. Ich dachte, Tom und Hannah würden dir gefallen. Sie nerven mich immer damit, dass sie die neuen Menschen in meinem Leben kennenlernen wollen. Sie wollen sich eben vergewissern, dass es mir gut geht. Du hättest mir also einen Gefallen getan, denn anschließend hätten sie mich hoffentlich in Ruhe gelassen. Du bleibst doch wenigstens auf einen Drink, oder?«

»Okay. Aber die Drinks gehen auf mich. Möchtest du noch mal dasselbe?«

»Nein. Tom hat mir das Ale geholt, und es schmeckt grauenvoll. Könntest du mir den süßesten, zuckrigsten Cider mitbringen, den du bekommen kannst, um den Geschmack aus meinem Mund zu kriegen?«

»Cider klingt gut. Den nehme ich auch.«

Während ich an der Bar warte, werfe ich ab und zu heimliche Blicke über die Schulter in seine Richtung: Er hat sich in seinem Sessel zurückgelehnt und starrt ins Feuer. Am Daumen trägt er einen silbernen Ring, der ihm ein bisschen zu groß ist, und er dreht ihn unablässig herum. Seit gestern Morgen hat er sich offensichtlich den Bart gestutzt.

Dafür, dass das hier nur ein zwangloses Treffen sein soll, wirkt er ganz schön nervös.

»Okay«, sage ich und stelle die randvollen Gläser auf den Tisch, bevor ich noch etwas verschütte, »du musst mir mehr über Tom und Hannah erzählen, damit ich dir glaube, dass es sie tatsächlich gibt. Warum wollen sie sichergehen, dass es dir gut geht? Das musst du mir zuallererst erklären.«

Eindringlich sieht er mich an, als ich mich wieder setze und mein Glas zu mir heranziehe. Seine Hände liegen auf dem Tisch. Er wendet seine Aufmerksamkeit von mir auf seine Finger. Offensichtlich findet er, dass seine Hände nichts auf dem Tisch zu suchen haben, denn plötzlich zieht er sie weg und legt sie in den Schoß. Dann faltet er sie und schlingt sie um sein Knie, das unentwegt wippt.

»Gut, okay. Ich meinte damit, dass sie sich viel zu viele Sorgen um mich machen. Vor allem Tom. Wir sind seit unserem fünften Lebensjahr befreundet. Er hasst die Tatsache, dass er sich nicht mehr ständig um mich kümmern kann, weil wir inzwischen in verschiedenen Städten leben.«

»Wieso bist du überhaupt umgezogen?«

Er lacht. »Wird das jetzt so eine Art Verhör?«

»Kann man so sagen. Und jetzt beantworte bitte meine Frage.«

»Jawohl, Ma'am.« Er nimmt einen Schluck von seinem Erdbeer-Limetten-Cider und zuckt zusammen. »Wenn du die Kurzversion hören willst … Ich habe mit meiner Freundin Schluss gemacht, die zufällig auch mit meinem gesamten Freundeskreis befreundet war, und beschlossen, einen klaren Schnitt zu machen, um nach vorn blicken zu können.«

»Tut mir leid, eigentlich möchte ich die ganze lange, ungeschönte Geschichte hören«, entgegne ich und lächele ihn freundlich an.

Er legt den Kopf leicht schräg, und ich versuche, nicht darüber nachzudenken, wie wundervoll seine Augen funkeln. »Lustig«, sagt er grinsend und zwinkert mir zu. »Ich könnte schwören, dass du gesagt hast, dass du nicht an mir interessiert bist.«

Das sollte ich auch nicht sein. Je mehr ich über Alec erfahre, desto sicherer bin ich mir, dass ich ihn mögen würde. Und ich mag ihn jetzt schon viel zu sehr. Aber nur, wenn ich Alec dazu bringe, über sich zu reden, kann ich gleichzeitig verhindern, über mich reden zu müssen.

»Gut, wenn du es unbedingt wissen willst: Ich habe den Fehler begangen, mit meiner Freundin zusammenzuziehen, als es zwischen uns gerade alles ziemlich unsicher war. Ein paar Wochen nach unserem Umzug beschloss sie, doch lieber mit mir Schluss zu machen.«

»Warum hat sie das getan?«, frage ich überrascht. Ich kann mir kaum vorstellen, dass sich irgendjemand freiwillig von Alec trennen will.

»Willst du das wirklich wissen?«

»Ja.«

»Du wirst enttäuscht sein, weil es eher unspektakulär ist. Kein Betrug, keine großartigen Streitereien, keine Klamotten, die in einem Wutanfall aus dem Fenster gepfeffert wurden. Es lief alles sehr anständig und höflich ab.«

»So ein Jammer.«

»Wir waren eines der Paare, das länger zusammengeblieben ist, als es für uns gut war. Wir haben uns öfter mal getrennt, aber wir sind immer befreundet geblieben und haben uns regelmäßig gesehen. Irgendwann sind wir dann immer wieder zusammengekommen und haben uns geschworen, einen Neuanfang zu machen. Doch die Tatsache, dass wir nichts gemeinsam hatten, ist nie verschwunden – genauso wenig der Mangel an Leidenschaft.«

»Also ist die Trennung jetzt endgültig?«

Er greift über den Tisch hinweg und legt seine Hand auf meine. »Mach dir keine Sorgen. Ich werde nicht zu ihr zurückgehen«, sagt er sehr ernst, bevor er grinst.

Er will mich zum Lachen bringen, aber es ist kein Witz. Alec wollte mich berühren, seit ich hier angekommen bin, und ich habe ihm die Chance gegeben. Seine Hand berührt meine Haut, liegt warm auf meiner. Ich wage es nicht, ihm ins Gesicht zu blicken. Stattdessen starre ich auf unsere Hände und versuche, den Aufruhr in meinem Magen zu ignorieren.

»Darum bist du also nach Manchester gezogen?«

Er zieht seine Hand zurück und legt sie wieder auf sein Knie.

»Ja. Die endgültige Trennung war eine große Erleichterung, und ich wollte sichergehen, dass es dieses Mal auch wirklich für immer ist. Wenn wir einander weiterhin regelmäßig gesehen und voneinander gehört hätten, wäre es schwer gewesen, jemand Neues kennenzulernen. Ich musste also etwas ändern – für uns beide.«

»Das war ein mutiger Schritt.«

»Eigentlich nicht. Vorher bin ich immer zu ihr zurückgekehrt, weil es so bequem war. Wenn ich mutig gewesen wäre, hätte ich das nicht getan. Ich hätte keine Zeit für eine Beziehung verschleudert, von der mir klar war, dass sie mir nicht guttut. Ich hätte meine Kraft und Energie darauf verwendet, jemand anderen kennenzulernen.«

»Und das tust du jetzt gerade? Du suchst nach der richtigen Frau?«

»Jetzt gerade bemühe ich mich, jeden Tag zu überstehen, ohne dass ich aufgebe und nach Leeds zurückgehe … Aber ja, abgesehen davon bin ich tatsächlich auf der Suche nach der Richtigen für mich.«

»Und wie sollte diese Frau aussehen und wie sollte sie sein?«

»Lass mich kurz nachdenken. Sie sollte rotes Haar haben, ein süßes Lächeln, und sie sollte eher klein sein.«

»Sehr lustig«, erwidere ich und hoffe, dass ich nicht so rot werde wie die Haare, die ihm so gut gefallen. »Komm schon, ich meine es ernst! Vielleicht kann ich dir helfen.«

»Ich weiß es nicht. Ich kann nicht sagen, wie sie sein wird. Ich weiß nur, dass sie ein Mensch sein wird, den ich lieben kann – und zwar vollkommen und nicht so halbherzig wie meine Ex. Sie wird diejenige sein, der ich alles schenken kann, nach der ich verrückt sein kann, die mir vielleicht auch das Herz brechen kann … Verstehst du?«

Wenigstens sieht er mich bei seinen Worten nicht an, sodass ich mir keine Gedanken darüber machen muss, ob ich wohl noch röter werde. Ich glaube nicht, dass irgendeine Frau Alecs Blick bei diesen Worten standgehalten hätte, ohne rot zu werden.

»Ja, ich verstehe«, schwindele ich. »Ich verstehe, warum du umziehen musstest.«

»Das freut mich wirklich. Denn sonst versteht es keiner. Meine Eltern fanden es lächerlich, dass ich einen festen Job und die wöchentliche Mahlzeit mit ihnen bei ihrem Stammitaliener aufgegeben habe, um in einem Pub zu arbeiten. Sie ärgern sich noch immer darüber. Unsere Telefonate sind seitdem eher … formell, und sie erkundigen sich auch nicht nach meinem neuen Leben. Hauptsächlich reden wir über Football und darüber, wie es meinen Großeltern geht. Im Grunde genommen versteht nur Tom, warum ich es getan habe.«

»Und was ist mit Hannah?«

»Sie ist überhaupt nicht einverstanden mit meiner Entscheidung. Unser Freundeskreis steckt in einer Krise, seit ich nicht mehr dabei bin. Anscheinend geht Ellie oft mit den

Frauen aus, und die Jungs treffen sich freitags, um einen zu trinken. Wenn Tom sie nicht daran hindern würde, würde Hannah wohl ständig versuchen, mich davon zu überzeugen, zurückzukommen, damit alles wieder so wird wie früher.«

»Ja, die Menschen können echte Idioten sein, wenn es nicht mehr nach ihrer Nase läuft.«

Ich denke an die Freundinnen, die ich früher jedes Wochenende gesehen habe. Mädchen, mit denen ich schon zusammen zur Grundschule gegangen bin. Sie zogen sich zurück, eine nach der anderen, nachdem Mum ihre Diagnose erhalten hatte. In meinem Leben ging es plötzlich um etwas anderes, als am Freitagabend gemeinsam auszugehen, sich am nächsten Mittag im *Nando's* zu treffen, um gemeinsam den Kater zu überstehen oder einander die schmutzigen Details der vergangenen Nacht zu erzählen.

»Das ist etwas zu heftig, Hannah ist keine Idiotin. Ich glaube, es liegt in der Natur des Menschen, das Beste für sich selbst zu wollen. Und dass ich weggezogen bin, war nicht das Beste für sie.«

»Tut mir leid. Du hast natürlich recht. Ich kenne sie ja auch gar nicht. Ich hätte das nicht sagen sollen.«

»Mach dir keine Gedanken. Gott, das sieht gut aus«, sagt er und sieht der Portion Braten hinterher, die gerade auf dem typischen Holzbrett am Nebentisch serviert wird. »Bist du dir sicher, dass ich dich nicht doch noch dazu verführen kann, hier etwas zu essen?«

»Das sieht wirklich toll aus. Also gut. Aber nur, wenn ich dir noch mehr Fragen stellen darf und wir von Cider auf Wein umsteigen.«

Ich weiß, dass das ein Fehler ist, doch der heutige Tag kommt mir so vor, als würde ich ein altes Foto betrachten. Ich kann mich nicht daran erinnern, wann ich zuletzt etwas so Schönes gemacht habe. Tatsächlich hatte ich völlig vergessen, wie gut es tut, einen Nachmittag in angenehmer Gesellschaft und mit tollem Essen zu verbringen. Ich möchte noch einen Moment länger verweilen, ehe ich wieder in die Realität zurückkehren muss.

»Deal«, sagt Alec. Er streckt die Hand aus, und ich ergreife und schüttele sie.

»Nachdem du jetzt alles über mich weißt, würde ich gern etwas über dich erfahren. Erzähl mir eine deiner Geschichten«, sagt er, nachdem er an der Bar war, um für uns Braten und eine Flasche Merlot zu ordern.

»Eine meiner Geschichten?«

»Ja, erzähl mir etwas von dir – egal was. Irgendetwas, was ich noch nicht weiß. Vielleicht eine kleine Begebenheit oder … ich weiß nicht … etwas, das dein Leben verändert oder dich inspiriert hat.«

Es war so schön – bis zu diesem Moment. Plötzlich steuern wir auf gefährliches Terrain zu. Fieberhaft denke ich darüber nach, was ich aus meinem Leben erzählen kann, das nichts mit der Huntington-Krankheit zu tun hat. Irgendetwas, das belanglos oder lustig ist. Aber mir fällt nichts ein. In meinem Kopf gibt es nur ein Bild – und das in Dauerschleife: Mum, die in ihrem Bett liegt, und Sarah, die sich in ihrer roten Jacke über sie beugt.

»Nein. Tut mir leid. Wir müssen wohl weiterhin über dich reden.«

»Über mich? Schon wieder? Na gut, dann schieß los!«

Ich überlege und entscheide mich dafür, ihm die Frage zu stellen, auf die ich die Antwort am dringendsten wissen möchte. »Bist du manchmal einsam?«

»Ständig. Bis ich hierhergezogen bin, war ich dauernd von Leuten umgeben, von meinen Freunden oder meiner Familie. Jetzt gibt es für mich nur noch die Arbeit – das ist so ziemlich alles. Ich vermisse die anderen wie verrückt.«

»Dann kennst du hier niemanden?«

»Jetzt schon. Dich«, entgegnet er lächelnd.

»Das stimmt. Aber abgesehen von mir?«

»Niemanden.«

»Das ist echt mutig von dir«, wiederhole ich noch einmal. »Dass du so viel aufgegeben hast, um dein Glück zu finden.«

Er lacht. »Wenn du es so sagst, klingt es, als wäre ich besser, als ich bin. Das gefällt mir irgendwie.«

»Gern geschehen.«

Wir wechseln zu unverfänglicheren Themen, während wir auf unser Essen warten. Und beim Essen lässt Alec mich eine Liste meiner Lieblingsfilme und TV-Shows machen. Über meine Besessenheit, alles in ordentlichen Listen zu sortieren, muss ich selbst lachen. Als die Kellnerin kommt, um abzuräumen, gerät die Unterhaltung zum ersten Mal ins Stocken.

»Ich muss nach Hause«, sage ich zu Alec.

»Okay.«

Er steht auf und zieht sich eine gesteppte blaue Jacke und einen Schal mit Karomuster an. Beides sieht sehr teuer aus, und ich frage mich, wie sich ein Barmann so etwas leisten kann. Welchen Job er wohl aufgegeben hat, um hierherzukommen?

»Ich bin nicht mit dem Wagen hier, sonst hätte ich dich nach Hause gefahren. Soll ich dich stattdessen zu Fuß nach Hause bringen?«

»Das ist echt galant von dir«, sage ich und tätschele seinen Arm, »doch es ist hellichter Tag, und ich wohne direkt um die Ecke. Ich werde schon heil zu Hause ankommen. Aber, hey, hör bloß nicht auf damit – Frauen stehen auf so was.«

Er grinst schief und nickt. Ich hoffe, er hat nicht vergessen, dass unsere Beziehung sich verändert hat: Wir sind nicht mehr zwei Menschen, die einen One-Night-Stand hatten, sondern Menschen, die auf dem Weg sind, Freunde zu werden.

An der Tür umarmt er mich noch kurz und geht dann in Richtung Metro-Station davon. Ich laufe bereits in die entgegengesetzte Richtung, als ich plötzlich eine Hand auf meiner Schulter spüre.

»Hey, ich wollte nur sagen, dass mir bewusst ist, dass du nicht mehr als Freundschaft willst, und das ist in Ordnung für mich. Ich verbringe gern Zeit mit dir, Jess. Es ist komisch, doch wenn ich mit dir zusammen bin, habe ich das Gefühl, dass die Entscheidung, hierherzuziehen, richtig war. Tut mir leid, das klang jetzt ein bisschen schnulzig, oder?«

»Entsetzlich schnulzig sogar«, entgegne ich ernst und tue so, als wäre das nicht seit einer Ewigkeit das Schönste, was jemand zu mir gesagt hat.

»Tut mir leid, ich meine es so. Ich freue mich, dich getroffen zu haben. Es wäre schön, wenn wir uns vielleicht ab und an sehen könnten. Ist das in Ordnung für dich?«

»Als Freunde?«

Er nickt. »Als Freunde.«

Er gibt mir einen kleinen Kuss auf die Wange und verschwindet wieder. Als er geht, frischt eine leichte Brise auf. Ich bin mir nicht sicher, ob es nur der Wind war, aber ich bin mir sicher, noch etwas gehört zu haben. »Fürs Erste …«

Kapitel 8

Debs kommt um sieben Uhr. Das Wochenende ist fast zu Ende.

Sobald ich nach Hause kam, entschuldigte ich mich bei Sarah, weil ich weggerannt war und sie mit Mum allein gelassen hatte. Sarah weinte ein bisschen, und dann lachten wir gemeinsam darüber, dass Mum sich vermutlich über sie lustig machen würde, weil sie mittlerweile so weinerlich geworden ist, obwohl die beiden sich früher für die toughesten Optikerinnen im ganzen Nordwesten gehalten hatten. Es war schön, sich eine Weile richtig mit ihr zu unterhalten. Und als sie sich schließlich verabschiedete, ging ich zu Mum, um ihr zu erzählen, dass Sarah vorhätte, in zwei Wochen wiederzukommen. Mum schien die gute Neuigkeit nicht zu erfassen. Ich konnte nicht genau sagen, ob sie sauer auf mich war, weil ich sie mit Sarah allein gelassen hatte, oder ob es immer noch um das Fernbedienungsfiasko ging. Wie auch immer – sie war wütend auf mich und verbrachte den Rest des Abends damit, schweigend fernzusehen.

Nachdem ich Debs nun kurz auf den neuesten Stand gebracht habe, beschließe ich, früh ins Bett zu gehen. Um acht Uhr abends liege ich bereits im Bett. Ich schlafe sofort ein und wache erst am nächsten Morgen um sechs Uhr wieder auf.

Ich genieße es, mich in aller Ruhe für die Arbeit fertig machen zu können. Heute werde ich früh im Büro sein und sogar noch eine halbe Stunde oder so haben, um E-Mails zu lesen und einen Kaffee zu trinken, ehe Jane kommt und der eigentliche Tag beginnt. Ich war schon immer ein Mensch, der eine gewisse Struktur brauchte – schon als Kind fühlte ich mich in den Schulferien irgendwie verloren. Als ich kurz darauf das Haus verlasse, bin ich mir sicher, dass ein Tag, an dem ich mich um die Gehaltsliste und mit Mr. Lewis zusammen um die Weihnachtsboni kümmern werde, genau das ist, was ich nach einem so außergewöhnlichen Wochenende brauche, um sozusagen einen Neustart machen zu können.

Mum geht es ähnlich. Zwar liebt sie mich, doch unter der Woche, wenn die Pflegekräfte kommen und gehen, der Tag durchstrukturiert ist und sie sich sicher sein kann, wie der Ablauf ist, wirkt sie ruhiger und entspannter als allein mit mir. Debs ist am Ende des Tages immer wie eine Belohnung für Mum.

Als ich um sieben Uhr aus dem Büro nach Hause komme, sitzt sie in ihrem Sessel, und Debs lackiert ihr die Fingernägel. Mum gelingt es sogar, mich nach meinem Tag zu fragen. Ich erzähle ihr in allen Einzelheiten von der Empörung, für die Mr. Lewis' Entscheidung gesorgt hat, die Boni der Direktoren dieses Jahr zu kürzen. Mum hört mir mit geschlossenen Augen zu und wackelt, wie ich vermute, zustimmend mit dem Kopf, als ich sage, dass die Direktoren verdammt noch mal mehr arbeiten müssten, wenn sie mehr Geld haben wollen.

Debs schlägt vor, dass Mum sich früher als sonst ins Bett legen soll, um ihren gewohnten Schlafrhythmus wiederzufinden. In letzter Zeit war ihr Schlaf extrem unruhig. Nachdem ich noch geblieben bin, um mir mit ihr die täglichen Seifenopern anzuschauen, wünsche ich ihr eine gute Nacht und gehe nach oben. Den Rest der Nacht wird Debs sich gut um sie kümmern.

Montagnacht schläft sie vier Stunden am Stück und dann noch einmal zwei Stunden, ehe der Morgen graut. Als ich am Dienstag zur Arbeit gehe, ist sie so gut drauf wie seit Wochen nicht mehr, und im Haus ist nichts mehr von der Aufregung am Wochenende zu erkennen.

Das Timing der Verbesserung ist perfekt. Am Dienstag soll die heiß ersehnte Weihnachtsfeier der Firma stattfinden. Wenn es Mum so gut geht, besteht die kleine Chance, dass ich den Abend genießen kann, statt ihn wie im letzten Jahr nur überstehen zu wollen und darauf zu warten, endlich wieder nach Hause zu können. Zur Feier des Tages dürfen wir um drei Uhr Feierabend machen, um genug Zeit zu haben, uns umzuziehen und rechtzeitig zum Beginn der Party um sechs wieder in der Stadt zu sein. Mums Physiotherapeutin hilft Mum noch, ihre Übungen zu Ende zu machen, als ich nach Hause komme.

Mein Zimmer ist winzig und befindet sich vorn im Haus. Dann kommt Mums Zimmer, das direkt neben meinem und inzwischen verwaist ist. Ich weiß, dass es ihr nichts ausmachen würde, wenn ich umziehen würde, aber ich würde im Traum nicht dran denken, in ihr Zimmer zu ziehen, während sie unten schläft. Niemals.

Die Wahrheit ist, dass ich mein Zimmer brauche und das Geflüster einer glücklichen Kindheit, das mich hier umhüllt. Wenn ich im Bett liege, starre ich an die Decke und erinnere mich daran, dass dort früher ein riesiges Poster von Kian von *Westlife* hing; er sollte das Letzte sein, was ich am Abend sehe, bevor ich die Augen schließe. Ich betrachte die Orchidee auf meinem Fensterbrett und rufe mir die Zeit in Erinnerung, als dort meine Trollsammlung stand, die lange Jahre mein wertvollster Schatz war. Mein Schrank ist mittlerweile aufgeräumt und in Kategorien unterteilt: Klamotten, die ich zur Arbeit trage, befinden sich auf der linken Seite, meine Abendgarderobe auf der rechten Seite, T-Shirts und Pullis liegen auf einem Regal, meine zusammengefalteten und nach Farben von hell bis dunkel sortierten Jeans sind auf einem zweiten Regal gestapelt, und an einer Stange an der Innenseite der Tür hängen meine Schals und Tücher. Vor ein paar Jahren noch herrschte in diesem Schrank dagegen das totale Chaos, und mein »Look« bestand in erster Linie aus den Teilen, die sauber genug waren, um sie anzuziehen.

Ich lächele in mich hinein, als ich mir den Inhalt des Kleiderschranks anschaue und mich an einige der schrägen Outfits aus Jugendtagen erinnere. Zweifelsohne hatte ich eine Schwäche für rückenfreie, trägerlose, möglichst glitzernde Oberteile. Für heute Abend wähle ich zwei Outfits, die infrage kommen: ein silbern schimmerndes figurbetontes Kleid, das ich mir letztes Jahr gekauft habe und das schon damals fast zu jugendlich für mich wirkte, und ein schwarzer Jumpsuit, der, weil ich ihn so oft trage, schon leicht abgewetzt wirkt.

»Was meinst du?«, frage ich Mum und halte, als die Physiotherapeutin gegangen ist und Mum mit ihrem iPad auf dem Schoß im Bett sitzt, die beiden Outfits auf ihren Kleiderbügeln in die Höhe.

Die Fältchen um ihre Augen werden tiefer, als sie zu lächeln beginnt. Es hat ihr immer viel Spaß gemacht, mir bei der Kleiderauswahl zu helfen, wenn ich mit meinen Freundinnen aus- oder auf ein Date gegangen bin. Die Abende, an denen wir zusammen ausgehen konnten, genossen wir immer am meisten. Sie ging in meinem Zimmer ein und aus, lieh sich mein Make-up aus oder borgte mir eine Halskette, von der sie fand, dass sie mein Outfit perfekt machen würde.

»Mir gefällt beides«, sagt sie, ehe sie noch mal die Meinung ändert. »Nein, das Kleid.«

Ich stimme ihr zu, obwohl ich mir Sorgen mache, wie ich meinen Hüftspeck in dem funkelnden, engen Teil verstecken soll.

Schnell frische ich mein Make-up auf und fahre mit dem Lockenstab durch meine Haare, während die Pflegerin Clara, die meine Mum von allen Pflegekräften am wenigsten mag, meiner Mutter die Medikamente gibt. Ich kann hören, wie Mum protestiert, und schalte den Lockenstab aus. Clara soll eigentlich bis um fünf Uhr bleiben, doch ich komme um kurz nach vier nach unten und sage ihr, dass sie auch früher gehen kann, da ich ja da bin.

»Wunderschön«, sagt Mum und streckt die Hand nach mir aus. Ich setze mich zu ihr auf das Bett, und sie streichelt über meine Haarspitzen, während ich darüber stöhne, was für eine Überwindung es ist, heute Abend noch mal rauszugehen.

Debs taucht auf, bevor ich losmuss. Sie versucht, mich aus dem Haus zu scheuchen, aber wird mich nicht los. Mum lacht über meine verzweifelten Versuche, meine Speckröllchen zu verstecken – zuerst mit einem Cardigan und dann mit einer Bauchweg-Hose, die jedoch aus irgendeinem Grund alles in Richtung Oberschenkel drückt. Mum findet beide Lösungen albern. Sobald ich das Haus verlasse, werde ich das fröhliche Lachen mitnehmen, und ich möchte, dass sie es noch so lange wie möglich genießen kann.

»Mach bitte ein Foto«, sagt Mum zu Debs. Ich nehme mein Handy aus der Handtasche, reiche es Debs und stelle mich mit verschränkten Beinen und beinahe schmerzhaft eingezogenem Bauch vor die Wand.

»Nein, nicht dort. Geh rüber und setz dich zu deiner Mum.«

Ich komme der Aufforderung nach und setze mich.

»Okay, sagt ›Spandex!‹« Debs macht ein Bild von meiner Mutter und mir. Ich habe die Arme um Mums Taille geschlungen, wir haben die Köpfe aneinandergelehnt und lachen beide.

»Hey, verlier die Zeit nicht aus dem Blick«, sagt Debs. »Wenn du jetzt nicht losgehst, werde ich mich in mein silbernes Schlauchkleid werfen und dich höchstpersönlich zur Party bringen.«

»Okay, okay. Ich geh ja schon. Habt einen schönen Abend, meine Damen!«

»Du auch«, sagen Mum und Debs wie aus einem Munde. Ich verabschiede mich und fühle mich unbeschwert und fröhlich.

Unter Janes strenger Führung hat Maureen die Aufgabe übernommen, den heutigen Abend zu organisieren. Deshalb treffen wir uns natürlich im *The Wishing Well* und nicht in einem der zahllosen anderen Pubs Manchesters. Ich nehme die Metro zurück in die Stadt, komme entsetzlich spät an und finde meine bereits ziemlich angetrunkenen Kollegen vor.

Von seinem Platz hinter der Bar aus erblickt Alec mich in der Sekunde, als ich durch die Eingangstür komme, und winkt mich zu sich heran.

Lustig. Ich dachte, ich würde ihm heute Abend aus dem Weg gehen, um ihn nicht weiter zu ermutigen. Vielleicht bin ich noch etwas euphorisch, weil mit Mum alles so gut gelaufen ist, doch ich freue mich, ihn zu sehen. Ich winke ihm kurz zu und gehe zu ihm.

»Da ist sie ja«, ruft er über den Lärm hinweg.

»Hi«, sage ich unsicher. Seine offensichtliche Freude, mich zu sehen, überrascht mich. Das ist ganz anders als die coole Haltung der anderen Jungs, die ich kennengelernt habe.

»Ich dachte schon, du hättest doch noch gekniffen und mich mit deinen Kollegen – die sich übrigens ganz tadellos benehmen – alleingelassen«, sagt er und weist mit einem Kopfnicken auf zwei schwankende Praktikanten neben mir.

»Nein, ich bin nur etwas spät dran.«

»Was möchtest du?«

»Ein Glas Champagner, wenn du hast.«

Er zieht eine Augenbraue hoch. »Tja, normalerweise schenken wir den Champagner nicht glasweise aus, aber für dich mache ich natürlich eine Ausnahme. Was gibt's zu feiern?«

»Weihnachten«, antworte ich und denke an die gute Stimmung, die zu Hause geherrscht hat.

Er geht ans Ende des Tresens, um mir meinen Getränkewunsch zu erfüllen, und plötzlich sehe ich in einer Ecke ein Pärchen sitzen. Sie scheinen den Lärm um sie herum gar nicht wahrzunehmen und blicken einander tief in die Augen. Als die Frau die Hand hebt, um ihrem Freund über die Wange zu streicheln, stelle ich mir vor, das Gleiche mit Alec zu tun. Sie fangen an, sich zu küssen, und ich ertappe mich dabei, dass ich mir wünsche, Alecs Lippen auf meinen zu spüren.

Glücklicherweise taucht in diesem Moment Olivia hinter mir auf, holt mich zurück in die Wirklichkeit und bringt mich zur Vernunft.

»Du siehst großartig aus«, sagt sie und umarmt mich. »Ich liebe dich in diesem Kleid.« Mit einem Blick auf Alec fügt sie hinzu: »Du nicht auch, Alec?«

»Ja, sie sieht klasse aus. Ihr alle seht toll aus.«

Nachdem er mir mein Glas gereicht hat, bedient er einen anderen Gast. Olivia ergreift meine Hand und führt mich in einen Bereich bei der Bar, der überflüssigerweise mit einem Seil für uns abgetrennt wurde, obwohl fast alle Anwesenden im Pub Kollegen sind. Wir sind so viele, dass wir beinahe den gesamten Pub einnehmen und nicht nur die für uns vorgesehenen Tische.

Olivia lässt mich schnell noch alle begrüßen, ehe sie laut verkündet, aufs Klo zu müssen, und mich hinter sich herzieht.

»Du und Alec!«, kreischt sie, sobald die Tür zur Damentoilette hinter uns ins Schloss gefallen ist. »Du und Alec! Ich könnte nicht aufgeregter sein, wenn es mir selbst passieren würde.«

»Äh … und was ist mit Rick?«

»Scheiß auf Rick!«

»Echt?«

»Nein. Scherz. Niemand kann meinem kleinen Rick das Wasser reichen. Aber was für ein Glückspilz du bist! Ich konnte es kaum glauben, als er neulich zu mir kam und mich nach deiner Nummer gefragt hat. Ich hoffe, es macht dir nichts aus, dass ich sie ihm gegeben habe? Ich weiß, dass du darauf bestehst, glücklicher Single zu sein, aber ich dachte, dass du dich freuen würdest, weil er es ist.«

»Ist schon in Ordnung. Aber nur zu deiner Info: Zwischen uns läuft nichts.«

»Bist du dir da sicher? Du hättest sehen sollen, wie er sich an dem Abend herangeschlichen hat, schüchtern und kaum in der Lage, mich anzusehen. Er hat keinen geraden Satz herausbekommen. Offensichtlich mag er dich wirklich, Jess.«

»Nein, das tut er nicht. Wir sind Freunde. Ehrlich. Das ist alles.«

»Wie kannst du mit diesem Gott nur befreundet sein wollen? Typen, die so gut aussehen, warten nicht lange. Du solltest ihn dir schnappen, solange du die Gelegenheit dazu hast. Es muss ja nichts Ernstes werden. Du könntest auch einfach ein bisschen Spaß mit ihm haben.«

»Sosehr ich deine Ratschläge auch zu schätzen weiß: Du bist auf dem Holzweg! Frag ihn selbst, wenn du willst. Er wird das Gleiche sagen wie ich: Wir sind nur Freunde.«

Olivia seufzt und reibt über meinen Oberarm. »Okay. Ich weiß, dass du deine Regeln hast, und ich verstehe dich auch, Jess. Echt. Es ist nicht nur, dass er so gut aussieht, dass es mir die Tränen in die Augen treibt, sondern dass er auch noch supernett ist. Wenn du also mit dem Gedanken spielen solltest, deine Regeln auch nur ein einziges Mal zu brechen, dann ist er genau der Richtige dafür.«

Ich bedauere es nicht, Olivia von meinen Regeln erzählt oder mit ihr darüber gesprochen zu haben, dass ich positiv auf die Huntington-Krankheit getestet worden bin. Zuerst hatte ich vor, mit niemandem darüber zu reden, doch das konnte ich nicht durchhalten. Eines Morgens fand sie mich weinend an meinem Schreibtisch vor und brachte mich zur Damentoilette, damit ich mich erst mal beruhigen konnte. Als sie mich fragte, was los sei, kamen mir die Worte einfach über die Lippen – wie die Luft aus einem geplatzten Ballon. Ich musste mit jemandem darüber reden, der nicht Mum und auch kein Mediziner war, um das Chaos in meinem Kopf zu lichten und nicht den Verstand zu verlieren. Ich brauchte auch jemanden, der mich bei der Arbeit deckte und mir den

Rücken freihielt, wenn ich mal Zeit für Mum brauchte. Ihr alles zu erzählen, war der beste Fehler, den ich je begangen habe, andererseits hat es natürlich auch Nachteile, dass Olivia nun Bescheid weiß. Ihr Beharren darauf, meine wichtigste Regel zu missachten, ist einer davon.

»Du hast recht: Er ist toll. Aber es wird nichts passieren, also lass es einfach gut sein.«

»Gut. Dann komm, wir mischen uns wieder unter die Leute.«

»Musst du nicht aufs Klo?«

»Nein. Ich wollte nur den neuesten Klatsch über dich und Alec hören. Nachdem ich es nun gehört habe – oder vielmehr nicht gehört habe –, können wir auch wieder zu den anderen zurück.«

Wir setzen uns zu einigen Verwaltungsleuten und zwei Rechtsanwaltsgehilfen, mit denen wir befreundet sind. Auch unser CEO Eric McAllister, der schon ziemlich betrunken ist, hat sich zu uns gesellt und lallt sich nun durch seine jährliche Ansprache. Mit brüchiger Stimme versichert er uns, dass alle seine dreihundertneunzig Angestellten wie eigene Kinder für ihn sind. Ich nippe an meinem Champagner, nicke höflich und verkneife mir die Frage, um wie viel Uhr wir dann alle an Weihnachten bei ihm zu Hause zum Essen vorbeikommen sollen.

Das Blubberwasser ist viel zu schnell ausgetrunken. Als ich gerade aufstehen will, um mir an der Bar ein neues Getränk zu bestellen, taucht Alec neben mir auf und reicht mir ein volles Glas.

»Ich dachte, du würdest dich vielleicht über ein zweites Glas Champagner freuen. Und da ich deinetwegen eine Flasche aufgemacht habe und niemand anders das Zeug trinkt, muss ich es irgendwie loswerden.«

Er verschwindet wieder hinter die Bar, nachdem er mir das Glas in die Hand gedrückt hat. Zu spät! Mr. McAllister ist so ziemlich der Einzige, der nicht mitbekommen hat, was passiert ist. Er merkt allerdings, dass irgendetwas plötzlich anders ist, erhebt sich schwerfällig und wankt zu der Gruppe neben uns. Nachdem er verschwunden ist, starren mich alle an.

»Was. War. Das. Denn?«, will Jane wissen und beugt sich so weit zu mir herüber, wie ihr Neckholder es zulässt. »Du und er? Er und – du?« Sie klingt pikiert, als könnte sie nicht glauben, dass Alec tatsächlich mit einer von uns flirtet und sich ausgerechnet für mich und nicht für sie entschieden hat – auch wenn sie an ihrem Ringfinger einen fetten Diamantring trägt, der keinen Zweifel an ihrem Beziehungsstatus zulässt.

»Was? Nein. Wie er schon sagte: Ich habe ihn gebeten, eine Flasche Champagner zu öffnen, und er versucht, den Champagner an den Mann zu bringen, um keinen Verlust zu machen. Wenn ich daran denke, wie er das Gesicht verzogen hat, als ich ihn darum bat, bin ich mir ziemlich sicher, dass er mir das Zeug in Rechnung stellt, bevor ich gehe.«

Olivia ist auf ihrem Platz neben mir erstarrt.

»Tatsächlich denke ich, dass ich mal eben zu ihm gehe und für die Flasche bezahle, damit ich es später nicht noch vergesse.«

Ich bücke mich, um meine Tasche vom Boden aufzuheben. Dabei drehe ich mich Olivia zu und werfe ihr einen warnenden Blick zu. Es bringt sie fast um, es nicht zu sagen. Sie hat die Lippen so fest aufeinandergepresst, dass die Haut um ihren Mund ganz weiß ist. Aber sie nickt nur knapp, und ich weiß, dass sie den Mund halten wird.

»Danke dafür«, sage ich, als ich zu Alec an die Bar trete.

»Gern geschehen.« Er grinst mich an und ist offenbar sehr zufrieden mit sich.

»Nein, nicht für den Champagner, sondern für die Tatsache, dass sich deinetwegen die Kollegen nun das Maul über mich zerreißen.«

»Hä?«

»Dass du persönlich an meinen Tisch kommst und mir ein Getränk servierst, ist schon ziemlich offensichtlich – zumal du es für niemand anders machst. Ich hätte den Abend auch gut überstanden, ohne im Mittelpunkt des allgemeinen Interesses zu stehen.«

»Wovon sprichst du? Ich kann mich gar nicht ›offensichtlich‹ verhalten. Du hast sehr deutlich gemacht, dass zwischen uns nichts läuft. Ich wollte nur nett sein.«

»Ja. Na ja.« Mir fällt keine Erwiderung darauf ein. Er hat recht. Ich habe keinen Grund, wütend zu sein. »Na gut. Also, hier ist das Geld für den Drink.«

Er nimmt mir das Geld aus der Hand und dreht sich direkt zur Kasse um. »Bis später«, rufe ich seinem Rücken noch zu, doch Alec wendet sich nicht mehr um.

Es bleibt mir nichts anderes übrig, als zur Party zurückzugehen. Zögerlich setze ich mich wieder zwischen die anderen, die sich noch immer über Alec unterhalten.

»Wäre es nicht wunderbar?«, sagt Maureen und wendet sich mir zu. »Ich wette, er behandelt Frauen anständig. Er ist der romantische Typ, das habe ich auf den ersten Blick schon gesehen.«

»Das weißt du doch gar nicht«, widerspricht Olivia und drückt heimlich mein Bein. »Er muss hier bei der Arbeit ja besonders charmant zu den Gästen sein. Das ist immerhin sein Job. Ein Barkeeper lebt nun mal vor allem vom Trinkgeld, also muss er sich von seiner besten Seite zeigen. Aber hinter verschlossenen Türen könnte er auch der reinste Arsch sein.«

»Und arrogant bis in die Haarspitzen! Er hat mir gesagt, dass er Single ist, und trotzdem kann ich kaum mehr zählen, wie oft er den schönsten Frauen hier schon eine höfliche Abfuhr erteilt hat. Das macht man nicht, wenn man sich nicht für etwas Besonderes hält«, sagt Jane spitz. Olivia und ich wechseln einen Blick. Damit hat sich bestätigt, was wir schon vermutet haben: Jane hat es anscheinend bei Alec versucht und einen Korb bekommen.

»Oder man interessiert sich für mehr als nur die Größe der Brüste«, entgegnet Maureen.

»Ich rede hier nicht über Brüste«, zischt Jane. »All die Frauen, die hier ein und aus gehen, und er hat nicht das geringste Interesse an einer von ihnen gezeigt. Charmant hin oder her – er hält sich offenbar für etwas Besseres. Das erkennt man sofort.«

»So ein Unsinn«, sagt Maureen. »Er spielt nichts vor. Dass er nicht an den Frauen hier interessiert ist, macht ihn noch lange nicht zu einem arroganten Menschen. Ich glaube, er ist reizend. Man kann ja einiges vortäuschen, doch die Augen sagen immer die Wahrheit. Sie erzählen dir alles, was du wissen musst – und in seinen Augen steht ein unglaublich freundlicher Ausdruck.«

Sie hat natürlich recht. Ich könnte ihr von der Nacht erzählen, die ich mit Alec verbracht habe. Ich könnte ihr erzählen, wie er mich, nachdem wir miteinander geschlafen hatten und er wieder zu Atem gekommen war, bat, über Nacht zu bleiben, ehe er aus dem Bett sprang, um mir etwas zu trinken und eine neue Zahnbürste zu holen.

»Er ist echt ganz nett«, stimme ich ihr zu und versuche, das Thema damit zu beenden. »Aber wir kennen ihn nicht gut genug. Ich denke, wir sollten jetzt aufhören, uns den Kopf über ihn zu zerbrechen, und uns stattdessen Gedanken darüber machen, wie wir zu dem Restaurant kommen. Ich komme um vor Hunger.«

Es gelingt mir, meine Gruppe hinauszutreiben, bevor der Rest der Firma auch nur darüber nachdenkt, sich auf den Weg ins *Zicco's* zu machen, wo um acht Uhr Tische für uns reserviert sind. *Zicco's* ist ein nobler Italiener ganz in der Nähe.

Olivia hakt sich bei mir unter und lässt die anderen ein Stückchen vorausgehen. »Geht es dir gut?«

»Ja. Warum sollte es mir nicht gut gehen?«

»Ich weiß nicht. Vielleicht bist du sauer auf mich, weil ich dich auf der Damentoilette wegen Alec so bedrängt habe? Hast du dich sehr aufgeregt, als er zu dir kam und die Piranhas dich anschließend umzingelt haben?«

»Es gibt nichts, worüber ich mich aufregen könnte, das habe ich dir doch schon gesagt. Aber danke, dass du nachgefragt hast. Und jetzt komm«, sage ich so fröhlich, wie ich kann, »bevor die anderen da sind und die Kohle futsch ist, die McAllister fürs Essen hinterlegt hat. Es sind nur zweitausend Pfund – wir sollten uns also lieber beeilen.«

Olivia lacht und rennt mit mir zusammen los. Wir überholen die anderen und stürmen als Erste ins Restaurant. Aufgeregt lachend klatschen wir einander ab – sehr zur Verwunderung der restlichen Gäste, die offensichtlich nicht vorgewarnt wurden, dass eine große Gruppe erwartet wird.

Mitten im Lärm und der Unruhe im Restaurant ist es leicht, so zu tun, als hätte ich Spaß. Ich vermeide es, mit Maureen, Jane oder Olivia zu reden, falls sie die Sprache noch einmal auf Alec bringen wollen. Den Großteil des Abends verbringe ich mit den Leuten aus dem Personalbüro, mit denen ich öfter zusammenarbeite. Bisher habe ich mir nie die Mühe gemacht, sie näher kennenzulernen. Sie sind im *Zicco's* zu uns gestoßen, und ich habe sie noch nie im *The Wishing Well* gesehen, also bin ich bei ihnen auf der sicheren Seite.

Erst im Taxi nach Hause entspanne ich meine Mundwinkel, die vom angestrengten Dauerlächeln schon schmerzen. Unvermittelt rinnen mir heiße Tränen übers Gesicht. Ich presse die Handballen auf meine Augen, um die Tränen zurückzudrängen.

»Ärger mit den Männern?«, fragt der Taxifahrer.

»Wie bitte?«

»Ich mache diesen Job jetzt seit fünfzehn Jahren, und ich weiß inzwischen, dass es nur einen Grund gibt, warum eine Frau wie Sie den Abend so aufgelöst beendet. Wer auch immer er ist – er ist es nicht wert, Liebes. Glauben Sie mir.«

Doch er irrt sich. Es war ganz leicht, vor Olivia und den anderen so zu tun, als wäre Alec kein besonderer Mensch. Aber jetzt gibt es keinen Grund mehr, irgendjemandem etwas vorzumachen.

»Das ist genau das Problem. Ich glaube, er ist es eben doch wert.«

Kapitel 9

Bei *McAllister Lewis Glenn* passiert in den drei Tagen nach der Weihnachtsfeier nicht mehr viel. Und dann steuern wir auch schon auf die Feiertage zu. Was ich an meinem Job mit am meisten liebe, ist die Tatsache, dass die Geschäftsführung noch immer an den Gewohnheiten festhält, die sie eingeführt hat, als die Firma vor Jahren mit fünf Angestellten mit der Arbeit begann – auch wenn sie inzwischen eine der erfolgreichsten Firmen für Unternehmensrecht in Manchester ist. Und die schönste Gewohnheit ist, dass die gesamte Firma nach Weihnachten zwei Wochen Betriebsferien macht.

Da es in der Zeit vor den Weihnachtsfeiertagen in der Firma sehr ruhig zugeht, kann ich ausgedehnte Mittagspausen machen und meine Einkäufe erledigen. Nachmittags packe ich dann Geschenke ein und schreibe Karten von Mum und mir, für die ich, wie ich hoffe, die gleichen wohlüberlegten und gefühlvollen Worte finde, wie Mum es immer getan hat.

Am Freitag lohnt es sich kaum noch, ins Büro zu kommen. Wir verbringen den Vormittag damit zu wichteln – ich bekomme ein Päckchen mit einem neonfarbenen Eyeliner und einer Fellkugel an einem Schlüsselring. Gegen Mittag begeben wir uns in den Konferenzraum, um uns die Weihnachtsrede der Partner anzuhören. Aber nachdem die Chefs sich den Morgen über durch diverse Konferenzräume des siebengeschossigen Bürogebäudes gearbeitet haben, nimmt ihre Feiertagsstimmung spürbar ab. Also halten sie uns die kürzeste und beste Weihnachtsrede, die wir uns überhaupt nur hätten wünschen können: *Packt zusammen und geht nach Hause.*

Jane schlägt vor, an unsere Schreibtische zurückzukehren und die Flasche ihres Lieblingsweins zu öffnen, die sie sich beim Wichteln irgendwie selbst geschenkt hat. Ich lehne dankend ab; tatsächlich kann ich mir nichts Schlimmeres vorstellen, als das zu tun. Sie bedankt sich für meine Ehrlichkeit mit einem beleidigten Schnauben und unmotivierten Weihnachtswünschen. Noch bevor sie bemerkt, dass der Rest des Teams davongestürzt ist, während sie ihre Zeit mit mir vergeudet hat, und vor allem bevor sie versucht, mich doch noch zum Bleiben zu überreden, flitze ich zum Aufzug.

Der Regen, der schon die ganze Woche über fällt, wird weniger, als ich aus dem Büro komme. Der Himmel hängt jedoch noch immer voller stahlgrauer Wolken. Ich kann entweder versuchen, zur Metro-Station zu laufen und nach Hause zu kommen, ehe es wieder anfängt zu regnen, oder ich könnte noch etwas in der Innenstadt bleiben und bei einem riesigen Becher heißer Schokolade Schutz in einem Café suchen. Ich könnte auch zu *Felters* gehen, der Buchhandlung um die Ecke, und mir eine Weihnachtslektüre gönnen.

Heute kümmert sich Jeanette um Mum. Sie kommen recht gut miteinander aus. Und außerdem werde ich ja noch nicht zu Hause erwartet. Also beschließe ich, noch etwas zu bleiben.

Bei *Felters* überredet mich der pickelige Angestellte an der Kasse dazu, einen Weihnachtsthriller zu erstehen, der schon ein paar Jahre alt, aber ein Klassiker ist und in dem es um einen Anschlag auf den Präsidenten am Heiligen Abend geht. Als ich anschließend das Geschäft verlasse, hat es wieder heftig angefangen zu regnen. Im *Arndale Center* gibt es einen *Starbucks*, in dem ich Schutz suchen könnte. Doch um dort hinzugelangen, müsste ich mich durch eine unglaubliche Menge von Last-Minute-Geschenke-Shoppern drängen. Wenn ich dagegen in die Richtung gehen würde, aus der ich gekommen bin, wäre ich in weniger als einer Minute im *The Wishing Well.* Es müsste eigentlich jeden Moment aufmachen.

Alec wird nicht hinter der Theke stehen. Als ich gestern Feierabend hatte, sah ich ihn einen Tisch am Fenster abräumen, während er sich mit zwei Frauen unterhielt. Wenn er die Abendschicht gemacht hat, wird er wohl kaum gleich am nächsten Morgen wieder arbeiten, oder? Warum sollte ich mir also zwei Stunden im gemütlichen *The Wishing Well* entgehen lassen, wenn er nicht einmal da ist?

Die Tür schwingt mit einem lauten Knall auf, als ich sie aufstoße und mit einem Ausfallschritt in den Raum springe, um dem Regenguss zu entkommen. Das halbe Dutzend Stammgäste, das immer da ist, blickt erschrocken hoch, als ich klatschnass in der Kneipe stehe. Hinter der Bar steht ein Barkeeper und grinst. Ginger – ohne Bart, und auch sonst überhaupt nicht wie Alec. Nachdem ich mein Getränk bestellt und höflich gelacht habe, als er mich fragt, ob ich dazu ein Handtuch möchte, setze ich mich an den Tisch am Fenster und schlage mein neues Buch auf. Ein paar Seiten und einen Mordversuch später bringt Ginger mir mein Getränk und entschuldigt sich dafür, dass die Schlagsahne überschwappt, als er den Becher auf den Tisch stellt. Ich winke ab. Wenn so viel Sahne auf einem Getränk ist, dass sie überschwappt, besteht kein Grund zur Sorge. Ohne nachzudenken, frage ich: »Arbeitet Alec heute?«

»Ja, er ist gerade gekommen. Seine Schicht beginnt in einer halben Stunde. Ich kann ihn holen, wenn Sie wollen.«

»Oh nein, das ist nicht nötig. Nein, nein, schon in Ordnung. Danke«, erwidere ich. Meine Wangen glühen.

»Gut, dann lasse ich Sie jetzt mal mit Ihrem Getränk allein.« Er lacht. Es ist ein anzügliches kleines Grinsen, das er nicht einmal versucht, vor mir zu verbergen.

Ich nehme ein paar Schlucke der sehr heißen Schokolade, bevor ich beschließe, sie stehen zu lassen. Der Barkeeper geht von meinem Tisch aus direkt zu einer unauffälligen schwarzen Tür am Ende der Bar. Mit seinem Hintern hält er sie auf und spricht mit jemandem, der sich offensichtlich im Raum hinter der Tür befindet. In diesem Augenblick erzählt er vermutlich Alec, dass ein albernes, aufgeregtes Mädchen sich nach ihm erkundigt hat. Ich beobachte, wie der Kerl wiehernd lacht. Dabei wirft er seinen Kopf in den Nacken. Es muss unglaublich witzig sein. Kurz darauf macht er die Tür wieder zu und kehrt an seinen Platz zurück. Er wirft einen flüchtigen Blick in meine Richtung, ehe er seinen wartenden Gast bedient.

Unter keinen Umständen werde ich hierbleiben, bis Alec herausfindet, dass ich das alberne, aufgeregte Mädchen bin, und mich dann von ihm auslachen lassen, wie sein Freund es getan hat. Ich werfe mein Buch in eine Tasche voller Geschenke, die ich unter meinem Schreibtisch im Büro stehen hatte, und ergreife die Flucht, ehe Alec aus dem Raum kommt.

Von einer Sekunde auf die andere ist der Zauber dieses Nachmittags verpufft. Ich gehe direkt zur Metro-Station und bin bereit, mit meinem Urlaub von der Arbeit zu beginnen – und allem, was dazugehört.

Erst am Abend, als ich die Geschenke unter den Baum legen will, fällt mir mein Fehler auf: Ich habe das Büro mit zwei Tüten in der Hand verlassen und bin mit nur einer Tüte zu Hause angekommen. Mein erster Impuls ist es, die Geschenke in der zweiten Tüte aufzugeben. Als mir allerdings klar wird, dass Mums Geschenk darin ist, wird mir ganz schlecht.

Wochenlang habe ich mir das Hirn zermartert, um mir ein besonderes Geschenk für sie zu überlegen, bevor sie mir vor zwei Monaten den entscheidenden Hinweis gegeben hat. In sentimentaler Stimmung erinnerte sie mich an eine Freundschaftskette, die sie mir als Kind geschenkt hatte. Die eine Hälfte trug ich an einer zarten Kette um den Hals, die andere hatte sie. Jahrelang trugen wir die beiden Ketten, bis es mir irgendwann peinlich wurde und ich fürchtete, dass meine Mitschüler sich darüber lustig machen könnten, dass ich eine Freundschaftskette mit meiner Mutter und nicht mit einer echten Freundin teilte. Ich bestand darauf, dass wir beide die Kette abnahmen.

Vor einiger Zeit war ich auf der Suche nach einer ähnlichen Kette bei einem Juwelier; ich wollte ihr so gern eine schenken. Und tatsächlich, da war sie: genau die gleiche Kette, die wir damals getragen hatten – und das so viele Jahre später. Und genau diese Kette lag nun ganz unten in der Tüte, die noch im *The Wishing Well* stand.

Ich könnte natürlich hingehen und sie holen, doch es ist schon nach sieben, als mir auffällt, dass die Tüte verschwunden ist. Inzwischen ist der Pub sicherlich schon voller Leute, die dort in den *Mad Friday* starten – den hemmungslosen, alkoholgeschwängerten letzten Feierabend vor dem Weihnachtsfest. Irgendjemand hat die Tüte bestimmt schon gefunden, hat sie an der Bar abgegeben oder selbst behalten. Ich bin mir nicht sicher, ob ich das ertragen könnte – egal, welche der Möglichkeiten nun zutrifft.

Im Pub anzurufen und nachzufragen oder hinzufahren und Alec vorsichtig nach der Tüte zu fragen, würde nur bestätigen, was für ein Arsch ich heute Vormittag war, als ich vor ihm davongerannt bin wie ein Schulmädchen, das auf dem Spielplatz die Flucht vor den großen Jungs ergreift. Ich kann mir sein Gesicht schon vorstellen: Seine kastanienbraunen Augen funkeln belustigt, während er der Erklärung lauscht, die ich stockend über die Lippen bringe. Und wenn der Barkeeper vom Vormittag noch immer da ist, weiß ich, dass die beiden einen Blick wechseln und sich ein Grinsen verkneifen werden, während sie gespielt besorgt meiner Geschichte über die verlorene Geschenktüte lauschen.

Das allein wäre schon niederschmetternd genug. Aber wieder in den Pub zu fahren und Alec gegenüberzutreten, um dann zu hören, dass niemand die Tüte gesehen hat und dass Mums Halskette verloren ist, wäre noch viel schlimmer.

Unzufrieden gehe ich zu Mum und mache sie fertig fürs Bett. Debs ist in die Weihnachtsferien verschwunden – sie nimmt eine zweiwöchige Auszeit von uns, solange ich zu Hause bin. Mum will wissen, was heute Abend mit mir nicht stimmt, und ich sage ihr, dass alles in Ordnung ist. Sie weiß, dass ich lüge. Sehr eindringlich mustert sie mein Gesicht und versucht, die Wahrheit herauszufinden. Ich empfinde es fast als schön, weil es wie ein Echo einer längst vergangenen Zeit ist. Einer Zeit, als ich sie wegen aller möglichen Kleinigkeiten anschwindelte – zum Beispiel, wo ich den Abend tatsächlich verbracht hatte oder mit wem – und sie mich mit ihrem Blick fixierte, bis ich irgendwann einknickte und die Wahrheit gestand.

Es wäre so erleichternd, alles zuzugeben und ihr von Alec zu erzählen. Ich würde mein Zögern erklären, mich mit ihm zu treffen, weil ich ihn jedes Mal noch ein bisschen toller finde, als ich eigentlich sollte. Sie würde voller Mitgefühl nicken und nach meiner Hand greifen. Doch ich kann nicht zulassen, dass meine Mutter sich Sorgen um mich macht. Sie hat schon genug zu ertragen. Stattdessen entscheide ich mich für die Lüge und behaupte, ich wäre müde und bräuchte dringend Urlaub.

»Ab ins Bett!«, fordert sie mich auf, und ich füge mich. Schlecht gelaunt trabe ich in mein Zimmer. In meinem Magen spüre ich einen Stich der Enttäuschung.

Die schweren dunklen Wolken vor meinem Fenster haben sich endlich verzogen. Ein Halbmond erhellt den Himmel. Die Linie ist so perfekt scharf geschnitten, dass es beinahe wirkt, als hätte jemand einen Halbmond ausgeschnitten und auf den Himmel geklebt. Sein Licht lässt den Himmel silbern schimmern und mildert das blendende goldene Licht der Lichterkette ab, die der Nachbar von gegenüber um einen Strauch in seinem Vorgarten gewunden hat.

Ich reiße das Fenster auf, weil ich die kalte Luft auf meinem Gesicht spüren muss, um wieder einen klaren Gedanken fassen zu können. Ich muss mir einen Plan überlegen, wie ich Mums Geschenk zurückbekomme.

Als ich gerade beschlossen habe, dass ich Jeanette morgen bitten werde, eine Stunde länger zu bleiben, damit ich noch mal zum Juwelier gehen und die Kette ein zweites Mal kaufen kann, piepst mein Handy.

> Hi. Warst du zufällig die geheimnisvolle Rothaarige, die sich heute Vormittag nach mir erkundigt hat? Wenn ja, dann hast du hier eine Tüte vergessen. Ich bringe sie dir gern vorbei, wenn du willst. Sag einfach Bescheid. Alec x

Ich antworte ihm sofort, dass ich den ganzen Tag zu Hause war und es nicht gewesen sein kann. Als ich die Nachricht fertig habe und darüber nachdenke, ob ich einen Kuss anhängen soll oder nicht, wird mir klar, dass ich mich mit dem Absenden für immer von dem Gedanken verabschieden kann, meine Tüte jemals wiederzubekommen. Und dann muss ich eine neue Halskette kaufen, die ich mir eigentlich nicht leisten kann.

Es spielt keine Rolle, wenn er es weiß. Zwischen uns läuft ja sowieso nichts. Es ist egal.

Also lösche ich die Nachricht, die ich eingetippt habe, und schreibe eine neue.

> Hey. Ja, das war ich. Ich bin so froh, dass du meine Tüte gefunden hast! Wenn es dir wirklich nichts ausmacht, wäre das natürlich super.

Wenn Alec hier vorbeikommt, muss ich Mum nicht allein lassen und durch eine Stadt voller Betrunkener ziehen. Aber es heißt auch, dass Alec hierherkommt. In mein Zuhause.

Wenn er hereinkommt, wird er die medizinischen Geräte sehen, die im Flur stehen, wird vielleicht Mum stören, und sie wird aufwachen und wissen wollen, wer um diese Zeit zu Besuch gekommen ist. Dann bin ich nicht mehr die geheimnisvolle Rothaarige für ihn, sondern das Mädchen aus dem »Haus der Krankheit«. Und, was noch schlimmer ist: Mum wird erfahren, dass es ihn gibt.

Ihr missfällt die Vorstellung, dass ich mein Leben lang Single bleiben will. Ich habe den Fehler begangen, ihr von dieser speziellen Regel zu erzählen, nachdem sie mithilfe einer Therapie aufgehört hatte, sich selbst zu verletzen, und begonnen hatte, mich darüber auszufragen, wie ich meine Zukunft plante. Sie war wütend. Deshalb wollte sie nicht, dass ich mich überhaupt testen lasse, weil sie wusste, dass ich mir von einem positiven Ergebnis all die guten Dinge und schönen Erlebnisse nehmen lassen würde, die ich haben sollte.

Unser Streit darüber dauerte monatelang.

Mum hat mich nie wie ein Kind behandelt – nicht einmal, als ich noch ein Kind war. Alle anderen Kinder, die ich kannte, wuchsen mit strengen Regeln auf, und die Eltern kontrollierten so ziemlich jeden Bereich ihres Lebens, bis sie Teenager waren. Nicht bei mir. An den meisten Abenden holte Mum mich von der Tagesmutter ab, fuhr mit mir nach Hause, riss den Kühlschrank auf und bat mich zu entscheiden, was wir am Abend essen wollten. Wenn ich auf Pancakes bestand, aßen wir Pancakes. Sandwiches? Kein Problem. Nicht gerade der gesündeste Lebensstil, doch das Essen wurde zu einem besonderen Erlebnis für mich.

Als ich sieben Jahre alt war, reichte Mum mir eine Broschüre mit Ferienhäusern in Großbritannien und bat mich, mir das auszusuchen, was mir am besten gefiele. In diesem Urlaub fuhren wir nach Anglesey in Wales und hatten unglaublich viel Spaß.

Ich wurde in dem Glauben erzogen, dass auch meine Entscheidungen Gewicht hätten. Aber in diesem Moment und bei dieser Entscheidung wies sie mich in die Schranken. Sie zeigte mir, dass mein Entschluss falsch war.

Ich wusste jedoch, dass es nicht die falsche Entscheidung war. Als ich beschlossen hatte, meine Regeln für die Zukunft aufzustellen, hatte ich Stunden im Internet verbracht, um über Chorea Huntington zu recherchieren. Mum hielt sich dagegen, nachdem sie ihre Diagnose erhalten hatte, an die

Broschüren und Informationen, die sie von den Ärzten und der Krankenschwester bekam, die regelmäßig zu uns kam. Ich durchforstete Google und YouTube, um möglichst viele Informationen zu bekommen. Ich wusste über unsere Zukunft mehr als sie, und doch wollte sie nicht akzeptieren, dass ich eine fundierte Entscheidung treffen konnte.

»Du hast nur noch nicht den richtigen Mann getroffen. Deine Ex-Freunde waren keine guten Kandidaten. Du musst einfach nur warten, bis der Richtige kommt«, sagte sie immer.

»Ich will den Richtigen gar nicht treffen«, entgegnete ich dann jedes Mal. »Richtig oder falsch – ich will einfach niemanden in diese Sache reinziehen.«

»Sei nicht albern! Wenn dich jemand liebt, dann will er sich auch um dich kümmern.«

»Nein«, erwiderte ich. »Nein, das stimmt nicht. Er *muss* es tun, Mum. Niemand, der auch nur ein Fünkchen Verstand hat, würde so etwas freiwillig tun wollen.«

»Ach, du meinst, so wie du es für mich tust?«

»Ich bin deine Familie. Wir stehen das gemeinsam durch. Das ist etwas ganz anderes.«

»Bist du dir da sicher?«, fragte sie.

Jedes Mal, wenn wir diese Unterhaltung führten, endete es mit schlechter Laune, Wut und tagelangem Schweigen zwischen uns. Irgendwann war es einfacher, gar nicht mehr über dieses Thema zu sprechen.

Wenn sie heute Abend Alec sieht, wird sie denken, dass ich meine Meinung geändert habe. Es wäre das schönste Weihnachtsgeschenk, das ich ihr machen könnte, aber das kann ich nicht.

Ich schicke ihm noch eine Nachricht.

Mum schläft. Wir treffen uns an der Straßenecke. Schick mir eine SMS, wenn du da bist.

Es ist ein bisschen gemein – das ist mir bewusst. Nachdem er einen Riesenumweg gemacht hat, hätte er für seine Mühen doch zumindest ein Getränk verdient, aber ich lasse ihn nicht einmal ins Haus. Seine Antwort kommt nicht sofort, und ich frage mich, ob er vielleicht so wütend ist, dass er versucht, sich eine Ausrede zu überlegen, um mir den Gefallen doch nicht tun zu müssen. Als mein Handy piepst, nehme ich es zögerlich in die Hand.

> Also soll ich an der Straßenecke stehen, um dir mitten in der Nacht eine Tüte zu übergeben? Das kommt mir alles ein bisschen dubios vor, Jess. Soll ich mich in Schwarz kleiden? Soll ich die Scheinwerfer ausschalten? Soll ich mein Gesicht verbergen?

Ich muss lachen. Ich antworte ihm.

> Keine Fragen mehr. Komm allein. Rede mit niemandem darüber.

Ich gehe nach unten und warte im Wohnzimmer. Mein Entschluss steht fest: Ich werde mir die Wiederholung der Weihnachtsshow vom vergangenen Jahr im Fernsehen anschauen und nicht nach oben gehen, um noch mehr Make-up aufzulegen oder mich umzuziehen, ehe er kommt.

Eine Stunde nach seiner letzten Nachricht schickt er wieder eine SMS, um mir mitzuteilen, dass er jetzt da ist. Ich sehe noch einmal nach Mum, ehe ich meinen Mantel anziehe und mich aus dem Haus schleiche.

Als ich an seine Scheibe klopfe, öffnet er das Fenster einen Spaltbreit, schiebt die Tüte hindurch, lässt den Motor aufheulen und tut so, als wollte er verschwinden.

»Hey, hör auf! Du weckst ja die gesamte Nachbarschaft auf.«

Er macht das Fenster ganz auf und sieht mich grinsend an.

»Tut mir leid. Ich hatte mich gerade an das kriminelle Leben gewöhnt.«

»Sehr witzig! Danke jedenfalls für die Tüte. Du hast mir das Leben gerettet.«

»Kein Problem. Ich habe gehört, dass du den Pub heute Vormittag ziemlich überstürzt verlassen hast.«

»Ja«, entgegne ich und wünschte mir, er könnte im hellen Mondschein mein Gesicht nicht so gut erkennen. »Ich musste plötzlich nach Hause. Ein Jammer, dass wir uns nicht mehr sehen konnten.«

»Schon in Ordnung. Ist alles gut bei dir?«

»Ja«, sage ich und werfe über die Schulter hinweg einen Blick zum Haus. Ich bete, dass er sich jetzt nicht selbst einlädt.

»Gut«, sagt er und nickt.

»Ich … äh … muss dann mal wieder los.«

»Ja, natürlich. Du holst dir sonst hier in der Kälte noch den Tod.«

Ich habe die Eingangspforte zu unserem Garten erreicht, als ich den Motor seines Wagens höre.

»Fast hätte ich es vergessen: fröhliche Weihnachten!«, sagt Alec, der sich über den Beifahrersitz gebeugt hat, leise durchs Fenster. »Ich habe mich gefragt, ob du dich vielleicht irgendwann mit mir treffen würdest? Immerhin bin ich neu in dieser großen Stadt und an Weihnachten ganz allein.«

»Du fährst Weihnachten nicht nach Hause?«

»Nein. Ich habe mich für ein paar zusätzliche Schichten eingetragen. Wenn ich nach Hause fahren würde, dann wäre ich nur jeden Abend unterwegs, und meine Freunde würden versuchen, mich und Ellie wieder zusammenzubringen. Ich setze einfach darauf, dass du Mitleid mit mir hast.«

»Ich bin mir sicher, dass es jede Menge Leute gibt, die Mitleid mit dir haben, Alec.«

»Vielleicht«, gibt er zu. »Mir fällt allerdings niemand ein, mit dem ich meine Zeit lieber verbringen würde als mit dir.«

»Danke. Ich verstehe zwar nicht, warum, aber danke.«

»Was meinst du damit, dass du es nicht verstehst?«

»Du könntest deine Zeit mit jedem anderen verbringen. Du könntest ausgehen und die Frau kennenlernen, die du von ganzem Herzen lieben kannst. Ich verstehe nicht, warum du dir so viel Mühe gibst, mehr aus unserem One-Night-Stand zu machen, als er nun mal war.«

»Verdammt noch mal, Jess! Du kannst dich wirklich nicht an den Abend erinnern, oder? Ich wusste ja, dass du ziemlich beschwipst warst, aber mir war nicht klar, dass du einen richtigen Filmriss hast. Du erinnerst dich also nicht daran, dass wir so viel gelacht haben, dass irgendwann Wein aus deiner Nase kam? Oder dass du dich nach unserem ersten Kuss mit geschlossenen Augen an mich gelehnt hast, als hättest du in mir etwas gefunden, das du gebraucht hast? Oder an den Sex? Den unglaublichen Sex, der so gut war, dass wir danach nicht aufhören konnten zu lachen? Warum sollte ich nicht mehr davon wollen? Selbst wenn ich nur mit dir befreundet sein kann, selbst wenn ich so tun muss, als hätte es unsere gemeinsame Nacht nicht gegeben, so ist es das wert.«

Ich tue so, als müsste ich hochkonzentriert die Tüte durchwühlen. Es ist leichter, vorzugeben, so betrunken gewesen zu sein, dass ich alles vergessen habe, als ihm zu gestehen, dass ich mich an jeden einzelnen Augenblick erinnern kann.

»Also? Treffen?«

»Ich kann nicht. Tut mir leid. Fröhliche Weihnachten.«

Ich warte seine Antwort nicht mehr ab. Ich wende mich ab und gehe zur Tür, damit ich im Haus verschwinden und direkt ins Bett gehen kann, bevor ich heute noch irgendetwas sage, das mich zu einem noch größeren Lügner macht, als ich es ohnehin schon bin.

Kapitel 10

Acht Jahre zuvor

»Komm jetzt, Jess! Du hast schon den halben Tag verschlafen.«

Beim Klang von Mums Stimme griff ich nach meinem Kissen und zog es über meinen Kopf. Als ich meinen Atem roch, kamen mir die Erinnerungen an den vergangenen Abend wieder hoch – und in all diesen Erinnerungen kam immer wieder Tequila vor. Am Abend zuvor war ich nervös gewesen, auszugehen, und hätte beinahe abgesagt, aber Gregg hatte darauf bestanden, dass ich seine Freunde kennenlerne. Seit dem Moment, als wir uns sechs Wochen vorher in einem Nachtclub getroffen hatten und er meine Hand gepackt und mich auf die Tanzfläche gezogen hatte, wo wir zu einem Song der Swedish House Mafia getanzt hatten, lief es zwischen uns einfach perfekt. Ich wollte ihn nicht enttäuschen. Doch mit Gregg den Abend in seiner Stammkneipe zu verbringen, bedeutete auch, dass ich den traditionellen Heiligabend mit Mum, mit jeder Menge schlechter Filme und Sherry absagen musste. Mum ließ mich gehen – solange es nur der eine oder andere Drink und kein Gelage werden würde.

Ich lag im Bett und versuchte festzustellen, wie groß der Schaden war. Hämmernde Kopfschmerzen, ein protestierender Magen und ein wunder Hals. War es das alles wenigstens wert gewesen? Tja, Gregg war den ganzen Abend über an meiner Seite gewesen und hatte mich stolz seinen Freunden vorgestellt. Das war schön. Sie waren eine lustige Truppe – soweit ich es noch wusste. Ich konnte mich verschwommen daran erinnern, Arm in Arm mit einem anderen Mädchen

Adeles »Hometown Glory« gesungen zu haben. Aber der Preis für den Abend war hoch: Den Weihnachtsmorgen hatte ich komplett verschlafen, und ich hatte am meiner Meinung nach schönsten Tag des Jahres einen fürchterlichen Kater.

»Oje«, seufzte Mum, als ich im Morgenmantel in die Küche geschlurft kam. »Sieh dich nur an.«

»Tut mir leid. Ich weiß, was du sagen willst, und du hast recht. Ich habe mich gestern Abend bescheuert verhalten. Wann war ich zu Hause?«

»Tja, gegen zwei Uhr morgens hat jemand versucht, den Schlüssel ins Schloss zu stecken, und ich gehe davon aus, dass du das warst. War es ein schöner Abend?«

»Schätze schon.«

»Ich hoffe, diesem Gregg geht es heute nicht genauso schlecht wie dir.«

»Ich kann mich ehrlich gesagt nicht daran erinnern.«

»Verdammt noch mal, Jess!«, grinste Mum. »Tja, wenn du glaubst, du könntest dich den ganzen Tag lang selbst bemitleiden, bist du schief gewickelt! Hier.« Sie reichte mir einen Buck's Fizz und nahm ihr eigenes Glas in die Hand. »Fröhliche Weihnachten, Liebes!«

»Fröhliche Weihnachten, Mum.« Ich nahm einen Schluck von dem Cocktail und beugte mich vor, um meine Mutter zu umarmen.

»Mein Gott, wie du riechst! Dusch erst mal und zieh dich an. Danach machen wir die Geschenke auf«, sagte sie und sang die letzten Worte voller Aufregung. Ich lächelte sie an. Sie trug ein neues schulterfreies Kleid aus rotem Samt, hatte sich hübsch geschminkt und ihr schulterlanges kastanienbraunes Haar kunstvoll zusammengesteckt. Ich kannte niemanden, der Weihnachten so sehr liebte wie meine Mum, und ich beschloss, mich den Rest des Tages über zusammenzureißen und mir nicht anmerken zu lassen, wie verkatert ich war.

»Okay. Allerdings glaube ich, es wäre besser, wenn wir die Geschenke jetzt schon aufmachen.«

»Ach, glaubst du? Dann mal los. Aber nur, weil ich unbedingt dein Gesicht sehen will, wenn du auspackst.«

Ich folgte ihr ins Wohnzimmer und brach in Lachen aus. Dort, vor der Couch, stand derselbe Sack, in dem ich meine Geschenke schon als Kind bekommen hatte. Er war so prall gefüllt wie immer. Und wie sie es immer tat, hatte sie im Zimmer Ballons und Kunstschnee und das Glitzerkonfetti verteilt, das man noch Wochen später überall wiederfand.

Ich setzte mich auf den Boden, ließ meinen Blick über das Geschenkpapier gleiten und überlegte mir, in welcher Reihenfolge ich die Päckchen öffnen wollte.

»Möchtest du deine Geschenke jetzt haben oder nach dem Essen?«, fragte ich.

»Danach. Dich beim Auspacken zu beobachten, ist mein Lieblingsmoment.«

»Kann ich jetzt?«, fragte ich.

»Noch einen Moment.« Sie ging zum CD-Player und nahm die Weihnachts-CD von Michael Bublé vom Regal darüber. Als sie die CD auf den Boden fallen ließ, fluchte sie unterdrückt und bückte sich, um sie wieder aufzuheben. Dabei stolperte sie.

»Verdammt, Mum, wie viele Cocktails hast du schon intus?«

»Musst du gerade sagen! Es muss an meinem Alter liegen. Ich könnte schwören, dass ich von Tag zu Tag unbeholfener werde.« Sie hatte recht. In den vergangenen zwei Monaten hatte ich mehr zerbrochene Gläser und zerbeulte Konservendosen gesehen als je zuvor. Sie versuchte noch einmal, die CD einzulegen. Dieses Mal erklangen kurz darauf die ersten Töne von »It's Beginning to Look a Lot Like Christmas« im Wohnzimmer.

»Perfekt«, sagte Mum. »Jetzt kannst du loslegen, Liebes.«

Kapitel 11

In den zwei Nächten vor Weihnachten entspannt sich Mums Schlafsituation ein wenig. Sie schläft länger und kann sich erholen. Ihre Wangen wirken rosig, und sie ist ruhig und zufrieden. Wenn mich nicht das schlechte Gewissen plagen würde, weil ich Alec enttäuscht habe, wäre ich bestimmt auch ruhig und zufrieden.

Als ich am Weihnachtsmorgen um neun Uhr zu ihr gehe, ist sie schon wach und sitzt aufrecht im Bett. Sie wartet auf mich. Ein besorgter Ausdruck huscht über ihr Gesicht, als ich mich neben sie setze, doch im nächsten Moment ist er wieder verschwunden, und sie wünscht mir fröhliche Weihnachten. Ich war schon im Wohnzimmer, um die Schatulle mit der Halskette aus dem kleinen Stapel von Geschenken unter dem Baum zu fischen. Nun lege ich ihr das Schächtelchen mit einem »Fröhliche Weihnachten!« auf den Schoß. Sie bewundert das hübsche Geschenkpapier, das ich ausgesucht habe. Nachdem ich die Tüte von Alec zurückbekommen hatte, musste ich das Päckchen neu verpacken, weil das Papier eingerissen und die Schleife zerdrückt war. Irgendwann nehme ich ihr das Geschenk aus der Hand und reiße das Papier selbst auf. Sie keucht leise. Die alte Mum hätte mich ausgeschimpft, weil man das Papier, wenn man nur etwas vorsichtiger gewesen wäre, zusammenfalten und noch einmal hätte verwenden können. Aber dieses Keuchen gilt der roten Samtschatulle. Mum streckt die Hand aus, damit ich ihr die kleine Schachtel zurückgebe.

Als sie die beiden Teile der Halskette erblickt, die nebeneinander in der Schatulle liegen, schließt Mum die Augen und nickt.

»Erinnerst du dich, Mum?«, frage ich überflüssigerweise. Natürlich erinnert sie sich. »Du hast mir zum zehnten Geburtstag die gleiche Kette geschenkt. Eigentlich hätte ich sie mit einer Freundin teilen sollen, doch ich gab dir die andere Hälfte. Du hast sie jeden Tag getragen, bis ich irgendwann in die Pubertät kam und wollte, dass du sie abnimmst, weil ich fürchtete, einer meiner Freunde würde es bemerken und mich auslachen, weil ich so uncool war.«

»Ich erinnere mich.«

»Tja, da ich die Pubertät jetzt endlich hinter mir gelassen habe, würde ich mich freuen, wenn du die zweite Hälfte wieder tragen würdest.«

Sie nickt, und ich lege ihr die Kette um den Hals. Allerdings hatte ich nicht damit gerechnet, dass mich der Anblick ihrer hervorstehenden Schlüsselbeine so erschrecken würde. Ich wende mich ab, um meine Kette anzulegen, und drehe mich wieder um, als ich den Verschluss geschlossen und es geschafft habe, ein Lächeln aufzusetzen.

»Ta-daaa!«

»Reizend«, sagt sie, obwohl sie bei meinem Anblick ganz leicht die Stirn runzelt.

Ich gehe in die Küche, um uns eine Tasse Tee und Müsli zu holen. Nachdem ich Mum in ihren Sessel gesetzt habe, helfe ich ihr beim Frühstück, während wir die Wiederholung von *Songs of Praise* schauen. Danach gehe ich nach oben, um mich anzuziehen und zu sammeln, und bemühe mich, dabei nicht an die vergangenen Weihnachtsfeste zu denken.

Früher haben Mum und ich uns für Weihnachten immer herausgeputzt. Wir kamen beide aus unseren Zimmern, als hätten wir vor, den Tag in einem noblen Restaurant zu verbringen.

Mich heute Morgen in meinem verwaschenen Harry-Potter-Onesie zu sehen, muss Mum getroffen haben. Es war mit Sicherheit eine weitere Erinnerung daran, wie weit wir inzwischen von unserem normalen Leben entfernt sind. Ich beschließe, den Rest des Tages so zu gestalten wie in den Zeiten, bevor Chorea Huntington in unser Leben trat.

Die Haare frisiert und in einem schicken Jumpsuit gehe ich wieder nach unten. Ich zeige Mum den silbernen Cardigan, den ich aus ihrem Schrank geholt habe. Sie schüttelt den Kopf und wendet sich ab, und ich verfluche mich selbst, weil ich so unsensibel war. Natürlich hat sie keine Lust, sich aufzustylen, wenn sie sich gerade so unwohl fühlt. Eine Pflegekraft, die wir noch nicht kennen, kommt für zwanzig Minuten vorbei, um Mum im Bad zu unterstützen. Als sie wieder aus dem Badezimmer kommen, trägt Mum noch immer ihren Pyjama. Sie lässt sich wie jeden Tag von mir die Haare und das Make-up machen, aber mehr will sie nicht zulassen.

Den gesamten Morgen über berührt sie immer wieder die Kette um ihren Hals und sieht dabei besorgt aus.

»Du bist traurig«, stellt sie sachlich fest, als ich mit zwei Champagnerflöten mit Orangensaft auftauche.

»Ich bin nicht traurig. Ich liebe Weihnachten. Wieso sollte ich da traurig sein?«

»Du bist traurig«, erwidert sie. Mit einem Mal sieht sie müde aus und schließt die Augen.

Ich lasse sie schlafen. Ruhelos streife ich durch das Haus, gehe in dieses oder jenes Zimmer und wieder hinaus, ohne irgendetwas getan zu haben. Ich fühle mich nicht, als wäre ich in dem Haus, das ich schon seit meiner Kindheit kenne, sondern als wäre ich eine Fremde, die versucht, sich in einer neuen Umgebung zurechtzufinden. Ich weiß nicht, was ich mit mir selbst anfangen soll.

Ich dachte immer, ich hätte an Weihnachten nie etwas Besonderes gemacht. Doch jetzt wird mir klar, dass ich damit falschliege. Ich habe Weihnachten immer mit Mum verbracht und mit ihr Spaß gehabt. Jetzt mache ich wirklich nichts Besonderes. Und der Schrecken über die Einsamkeit geht so tief, dass ich ins Bett zurückschlüpfe und mich unter der Decke verkrieche.

Ich döse vor mich hin, als ich das Piepsen meines Handys höre und aufschrecke.

Es ist ein Bild von Alec. Er sitzt in seinem schmucklosen Wohnzimmer, trägt eine Weihnachtsmütze und einen passenden Pulli dazu und grinst in die Kamera.

Ich muss lachen. Kurzerhand schlage ich die Bettdecke zurück, setze mich auf und tippe eine Antwort in mein Handy.

Entzückend! Fröhliche Weihnachten! Bitte sag mir, dass du nicht den ganzen Tag so angezogen alleine zu Hause sitzt.

Ich schicke die Nachricht ab. Statt nach unten zu gehen, warte ich seine Antwort ab. Wochenlang habe ich mir den Kopf darüber zerbrochen, wie ich diesen Tag für Mum zu etwas Besonderem, wie ich ihn schön für sie mache. Alec hat mir nun an diesem Tag einen kleinen Moment geschenkt, der ganz allein mir gehört, und ich bin ihm dankbar dafür. In ein paar Minuten gehe ich nach unten und gehöre wieder ganz meiner Mutter.

Mein Handy piepst wieder.

Jep. Ich bin ganz allein, bis heute Abend der Pub wieder öffnet. Aber man kann Weihnachten nicht ohne einen Weihnachtspulli feiern, oder? Ich hoffe, du hast deinen auch angezogen. x

Ich antworte ihm.

Selbstverständlich. Er blinkt sogar. x

Während ich auf seine Antwort warte, klopft es überraschend an der Tür. Als ich die Tür aufmache, steht dort das beste Geschenk, das ich mir je hätte wünschen können: Debs.

»Fröhliche Weihnachten, Liebes!« Sie gibt mir einen Kuss und flitzt an mir vorbei ins Esszimmer, wobei sie Mums

Namen ruft. Sie zwinkert Mum zu und dreht sich, die Hände in die Hüften gestemmt, zu mir um. Sie sieht so ernst aus, wie jemand, der einen etwas zu engen Rentierpullover mit leuchtender Rentiernase trägt, nun einmal aussehen kann.

»Okay, junge Dame. Ich habe Ray die Verantwortung für das Weihnachtsessen übertragen und habe ungefähr eine Stunde, bevor ich nach Hause muss, um es noch retten zu können. Es gibt einige Geschenke auszupacken. Lasst uns an die Arbeit gehen.«

Mum ist seit Debs Ankunft wie ausgewechselt und freut sich wie ein Kind. Sie kann nicht aufhören zu lachen. Ich lache auch. Zwar weiß ich nicht genau, warum ich lache, aber ich freue mich einfach, dass Mum so gut drauf ist – der Rest spielt keine Rolle.

Debs verlässt das Esszimmer und geht ins Wohnzimmer, um dort die Lichter am Baum anzuschalten. Das habe ich ganz vergessen.

»Ich bin gleich wieder da, Mum«, sage ich und folge Debs ins Wohnzimmer.

Sie liegt schon auf den Knien und stapelt die Geschenke, die unter dem Baum liegen, zu zwei Haufen auf.

»Hör mal, Debs«, flüstere ich ihr zu, sodass Mum mich nicht hören kann, »so toll es auch ist, dass du gekommen bist, musst du nicht hier sein. Du solltest den heutigen Tag mit deiner eigenen Familie verbringen. Wir kommen schon zurecht.«

»Ich weiß, dass ich nicht hier sein *muss*. Ich *möchte* aber hier sein. Verdammt noch mal, Jess, du klingst ja schon wie Ray!«

»Tut mir leid«, entgegne ich, auch wenn ich nicht weiß, warum ich mich eigentlich dafür entschuldigen soll, dass ich so klinge wie Ray. »Aber er hat ja recht.«

»Jetzt hörst du mir mal zu«, erwidert sie aufgebracht. »Es ist ganz allein meine Entscheidung, wo ich meinen Tag verbringen möchte. Ich habe so viel Arbeit in die Organisation dieses Festes gesteckt, habe darauf geachtet, dass alle Enkelkinder die gleiche Anzahl von Geschenken bekommen, dass um zwei Uhr das Mittagessen für Samanthas Leute fertig ist, dass um fünf das Büfett parat ist, wenn Mark und seine Brut auftauchen, und dass es auch noch für eine zweite Runde reicht, wenn Laurens Freund und seine Familie heute Abend zu Besuch kommen. Ich denke, da habe ich mir mal eine Stunde verdient, um nach euch zu sehen, oder? Meine ganze Familie weiß, wie viel ihr mir bedeutet. Von daher sollte es doch eigentlich kein Problem sein, oder?«

»Stimmt.«

Debs stapelt die Geschenke auf und beißt sich dabei unentwegt auf die Innenseite ihrer Wange. Schließlich schiebt sie mir einen kleinen Stapel Geschenke zu.

»Von wem sind die?«, will ich wissen.

»Von deiner Mum natürlich. Von wem sollen sie denn sonst kommen? Von einem geheimen Verehrer?«

Ich muss lachen und gehe ins Esszimmer, um Mum zu holen. Nachdem ich sie zurück aufs Bett gesetzt habe, schiebe ich ihren Sessel aus dem Esszimmer ins Wohnzimmer und gehe dann zurück, um Mum rüberzutragen. Als wir schließlich alle zusammen im Wohnzimmer sitzen, wende ich meine Aufmerksamkeit meinem Stapel von Geschenken zu. Dieses Jahr stecken sie nicht in dem alten und schon leicht zerschlissenen roten Sack, aber da ich eigentlich gar nicht mit einem Geschenk gerechnet habe, bin ich darüber nicht enttäuscht. Unterwäsche, ein neuer E-Reader, weil mein alter vor zwei Monaten kaputtgegangen ist, eine Flasche Parfüm und Schokolade. Herrlich normale Geschenke. Nichts Sentimentales, das darauf hinweist, wie sehr sich unser Leben verändert hat oder dass es schon bald zu Ende sein könnte. Ich hätte das Gleiche für Mum tun sollen.

Debs reicht uns beiden Geschenke, die sie für uns besorgt hat, und wir essen die Schokolade, die Mum mir geschenkt hat. Dann ist es an der Zeit für Debs, zu ihrer Familie zurückzukehren, um vielleicht noch den Truthahn retten zu können, den sie für den ersten Besucherschwung ihrer Familie fertig haben soll. Sie möchte uns nicht verlassen. Ich frage mich, ob hinter ihrem heutigen Überraschungsbesuch mehr steckt, als sie uns gesagt hat – etwas, das nichts mit ihrer Patientin oder der Tochter ihrer Patientin zu tun hat, sondern vielmehr mit ihrer eigenen Familie. Vielleicht mit dem Wunsch, ihrer eigenen Familie eine Zeit lang zu entkommen.

Als sie mich zum Abschied küsst, schließe ich sie fest in die Arme und drücke sie.

»Danke. Du hast Mum den Tag versüßt.«

»Unsinn. Das war doch nichts. Es sieht so aus, als wärt ihr beide ganz gut allein zurechtgekommen. Und jetzt an die Arbeit. Wenigstens eine von uns sollte heute etwas Anständiges zu essen bekommen.«

Nachdem Debs verschwunden ist, erlischt auch der Zauber dieses Tages. Ich frage Mum, ob sie mit mir *Monopoly* spielen möchte, wie wir es sonst immer getan haben. Aber sie ist zu müde. Ich lege *Kevin allein zu Haus* ein und lasse sie vor dem Fernseher schlafen, während ich den Rinderbraten und das Gemüse koche, die ich bei *Marks & Spencer* besorgt habe.

»Wie war's?«, frage ich später und werfe einen Blick auf Mums vollen Teller, den sie kaum angerührt hat. Ich habe meine Portion verspeist.

»Lecker. Tut mir leid, dass ich es nicht aufessen konnte.«

»Das ist schon in Ordnung, Mum. Ich räume schnell die Teller ab, und dann können wir was Schönes machen, ja? Was würdest du denn gern tun? Wollen wir noch einen Film schauen? Wir können aber auch Karten spielen, wenn du magst.«

»Ich bin müde«, sagt sie und sieht mich entschuldigend an. »Ich glaube, ich möchte ins Bett.«

Nachdem ich sie ins Bett gebracht habe, kriecht wieder die Einsamkeit aus allen Ecken des Hauses hervor. Ich gehe in mein Zimmer und schnappe mir mein Handy. Alecs Antwort auf meine Nachricht von vorhin wartet auf mich.

> Schick mir mal ein Bild. Dich in einem blinkenden Weihnachtspulli zu sehen, würde mein Weihnachtsfest perfekt machen.

Ich spiele mit dem Gedanken, eine geistreiche Nachricht zu senden, um unsere Unterhaltung weiterführen zu können, doch es ist bereits Stunden her, dass er die Antwort geschickt hat. Er ist bestimmt schon im Pub. Außerdem will mir nichts Witziges einfallen. Ich lege das Handy weg, nehme das Buch, das ich Freitag gekauft habe, und lese, bis der Weihnachtstag vorbei ist.

Mums Laune ändert sich, als sie im Morgengrauen des zweiten Weihnachtsfeiertags erwacht. Sie hat sich in sich selbst zurückgezogen und will mich nicht sehen. Abgesehen von den Pflegekräften, die morgens vorbeikommen, sind wir bis Silvester allein. Ich freue mich darauf, mich eine Weile allein um Mum kümmern zu können. Es gibt mir ein gutes Gefühl, wenn ich gebraucht werde. Es wäre noch schöner, wenn Mum es auch so sehen würde, allerdings hat sie es anscheinend lieber, wenn die Pflegekräfte kurz vorbeischauen und sich um sie kümmern, als wenn ich die ganze Zeit in ihrer Nähe herumlungere. Nachdem ich alles erledigt habe, ist der Tag noch lange nicht vorbei, und ich sehne mich nach Gesellschaft.

Als Clare, Mums Ergotherapeutin, an Silvester zu uns kommt, ist mein Wunsch nach menschlichem Kontakt und einer Unterhaltung so stark, dass ich darauf bestehe, dass sie nach Mums Therapie noch auf ein Glas Wein bleibt. Ich führe sie in die Küche und frage sie über ihr Weihnachtsfest aus. Dass sie immer wieder auf die Uhr und zur Haustür blickt, übersehe ich geflissentlich. Nachdem sie mir eine Stunde später sehr glaubhaft versichert hat, dass sie jetzt *wirklich* losmuss, gebe ich ihr ihren Mantel und ihren Schal. Sie hat Mitleid mit mir und lädt mich ein, mit ihr und ihren Freundinnen auszugehen.

»Nein! Gott, nein«, protestiere ich. »Das ist echt nett von Ihnen, Clare, aber mir geht's hier gut.«

»Gut«, sagt sie und drängt nicht weiter. »Tun Sie mir einen Gefallen? Wenn Ihre Mum schläft, sollten Sie einen Spaziergang machen oder sich Freundinnen einladen. Sie müssen nicht an ihrem Bett sitzen und Wache halten.«

Sie spricht es zwar nicht aus, doch wir hören beide die Worte, die ihr auf der Zunge liegen: »Noch nicht.«

»Das mache ich. Frohes neues Jahr.«

Sie umarmt mich kurz. Es ist jedoch eher eine nüchterne Umarmung als ein herzliches Drücken. Um Mitternacht ist Mum bereits eingeschlafen, also ist diese kleine Umarmung an diesem Silvesterfest der einzige Körperkontakt mit einem anderen Menschen für mich.

Ich kann es kaum erwarten, am ersten Montagmorgen nach den Betriebsferien wieder zur Arbeit zu gehen. Vermutlich bin ich der ausgeruhteste Mitarbeiter, der an diesem Morgen das Büro von *McAllister Lewis Glenn* betritt. Alle anderen Kollegen sehen so aus, als wären sie gerade erst aus dem Koma erwacht. Viele von ihnen haben offenbar die gesamte erste Januarwoche gebraucht, um sich von den Feiertagen zu erholen. Ich dagegen begebe mich mit einem solchen Schwung wieder an die Arbeit, dass Jane meint, ich solle mir für das neue Jahr vornehmen, mehr zu *leben,* damit ich bei der Rückkehr zur Arbeit auch so aussehe wie der Rest meiner Kollegen.

Ich nutze die Chance, um in der Mittagspause rauszugehen, statt mich in den Pausenraum zu setzen und mir die Feiergeschichten der anderen anzuhören, die sich gegenseitig mit Storys von Fünfsternehotels, Feuerwerk und Partys, die bis zum Morgengrauen dauern, überbieten wollen. Es ist ein frischer, windiger Tag, der, wenn man sich gut einmummelt, nicht zu kalt ist.

In dem Moment, als ich aus dem Lift in die verglaste Vorhalle des Gebäudes trete, entdecke ich ihn. Zwischen den Männern im Anzug und den Frauen im Kostüm, die sich sehr zielstrebig bewegen, steht er einfach nur da. In seiner Kakijacke und der Jeans sieht er aus wie ein kleiner Junge, der am *Non-Uniform-Day* als Einziger doch mit Schuluniform in die Schule gekommen ist.

»Da bist du ja!«, ruft er quer durch die Lobby, als er mich entdeckt. Meine Kollegen drehen die Köpfe und fixieren mich neugierig.

Ich erstarre. Seit Weihnachten habe ich nichts mehr von Alec gehört. Die Zeit, die ich zu Hause verbracht habe, hat mir die Möglichkeit gegeben, die Mauer um mein Herz wieder zu errichten. Als ich ihn nun sehe, schlägt es jedoch so heftig, dass meine Schutzmauer Risse bekommt.

Ein Teil von mir möchte am liebsten zu ihm gehen, sich mit ihm unterhalten, ihm in die Augen sehen, während er meinen Anblick in sich aufnimmt und mir das Gefühl gibt, der wichtigste Mensch auf der Welt zu sein. Diese Reaktion erwartet er auch von mir. Warum sollte ich nicht auf ihn zugehen? Wir sind schließlich Freunde, und jetzt steht er da und grinst, weil er sich über die Aussicht freut, die Mittagspause mit mir zusammen zu verbringen. Ich habe nicht vergessen, dass er über die Feiertage genauso einsam war wie ich – vielleicht sogar noch einsamer. Ich war für mich, hatte aber noch Mum, während er zwar bei der Arbeit von Gästen umgeben war, jedoch niemanden hatte, dem er wirklich am Herzen liegen würde. Wahrscheinlich sehnt er sich nach etwas Gesellschaft von jemandem, der kein Gast ist. Doch ich kann ihm das nicht bieten. Ich habe meine Regeln. Also tue ich das Einzige, was ich tun kann, damit es jetzt keine Szene gibt, und setze mich in Bewegung. Ich schlendere an ihm vorbei, als hätte ich ihn gar nicht gesehen.

»Hey! Warte mal!«, ruft er mir hinterher.

Zuerst ignoriere ich ihn und drehe mich erst um, als ich den Eingang zum Büro ein gutes Stück hinter mir gelassen habe.

»Was willst du, Alec?«

»Was ich will? Äh ... Ich möchte Hallo sagen, und ich möchte wissen, ob du Lust hast, etwas essen zu gehen, damit wir uns ein bisschen unterhalten können. Was ist denn los?«

»Nichts – abgesehen davon, dass du vor meinem Büro herumlungerst wie ein ... Stalker. Warum lässt du mich nicht in Ruhe? Ich habe dir doch schon mehrmals gesagt, dass zwischen uns nichts laufen wird.«

»Ja, und das habe ich gehört und verstanden. Aber dann sind wir Freunde geworden. Schon vergessen?« Er spricht langsam, damit die Worte vielleicht in mein Bewusstsein vordringen.

»Ich habe genug Freunde, Alec, und keiner von ihnen taucht unangekündigt vor meinem Büro auf. Ich denke, wir sollten die Sache einfach vergessen.«

Er verschränkt die Arme vor der Brust. »Bist du dir da sicher? Soweit ich es mitbekommen habe, Jess, hast du Olivia – und das war's. Ich habe dich noch nie mit jemand anderem gesehen, und du hast auch noch nie jemand anderen erwähnt.«

Ich atme aus und bemühe mich, verärgert zu klingen. »Denk, was du willst! Ich muss jetzt los.«

Ich renne ins *Lettuce and Loaf*, dem kleinen Deli neben dem Büro, das ich meistens meide, um mir im günstigeren Supermarkt etwas zu essen zu holen, und stelle mich in die Warteschlange. Glücklicherweise ist es noch früh genug, sodass ich die Tür hinter mir schließen kann und nicht auf der

Straße anstehen muss. Einige Sekunden nachdem ich die Tür hinter mir geschlossen habe, läuft Alec am Fenster vorbei, ohne hineinzublicken. Und obwohl er nicht zu mir schaut, hebe ich nicht die Hand, um die Tränen wegzuwischen, die mir über die Wangen rinnen, bis er um die Ecke gebogen ist und ich ihn nicht mehr sehen kann.

Kapitel 12

Dreieinhalb Jahre zuvor

Als ich plötzlich den Knall von unten hörte, zuckte ich erschrocken zusammen und schmierte mir mit der Wimpertusche, die ich gerade in der Hand hielt, einen schwarzen Fleck auf meinen goldenen Lidschatten.

»Ich komme«, rief ich.

Wie erwartet, war Mum hingefallen. Sie saß auf der untersten Treppenstufe, rieb sich den Fußknöchel und fluchte unterdrückt.

Ich streichelte ihr über den Kopf, ging in die Knie und setzte mich neben sie.

»Was ist passiert?«

»Nichts ist passiert«, erwiderte sie gereizt. »In einer Sekunde ging ich nach oben, in der nächsten nicht mehr.«

»Oh.«

»Scheiße«, schrie sie. In ihren Augen standen Tränen, die sie ungeduldig mit dem Handrücken wegwischte.

»Hey, ist in Ordnung, Mum. Es ist in Ordnung.«

»Nein, nichts ist in Ordnung! Dank dieser beschissenen Krankheit kann ich nicht mal mehr in meinem eigenen Haus allein die Treppe hochgehen. Daran ist wirklich nichts okay.«

Ich zuckte zusammen, als Mum vor sich hin schimpfte. Soweit ich mich erinnern konnte, hatte Mum Unterhaltungen schon immer gern mit dem einen oder anderen Schimpfwort gespickt. Doch in den vergangenen Monaten hatte diese Eigenart überhandgenommen.

»Was kann ich tun?«, fragte ich leise, nachdem sie ein paarmal tief durchgeatmet und den Kopf geschüttelt hatte, um die Wut loszuwerden.

»Im Augenblick nichts. Du kannst gehen und deinen Mädelsabend genießen. Aber über kurz oder lang müssen wir uns überlegen, was wir wegen der Treppe unternehmen.«

»Ich weiß«, entgegnete ich, ehe ich das Thema wechselte. Das tat ich immer, wenn es schwierig wurde. »Komm, du legst dich auf die Couch, und ich mache dir eine schöne Tasse Tee.«

»Nein, nein. Du bist sowieso schon spät dran. Wo triffst du dich noch mal mit deinen Freundinnen?«

»Zuerst gehe ich zu Alison, und dann treffen wir uns später mit den anderen in der Stadt. Ich kann das allerdings auch absagen. Das wäre überhaupt kein Problem.«

»Nein, das möchte ich nicht. Mir geht es gut. Und wenn du noch mehr Mädelsabende absagst, hast du bald keine Freundinnen mehr.«

»Ehrlich, das wäre okay für mich. Die anderen verstehen das. Ich bin sowieso nicht in Stimmung. Ich sage ab und schreibe Alison eine Nachricht. Danach kümmere ich mich um deinen Tee, ja?«

Zurück in meinem Zimmer wischte ich mein ohnehin ruiniertes Make-up ab, zog meine Skinnyjeans und das Top aus und meinen Pyjama an und griff nach meinem Handy.

Hey, Ali. Es tut mir so leid, doch ich kann heute Abend nicht mitkommen. Ich muss mich um Mum kümmern. Wenn ihr euch morgen zum Mittagessen trefft, komme ich dazu. Sag gern Bescheid. Und habt einen schönen Abend.

Ich hätte mein Handy oben in meinem Zimmer lassen sollen. Dann hätte ich mich um Mums Tee und ihr Abendessen kümmern und ihre Bettdecke den dritten Abend infolge nach unten tragen können, ohne ständig darauf zu lauschen, ob ich eine Nachricht bekomme. Ich hätte *Gogglebox* genießen können, ohne alle paar Minuten auf mein Handy zu starren.

Mitternacht kam und ging, ohne dass Alison geantwortet hätte. Am Morgen, als es Mum wieder gut ging und ich mich gefreut hätte, ein paar Stunden nach draußen gehen zu können, wusste ich nicht, wohin ich hätte gehen sollen. Es war mir egal, wie verzweifelt ich erscheinen mochte, und so schrieb ich Alison noch einmal.

> Hey, ich hoffe, ihr hattet einen schönen Abend. Mum geht es gut. Ich würde gern hören, wie es war, wenn ihr euch heute Mittag trefft. Sag Bescheid, wann ihr wo seid. x

Die Antwort kam am Abend um zehn nach sieben.

> Hi, Jess. Es war ein schöner Abend. Keine von uns hatte heute Lust auf ein Treffen. Ich hoffe, es geht deiner Mum wieder besser. x

Ich las die Nachricht wieder und wieder. Meine Kehle war wie zugeschnürt, als mir klar wurde, was mit der Nachricht nicht stimmte. Was in der Nachricht fehlte.

Sie hatte nicht erwähnt, wann sie sich das nächste Mal treffen und ausgehen würden. Sie hatten bestimmt schon ein Datum abgemacht, das taten sie immer. Allerdings war ich nicht mehr eingeladen.

Kapitel 13

Alec kommt nicht noch einmal vorbei. Ich zahle im *Lettuce and Loaf* fast einen Zehner für ein Sandwich und ein Getränk und eile zurück in die Sicherheit des Bürogebäudes.

Nachdem ich einen Bissen von meinem Sandwich genommen habe, schmeiße ich es in den Mülleimer: Der Geschmack verwandelt sich in meinem Mund in Asche. Maureen kommt in den Pausenraum und bietet mir eine Tasse Kaffee an. Dankbar nehme ich an. Doch auch der Kaffee schmeckt nach nichts. Ich bekomme nichts herunter.

Schließlich gebe ich den Versuch auf, Mittag zu essen, und verschwinde auf die Toilette, um meinen Kopf an die kühle cremeweiße Marmorwand zu lehnen. Trotz der Ungestörtheit der Toilettenkabine findet mein schlechtes Gewissen mich. Es kriecht unter der Tür hindurch und steigt um meine Fußknöchel herum immer höher, bis es mich vollkommen umschlungen hat. Wenn es um Alec geht, scheine ich nur noch lügen und enttäuschen zu können. Obwohl es so nett sein könnte, winde ich mich aus allem heraus. Dieses Mal habe ich allerdings den Vogel abgeschossen. Dieses Mal habe ich ihn wirklich verletzt. Ich hätte ihm unten vor dem Eingang nicht eine so hässliche Szene machen sollen. Es ist schließlich nicht seine Schuld. Ich hätte ihm nicht sagen dürfen, dass seinetwegen alles so schrecklich ist.

Zwanzig Minuten später weiß ich, was ich zu tun habe. Zwar kann ich ihn nicht um mich haben, aber ich kann auch nicht zulassen, dass der Vorfall zwischen uns so stehen bleibt. Ich setze mich an meinen Schreibtisch und nehme mein Handy aus der obersten Schublade.

Tut mir leid, dass ich mich so schrecklich aufgeführt habe. Kannst du mir noch mal vergeben?

Seine Antwort folgt sofort.

Warum kommst du nicht heute Abend bei mir vorbei? Auf einen Drink. NUR FREUNDE!

Ich reagiere nicht auf seine Nachricht. Stattdessen gehe ich zu Olivia, die an ihrem Schreibtisch sitzt.

»Hey, was machst du heute Abend, Liv?«

»Ich werde versuchen, lange genug die Augen offen zu halten, um mir Abendessen zu machen und *Coronation Street* zu gucken, ehe ich einpenne.«

»Wie wär's, wenn ich dir das Kochen erspare und du nach der Arbeit mit zu mir kommst?«

»Das klingt super. Bist du dir sicher, dass es deiner Mum nichts ausmacht?«

»Nein, natürlich nicht. Sie würde sich freuen, dich zu sehen. Was meinst du?«

»Okay. Solange du Bohnen auf Toast toppen kannst, bin ich dabei.«

»Toll!«

Ab vier Uhr ist Jane nicht mehr zu sehen, also ergreifen wir die Gelegenheit und schleichen uns ein bisschen früher aus dem Büro. Ich bin überrascht, dass es so dunkel ist, als wir gehen, und zittere, weil der Januartag so kalt und ungemütlich ist. Als wir nach Hause kommen, ist Mum wach. Sie sitzt in ihrem Sessel, und Jeanette ist an ihrer Seite. Ihre Miene hellt sich auf, als sie bemerkt, dass hinter mir Olivia ins Zimmer kommt. Was eigentlich als eine Art Ausrede gedacht war, damit ich auf keinen Fall Zeit für Alec und seine Fragen habe, entpuppt sich für sich genommen als eine gute Idee.

»Hi, Susan! Wie geht es dir?«, fragt Olivia und geht zu Mum, um ihr einen Kuss auf die Wange zu geben.

»Gut«, erwidert Mum und hält Olivias Hand fest.

»Du siehst toll aus! Besser als ich. Ich bin todmüde und erschöpft.«

»Zu viel gefeiert?«, entgegnet Mum lächelnd.

»Erzähl mir was Neues!« Olivia zwinkert ihr zu. »Andererseits sind die Feiertage keine richtigen Feiertage, wenn man sich beim Nachhausekommen nicht schlechter fühlt als beim Losgehen.«

Ich ertappe Mum dabei, wie sie in meine Richtung blickt, während sie mit Olivia über diese Bemerkung lacht.

»Okay, ihr beiden«, sage ich. »Ich mache uns mal eben was zu essen. Hat jemand Lust auf Pasta?«

»Toll. Ich komme gleich nach«, sagt Olivia und beschließt, bei Mum zu bleiben.

»Danke«, sage ich zu ihr, als sie einige Zeit später zu mir in die Küche kommt. »Lieb von dir, dass du dich mit Mum unterhalten hast. Du hast ihr eine große Freude gemacht.«

»Schon okay.« Olivia knibbelt den Rest ihres lilafarbenen Nagellacks ab. »Es wird anstrengender für sie, oder?«

Ich weiß, dass sie damit das Sprechen meint. »Das stimmt. Es ist unglaublich mühsam für sie. Ich fürchte, der Zeitpunkt, ab dem sie überhaupt nicht mehr sprechen kann, rückt immer näher.«

»Oh, Jess!«

Ich schüttele die Verunsicherung und Traurigkeit ab. »Begreifst du jetzt, warum ich mich nicht auf einen Mann einlassen kann? Alec versucht es übrigens noch immer.« Es war nicht meine Absicht, über ihn zu reden. Eigentlich hatte ich sogar gehofft, dass Olivias Anwesenheit mich von den Gedanken an ihn ablenken würde. Doch ich verspüre irgendwie das Bedürfnis, seinen Namen auszusprechen und über ihn zu reden. »Ich wünschte, er würde es endlich begreifen.«

»Bist du dir da sicher?«, fragt Olivia, und noch immer schwingt Hoffnung in ihrer Stimme mit.

»Jep. Ich habe es ihm heute noch einmal gesagt. Ein bisschen schroff, wie ich zugeben muss. Aber weißt du, was er daraufhin erwidert hat? Er hat mich auf einen Drink zu sich nach Hause eingeladen.«

Olivia wirft mir einen ihrer Blicke zu. »Du bist versucht, die Einladung anzunehmen, oder?«

»Wenn es ein Treffen unter Freunden wäre, ja. Doch das ist es ja nicht, oder?«

»Ich glaube nicht«, gibt sie zu.

»Ich nämlich auch nicht. Wenn ich ihm nicht begreiflich machen kann, dass zwischen uns nichts laufen wird, kann ich mich nicht mehr mit ihm treffen.«

»Vielleicht solltest du es ihm erzählen.«

»Was?«

»Vielleicht solltest du ihm von deiner Mum erzählen. Und von dir. Zumindest könnte er dann deine Gründe begreifen, warum du keine Beziehung mit ihm willst. Und außerdem finde ich, dass es dir guttun würde, mit jemand anderem darüber zu reden, Jess. Es ist kein schmutziges Geheimnis. Du darfst darüber sprechen.«

»Ich weiß das.«

»Na ja, dann sei ehrlich. Und wenn er anschließend akzeptieren kann, dass ihr ›nur‹ befreundet sein könnt, hast du noch einen Menschen gewonnen, der hinter dir steht und dir den Rücken freihält. Das ist nicht das Schlechteste. Es sei denn, *du* bist diejenige, die nicht akzeptieren kann, dass ihr ›nur‹ befreundet seid.«

Ich schwenke gerade die Pasta in der Pfanne und halte mitten in der Bewegung inne. »Das ist das Problem.«

Um ein paar Minuten vor acht komme ich vor dem Wohnkomplex an, in dem Alec lebt. Aber erst um zwanzig nach acht kann ich mich durchringen, an seine Tür zu klopfen.

Bei einer sehr wässrig geratenen Penne arrabbiata versuchte Olivia, mich davon zu überzeugen, dass ich mich mit ihm treffen müsste. Sie meinte, es wäre so oder so nett von mir, wenn ich die Sache zu Ende bringen würde – falls das denn wirklich mein Wunsch wäre. Ich beharrte darauf, dass es mein Wunsch wäre, und rief ihr noch einmal meine Regel in Erinnerung, keine Dates mit Männern zu haben.

Erst das Argument, das sie vorbrachte, als sie in ihren Mantel schlüpfte, bewegte mich dazu, meine Meinung noch mal zu ändern.

»Es ist deine Entscheidung, ob du es ihm sagen willst oder nicht. Doch vergiss nicht: Alec ist kein Mensch, den du nie mehr wiedersehen wirst. Er arbeitet in dem Pub direkt gegenüber von unserem Büro. Du hast die Wahl: Entweder du bereitest der Sache ein anständiges Ende, oder du verbringst den Rest deiner Tage damit zu versuchen, ihm nicht versehentlich über den Weg zu laufen.«

Ich schloss die Tür hinter ihr, nahm mein Handy und schrieb Alec, dass ich bei ihm vorbeikommen würde, sobald es mir möglich wäre.

Als er mich nun in seine Wohnung bittet, bin ich erleichtert, dass keine Musik läuft oder Kerzen brennen oder sonst irgendetwas unternommen wurde, um es romantisch zu machen. Ganz im Gegenteil: Im Wohnzimmer brennt die Deckenlampe und verbreitet mit ihrem hellen Licht eher die Atmosphäre eines Wartezimmers beim Arzt als die eines gemütlichen Wohnzimmers. In der Luft hängt der Geruch von angebratenen Zwiebeln. Alec hat sich also nicht die Mühe gemacht, irgendetwas Besonderes zu machen. Ich merke, dass Alec mir ganz bewusst nichts zu trinken anbietet und sich auch absichtlich auf einen Stuhl und nicht zu mir auf die Ledercouch setzt. Damit will er mir etwas sagen.

Ich kann es ihm nicht verübeln. Ich habe ihn verletzt, und jetzt ist es an der Zeit, dass ich Wiedergutmachung leiste.

»Es tut mir leid wegen heute Morgen«, beginne ich. »Ich wollte nicht so gemein sein. Du hast mich auf dem falschen Fuß erwischt und ich …« Ich verstumme.

Er sagt nichts, sondern blickt mich nur weiter stumm an. Offensichtlich wartet er ab, was ich als Nächstes sagen werde. Seine Augen funkeln hell, aber es steht ein kühler Ausdruck darin, den ich vorher so nicht bemerkt habe. Er wird erst etwas sagen, wenn er mich angehört hat.

Ich fange mit der Rede an, die ich mir auf dem Weg hierher überlegt habe. »Es ist so: Ich kann nicht mit dir befreundet sein. Es ist nicht so, dass ich dich nicht mögen würde. Es ist vielmehr so, dass ich dich viel zu sehr mag. Und wenn wir beschließen, Freunde zu sein, muss ich so tun, als wäre nicht mehr möglich.«

»Ich mache das auch so, Jess. Ich tue so, als wäre ich ›nur‹ dein Freund, um dich sehen zu können. Wenn wir beide dasselbe empfinden, ist das doch toll, oder?«

»Nein, das ist es nicht. Verstehst du, ich kann dich nicht so sehr mögen. Auch wenn ich es noch so gern möchte. Es geht nicht.«

»Warum nicht? Wir sind beide Single, und wir wissen beide, dass diese Anziehung zwischen uns besteht, die wir nicht ignorieren können. Ich verstehe nicht, was uns daran hindern sollte, zusammen zu sein.«

»Du würdest es auch nicht verstehen.« Ich hatte vor, ruhig zu bleiben, aber meine Stimme klingt messerscharf. Warum will er es denn einfach nicht begreifen?

»Okay. Dann erkläre es mir.«

Ich will es ja! Als ich nun vor ihm stehe, sind die Worte, die ich mir so sorgfältig zurechtgelegt habe, mit einem Mal verschwunden. Stattdessen möchte ich, dass er die Wahrheit erfährt. Er sieht mich mit seiner besorgten, liebevollen Miene an, und ich will ihm alles erzählen, weil ich weiß, dass es bei ihm gut aufgehoben ist. Mehr noch: Ich weiß, dass er es gut aufnehmen wird, dass er lieb sein wird – nicht nur heute Abend, sondern auch in Zukunft, wenn wir uns begegnen. Olivia hat recht: Es gibt keinen Menschen, den ich lieber an meiner Seite wissen und der mir mehr Unterstützung schenken würde als Alec.

»Es geht um meine Mum. Sie leidet an Chorea Huntington. Die Krankheit befällt die Nervenzellen in ihrem Gehirn und hat Auswirkungen auf ihren gesamten Körper. Es gibt die körperliche Komponente der Krankheit – ihr Körper, der sie Stück für Stück im Stich lässt –, doch sie beeinflusst auch das Verhalten und das Gedächtnis meiner Mum. Die Krankheit ist eine Kombination aus der Motoneuron-Krankheit, Parkinson und Alzheimer. Wir wissen nicht, wie viel Zeit ihr noch bleibt, aber die Krankheit schreitet fort, und Mum wird daran sterben.«

»Jess.« Die Traurigkeit, der Schmerz, die er für mich empfindet, sind deutlich zu spüren, als er meinen Namen ausspricht. Es raubt mir den Atem. Als ich Liam von Mum erzählte, spürte ich nur sein Selbstmitleid, das er empfand, weil er das Pech hatte, mit jemandem wie mir geschlagen zu sein. Alecs Traurigkeit tröstet mich – vor allem als er auf mich zukommt und nicht zurückweicht. Er setzt sich zu mir auf das Sofa, und wir beide starren auf meine Hand, als er mit dem Daumen ganz sacht das Muster der Adern auf meinem Handrücken nachzeichnet. Er denkt nach. Irgendwann hat er die richtigen Worte gefunden.

»Es tut mir so leid. Geht es ihr jetzt schon ... schlecht? Oder kommt das alles erst noch?«

»Die Krankheit schreitet gerade ziemlich schnell voran. Mum litt schon Jahre vor der Diagnose an Symptomen – Tollpatschigkeit, Vergesslichkeit, Stimmungsschwankungen. Jetzt greift die Krankheit allerdings das Gehirn massiv an. Ihre Muskeln wollen ihr nicht mehr gehorchen. Es ist anstrengend für sie, sich selbstständig zu bewegen, und ihre Sprache lässt sie immer öfter im Stich. Ihr Gedächtnis funktioniert noch gut – das wird sich jedoch auch verschlechtern. Sie braucht schon jetzt viel Pflege und Unterstützung.«

»Deine arme Mum! Hast du noch Familie, die euch helfen kann, oder bist du allein?«

»Ich bin allein. Meine Großeltern sind schon gestorben, als ich noch ganz klein war, und Mum war ein Einzelkind –

genau wie ich. Aber wir haben eine ganze Armee von Pflegekräften, die täglich nach Hause kommt, um zu helfen.«

»Das ist gut.«

Wir schweigen. Er hält noch immer meine Hand. Ich will ihm nicht ins Gesicht blicken, falls der mitfühlende Ausdruck darauf mich zum Weinen bringt, aber ich muss wissen, was er gerade denkt.

»Alec?«

»Ja?«

»Verstehst du jetzt, warum ich nicht mit dir zusammen sein kann?«

Er nimmt sich Zeit, um über seine Antwort nachzudenken. »Ehrlich gesagt nein. Den Zusammenhang zwischen dem, was du mir gerade erzählt hast, und der Tatsache, dass du nicht mit mir zusammen sein willst, sehe ich nicht.«

Wie soll er auch? Er hat zwei vollkommen gesunde Eltern, die ein schönes Leben in Leeds führen. Viele Menschen laufen jeden Tag durch die Gegend, haben zu Hause oder im Krankenhaus kranke Verwandte und machen trotzdem weiter. Gebrochen vielleicht, doch sie leben ihr Leben trotzdem weiter. Ich muss ihm von *mir* erzählen. Denn so viele Menschen, die wissen, dass sie bald sterben werden und was vorher mit ihnen passieren wird, gibt es nicht. Dagegen wird er wohl kaum etwas sagen können.

Falls das noch nicht reichen sollte, muss ich noch weitergehen. Ich werde ihm von der Regel erzählen, die ich mir selbst auferlegt habe, dass ich es allein durchstehen und niemanden mit in die Schatten dieser schrecklichen Krankheit ziehen werde. Ich werde ihm erzählen, dass ich gesehen habe, wie sehr Mum leidet, und dass ich mich auf keinen Mann einlassen kann, wenn ich weiß, dass es mir und ihm einmal genauso ergehen wird.

Doch ich kann es nicht. Ich versuche, die Worte über die Lippen zu bringen, aber sie bleiben in meinem Mund, an meinem Gaumen, kleben. Alec von meiner Mum zu erzählen, ist nicht halb so schlimm, wie ihm von mir zu erzählen. Sobald ich das getan habe, werde ich das kranke Mädchen sein, und er wird Mitleid mit mir haben. Im Augenblick ist die Huntington-Krankheit ganz hinten in einer dunklen Ecke meines Kopfes eingesperrt – nicht zu sehen, nicht zu hören. Dort wird die Krankheit jedoch nicht für immer bleiben – es wird eine Zeit geben, in der jeder sie mir ansehen wird. Doch im Moment ist es der persönlichste Teil von mir, und ich will ihn noch länger verbergen. Vor allem vor Alec.

»Hör mal«, sage ich, will das alles zu einem Ende bringen und dann aus dieser Wohnung verschwinden. »Du bist echt toll, und ich fühle mich zu dir hingezogen, aber es wird nicht funktionieren. Wenn du dich dann besser fühlst: Es ist nichts Persönliches. Ich habe mir vorgenommen, allein zu bleiben. Meine Mum kommt an erster Stelle. Es wäre toll, wenn du das einfach akzeptieren könntest.«

»Gut.« Mehr kann er nicht sagen. »Ich werde es akzeptieren. Vielleicht nicht jetzt. Jetzt bin ich erst mal enttäuscht und am Boden zerstört. Doch irgendwann werde ich es akzeptieren.«

»Danke.«

Nach ein paar seltsamen Minuten, in denen wir uns schweigend an den Händen halten, stehe ich auf. Alec folgt mir. Mir kommt in den Sinn, dass es vielleicht das letzte Mal ist, dass ich ihn ganz allein sehe. Ich bin mir sicher, dass wir uns im *The Wishing Well* sehr oft über den Weg laufen werden, aber wir werden wohl nie mehr ganz allein und ungestört sein.

»Du sprichst doch mit keinem anderen Menschen darüber, oder? Bis auf Olivia habe ich niemandem davon erzählt.«

»Natürlich nicht.«

Wir stehen in seinem schmalen Flur und blicken einander an. Er hält den Schlüssel für die Haustür in der Hand, aber er macht keine Anstalten, sie öffnen zu wollen. Stattdessen macht er unvermittelt einen Schritt auf mich zu, schließt mich in die Arme und drückt mein Gesicht an seine Brust.

»Es tut mir leid, Jess.«

Ich spüre, dass er mir eigentlich etwas anderes sagen wollte. Er bemüht sich, mich nicht dazu zu überreden, es trotz Mums Erkrankung doch miteinander zu versuchen. Aber er schafft es, diese Worte hinunterzuschlucken.

»Ist schon in Ordnung«, entgegne ich. »Ich bin froh, dass ich dir davon erzählt habe. Zumindest glaubst du jetzt nicht mehr, dass der einzige Grund, warum ich nicht mit dir ausgehen kann, dein Bart ist.«

»Entschuldige bitte? Warum sollte ich denken, dass es an meinem Bart liegen könnte? Alle lieben diesen Bart!«

»Ist das so?«

»Verdammt noch mal, Jess! Du kannst mir doch nicht so etwas sagen und dann einfach verschwinden! Jetzt muss ich noch mal über alles nachdenken.«

Ich lache. »Nicht über alles. Gute Nacht.«

Er macht die Tür auf und tritt an die Seite, damit ich rausgehen kann. Der Flur ist so eng, dass ich mich an ihm vorbeidrängen muss, um durch die Tür zu kommen. Dass ich ihm so nahe komme, ist allerdings ein Fehler. Ich blicke in sein Gesicht, und all die Selbstbeherrschung, die ich heute Abend aufgebracht habe, löst sich mit einem Mal in Nichts auf. Er lächelt mich liebevoll an, und sein Mund ist zu verführerisch, um ihn nicht zu berühren. Ich möchte noch eine Erinnerung an ihn, die ich mitnehmen kann.

Ich stelle mich auf die Zehenspitzen, presse meine Lippen auf Alecs wundervollen Mund und küsse ihn voller Leidenschaft.

In der ersten Sekunde, die ich als unglaublich schrecklich empfinde, küsse nur ich ihn. Doch schon im nächsten Moment erwidert er meinen Kuss. Mit den Fingerspitzen streichele ich sacht über sein Gesicht und seinen Hals hinab, ehe ich die Finger in seinem Haar vergrabe. Ich liebe es, ihm die Haare aus der Stirn zu streichen und seine sorgfältig gestylte Frisur zu verwuscheln. Alec umfasst meine Taille mit seinen

Händen. Sie verharren dort ganz ruhig, während er mich so eng an sich zieht, dass nicht einmal mehr ein Blatt Papier zwischen uns passen würde.

Ich bin diejenige, die den Kuss beendet. Sobald ich meine Lippen von seinen gelöst habe, entschuldige ich mich. »Das hätte ich nicht tun sollen. Es tut mir so leid. Ich bin hierhergekommen, um dir zu sagen, dass zwischen uns nichts passieren wird – und dann das. Du glaubst bestimmt, dass ich nur mit dir spiele.«

»Das habe ich nicht gedacht. Tatsächlich dachte ich, dass es das erste Mal ist, dass jemand über mich hergefallen ist. Das hat mir irgendwie gefallen.«

»Oh Gott, ich bin wirklich über dich hergefallen, oder?«

»Jep«, stimmt er zu, und wir brechen wie Teenager in Gelächter aus, obwohl wir versuchen, es zu unterdrücken. Sobald einer von uns aufhört zu lachen, fängt der andere wieder an – und es geht wieder los. Alec ist der Erste, der endlich seine Selbstbeherrschung wiederfindet, erst dann kann auch ich mich zusammenreißen.

»Offensichtlich verfüge ich über keinerlei Willenskraft, also sollte ich gehen, bevor ich mich noch einmal auf dich stürze.«

»Tu dir keinen Zwang an.«

Ich mache die Tür hinter mir zu und gehe erst, als das Lachen auf der anderen Seite verstummt.

Kapitel 14

Olivia kommt am dritten Tag in Folge zu spät zur Arbeit. Es sieht ihr gar nicht ähnlich, Jane diese Nachlässigkeit so offen unter die Nase zu reiben. Jane liebt es nämlich, den Mitarbeitern Vorträge zu halten, und ist immer auf der Suche nach neuen Opfern. Wir alle haben es perfektioniert, blauzumachen, ohne aufzufallen – allen voran Olivia.

Doch als sie am Mittwoch um Viertel vor zehn mit einer Tüte aus dem Supermarkt ins Büro schlappt, ein Fünferpack Donuts mit Marmeladenfüllung auf ihren leeren Schreibtisch wirft und sich dann den Mantel auszieht, wird mir klar, dass jemand mit ihr reden muss, ehe Jane sich auf sie stürzen kann.

»Verdammt noch mal, Liv, setz dich, bevor Jane zurückkommt! Wenn sie sieht, dass du im Supermarkt warst, bevor du ins Büro gekommen bist, musst du für den Rest deines Lebens um fünf Uhr die Briefe zur Post bringen.«

»Keine Sorge. Sie ist nicht mal da. Sie hat heute zu viel damit zu tun, ihre Geburtstagsparty zu planen, um sich Gedanken darüber zu machen, was einer ihrer Lakaien so treibt.«

»Oder in deinem Fall eben nicht treibt. Schalt wenigstens deinen Rechner ein und verteil ein paar Akten auf deinem Schreibtisch.«

Aber Olivia hört mir gar nicht zu. Sie widmet sich der Schachtel mit den Donuts und reißt sie so auf, dass die Box am Ende völlig zerstört ist. Die restlichen Donuts werden spätestens zur Mittagszeit steinhart sein. Falls sie dann überhaupt noch da sind. So wie Olivia den ersten Donut in sich hineinstopft, sieht es nicht so aus, als würde noch etwas übrig bleiben.

»Brauchst du eine Extraportion Zucker?«

»Hier, willst du auch einen?«, fragt sie mit vollem Mund.

»Nein danke.«

»Ich sag dir was«, bringt sie in der kleinen Pause zwischen zwei Bissen hervor. »Es wäre gerade echt hilfreich, mal hier rauszukommen. Hast du Lust, dir einen ›Aktennotfall‹ auszudenken und mich ins Archiv zu begleiten?«

Das Archiv befindet sich im Untergeschoss des alten Bankgebäudes, das *McAllister Lewis Glenn* vor fünf Jahren erworben hat. Die Millionen, die sie in die Sanierung des Gebäudes investiert haben, damit es eine der Topfirmen Manchesters repräsentiert, waren aufgebraucht, bevor sie in den Keller vordringen konnten. Feucht, dunkel und mit einem Ungezieferproblem ist es der denkbar schlechteste Ort, um dort Akten zu verwahren. Die Mädels und ich vermeiden es, dort Zeit zu verbringen, wann immer es geht.

Ich werfe einen Blick auf meinen Schreibtisch. Die Notizen zu den alten Fällen hätte ich schon längst ablegen sollen. Wenn ich mich jetzt darum kümmere, hätte ich wenigstens nicht nur Gesellschaft, die vier oder sechs Beine hat.

»Dann mal los.«

»Toll. Lass uns noch eine halbe Stunde am Schreibtisch verbringen und so tun, als hätten wir wahnsinnig viel zu tun, ehe wir uns unten treffen.«

Zur vereinbarten Zeit nehme ich meinen Mantel und meinen Schal, die ich mit Sicherheit brauchen werde. Olivia ist schon im Untergeschoss und sitzt mit ihrer Tüte mit Donuts auf dem Schoß auf dem einzigen Stuhl dort. Sie hat sich ihre Kapuze mit Fellbesatz tief ins Gesicht gezogen, sodass außer ihrem zuckerverschmierten Mund nichts von ihr zu erkennen ist.

»Komm schon. Raus damit!«

»Was meinst du?«

»Ich meine, du benimmst dich schon die ganze Woche über komisch. Normalerweise kommst du nie zu spät, und normalerweise ernährst du dich auch nicht so, als würdest du für einen Boxkampf trainieren. Was ist los mit dir?«

Es entsteht eine Pause. Unter ihrer Kapuze sehe ich, wie ihre zuckrige Unterlippe zu zittern beginnt.

»Oh, Jess. Es ist eine Katastrophe.«

»Was ist los?«

»Ich bin schwanger.«

Hier unten ist es echt kalt. Ich ziehe meinen Mantel enger um mich.

»Oh. Wow. Wow! Herzlichen Glückwunsch. Ich meine, es ist doch ein Grund zur Freude, oder?«

»Ja … Nein … Ich bin mir noch nicht sicher. Ich bin erst seit drei Monaten mit Rick zusammen. Seit drei Monaten! Und jetzt werden wir ein Baby bekommen. Ich bin noch nicht bereit für ein Kind. Oder?«

Sie sieht jedenfalls nicht so aus, als wäre sie bereit. Im Augenblick sieht sie eher aus wie ein verängstigter Teenager. Obwohl der Boden schmutzig ist, knie ich mich vor sie und lege die Hände auf ihre Beine.

»Natürlich bist du bereit. Du wirst eine tolle Mum!«

Bisher habe ich mir Olivia noch nie mit einem Kind vorgestellt. Wenn sie so im Büro oder in der Innenstadt herumwirbelt, scheint sie nicht viele der Eigenschaften zu haben, die man für eine Mutter gemeinhin als unerlässlich erachtet. Aber Olivia hat auch noch eine andere Seite. Es ist eine Seite, die sie mir fast jeden Tag gezeigt hat, seit ich ihr von Mum und mir erzählt habe. Sie kümmert sich um andere Menschen. Sie will das Beste für sie. Ist es nicht genau das, was eine Mutter am Ende tun sollte?

»Meinst du?«, fragt sie.

»Ja. Das hast du dir doch immer gewünscht, schon vergessen? Bevor du mit Rick zusammengekommen bist, hast du mir bei jeder Gelegenheit erzählt, dass du so gern mit ihm zusammen wärst und dir wünschst, dass eine ganze Schar von kleinen Ricks um deine Beine herumwuselt.«

Sie lacht. »Kleine Ricks. Das habe ich gesagt, oder? Er hat so toll reagiert, Jess. Er hat mich von dem Moment an, als ich es ihm gesagt habe, vollkommen unterstützt. Er wünscht es sich auch. Seit er es weiß, hat er nicht mehr aufgehört zu grinsen.«

»Siehst du? Du brauchst dir also keine Sorgen zu machen, stimmt's? Es sei denn, *du* möchtest das Baby nicht bekommen.«

»Doch! Doch, ich will es. Ich kann gar nicht aufhören, über meinen Bauch zu streicheln. Es ist einfach so ... Das ist eine Riesensache, die mein Leben komplett verändern wird! Und eigentlich bin ich nicht der Typ für Riesensachen, die mein Leben komplett verändern ... oder?«

»Tja, jetzt schon.« Ich ziehe sie in meine Arme und drücke sie. »Herzlichen Glückwunsch, Liv«, flüstere ich in den Pelzkragen ihres Mantels.

Olivia schmiegt sich an mich. Sie würde mich wohl in nächster Zeit nicht mehr loslassen, aber ich muss die Umarmung beenden und sehe sie ernst an. »Wenn du die Sache wirklich durchziehen willst, musst du aufhören, Kuchen in dich hineinzustopfen, und anfangen, dich gut um dich zu kümmern.«

Sie nickt. »Ich weiß. Das hier ist schon mein vierter Donut! Ich bin ekelhaft, aber ich fühle mich so erbärmlich! Mein Kopf hämmert, und ich habe Sodbrennen, und das Einzige, was mir hilft, ist, mich vollzustopfen.«

»Na gut.«

»Es ist schrecklich, Jess. Ich habe mich in meinem ganzen Leben noch nie so scheiße gefühlt. Wenn du eines Tages schwanger wirst, bist du hoffentlich eine der Glücklichen, die das rein zufällig erst nach ein paar Wochen herausfindet und dann jedem davon erzählt, wie fantastisch die Schwangerschaft läuft, bis das Baby auf die Welt kommt.«

»Klingt gut.« Ihr fällt der Fauxpas gar nicht auf. Sie ist viel zu aufgeregt, und ich korrigiere sie auch nicht. In diesem Moment sollte es um Olivia gehen und nicht um mich.

»Gott weiß, wie ich den Nachmittag überstehen soll. Du kennst ja Jane – ihr alle werdet Champagner trinken, während ich an einem Glas Wasser nippe. Und zu essen gibt es vermutlich nur Canapés mit Garnelen und Kaviar auf Toast. Ich muss mir also was Anständiges zu essen mit nach oben schmuggeln.«

»Müssen wir wirklich hingehen?«

»Zur Rooftop-Geburtstagsparty unserer Majestät? Ich würde sagen, es führt kein Weg daran vorbei.«

Abgesehen davon, dass sich mir spontan der Magen zusammengezogen hat, als ich im letzten Monat Janes Einladung zum Geburtstag in meinem E-Mail-Postfach fand, habe ich mir noch keine weiteren Gedanken über das Event gemacht. Jane redet seit Wochen von nichts anderem mehr, aber ich habe mir längst angewöhnt, ihre Stimme bei jeder Gelegenheit auszublenden. Und außerdem gab es weit Wichtigeres, um das ich mich kümmern musste.

Zwischen Mums Magenproblemen auf der einen und dem ständig schlechten Wetter auf der anderen Seite, das den morgendlichen Weg ins Büro zu einer echten Herausforderung machte, ging der Januar zu Ende, ohne dass ich den Monat richtig mitbekommen hätte. Jetzt haben wir Februar, und ich bin vor allem damit beschäftigt, die unvermeidlichen Feierlichkeiten zu Janes Vierzigstem zu überstehen. Vor allem um die Rooftop-Party, die während der Arbeitszeit stattfinden wird, werde ich mich nicht herumdrücken können.

Abgesehen davon, dass wir in Manchester leben und nicht in New York, haben wir Februar und es gießt in Strömen. Seit sie sich die Idee mit der Rooftop-Party in den Kopf gesetzt hat, sticht Jane vollends der Hafer. Im Büro munkelt man, dass es Feuerstellen geben soll, damit es warm genug ist, dass eine Jazzband spielen soll und dass sogar ein eigens kreierter Cocktail namens »The Jane« geplant ist.

»Ich glaube«, sagt Olivia, »wir sollten wieder nach oben

gehen und so tun, als würde uns die Arbeit über den Kopf wachsen. Um vier Uhr könnten wir dann behaupten, so viel zu tun zu haben, dass wir uns keine Pause leisten können, nicht mal für die Party. Daraus wird Jane uns wohl kaum einen Strick drehen, oder?«

»Bitte! Darauf fällt sie auf überhaupt keinen Fall rein! Sie weiß schließlich, wie wir sind. Vor allem aber weiß sie, wie du bist.«

»Gut, vielleicht klappt's nicht«, gibt Olivia zu. »Es wäre allerdings einen Versuch wert. Und wenn ich noch länger hier unten bleibe, fühle ich mich schrecklicher als vorher. Ich gehe lieber wieder nach oben. Kommst du mit?«

»Ich komme gleich nach. Ich habe tatsächlich ein paar Akten, die ich ablegen muss.«

»Sehen wir uns gleich oben?«

»Klar«, entgegne ich.

»Vergiss nicht, so auszusehen, als würdest du vor lauter Arbeit zusammenbrechen.«

»Okay.«

Sobald die schwere Metalltür hinter Olivia ins Schloss gefallen ist, setze ich mich auf den Stuhl und beuge mich vor, bis mein Kopf nur noch Zentimeter von meinen Knien entfernt ist.

Es tut weh. Es tut so weh, dass mir übel wird. Doch ich muss mich nicht übergeben. Stattdessen rollen mir dicke, sinnlose, dumme Tränen über die Wangen. Ich presse meine Handballen so fest auf meine Augen, dass es schmerzt, aber die Tränen versiegen trotzdem nicht.

Seit Wochen habe ich nicht mehr geweint. Ich habe nicht geweint, wenn Mum mal wieder einen schlechten Tag hatte. Ich habe nicht geweint, als ich schweißgebadet aufgewacht bin, weil ich geträumt hatte, an Mums Stelle zu sein; mein Körper wollte mir nicht mehr gehorchen, und ich konnte nur hilflos auf eine Welt gucken, zu der ich nicht länger gehörte. Ich habe auch an Weihnachten nicht geweint, als meine

Einsamkeit so groß wurde, dass ich mein Ohr an die Wand zu den Nachbarn gepresst habe, um die Stimmen von nebenan zu hören und so der Stille zu entfliehen. Und ich habe erst recht nicht wegen Alec geweint.

Und ausgerechnet jetzt kommen die Tränen. Tränen, die ich gerade überhaupt nicht gebrauchen kann.

Ich will keine Kinder. Den Schmerz in meinem Magen verspüre ich nicht ihretwegen. Es ist nicht der Schmerz darüber, dass ich niemals selbst diesen Moment erleben werde, in dem ich über meinen Bauch streiche und mit Tränen in den Augen verkünde, dass ich schwanger bin. Es ist auch nicht der Schmerz darüber, dass ich niemals mit dem Schwangerschaftstest in der zitternden Hand denken werde, dass ich mit dem Mann, den ich liebe, ein Kind bekommen werde. Das einzige Opfer, das die Huntington-Krankheit von einem verlangt und das ich leicht akzeptieren konnte, ist die Kinderlosigkeit.

Es ergibt also überhaupt keinen Sinn, dass ich jetzt so aufgewühlt bin. Warum bricht mir das Herz, wenn ich an die zahllosen Momente denke, die Olivia im Gegensatz zu mir erleben wird, wenn ich doch nie Kinder wollte?

Ich zwinge mich dazu, mich wieder aufzurichten. Die schwarze Hose, die ich trage, ist an den Knien schmutzig, weil ich vor Olivia auf dem Boden gehockt habe. Ich konzentriere mich darauf, den gröbsten Dreck zu entfernen und den Staub abzuwischen, bis nichts mehr übrig ist. Und endlich lassen auch die Tränen nach.

Als ich nach den Akten greife, die zu meinen Füßen liegen, und sie in alphabetischer Reihenfolge sortiert habe, sind meine Tränen versiegt. Ich lege die Unterlagen in den entsprechenden Akten ab und schiebe Ordner an die richtige Stelle, wo die meisten von ihnen für die nächsten Jahrzehnte verbleiben werden, ohne noch einmal hervorgeholt zu werden. Die leichte Arbeit tut mir gut und beruhigt mich.

Zurück im Büro plaudert Olivia gerade mit Maureen. Die Donuts hat sie weggeräumt, und es scheint, als wäre überhaupt nichts passiert.

Die meisten Kollegen verschwinden schon vor vier. Olivia und ich lassen unsere Computer laufen, und Olivia holt einen Stapel Klatschmagazine hervor, die sie gekauft hat. Wir bleiben im Büro und lesen sie – gut versteckt in Aktenordnern –, bis Maureen vom Dach zurückkommt. Ihr Haar scheint sein Volumen verdoppelt zu haben, seit sie auf die Rooftop-Party gegangen ist. Sie steht vor uns, blickt uns anklagend an und erklärt, dass sie das nicht allein überstehen wird und dass wir gefälligst mitkommen sollen.

Der Wind auf dem Dach ist so stark, dass wir drei uns zusammen gegen die Brandschutztür lehnen müssen, um sie zu öffnen. Als wir nach draußen treten, bietet sich uns ein Anblick, der weit von dem urbanen Glamour entfernt ist, den Jane sich erhofft hat. Die Lage ist vielmehr katastrophal.

Silberne Barhocker liegen umgeweht auf der Seite, und die Lichterketten an der Brüstung hängen traurig bis auf den Boden. Der Regen prasselt auf die frierenden Gäste herunter, die sich unter das kleine Wellblechdach geflüchtet haben, das normalerweise für die Raucher bestimmt ist. Ein paar junge Männer in Smokings drängen sich durch die Gäste. Sie tragen Tabletts mit nass geregneten Canapés herum, die keiner anrühren will. Ein langer aufgebockter Tisch, der vermutlich als Bar dienen soll, steht verlassen da. Kisten mit Prosecco und Bier sind unter das Schutzdach gezogen worden, wo sie ungeöffnet herumstehen.

Auf der anderen Seite des Daches steht Jane in einem schwarzen Lederkleid, mit über und über mit goldenen Pailletten besetzten *Louboutins* an den Füßen, einem Herrenjackett über den Schultern und einem Golfschirm in der Hand. Sie gestikuliert wild vor Mr. Lewis herum, der den ganzen Regen abbekommt und den Kopf hängen lässt. Sein weißes Oberhemd ist klatschnass und inzwischen durchsichtig. Ich wende mich ab, ehe ich seine Nippel sehe. Denn wenn ich sie erblicken würde, würde ich ihm nie mehr in die Augen schauen können.

Das Beste wäre es, die Brandschutztür wieder hinter uns zu schließen und nach unten zu gehen, ehe man uns entdeckt. Aber Maureen packt uns an den Armen und schiebt uns unter das Wellblechdach zu den anderen.

»Habt ihr alle Spaß?«, frage ich. Maureen stößt mir ihren Ellbogen in die Rippen.

»Schh. Arme Jane«, flüstert sie. »Sie ist bestimmt am Boden zerstört.«

»Sie sieht nicht aus, als wäre sie am Boden zerstört. Sie sieht vielmehr aus, als würde sie gleich Mr. Lewis umbringen.«

»Oh ja, sie ist richtig sauer auf ihn! Trotzdem tut sie mir irgendwie leid, das ist für sie auch nicht wirklich schön, oder? Sie kam total aufgestylt aufs Dach und hat einen spektakulären Empfang erwartet – stattdessen standen wir zusammengepfercht unter dem Wellblechdach. Nicht einmal die Unmengen von Botox in ihrer Stirn konnten über ihre Panik hinwegtäuschen. ›Keine Sorge‹, hat sie gesagt. ›Das Wetter spielt zwar nicht ganz mit, aber es gibt keinen Grund, die Party nicht einfach ins Büro zu verlegen.‹ Allerdings hat Mr. Lewis ihr klargemacht, dass kein Raum frei ist – alle Konferenzzimmer sind bis sechs Uhr ausgebucht. Tja, seitdem streiten sie sich. Sie will, dass er einen Raum für sie frei macht, aber er will davon nichts wissen. Er meint, er kann sich nicht nur wegen dieser Party in die Arbeit seiner Anwälte einmischen.«

»Und jetzt? Sollen wir so lange warten, bis er es sich vielleicht anders überlegt? Das wird wohl kaum passieren«, sagt Olivia.

»Ich weiß. Sie wird sich nicht durchsetzen«, stimmt Maureen ihr zu. »Doch was sollen wir machen? Wir können uns nicht verkrümeln, ohne dass sie es mitbekommt, und wenn sie glaubt, dass wir ihre Party verlassen, weil sie so schrecklich ist, erwartet uns morgen das dicke Ende. Wir haben keine Wahl.«

»Verdammter Mist. Das Einzige, was wir unter diesen Umständen in Schwung bringen müssen, ist die Durchblutung unserer Extremitäten. Ich bin dann mal weg«, sagt Olivia.

Sie hat die Worte gerade ausgesprochen, als Jane zu uns kommt. Sie hat ein falsches Lächeln aufgesetzt.

»Danke, dass ihr alle gekommen seid. Ihr freut euch sicher zu hören, dass mein Harold gerade mit Alec vom *The Wishing Well* gesprochen hat. Wir haben den Pub für die nächsten paar Stunden für uns. Und außerdem hat mein lieber Harold noch fünfhundert Pfund an der Bar hinterlegt – mit der Anweisung, dass Alec dafür sorgt, dass wir alle eine Menge Spaß haben werden. Ich habe Harold ja von Anfang an gesagt, dass wir dort hätten hingehen und feiern sollen, aber ihr kennt ja Harold … Für seine Prinzessin ist ihm keine Mühe zu groß«, sagt sie und lacht hoch und schrill. »Hopp, hopp«, ruft sie uns zu und stakst davon. Mr. Lewis hat das Dach schon verlassen.

Angesichts der neuen, trockeneren Pläne hebt sich Olivias Laune sichtlich. Sie zieht mich hinter sich her, um mit den anderen Gästen nach unten zu gehen. Der Regen spült meinen schwachen Protest einfach weg.

Ich bin still, als wir ins Büro zurückgehen. Maureen übernimmt die Unterhaltung, als der weibliche Teil der Belegschaft sich vor dem Spiegel auf der Damentoilette einfindet, um das aufgebauschte Haar zu bändigen und das Make-up zu retten. Die steile Falte zwischen meinen Augenbrauen ist tiefer denn je.

Es gibt keinen Grund, sich Sorgen zu machen, du Dummerchen, sage ich stumm zu meinem Spiegelbild.

Alec ist kein Problem. Ich muss mir nur ins Gedächtnis rufen, wie Alec bei der letzten Begegnung nach unserer Verabschiedung seine Wohnungstür geschlossen hat und wie wir beide auf unserer Seite der Tür noch gelacht haben. Er wird nicht plump oder gemein sein. Er wird so sein wie immer: der perfekte Gentleman.

Als wir ankommen, kümmert er sich gerade um eine Gruppe junger Frauen. Sein Lächeln verändert sich nicht, auch wenn das Lachen der Frauen zwischendurch lauter wird. Genau genommen wirkt sein gesamter Körper angespannt. Während die jungen Frauen auf ihren Barhockern herumrutschen, sich durch die Haare streichen, kichernd die Köpfe zurückwerfen und ihre Ohrringe oder Halsketten berühren, rührt Alec sich überhaupt nicht.

Ich sage zu Olivia, dass ich uns ein Getränk hole, setze mich auf einen Hocker am Ende der Bar und warte auf Alec. Ein paar Minuten später haben die Frauen sich wieder beruhigt, trinken ihre Getränke aus, schlüpfen in ihre Mäntel und gehen.

Als sie an mir vorbeigehen, nehme ich den blumigen Duft ihrer Parfüms wahr. Ein paar der jungen Frauen sind ausgesprochen hübsch – viel gestylter und schöner als ich. Das hat Alec offensichtlich gänzlich kaltgelassen. Er wirkt ungerührt, als hätte er die Ladys nicht einmal richtig bemerkt. Ein Gefühl der Selbstzufriedenheit breitet sich in mir aus, als ich mich an die gemeinsame Nacht mit Alec erinnere. Bei mir war er alles andere als ungerührt.

»Hallo«, sagt er und kommt zu mir. In seiner Stimme schwingt ein bisschen Unsicherheit mit. »Ich war mir nicht sicher, ob …«

»Es ist echt nett von dir, dass wir hier feiern dürfen«, unterbreche ich ihn. »Wir wissen das sehr zu schätzen.«

Alec nickt. Wenn wir uns von nun an nur noch unter diesen Umständen sehen, ist es besser, die Anziehungskraft zwischen uns zu ignorieren – egal, wie sehr sie uns auch zueinander hinzieht, obwohl wir dagegen ankämpfen.

»Oh … ja. Kein Problem. Um ehrlich zu sein, bin ich noch immer überrascht, dass ihr überhaupt in Erwägung zieht, hierherzukommen – nachdem ihr eine beeindruckende Rooftop-Party gefeiert habt. Ich nehme an, dass ihr über meinen Vorrat an Prosecco herfallen wollt?«

»Ich weiß nicht genau, ob das so eine Party wird. Wir sind alle vollkommen durchgefroren. Der Plan ist, einen Drink zu nehmen und dann zu verschwinden, sobald es geht – am liebsten mit der Bahn, die wir auch sonst immer nehmen.«

»Oh. Okay. Was kann ich dir bringen?«

»Ich hätte wirklich gern eine Tasse Tee, würde mich allerdings auch mit einer Limonade zufriedengeben. Mach zwei daraus, bitte.«

»Kommt sofort. Und? Wie geht es dir?«

»Gut, danke«, erwidere ich ganz automatisch. »Der Bart?«

Er streicht über sein glattes Kinn und lächelt, wobei jungenhafte Grübchen sichtbar werden, die bislang unter den Haaren verborgen waren. »Ja. Der ist ab. Ich habe mich letzte Woche mit Tom getroffen, und er hat mir dazu etwas gesagt. Du hattest recht – nicht jeder ist ein Fan von Bärten. Tatsächlich hat er mir gesagt, dass ich, was bärtige Männer betrifft, die Grenze von ›cool‹ zu ›ungepflegt‹ bereits überschritten hätte.«

»Du siehst komisch aus ohne den Bart. Irgendwie … nackt.«

Mist. Von allen Wörtern, die ich hätte sagen können, entscheide ich mich ausgerechnet für *dieses*! Es erinnert uns nur wieder an Dinge, die ich um unserer beider willen aus meinem Gedächtnis verbannt hatte. Erinnerungen, die aber trotzdem immer wieder hochkommen – wie ein Vulkan, der unbemerkt brodelt und dann wie aus dem Nichts Lava an die Oberfläche katapultiert.

Während ich auf meinem Barhocker in mich zusammensinke, lacht er kurz und schnappt sich ein Glas vom Regal über meinem Kopf. Jane schleicht sich gerade rechtzeitig heran, schlingt einen Arm um meine Taille, packt Alec am Shirt, zieht ihn zu sich heran und haucht ihm zwei Luftküsse auf die Wangen. »Alec, mein Schatz! Mein Retter! Was würden wir nur ohne dich tun? Was für eine Lachnummer diese Partyplaner waren! Mondänen Schick an der frischen Luft hatten sie versprochen – egal, wie das Wetter wird! Und jetzt das! Harold schreibt ihnen gerade die miserabelste Bewertung auf ihre Facebook-Seite, die ihm einfällt. Wir werden es ihnen schon zeigen!«, lacht sie.

Als sie sieht, dass Alec mir eine Limo einschenkt, wendet sie sich mir zu. »Komm schon, das hier ist eine Party, um Himmels willen! Wir wollen die verlorene Zeit wettmachen. Wir nehmen drei Flaschen Prosecco, Alec! Jessica, hilf mir mal mit den Gläsern, ja?« Als Alec mit ihrer Bestellung zurückkommt, schnappt sie sich eine Flasche und ein Glas von der Theke, bevor sie zu Harold zurückkehrt. Ich darf mich um den Rest kümmern.

»Ich kann nicht glauben, dass du für diese Frau arbeiten musst«, sagt er und schüttelt den Kopf. »Soll ich dir helfen?«

»Nein, das geht schon. Gib mir ein Tablett, dann kann ich alles rübertragen.« Ich rutsche vom Barhocker, nehme mir die Drinks und so viele Sektgläser, wie ich tragen kann.

»Beeil dich lieber. Sie sieht wild entschlossen aus, alles in Rekordzeit mit euch auszutrinken.«

»Das glaube ich gern. Gott bewahre, wenn wir ihren Geburtstag nicht angemessen feiern! Ich bin mir sicher, dass Maureen noch einen Toast auf unser Geburtstagskind ausbringen muss. Das darf ich nicht verpassen. Wir sehen uns später.«

»Okay. Äh … Ich wollte dich was fragen … wenn du schon mal hier bist … Wie wäre es, wenn du die Gläser rüberbringst, ich sorge dafür, dass alle versorgt sind, und wir treffen uns dann in fünf Minuten draußen?«

Ich sollte widersprechen und ihn daran erinnern, dass zwei Menschen, die einander nichts bedeuten, sich nicht draußen treffen müssen, um zu reden, doch ich bringe es nicht übers Herz. Es tut so gut, ihn zu sehen, sich mit ihm zu unterhalten.

Und ohne den Bart hat er sich äußerlich mühelos aufs »Modellevel« hinaufgeschwungen. Stattdessen erinnere ich ihn daran, wie kalt es draußen ist, und er ändert den Treffpunkt. Wir wollen uns nun im Lagerraum sehen.

Olivia hat unseren Wortwechsel beobachtet. Als ich an den Tisch komme, lächelt sie und will offensichtlich jedes Wort unserer kleinen Unterhaltung erfahren. Trotz des Verständnisses für meine Regeln wünscht sie sich noch immer, dass Alec und ich ein Paar werden. Ich sollte mich zu ihr setzen, aber stattdessen liefere ich das Tablett ab und steuere die Damentoilette an, um noch ein paar Minuten ungestört zu sein.

Alec wartet auf mich, als ich kurz darauf wieder herauskomme. Er öffnet die schwarze Tür am Ende der Bar und hält sie für mich auf. Ich trete hindurch. Augenblicklich bereue ich, Olivia meinen Mantel gegeben zu haben, als wir hereingekommen sind. Im Lagerraum ist es genauso kalt wie draußen.

»Hier, leg das um deine Schultern«, sagt Alec und nimmt seinen blauen Wollmantel vom Haken an der Wand. Er reicht ihn mir. »Ich hätte dich vorwarnen sollen, dass wir uns praktisch im Kühlschrank treffen.«

»Danke.«

Die Luft ist feucht und stickig, und es riecht nach abgestandenem Bier und irgendetwas … Verdorbenem. Ich nehme mir vor, hier nie wieder etwas zu essen. Langsam gehe ich ans Ende des Raumes, an den Regalen mit Wein und Bier vorbei und zu einem Stapel leerer Kisten, die neben einem Gefrierschrank stehen. Eine der Kisten drehe ich um, setze mich drauf und ziehe den Mantel noch enger um mich. »Schieß los. Was wolltest du mir sagen?«

»Bist du dir sicher, dass du dich wohlfühlst? Ist es warm genug? Wenn es dir lieber ist, kann ich dich auch später anrufen«, sagt er und streicht sich stirnrunzelnd mit den Fingern über das Kinn, um den nicht mehr vorhandenen Bart zu streicheln. Vor nicht einmal zehn Minuten musste er dringend mit mir reden, und jetzt schindet er Zeit und windet sich. Ich verstehe das nicht.

»Alec, was auch immer es ist, sag es einfach.«

Er räuspert sich geräuschvoll. »Okay. Also gut. Ich habe viel über unsere letzte Unterhaltung nachgedacht. Es tut mir leid wegen deiner Mum, Jess, aber …«

»Es gibt ein Aber?«

»Ja.«

»Wie kann das sein? Nur, dass ich es richtig verstanden habe: Ich erzähle dir, dass ich nicht mit dir zusammen sein kann, weil ich mich um meine Mum kümmern muss, und du kommst mir mit einem Aber? Die meisten Menschen würden mit Verständnis reagieren und das als einen ziemlich guten Grund akzeptieren, Alec.«

»Du hast recht. Ich verstehe es auch. Wirklich. Ich habe etwas recherchiert. Es ist schrecklich, was deine Mutter da durchmachen muss. Ich kann mir kaum vorstellen, wie schwer es für sie ist – und für dich.«

Ich zucke zusammen, als er das sagt. Wenn er sich über Chorea Huntington informiert hat, dann weiß er wahrscheinlich, dass es eine fünfzigprozentige Wahrscheinlichkeit gibt, dass ich das fehlerhafte Gen von meiner Mum geerbt habe. Möchte er mich das fragen? Möchte er wissen, ob mein Leben eines Tages genauso grauenvoll aussehen wird wie das meiner Mutter?

»Aber«, wiederhole ich für ihn.

»Aber ich kann nicht so tun, als wäre ich mit deiner Logik, was uns betrifft, einverstanden. Oder als würde ich nachvollziehen können, wieso wir nicht zusammen sein können, weil du dich um deine Mutter kümmern musst.«

Vielleicht hat er doch nicht gut genug recherchiert. Trotzdem fühle ich mich nicht erleichtert. Für wen zur Hölle hält er sich? Er hat keine Ahnung von meinem Leben. Er weiß nicht, wie es ist, zusehen zu müssen, wie Chorea Huntington meine Mutter Stück für Stück aushöhlt, und zu wissen, dass die Krankheit so lange weiterwüten wird, bis Mum nur noch eine leere Hülle in einem Bett ist, bevor sie sie schließlich tötet.

Ich springe von der Kiste auf, lasse den Mantel achtlos zu Boden fallen, und Alec hebt beschwichtigend die Hände.

»Hör mir zu, ja? Ich weiß, dass deine Mum an erster Stelle kommt, und ich weiß, dass es Zeiten geben wird, wenn du an nichts anderes mehr denken kannst als an deine Mum. Das ist für mich völlig in Ordnung. Nachdem du mir nun alles erzählt hast, glaube ich, dass wir es schaffen können.«

»Hör dir nur mal selbst zu!«, schreie ich, stürme an ihm vorbei und greife nach dem Türknauf. »Du surfst ein bisschen im Internet und hältst dich für einen Experten? Glaubst du vielleicht, du weißt jetzt, wie das Zittern ist, die Gereiztheit und all die anderen Symptome, die du in der ordentlichen kleinen Liste gefunden hast? Du hast doch keine Ahnung! Ein Mensch, der an der Huntington-Krankheit leidet, kann sich so verändern, dass man ihn nicht wiedererkennt. Er tut Dinge, die er sich vor der Krankheit niemals hätte vorstellen können. Darum ist es so schmerzhaft, zusehen zu müssen, was die Krankheit mit einem geliebten Menschen macht. Meine arme Mum. Seit ich ein Baby war, sind wir zwei allein gewesen. Mein Dad war ein Loser, und irgendwann wurde ihr klar, dass wir ohne ihn besser dran waren. Danach hatte sie ab und zu mal einen Freund, aber sie war eigentlich ein glücklicher Single und zufrieden, dass wir einander hatten. Und dann, noch bevor die Stürze oder die verschwommene Sprache auftraten, Monate bevor wir ahnten, dass etwas nicht stimmen könnte, änderte sich ihre Einstellung zum Alleinsein. Sie wollte unbedingt einen Freund finden, war besessen von dem Thema. Sie meldete sich bei mehreren Datingseiten an, und in jeder freien Minute versuchte sie, jemanden kennenzulernen. Wir sprechen hier von einer Frau, die sich für gewöhnlich ein paarmal im Monat schick machte, um mit mir oder Freundinnen etwas essen zu gehen – und plötzlich ging sie bei jeder Gelegenheit aus und brachte ständig Kerle mit nach Hause. Es war eine schreckliche Zeit. Ich wachte auf und traf in unserer Küche fremde Männer, die von meiner Mutter umgarnt wurden. Wenn diese Typen da waren, behandelte sie mich abweisend, war manchmal sogar wütend auf mich. Sie ließ keinen Zweifel daran, dass ich ihr im Weg war. Und wenn die Männer sich dann nie mehr bei ihr meldeten, war das natürlich meine Schuld. Sie behauptete immer, kein Mann würde sich auf eine Frau einlassen, die mit ihrer erwachsenen Tochter zusammenlebt. Ich sollte mir eine eigene Wohnung suchen und ihr Raum zum Atmen lassen.« Ich hole tief Luft. »Je mehr Männer kamen und gingen, desto verzweifelter versuchte sie, sie festzuhalten. Sie wollte sie mit Geld an sich binden, kaufte ihnen Aftershave und Uhren, fuhr mit ihnen übers Wochenende weg. Es gab zum Beispiel einen Mann, den sie im Supermarkt aufgegabelt hatte und mit dem sie nach nur einem Date nach Paris flog.« Ich schüttele den Kopf. »Als sie ihre Diagnose erhielt und der Zeitpunkt kam, an dem ich die Vollmacht über ihr Bankkonto bekam, um ihr bei ihren Finanzen zu helfen, stellte ich fest, dass sie Tausende von Pfund für die Kerle verschleudert hatte. Keiner von ihnen blieb bei ihr. Sie haben sich bestimmt über sie lustig gemacht – über eine Frau, die sich ihnen an den Hals warf und ihnen jeden materiellen Wunsch erfüllte.« Schulterzuckend sehe ich Alec an. »So sieht die Huntington-Krankheit wirklich aus, Alec. Wenn das für dich so klingt, als könnte man es ›schaffen‹, dann ist das toll für dich. Weil ich nämlich keinen blassen Schimmer habe, wie man es ›schaffen‹ soll.« Ich spüre, wie mir Tränen in die Augen schießen. Eilig mache ich die Tür auf und will nach draußen stürmen, ehe er meine Tränen sieht.

Ich habe ihn schockiert. Sein Mund ist zu einem stummen O geformt, und er starrt auf seine Schuhspitzen. Es gab keinen Grund, ihm die Wahrheit so brutal um die Ohren zu hauen. Doch ein Teil von mir will, dass er das ganze Ausmaß der Krankheit versteht. Ich will, dass er davon entsetzt ist.

Wenn es ihn nicht entsetzt, werden Fragen aufkommen … Fragen, die mich betreffen. Fragen, ob es richtig ist, dass ich ihn auf Abstand halte. Fragen, deren Beantwortung ich nicht zulassen darf.

»Du hast völlig recht«, gibt er zu und entwaffnet mich mit seinen Worten so weit, dass ich stehen bleibe und innehalte. »Es tut mir leid. Ich weiß nicht annähernd genug über diese Krankheit, um mir anmaßen zu können, dir zu sagen, du hättest einen Fehler gemacht. Ich habe es vollkommen falsch angepackt. Eigentlich wollte ich dir etwas vorschlagen, aber das habe ich so richtig vermasselt.«

»Etwas vorschlagen?«

»Ja. Du hast doch diese Regel, dich auf keinen Mann einzulassen und Single zu bleiben, stimmt's?«

»Stimmt.«

»Das habe ich verstanden. Wenn es deiner Mum schlechter geht, willst du natürlich bei ihr sein. Und ich will dich auf keinen Fall ablenken, von irgendetwas abhalten oder an etwas hindern.« Er sieht mich an. »Aber im Augenblick kannst du noch den einen oder anderen Abend mit Olivia im Pub verbringen und bist auch mit zu mir nach Hause gekommen. Ich dachte, dann gibt es ja doch *ein bisschen* Zeit in deinem Leben, die du füllen kannst. Und ich habe mich gefragt, ob der Zeitpunkt, die Männer aus deinem Leben zu verbannen, vielleicht doch noch nicht gekommen ist.«

»Alec, ich will keine Beziehung. Ich versichere dir, dass ich in meinem Leben keinen Platz für eine Trennung habe, wenn es irgendwann zu viel wird, oder für verletzte Gefühle oder für noch mehr Schmerz.«

»Das weiß ich. Aber ich spreche nicht von *irgendwann*. Ich spreche von *jetzt*. Du verdienst es, das Schöne an einer Beziehung zu erleben, auch wenn die Beziehung vielleicht nicht für immer dauern wird. Du brauchst nur jemanden, der die Situation kennt, jemanden, mit dem du über die Grenzen und so weiter eine Abmachung treffen kannst. Und was das Allerwichtigste ist: Du brauchst jemanden, der der Meinung ist, dass es – auch wenn es nichts Langfristiges wird – besser ist, wenigstens ein bisschen Zeit mit dir zu verbringen als gar keine.«

Ich lasse den Türknauf los und gehe langsam auf ihn zu. Ein vergnügtes Lächeln umspielt meine Mundwinkel, auch wenn ich mir eigentlich vorgenommen habe, empört zu sein. »Und wenn ich es richtig verstehe, bist du dieser Jemand?«

»Auf jeden Fall. Also eigentlich wollte ich dich Folgendes fragen: Jess, willst du mit mir zusammen sein? Für einen Monat?«

Kapitel 15

Im Haus ist es dunkel und alles schläft, als ich hereinkomme. Dabei ist es noch nicht einmal acht Uhr. Mums Tür steht einen Spaltbreit offen, und ich werfe einen Blick hinein. Ich sehe sie auf ihrem Bett liegen, das Gesicht abgewandt. Debs sitzt im Sessel daneben und schnarcht. Ein aufgeschlagenes Buch liegt auf ihrem Schoß, und ihre Brille ist auf den Boden gefallen. Ich würde ja hineingehen und die Brille aufheben, damit Debs nicht drauftritt, wie es schon einmal passiert ist, als sie Mum schnell helfen musste. Doch ich denke mir, dass Debs lieber eine weitere kaputte Brille in Kauf nimmt, als dass Mum gestört wird. Also lasse ich die beiden in Ruhe.

Erschöpft ziehe ich meinen karierten Pyjama an, putze mir kurz die Zähne und wische mir mit einem Feuchttuch das Make-up aus dem Gesicht. Nachdem ich noch mal gelauscht habe, ob Mum aufgewacht ist, falle ich ins Bett.

Ich möchte keine schlaflose Nacht verbringen, in der ich mich herumwälze – hin- und hergerissen zwischen dem Traum, mit Alec zusammen zu sein (und mir die Dates vorzustellen, die wir erleben werden, oder die Zeit, die wir ganz ungestört und eng umschlungen in seiner Wohnung verbringen können), und den mahnenden Gedanken, wie wichtig es ist, mich an meine eigenen Regeln zu halten. Deshalb zwinge ich mich, eine Entscheidung zu treffen, bevor ich mich schlafen lege.

Alec erwartete nicht sofort eine Antwort von mir. Ich dachte eigentlich, ich wüsste schon, wie meine Antwort lauten würde – ich stimmte nur zu, noch einmal abzuwarten, ehe ich sie ihm mitteilen wollte, weil ich fand, dass es unnötig wäre, ihn so kalt abzuweisen. Aber als ich auf dem

Heimweg in der Metro noch einmal über unsere Unterhaltung nachdachte, begann mein entschiedenes »Nein« zu bröckeln. Er hatte mich nur um einen Monat gebeten. Mir war noch nie in den Sinn gekommen, mit einem Menschen nur eine bestimmte Zeitspanne zusammen zu sein und eine Art »Verfallsdatum« auszumachen, damit einem alles Schlechte erspart bliebe.

Doch es gibt eigentlich keine Regeln für so etwas.

Und ein Monat mit Alec ist ein verlockendes Angebot – bis plötzlich mein Handy auf dem Nachttischchen vibriert und ich eine Nachricht von ihm bekomme.

Hey, ich wollte mich nur dafür bedanken, dass du mich nicht gleich abgewiesen hast. Allein das Wissen, dass du gerade vielleicht über meinen Vorschlag nachdenkst, macht mich glücklicher, als ich es seit einer Ewigkeit war. Ein Monat zusammen. Kannst du dir das vorstellen? Tja, das wollte ich nur noch mal sagen. Sag Bescheid, wenn du eine Entscheidung getroffen hast. xxx

Ein schlechter Schachzug, Alec. Es ist erst wenige Stunden her, dass er mich gefragt hat, und schon jetzt baut er Druck auf. Wie soll ich seiner Meinung nach auf diese Nachricht reagieren? Zweifellos wünscht er sich, dass ich seinem Vorschlag zustimme und dass ich die paar Tage, die er mir zum Nachdenken zugestanden hat, einfach vergesse. Dass er sagt, meine Situation verstehen zu können und zu wissen, dass ich darüber nachdenken muss, heißt noch lange nicht, dass es auch tatsächlich so ist. Außerdem will ich wetten, dass er nicht die Absicht hat, unsere Beziehung nach genau einem Monat zu beenden. Wahrscheinlich glaubt er, dass, sobald ich zugestimmt habe, aus einem Monat zwei werden, dann drei, und dass er mich am Ende so lange haben kann, wie er will.

Ich treffe meine Entscheidung. Am Morgen werde ich ihm mitteilen, dass ich seinen Vorschlag nicht annehmen kann.

Ich schließe die Augen und versuche, mit dem Gedanken, dass ab morgen wieder alles beim Alten sein wird, in den Schlaf zu finden.

Ich habe meinen Kopf fast davon überzeugt, dass ich nicht länger über Alec grübeln will, als jemand an meine Tür klopft.

»Oh, tut mir leid, Liebes! Ich wusste nicht, dass du schon schläfst. Ich hab dir eine heiße Schokolade gemacht.«

Ich setze mich im Bett auf und nehme Debs den Becher mit dem heißen Kakao aus den Händen. Sie setzt sich auf die Bettkante – genau an die Stelle, wo Mum immer saß, als ich noch ein kleines Kind war und sie mir eine Gutenachtgeschichte vorlas oder als ich ein Teenager war und sie mir die Wahrheit über ein Problem entlockte, mit dem ich meiner Meinung nach *unmöglich* weiterleben konnte, bevor sie mit mir zusammen überlegte, wie man es lösen konnte.

»Danke, Debs.«

»Was war denn mit der Party? Ich dachte, du würdest hier erst in den frühen Morgenstunden hereinschleichen.«

»Es gab eine kleine Planänderung. Wir waren statt auf dem Dach im *The Wishing Well*, und ich musste dort so schnell wie möglich wieder verschwinden.«

»Warum das denn? Ich dachte, dir gefällt der Pub?«

»Es hat mir dort auch gefallen – bis der Barkeeper mich um ein Date gebeten hat.«

Es ist irgendwie das Gefühl, dass sie auf der Bettkante sitzt und dass sie die Bettdecke über mir straff zieht … Ich kann nicht anders. Ich muss ihr alles erzählen. Ich muss wissen, ob sie es genauso gut schafft wie Mum vor all den Jahren, mir durch das bloße Zuhören eine Last von den Schultern zu nehmen.

»Oh.«

»Genau. Na ja – um genau zu sein, hat er mich gebeten, einen Monat lang mit mir zusammen zu sein.«

»Wie bitte? Was ist das denn für ein Vorschlag?«

»Ich habe ihm von Mum und von meinen Regeln erzählt, und er dachte, auf diese Weise könnte er mich dazu bewegen, mich doch mit ihm zu treffen.«

Debs lacht. »Raffinierter Kerl! Aber erst einmal ist es toll, dass du mit ihm über alles geredet hast. Die Jess, die ich vor sechs Monaten kennengelernt habe, konnte den Namen dieser Krankheit nicht einmal laut aussprechen. Ich bin stolz auf dich, Liebes.«

»Ich habe ihm nicht *alles* gesagt«, gebe ich zu und ziehe meine Bettdecke von ihr weg und bis unter mein Kinn hoch. »Ich habe ihm zwar von Mum erzählt, allerdings nicht von mir.«

»Warum denn nicht?«

»Komm schon, Debs. Du glaubst doch nicht wirklich, dass er mir einen derartigen Vorschlag gemacht hätte, wenn er alles wüsste, oder? Wenn er von mir wüsste, würde er die Flucht ergreifen und sich dafür beglückwünschen, dass er gerade noch die Kurve gekriegt hat.«

»Das weißt du doch gar nicht«, schimpft Debs mit der gleichen Entschiedenheit, mit der auch Mum reagiert hätte, wenn sie dort auf meiner Bettkante gesessen hätte. »Du kannst nicht ständig für dich beanspruchen zu wissen, was andere Menschen denken. Er hat dir keinen Grund gegeben, an ihm zu zweifeln, oder?«

»Nein. Aber über Mum Bescheid zu wissen oder über mich, sind zwei völlig unterschiedliche Paar Schuhe. Wie auch immer …« Ich reiche ihr den fast unberührten Becher mit der heißen Schokolade. »Ich bin nicht interessiert, also spielt es keine Rolle. Ich bin müde und will einfach überhaupt nicht mehr daran denken. Gute Nacht.«

»Gute Nacht.«

Ich drehe mich auf die Seite und tue so, als würde ich schon schlafen, während Debs noch eine Weile in der Tür steht. Mum blieb nie in der Tür stehen. Sie musste es auch nicht.

Wenn Mum an meiner Seite war, durfte ich erst einschlafen, wenn sie sich sicher war, dass es mir gut ging.

Als ich am nächsten Morgen ins Büro komme, ist Olivia nicht da. Und Jane auch nicht. Wie ich Jane kenne, hat sie sich wahrscheinlich den Tag freigenommen, um ihren Kater auszukurieren. Vermutlich belohnt sie sich mit einem Vormittag bei *Harvey Nichols*, wo sie sich Designerklamotten kauft, und einem anschließenden Besuch in einem Café, um Eier Benedict zu essen, statt unter der Bettdecke zu bleiben, Chips zu essen und *Bargain Hunt* zu gucken, wie der Rest der Kollegen es jetzt gerade am liebsten machen würde.

Als ich um elf Uhr noch immer nichts von Olivia gesehen habe und auch auf den Toiletten und im Kellergeschoss nachgeschaut habe, um sicherzugehen, dass sie sich nicht wieder irgendwo versteckt, fange ich an, mir Sorgen zu machen. Ich frage Maureen, ob sie etwas von ihr gehört habe. Sie sagt mir, dass Olivia gleich morgens angerufen und sich krankgemeldet habe. In ihrer Stimme schwingt Missfallen mit.

Das ist das erste Mal, dass ich höre, dass Olivia sich krankgemeldet hat. Normalerweise schleppt sie sich, wenn sie krank ist, heldenhaft ins Büro und macht den ganzen Tag über nichts anderes, als sich laut zu beklagen, wie beschissen es ihr geht.

Es muss an der Morgenübelkeit liegen. Als ich mich gestern Abend von ihr verabschiedete, um meine Metro noch zu bekommen, sah sie grauenvoll aus. Ich male mir aus, wie sie im Badezimmer auf dem Fußboden kauert und die Kloschüssel im Arm hält.

Mit besorgter Miene trete ich wieder zu Maureen an den Schreibtisch. Wenn Jane nicht da ist, trägt Maureen die Verantwortung für den Laden, und bei ihr habe ich auch bessere Chancen, dass sie mir erlauben wird, um was ich sie bitten will.

»Maureen, kann ich dich um einen Gefallen bitten?«

»Natürlich. Hier, nimm dir einen.« Sie reicht mir eine fast leere Schachtel mit Keksen, und ich nehme mir dankbar einen halben Keks heraus.

»Ich mache mir Sorgen um Olivia. Es sieht ihr gar nicht ähnlich, nicht ins Büro zu kommen. Ich glaube, ich sollte lieber mal nach ihr sehen, um sicherzugehen, dass alles in Ordnung ist. Würde es dir etwas ausmachen, wenn ich heute etwas länger Mittagspause mache? Ich bleibe auch länger, um die Zeit nachzuholen.«

»Bist du dir sicher, dass sie nicht nur zu Hause geblieben ist, weil sie gestern zu viel getrunken hat?«

»Nein, sie hat keinen Tropfen Alkohol angerührt.«

»Oh.« Maureen hat blasse Haut und unglaublich viele Sommersprossen. Sobald ihre Aufregung oder Nervosität steigen, wird sie rot. Und im Augenblick erstrahlen ihre Wangen in Magenta. »In dem Fall bin ich absolut einverstanden. Geh los und lass dir ruhig Zeit«, sagt sie mit einem schlechten Gewissen, weil ihre Zweifel an Olivias Arbeitsunfähigkeit offensichtlich ungerechtfertigt waren.

Noch bevor ich sie überhaupt gefragt habe, wusste ich schon, dass sie zustimmen würde. Trotzdem umarme ich sie kurz, wobei ich versehentlich den Keks in ihrer Hand an ihrer weißen Bluse zerdrücke.

»Jetzt sieh dir an, was ich getan habe«, sage ich, strecke die Hand aus und versuche, die Krümel von ihrer Bluse zu wischen.

Maureen bricht in Lachen aus und gluckst fröhlich vor sich hin. »Was machst du da?«, bringt sie hervor, ehe sie meine Hand wegschiebt und sehr laut hustet, um sich zu beruhigen, während sie sich selbst die letzten Krümel vom Busen fegt.

Ich frage mich, wie viel Prosecco sie gestern Abend getrunken hat und – was noch wichtiger ist – wie viel davon noch an Restalkohol übrig ist.

Maureen ist einfach zu gut für diese Welt. Wir alle wissen das. Mit ihrem scharfen Verstand und ihrem Blick fürs Detail bitten die erfahrenen Anwälte bei ihren Fällen oft lieber sie um Hilfe als die Rechtsanwaltsgehilfen. Eigentlich soll die Verwaltung gar nicht mit der rechtlichen Arbeit an den einzelnen Fällen in Berührung kommen. Wir sind eher wie der Kesselraum, der das Schiff unter Deck am Laufen hält. Trotzdem liegen auf Maureens Schreibtisch immer wieder Fallakten, an denen sie arbeiten soll, statt sie nur abzulegen. Wie bei mir gab es ursprünglich auch für sie mal den Plan, sich in der Firma hochzuarbeiten und Karriere zu machen, doch in dem Fall hätte sie irgendwann eine leitende Funktion einnehmen müssen. Und alle hier – inklusive ihr selbst – wissen, dass sie keinerlei Führungsqualitäten besitzt, weil sie viel zu weich und mitfühlend ist.

In diesem Moment bin ich dankbar dafür, dass sie so weich ist, schnappe mir meinen Mantel und lasse meine Arbeit auf meinem Schreibtisch liegen.

Es ist komisch, um diese Uhrzeit das Büro zu verlassen. Der Bürgersteig, auf dem sich normalerweise die Anzugträger drängen, die ins Büro gehen oder aus dem Büro kommen, ist verlassen. Nur zwei Mütter schieben ihre Kinderwagen den Weg entlang. Und eine Gruppe von Touristen starrt in einen Reiseführer und hofft, indem sie die ausgetretenen Pfade verlässt, das *echte* Manchester entdecken zu können. Ich verspüre einen Nervenkitzel, als wäre ich in eine Parallelwelt getreten, die ich vorher nicht kannte: die Welt der nicht arbeitenden Bevölkerung.

Der Nervenkitzel lässt allerdings schnell nach, als ich feststelle, dass im *The Wishing Well* die Lichter brennen. Ich muss an der Kneipe vorbeigehen. Also ziehe ich den Kaschmirschal von Mum ein Stückchen höher und verstecke mein Gesicht darin. Auf meinem Weg ins Büro habe ich ihn heute Morgen versehentlich vom Kleiderhaken genommen. Und so laufe ich, so schnell ich kann, ohne jedoch zu rennen, am Pub vorbei.

Irgendwann werde ich Alec sagen müssen, dass sein Deal nicht zustande kommen wird. Das ist mir bewusst. Aber als ich heute Morgen auf mein Handy blickte, konnte ich es nicht. Er hatte mir noch zwei weitere Nachrichten geschickt. Ich sah sie auf dem Display, wo sie darauf warteten, von mir gelesen zu werden – hübsche Worte, die mich dazu hätten bringen können, meine Entscheidung gegen seinen Vorschlag vielleicht doch noch mal zu überdenken. Also löschte ich sie, ohne sie zu lesen.

Heute Abend werde ich ihm eine Nachricht schicken – kurz und höflich. Darin werde ich ihm erklären, warum ich nicht mit ihm zusammen sein kann. Nicht einmal für einen Monat.

Aber jetzt muss ich mich erst einmal um Olivia kümmern. Ich verdränge Alec aus meinen Gedanken und betrete den Naturkostladen an der Ecke Felix Street. Zehn Minuten später verlasse ich ihn mit einer prall gefüllten Papiertüte im Arm wieder.

Olivia lebt unweit von Alecs Wohnung im angesagten Green Quarter, ganz in der Nähe der Victoria Station. An diesem Februarmorgen ist es gerade warm genug, sodass der Ausflug unerwarteterweise ganz angenehm ist. Beim *Arndale Center* schlängele ich mich durch einen Strom von Shoppingwütigen und laufe an den Bürohochhäusern in der Ancoats Street vorbei. In der einen Hand halte ich die Papiertüte mit den Dingen für Olivia, mit der anderen streichele ich versonnen über Mums Schal. Dass der Tag so ganz anders verläuft als geplant, hebt meine Stimmung, und ich fühle mich leicht und bin irgendwie in Feierlaune.

Als ich den Wohnkomplex erreiche, in dem Olivia lebt, steht die Eingangstür offen. Ich gehe ins Gebäude und gleich weiter zu ihrer Wohnung. Laut klopfe ich an und rechne damit, warten zu müssen, während sie sich aufrappelt und kurz durch die Haare fährt, um ihrem Besuch die Tür zu öffnen.

Doch stattdessen geht nach einigen Sekunden die Tür auf. Ein perfekt frisierter, muskulöser Mann in Hoodie und Shorts begrüßt mich.

»Hi.«

Ich starre ihn offenbar einen Moment zu lange an.

Vorsichtig fügt er hinzu: »Kann ich behilflich sein?«

»Hi. Du musst Rick sein. Olivia hat mir schon viel von dir erzählt. Es ist mir ein Vergnügen, dich kennenzulernen«, stoße ich hervor, nachdem ich den Schock überwunden habe, dass es nicht Olivias Gesicht ist, in das ich blicke. Es ist schön, den Mann zu treffen, von dem Olivia so begeistert ist. Wenn ich mich an den Wochenenden nicht um Mum kümmern würde, hätte ich ihn wahrscheinlich schon viel früher kennengelernt. Vermutlich freut er sich auch, mich endlich zu sehen.

»Hi. Olivia fühlt sich gerade nicht gut. Kann ich irgendetwas für dich tun?«, fragt er emotionslos.

»Oh nein, nein. Ich weiß, dass es ihr nicht gut geht. Darum bin ich ja hier. Ich habe ihr etwas mitgebracht. Damit sie sich bald wieder besser fühlt.«

Rick nimmt mir die Papiertüte ab, die ich ihm unter die Nase halte, macht jedoch keine Anstalten, zur Seite zu gehen. Ich habe langsam den Eindruck, dass Rick nicht vorhat, mich in die Wohnung zu lassen, als Olivia plötzlich aus dem Schlafzimmer kommt.

»Gott, Liv! Du siehst ja grauenvoll aus!«, sage ich um Rick herum.

Rick dreht sich zu Olivia um und sieht sie verdutzt an. »Das ist Jess«, sagt sie zu ihm. »Du weißt doch … Jess … von der Arbeit. Die Jess, die mir in den letzten Tagen den Rücken freigehalten hat, damit ich nicht gefeuert werde.«

»Ach, natürlich. Hi, Jess. Komm rein, komm rein«, sagt er und verlässt endlich seinen Posten an der Tür. Er gibt mir die Tüte zurück. »Kann ich dir etwas zu trinken bringen?«

»Nein, nicht für mich, danke. Ich will nicht lange bleiben. Ich wollte nur vorbeischauen, um zu sehen, wie es Olivia geht.«

Rick verschwindet in der Küche, und Olivia und ich setzen uns nebeneinander auf ihr viel zu hartes IKEA-Sofa. Ihr Wohnzimmer sieht ganz anders aus, als ich es kenne: Kein Chaos mehr, wohin das Auge blickt – vielmehr ist es jetzt sogar makellos. Ein paar Magazine liegen aufgefächert auf dem Couchtisch, der Teppich ist offensichtlich frisch gesaugt, die Kissen liegen perfekt aufgereiht auf dem Sofa und ich zähle nicht weniger als vier brennende Duftkerzen, die im Raum verteilt stehen.

»Ja, das ist Ricks Werk«, sagt sie und muss über meinen offenen Mund grinsen. »Er hat sich heute freigenommen, um sich um mich zu kümmern. Gott segne ihn. Ich dachte, wir könnten uns im Bett zusammenrollen und fernsehen – also zwischen meinen Ausflügen ins Badezimmer, um mich zu übergeben. Aber er kann nicht stillsitzen. Wenn du denkst, dass es hier sauber und aufgeräumt ist, hast du das Badezimmer noch nicht gesehen. Jedes Mal, wenn ich kotzen muss, verschwindet er anschließend mit seinem Wischmopp und einer Flasche *Klorix* im Bad.«

»Das ist ja nett«, erwidere ich.

»Ja, das ist es. Trotzdem hätte ich den Tag lieber im Bett verbracht, um ehrlich zu sein. Der Geruch von Chlor ist bei Übelkeit nicht gerade förderlich.«

»Oh, da fällt mir ein … Das hier könnte dir helfen«, sage ich zu ihr und greife nach der Tüte zu meinen Füßen.

»Yeah, du hast Geschenke mitgebracht! Immer her damit!«

Sie schüttet den Inhalt der Tüte auf das Sofa. Heraus fallen eine Schachtel mit Himbeertee, Naturreiscracker, Bioäpfel und ein Päckchen mit kandiertem Ingwer.

»Ich war auf dem Weg hierher in diesem Naturkostladen. Die Frau dort hat mir geschworen, dass diese Sachen das Beste gegen Morgenübelkeit sind, und sie sollte es wissen – sie hat vier Kinder, und ihr war bei allen hundeelend.«

»Oh, wie toll. Danke, Jess.«

Wir starren beide auf den kleinen Haufen zwischen uns – der Inhalt der schlimmsten Geschenktüte, die ich ihr mitbringen konnte.

»Komm schon, was ist los? Magst du keinen kandierten Ingwer?«, frage ich ernst, bevor ich anfange zu lachen.

»Ich liebe das Zeug! Vor allem mit einem leckeren Himbeertee dazu«, antwortet sie, ehe sie ebenfalls in Lachen ausbricht.

Rick kommt herein, um nachzusehen, was hier los ist. Als er in der Tür steht und uns zulächelt, huscht ein Ausdruck der Verärgerung über sein Gesicht. Ich habe keine Ahnung, was Rick beruflich macht, doch ich denke, er wäre jetzt lieber dort.

»Ich sollte gehen«, sage ich zu Olivia und erhebe mich. »Ich bin nur hier, weil Maureen gerade die Büroaufsicht führt. Sie hat mir erlaubt, nach dir zu sehen. Ich sollte das lieber nicht ausnutzen.«

»Also war Jane heute zu verkatert für das Büro?«

»Ja, ich schätze schon.«

»Verdammt, das heißt, dass wir gestern den ganzen Spaß verpasst haben. Ich hätte so gern gesehen, in welchem Zustand sie das *The Wishing Well* verlassen hat. Hey, du könntest doch deinen Kerl nach dem neuesten Klatsch fragen.«

»Meinen Kerl?«

»Ja. Alec. Ich habe euch beide gestern Abend in den Lagerraum schleichen sehen. Streite es ruhig ab, aber zwischen euch läuft definitiv etwas!«

»Wie oft denn noch? Zwischen uns läuft *nichts*!«

»Bist du dir sicher?«

»Ich war mir nie sicherer«, entgegne ich.

Statt vor Aufregung auf der Couch hin und her zu rutschen, wirft sie sich nun in die Polster und schmollt, als wäre sie diejenige, die gerade eine Abfuhr kassiert hat.

»Hör mal, Liv, ich erzähle dir morgen beim Mittagessen alles ganz genau, ja? Du kommst doch morgen wieder ins Büro, oder?«

»Das müssen wir mal sehen«, sagt Rick anstelle von Olivia. »Wenn es ihr zu schlecht geht, geht es ihr zu schlecht.«

»Natürlich«, antworte ich.

»Ja, *ich* muss mal sehen«, erwidert Olivia in Ricks Richtung. »Komm, ich bringe dich noch zur Tür. Rick, setz bitte Wasser auf, ja? Wir probieren mal dieses Kräuterzeug aus, das Jess mir mitgebracht hat.«

Rick gehorcht und kehrt in die Küche zurück, ohne sich von mir zu verabschieden. Olivia rappelt sich mühsam von der Couch auf, schnauft und legt die Hände ins Kreuz, als sie endlich steht.

»Tut mir leid wegen Rick. Normalerweise ist er nicht so … unhöflich. Seit ich ihm von dem Baby erzählt habe, entwickelt er diesen krassen Beschützerinstinkt. Das macht mich wahnsinnig. Er glaubt bestimmt, dass das Büro dich geschickt hat, um nach mir zu sehen und zu checken, ob ich auch tatsächlich krank bin. Wenn ich ihm erklärt habe, dass du nur hier bist, weil du die Chance gewittert hast, für eine Stunde aus dem Büro zu entkommen, wird er beim nächsten Treffen sicherlich freundlich und charmant sein. Versprochen.«

Bevor wir die Tür erreichen, wird sie noch ein bisschen grüner im Gesicht und stürmt Richtung Toilette davon. Ich lasse die beiden in Ruhe – Olivia mit ihrem Klo und Rick mit seinem Wischmopp.

Als ich zurück ins Büro gehe, spiele ich die Szene, die ich gerade verlassen habe, in Gedanken noch einmal durch.

Olivia hat sich zwar für Ricks Verhalten mir gegenüber entschuldigt, aber tatsächlich tat es ihr gar nicht leid. Nicht wirklich. Statt des Staubs, der sonst immer ihr ganzes Apartment bedeckt hat, war dort nun etwas anderes eingezogen: Glück. Ich kann nicht von ihr erwarten, dass sie sich dafür entschuldigt.

Olivia und Rick. Was ich heute erlebt habe, ist kein kurzzeitiges Phänomen – es ist ihre Zukunft. Ich könnte das auch haben. Ich könnte das sofort haben.

Wenn ich Ja zu Alec sagen würde, könnte ich auch jemanden haben, der sich um mich kümmert – zumindest für eine Weile. Ich könnte erleben, wie es sich anfühlt, einmal nicht selbst an alles denken zu müssen. Und Alec weiß über Mum Bescheid. Unsere gemeinsame Zeit würde nicht auf einer Lüge fußen. Zumindest nicht ganz. Ich könnte mit ihm reden – ganz aufrichtig, offen –, ohne dass ich meinen Mund halten und darauf achten müsste, was ich sage, damit mir nichts über die Lippen kommt, was er nicht hören darf.

Ich denke über die Idee nach. Über die warme, tröstliche Vorstellung, Alecs Arme um mich zu spüren, morgens in seinem Bett aufzuwachen und ihm schlaftrunken in sein Wohnzimmer zu folgen, um dort Croissants zu essen und irgendeine ausgefallene Kaffeespezialität zu trinken.

Einen Monat lang hätte ich jemanden, mit dem ich essen, mit dem ich ins Kino gehen, mit dem ich ausgehen könnte. Es würde zwar Spuren auf meinem Sparkonto hinterlassen, doch dann muss ich einfach etwas besser haushalten, wenn ich nach Südamerika reise. Das ist es wert.

Die Mittagspause ist vorbei. Als ich auf die Fletcher Street biege und das Bürogebäude erblicke, ist der gläserne Eingang verlassen. Maureen macht sich sicherlich schon Sorgen und wird mit wachsender Panik darüber nachdenken, was sie den Chefs sagen soll, wenn einer von ihnen die verlassenen Schreibtische um sie herum bemerkt und sich erkundigt, wohin denn wohl alle Angestellten verschwunden sind.

Ich werde es wiedergutmachen. Ich werde heute länger bleiben. Wenn Maureen Feierabend macht und sich ihren Mantel schnappt, wird sie sehen, wie ich noch am Schreibtisch sitze und fleißig arbeite. Dann wird sie sich besser fühlen. Aber bevor ich das mache, muss ich noch eine Sache erledigen.

Eine Sache, die erledigt werden muss, bevor ich die Möglichkeit bekomme, es mir noch einmal anders zu überlegen.

Ich mache die Tür zum *The Wishing Well* auf. Es ist still, und Alec bedient an einem Tisch. Er nimmt gerade die späte

Bestellung fürs Mittagessen von einem halben Dutzend Frauen auf, die an einem Tisch sitzen und so vertieft in ihr Meeting sind, dass sie Alec kaum ansehen, während sie ihre Wünsche herunterrasseln.

Ich warte nicht ab, bis er dort fertig ist. Ich gehe einfach zu ihm, stelle mich auf die Zehenspitzen und flüstere ihm, noch bevor er sich zu mir umdrehen kann, ein Wort ins Ohr. »Ja.«

Kapitel 16

»Es wird keine Liebe daraus, das ist dir doch klar?«

»Ja, das hast du jetzt oft genug gesagt.«

Im Hintergrund kann ich das Klappern von Gläsern am Tresen hören. Anscheinend kommen nach und nach die Büroangestellten in die Bar, die Feierabend haben. Gleich muss Alec Schluss machen, um sich um sie zu kümmern. So ein Jammer. Ich finde unser Gespräch gerade richtig schön.

»Also?«, frage ich.

»Du meinst, wir müssen noch mehr planen, ehe es losgeht? Was denn?«

»Entschuldige, aber es ist wichtig, dass wir alles regeln, bevor der Monat beginnt. Du willst doch während der Dates keine Zeit damit vergeuden, Regeln aufzustellen, oder?«

»Nein, ich glaube nicht. Schieß los, sag mir die nächste Regel.«

»Hmmmm.« Wir haben uns bereits darauf verständigt, in dem Monat sechs Dates zu haben. Davon soll keines im *The Wishing Well* stattfinden. Wir wollen unsere Dates abwechselnd organisieren. Ach, und keines der Dates führt am Ende zur großen Liebe – also Vorsicht mit den großen romantischen Gesten. Was noch? Ich will uns ja nicht den Spaß an der Abmachung verderben, aber andererseits ist es besser, sich auf das, was kommt, vorzubereiten.

»Oh, mir fällt noch eine Sache ein! Was hältst du von anderen Leuten?«

»Andere Leute? Hör mal, ich bin ja ein ziemlich offener Mensch und so, doch es wäre vielleicht ein bisschen verfrüht, um noch eine dritte Person zu uns einzuladen.«

Ich lache prustend los und ernte dafür einige komische Blicke der anderen Leute in der Metro.

»Nein, du Clown, das meinte ich doch nicht! Das weißt du auch genau. Ist dieser Monat exklusiv für uns reserviert, oder verabreden wir uns auch mit anderen?«

»Ich denke, der Monat sollte exklusiv für uns sein. Ist das in Ordnung für dich?«

»Ja, das klingt super. Gib mir eine Sekunde.«

Die Metro hält an. Ich nehme die beiden Einkaufstüten mit den Fertiggerichten und dem Wein und steige aus.

»Okay, da bin ich wieder. Noch etwas?«

»Also, es gibt noch eine Sache, über die ich nachgedacht habe.«

»Schieß los!«

»Sex.« Schon ist das Wort ihm entwischt. Vor meinem inneren Auge taucht ein Bild von Alec als unbeholfenem Teenager auf, der zum ersten Mal mit einem Mädchen zusammen ist, und ich muss lächeln.

»Sex?«

»Ja. Normalerweise hat man doch erst nach ein paar Dates Sex, richtig? Aber wir haben diesen Schritt schon hinter uns, also habe ich mich gefragt, ob wir so tun, als wäre das niemals passiert, und ganz von vorn anfangen – oder ob wir einfach weitermachen wie üblich?«

»Einfach weitermachen wie üblich? Schön gesagt. Ach, ich weiß es nicht. Vielleicht schauen wir, wie es sich entwickelt. Das sollten wir vielleicht nicht im Vorhinein besprechen.«

»Okay. Guter Plan. Wenn wir auch dort Regeln aufstellen und alles planen, komme ich mir am Ende vor wie dein Callboy.«

Es ist schwer, ihn über den immer lauter werdenden Lärm in der Bar hinweg zu verstehen. Ich bin gleich zu Hause, also schlage ich zögerlich vor, es genug sein zu lassen.

»Ach, eine Sache noch«, ruft er über den Krach hinweg. »Wann soll der Monat beginnen?«

»Ich sage dir Bescheid.«

Ich schließe die Haustür auf. Mum ist in eine Folge von *Pointless* vertieft und blickt nicht mal hoch, als ich Hallo sage. Debs scheint, wie es sich anhört, gerade etwas in der Waschküche zu tun zu haben. Ich packe die Tüten aus und lege den Wein in den Gefrierschrank, damit er schnell abkühlt. Danach gehe ich in mein Zimmer.

Ich hocke mich ans Fußende des Bettes und schnappe mir einen Plüschhund, den ich von einem Ex-Freund bekommen habe, der sich damit dafür entschuldigen wollte, in der sechsten Klasse ein anderes Mädchen geküsst zu haben. Er musste gehen, der Hund blieb. Ich drücke das Plüschtier an mich, weil ich den Trost und die moralische Unterstützung gut gebrauchen kann. Langsam hole ich mein Handy hervor und tippe eine Nachricht ein. Die kleine Stimme der Vernunft in meinem Kopf, die mich fragt, ob es tatsächlich eine gute Idee ist, ignoriere ich.

Montagabend. Du darfst bestimmen, wo das erste Date stattfindet. xx

Ich lege mich aufs Bett, falte die Hände über meinem Herzen und genieße das aufgeregte Pochen in meiner Brust. Ein Gefühl, das ich längst vergessen hatte.

Unten werkelt Debs noch immer. Nachdem mein Herzschlag sich wieder normalisiert hat, gehe ich nach unten. Debs ist in der Waschküche und steckt mit dem Kopf in einem Schrank.

»Was machst du da?«

»Scheiße. Verdammte, verfluchte Scheiße«, brüllt sie und zieht den Kopf zurück. Als sie auftaucht, reibt sie sich die Stirn. »Du hast mich zu Tode erschreckt! Ich wusste nicht mal, dass du schon zurück bist.«

»Tut mir leid. Das war nicht meine Absicht. Geht's dir gut?«

»Ja«, sagt sie und entspannt ihr Gesicht wieder. »Ich habe schon Schlimmeres überlebt.«

»Gut. Was machst du eigentlich hier?«

»Ich habe das Kehrblech gesucht. Im Zimmer deiner Mutter ist etwas kaputtgegangen, bevor ich hier angekommen bin. Überall liegen Glasscherben herum.«

»Oh nein! Das ist bestimmt meine Schuld. Ich habe einige Bilderrahmen auf dem Tisch neben dem Bett stehen lassen. In letzter Zeit ist das Muskelzucken deutlich weniger geworden, und ich dachte, es wäre schön für sie, ein paar Erinnerungen um sich zu haben. War das falsch?«

»Nein, das glaube ich nicht, Liebes. Mir ist es übrigens auch aufgefallen – sie war in der vergangenen Woche ruhiger. Vor allem ihre Arme zucken nicht mehr so unkontrolliert.«

»Genau. Ich frage mich, wie die Bilderrahmen dann zu Bruch gegangen sind.«

»Es könnte alles Mögliche gewesen sein. Vielleicht ist deine Mum gar nicht schuld. In der Akte steht nichts davon, dass sie sich heute irgendwie aufgeregt hätte.«

Da Mum mehrere Pflegekräfte hat, ist es wichtig, sämtliche Informationen unter den Pflegern und auch mit mir zu teilen. Im Flur auf dem Tisch, auf den Mum früher immer frische Blumen gestellt hat, liegt ein roter DIN-A4-Schnellhefter, in den jede Pflegekraft täglich einträgt, wann die Medizin verabreicht wurde, was Mum gegessen hat, wie ihre Stimmung war und andere Details, die sie für wichtig hält.

Als wir anfangen mussten, die Hilfe von Pflegekräften in Anspruch zu nehmen, las ich mir den Ordner jeden Abend durch. Ich war der Meinung, *alles* wissen zu müssen, weil ich die Verantwortung trug. Tatsächlich suchte ich nach Hinweisen, dass es Mum doch nicht so schlecht ging, wie die Ärzte behaupteten, und dass sie einen milden Verlauf der Krankheit hatte. Ich wollte am Ende herausfinden, dass wir die Hilfe der Pfleger eigentlich gar nicht benötigten, dass Mum praktisch alles allein machte und dass ich, als ich die Pfleger ins

Haus holte, die falsche Entscheidung getroffen hatte. Aber jeder Eintrag in die Mappe bewies, dass das nicht der Fall war. Als mir klar wurde, dass ich in diesem Ordner niemals irgendetwas lesen würde, das mich trösten und mir Erleichterung verschaffen könnte, hörte ich auf, wie besessen darin zu lesen. Der Ordner verlor seine Bedeutung und wurde zu einem alltäglichen Gegenstand, der benötigt wurde, um Mum zu unterstützen.

»Du hast recht. Einem der Pfleger könnten die Rahmen versehentlich vom Tisch gefallen sein.«

»Ganz genau.«

Debs findet das Kehrblech schließlich ganz hinten im letzten Schrank, den sie durchsucht. Sie geht an mir vorbei und drückt dabei kurz meinen Arm. Ich sollte sie weiterarbeiten lassen, sollte es gut sein lassen. Allerdings kann ich es nicht.

»Das ist doch gut … oder? Dass Mum ruhiger geworden ist?«

Debs bleibt wie erstarrt in der Tür stehen. Sie hat mir den Rücken zugewandt. Sofort bereue ich, die Frage gestellt zu haben. Wie der Ordner verspricht auch dieses Gespräch nichts Gutes.

»Auf eine Art, ja.« Sie dreht sich zu mir um und lächelt mich auf eine ganz bestimmte Art und Weise an – wie sie es immer tut, wenn sie mir etwas Schwieriges zu sagen hat.

Ich hätte sie nicht fragen sollen. Mum ist nicht die erste Patientin mit der Huntington-Krankheit, um die Debs sich kümmert. Bevor sie zu uns kam, pflegte sie eine Frau um die sechzig, die ebenfalls an Morbus Huntington erkrankt war. Abgesehen von der Warmherzigkeit, die sie in unser Haus bringt, wenn sie kommt, ist ihre Erfahrung mit dieser schrecklichen Krankheit ein weiterer Punkt, der sie so perfekt für den Job macht.

»Für sie ist es eine Erleichterung. Aber du musst wissen, Jess, dass es auch ein Anzeichen dafür ist, dass die Krankheit weiter voranschreitet. Deine Mum erreicht das nächste

Stadium, und dabei ist es üblich, dass die unkontrollierten Muskelbewegungen weniger werden und dafür die Symptome von Parkinson zunehmen. Ist dir aufgefallen, dass ihre Handgelenke Richtung Bauch abknicken? Das liegt daran, dass die Muskeln einfrieren. Es ist schon eine ganze Weile her, dass ein Arzt hier war, um sich deine Mum anzusehen, oder? Vielleicht sollten wir einen Termin für einen Check-up vereinbaren, um zu sehen, was los ist und wo wir stehen.«

»Ja. Okay. Ich kümmere mich darum.«

»Gut. Es ist besser, alles zu wissen, oder?«

»Richtig«, zwinge ich mich zu erwidern.

»Wie auch immer … Du bist spät zurück. Hast du schon was gegessen?«

»Nein«, entgegne ich und denke an das Würstchen im Teigmantel, das ich mir heute machen wollte, und – was noch wichtiger ist – an den Wein. »Ich war einkaufen. Unter anderem habe ich Wein mitgebracht. Hast du Lust auf ein Gläschen?«

Debs schüttelt den Kopf, nachdem sie außergewöhnlich lange über meinen Vorschlag nachgedacht hat. »Nein, nicht bei der Arbeit. Trotzdem danke.«

Ich sollte sie weiterarbeiten lassen, damit sie sich um die zerbrochenen Bilderrahmen kümmern kann. Doch die Art, wie sie an ihrer Unterlippe genagt hat, ehe sie meinen Vorschlag abgelehnt hat, lässt mir keine Ruhe. Es scheint ihr heute Abend augenscheinlich nicht gut zu gehen. Sie wirkt irgendwie … nicht so kontrolliert, so beherrscht wie sonst. Ihr Haar hängt herunter und ist nicht zu einem Knoten zusammengesteckt, und ihre Hose wirkt zerknittert, obwohl Debs ihre Schicht gerade erst begonnen hat.

»Geht es dir gut, Debs? Ist zu Hause alles in Ordnung?«, frage ich leichthin. Ich fühle mich gleich unbehaglich, weil ich ihr die Frage gestellt habe, obwohl ich mich wahrscheinlich mehr für sie und ihr Leben interessieren sollte. Ich sehe sie fast jeden Tag, kann mich aber nicht daran erinnern, wann ich sie zuletzt gefragt habe, wie es ihr geht.

»Was? Mir? Mir geht es gut. Mach dir keine Sorgen um mich. Kümmere dich um dein Abendessen und trink ein Glas Wein. Ich habe alles unter Kontrolle«, sagt sie, doch ihr Blick huscht wieder nervös hin und her, als könnte sie weder mir in die Augen sehen noch sonst etwas länger anschauen.

Sie geht an mir vorbei zurück zu Mum, und sie hat ein schiefes Lächeln aufgesetzt. Jetzt bin ich mir sicher: Sie hat mich gerade angelogen.

Kapitel 17

Unser erstes Date soll eine Überraschung sein. Trotz meiner Versuche, ihn vom Gegenteil zu überzeugen, verrät Alec mir nichts. Nur unseren Treffpunkt sagt er mir – an der Metro-Haltestelle, an der ich immer aussteige, wenn ich zum Büro gehe.

Ich habe keine Ahnung, was wir vorhaben. Wenn er nicht gerade beabsichtigt, mit mir einen strammen Fußmarsch zu unternehmen, wird das Date im Northern Quarter stattfinden. Hier gibt es allerdings so viele Bars, Restaurants und skurrile Läden, dass es kaum möglich ist, zu erraten, wohin es geht. Nachdem ich das Wochenende damit zugebracht habe, darüber nachzudenken, was ich anziehen soll, finde ich, dass Überraschungsdates vor allem eines sind: nervig. Die freudige Aufregung tritt dahinter zurück.

Ich entscheide mich schließlich für eine dunkelblaue Jeans, ein hübsches cremeweißes Chiffontop von *Zara* und eine Lederjacke. Draußen ist es eigentlich zu kalt für die dünne Jacke. Während der Fahrt mit der Metro ziehe ich die Jacke eng um mich und versuche, ein bisschen Wärme zu speichern, die ich bestimmt gut gebrauchen kann, wenn ich gleich aussteigen muss.

Ich entdecke Alec sofort, als ich aus der Bahn steige. Der Montagabend im Northern Quarter ist eher ruhig. Die meisten Leute entscheiden sich nach einem durchzechten Wochenende erst mal für einen Abend zu Hause. Aber selbst wenn es auf der Straße von Menschen gewimmelt hätte, hätte ich den Mann mit der Rose zwischen den Zähnen, der reglos auf dem Gehsteig steht, sofort erkannt.

»Wenn ich bedenke, dass wir uns auf keinerlei romantische

Gesten geeinigt haben, ist das schon mal ein guter Anfang«, stelle ich fest und nehme ihm die Rose aus dem Mund.

»Komm schon, bei unserem ersten Date darf ich zumindest ein bisschen schnulzig sein, oder? Hi«, sagt er. Als er sich vorbeugt, um mir einen Kuss auf die Wange zu geben, nehme ich den leichten Geruch der abgeschnittenen Rose wahr. »Hier entlang.«

Er marschiert los, und ich versuche, mit ihm Schritt zu halten. In meinen High Heels habe ich keine Chance, ihn einzuholen, sodass ich ein Stückchen hinter ihm herlaufe. Sollte ich ihn bitten, langsamer zu gehen? Oder sollte ich ihm einfach folgen, bis wir unser Ziel erreicht haben?

»Gott, ich bin so nervös«, stößt er hervor, als er irgendwann endlich langsamer wird, damit ich ihn einholen kann.

»Du bist nervös?« Das bringt mich zum Lachen.

»Was ist so lustig daran?«

»Ich finde nur, dass du nicht unbedingt wie ein nervöser Mensch rüberkommst.«

»Normalerweise bin ich auch nicht nervös. Heute Abend bin ich allerdings völlig durch den Wind. Ich habe mich sogar dabei ertappt, dass ich zitterte, als ich auf dich gewartet habe. Ich musste mir selbst Mut zusprechen, um nicht wegzulaufen.«

»Wenn es dir hilft – mir geht es nicht anders. Es ist albern. Ich kenne dich. Vorher war ich in deiner Gegenwart nicht nervös, also habe ich echt keine Ahnung, warum mir heute Abend bei dem Gedanken an unser Treffen schlecht wurde. Natürlich vor freudiger Aufregung!«

»Klar. Das ist selbstverständlich eine positive Übelkeit.«

Er ergreift meine Hand, als wir links in die Key Street gehen und auf eine Reihe von Restaurants zusteuern.

»Ta-daaa!«

Vor dem *Viva Viva* bleiben wir stehen, und mein Mut sinkt. Ich denke an mein cremeweißes Top und wie schwierig es werden wird, keine brasilianische Barbecuesoße darauf zu spritzen. Ich hätte doch lieber ein schwarzes Oberteil anziehen sollen. Immer auf Nummer sicher gehen, ermahne ich mich.

»Ein Brasilianer. Toll«, sage ich und sehe Alec lächelnd an.

»Darum sind wir nicht hier. Wir können uns später etwas zu essen holen, wenn du Hunger hast. Aber zuerst gehen wir nach oben.«

»Nach oben?«

Alec führt mich durch das halb leere Restaurant und schlängelt sich zwischen den eng gestellten Holztischen hindurch, bis wir im hinteren Teil des Restaurants angekommen sind. Er nickt einem Kellner zu, der einen Vorhang neben der Bar zur Seite zieht. Dahinter kommt ein schmaler Treppenaufgang zum Vorschein. Alec hält noch immer meine Hand fest und führt mich die Treppe hinauf und in einen kleinen düsteren Raum, dessen Wände in fröhlichem Rot und Gelb gestrichen sind, um das fehlende Tageslicht zu kompensieren.

»Wir sind da«, ruft Alec einer Frau in der Ecke des Raumes zu, die uns den Rücken zugewandt hat. Ihr dichtes schwarzes Haar ist zu einem Zopf geflochten, der ihr über den Rücken hängt.

»¡Hola!« Sie kommt mit einem iPhone in der Hand zu uns. Der dünne Chiffonstoff ihres schwarzen Kleides schwingt raschelnd hin und her und unterstreicht ihren wundervoll durchtrainierten Körper. Alec lässt mich kurz stehen, um sie auf beide Wangen zu küssen. Mir hat er nur einen Kuss auf eine Wange gegeben.

»Jess, das hier ist Marta. Martas Freund Jack arbeitet mit mir zusammen im Pub. Sie hat sich freundlicherweise bereit erklärt, uns eine Sambastunde zu geben.«

Erwartungsvoll sehen die beiden mich an. »Fantastisch«, bringe ich hervor, als von ihnen nichts mehr kommt. Ich hatte gehofft, Alec und ich könnten heute Abend reden, statt unter den strengen Blicken einer wunderschönen Frau namens Marta in einem stickigen Hinterzimmer das Tanzbein zu schwingen.

»Lasst uns beginnen.« Marta kehrt in die Ecke des Raumes zurück und schließt ihr iPhone an einen Lautsprecher an. Im nächsten Moment ertönt laute lateinamerikanische Musik mit einem beängstigend schnellen Rhythmus.

»Okay, ihr zwei. Dann wollen wir mal den Grundschritt lernen, ja? Stellt euch voreinander auf. Alec, du legst deine rechte Hand auf Jess' Rücken und ergreifst mit deiner linken Hand ihre rechte. Jess, du legst deine linke Hand auf Alecs Schulter.«

Wir treten voreinander, und unter der nackten Glühbirne, die von der Decke baumelt, kann ich sehen, wie Alecs Gesichtsfarbe sich ändert. Ich wette, er wünscht sich, er hätte noch seinen Bart, damit ich nicht bemerke, wie rot er wird.

»Enger aneinander«, sagt Marta. Sie tritt hinter mich und schiebt mich näher zu Alec, bis unsere Hüften sich beinahe berühren. »So ist es schon besser. Gut, ihr lernt jetzt ein paar Schritte. Beim Samba geht es vor allem um eine fließende Bewegung, um das Vor und Zurück. Wenn ihr euch bewegt, müsst ihr die Knie beugen. Alec, du gehst mit dem linken Fuß zurück, und Jess, du kommst mit dem rechten Fuß nach vorn. Danach die Füße wieder zusammen. Alec, rechter Fuß zurück, Jess, linker Fuß nach vorn.«

Sie bringt uns eine einfache Figur aus vier Schritten bei. Zuerst denke ich nur darüber nach, die Schritte richtig hinzubekommen, damit ich vor Alec nicht total unkoordiniert wirke. Ich konzentriere mich so sehr, dass ich unentwegt auf meine Füße starre. Erst als sich die Schritte langsam etwas natürlicher anfühlen, wage ich es, den Blick zu heben und Alec anzusehen. Er bemerkt es nicht, weil er selbst auf seine Füße starrt. Obwohl er das eigentlich nicht müsste, denn sein Körper bewegt sich mit einer selbstverständlichen Geschmeidigkeit im Rhythmus, die ich überhaupt nicht besitze. Mir wird bewusst, dass er mich die ganze Zeit geführt hat.

»Du kannst das gut«, sage ich zu ihm. »Viel besser als ich.«

»Was soll ich sagen?«, zwinkert er mir zu. *»These hips don't lie.«*

»Tatsächlich?«

In diesem Moment hört selbst Marta damit auf, so zu tun, als würde sie uns nicht beobachten, und sieht Alec kopfschüttelnd an. »Das ist mein Stichwort zu gehen«, sagt sie. »Ich gebe hier in einer halben Stunde einen Kurs, doch bis dahin könnt ihr zwei gern weitertanzen.«

»Danke, Marta«, sagt Alec.

Bevor sie geht, schaltet sie ein Discolicht ein und die Glühbirne aus. Der Song, zu dem wir getanzt haben, endet, und der nächste Song auf Martas Playlist beginnt. Er ist viel langsamer als der erste, und Alec passt sich dem neuen Rhythmus an. Ich sollte mir Gedanken darüber machen, mich seinem Rhythmus anzupassen und mich locker und sexy zu bewegen. Aber ich kann an nichts anderes denken als an Alecs Hand auf meinem Rücken, an die Schweißperlen, die auf seiner Oberlippe glitzern, an seinen Atem auf meinem Hals, als er mir noch näher kommt.

Nachdem wir nun allein sind, könnten wir lachen oder uns unterhalten, wie die meisten Paare es bei ihrem ersten Date tun, doch wir bleiben stumm. Wir sind nur Zentimeter voneinander entfernt und befolgen eifrig die Schrittfolge. Nur unsere Hände gehen heimlich auf Wanderschaft … Plötzlich wird die Deckenlampe angeknipst, und eine Frau mittleren Alters in einem roten Fransenkleid entschuldigt sich für die Störung, ehe sie das Licht gleich wieder ausschaltet.

»Möchtest du etwas trinken?«, fragt Alec. Wir verlassen den Raum und kommen an einer Reihe von ähnlich gekleideten Frauen mittleren Alters vorbei, die auf der Treppe warten. Dann sind wir wieder im Restaurant. Die Blicke der anderen Gäste und der Bedienungen sind auf uns gerichtet. Unwillkürlich streiche ich mein Top glatt und fahre mir übers Haar, schließlich müssen nicht alle sehen, dass Alec die letzte halbe Stunde damit verbracht hat, meinen Körper zu erkunden.

»Ich bin neugierig … Wie bist du auf die Idee mit der Sambastunde gekommen?«, erkundige ich mich, als wir kurz darauf auf zwei Barhockern nebeneinander an der winzigen Bar in der hinteren Ecke des Restaurants sitzen und zwei Gläser Wein bestellt haben.

»Da du alles Südamerikanische liebst, dachte ich, dass es dir gefallen könnte«, erwidert er.

»Das stimmt!« Ich bin gerührt, dass er sich daran erinnert hat – auch wenn meine Freude darüber nicht unbedingt an der Musik oder den Tanzschritten, sondern vielmehr an der Tatsache lag, dass er seinen Körper beim Sambatanzen eng an meinen geschmiegt hatte.

Wir nehmen beide einen Schluck Wein, und ich warte darauf, dass Alec etwas sagt. Aber er bleibt so einsilbig wie schon oben in dem kleinen Raum.

»Du bist immer noch nervös, oder?«

»Erwischt.«

»Warum?« Seine Idee, tanzen zu gehen, ist voll aufgegangen. Ich verspüre vor allem den Wunsch, wieder von ihm berührt zu werden.

»Ich glaube, es liegt daran, dass es unser erstes von sechs Dates ist. Es muss irgendwie gut laufen, oder?«

»Es *muss* nicht gut laufen. Es ist wie jedes andere erste Date auch. Wenn du am Ende des Dates keine Lust auf ein weiteres Treffen hast, ist das in Ordnung. Alles kann, nichts muss – du musst dich nicht zu irgendetwas verpflichtet fühlen, Alec.«

»Ich weiß. Trotzdem wünsche ich mir, dass dieser Monat für dich perfekt wird. Und dieser Monat beginnt mit dem heutigen Abend.«

»Lass uns ein Date nach dem anderen angehen, ja? Und wenn du mich fragst, ist das hier das beste erste Date, auf dem ich je war.«

»Finde ich auch.« Er legt seine Hand auf mein Knie. »Okay. Schluss mit der Nervosität.« Er drückt seinen Zeigefinger und den Daumen zusammen und tut so, als würde er einen Schalter umlegen. »Ich schalte sie einfach ab.«

Ich nehme einen großen Schluck von dem köstlichen kalten Wein. »Gut. Sollen wir weitermachen?«

»Ja. Also, bei einem normalen ersten Date wäre das hier der Zeitpunkt, an dem ich dir alle möglichen aufschlussreichen Fragen stelle – wo du wohnst, was du beruflich machst. Da wir das alles schon hinter uns haben, könnten wir doch eigentlich gleich mit dem Knutschen beginnen.«

Ich muss kichern, der Wein ist mir offenbar zu Kopf gestiegen. Ich beuge mich vor, und wir küssen uns intensiv und lange. Als ich mich schließlich von ihm löse, bemerke ich, dass die drei Mädchen vom Tisch neben der Theke uns beobachten. Sie wenden eilig die Blicke ab, doch der sehnsüchtige Ausdruck in ihren Augen ist mir nicht entgangen. Ich lehne mich auf meinem Hocker zurück und greife nach meinem Glas. Es ergibt keinen Sinn, sich etwas darauf einzubilden.

Als wir den Wein ausgetrunken und uns an der Bar Oliven, Hühnchenkroketten und Halloumi vom Holzkohlegrill geteilt haben, bietet Alec mir an, mich nach Hause zu bringen, falls mir der kleine Spaziergang zu seinem Auto nichts ausmacht. Ich stimme zu und freue mich. Wir kommen zu dem Haus, in dem er wohnt, aber er bittet mich nicht, mit hochzukommen.

Die Fahrt zu mir nach Hause fühlt sich viel kürzer an als beim letzten Mal. Damals hatte er mich nach unserer gemeinsamen Nacht nach Hause gefahren. Ohne den Schnee und ohne die Unsicherheit endet die Fahrt viel zu schnell.

Statt auszusteigen, bleibe ich sitzen und unterhalte mich weiter mit Alec, bis mir nichts anderes mehr einfällt, als ihm eine gute Nacht zu wünschen. Bevor ich gehe, beuge ich mich noch einmal zu ihm hinüber und küsse ihn ein letztes Mal. Er erwidert den Kuss viel leidenschaftlicher als im Restaurant. Mit den Händen fängt er an, meinen Körper zu erforschen, meinen Hals, meine Taille, meine Brüste.

»Okay. Ich glaube, das reicht fürs erste Date«, sage ich zu ihm und ziehe mich zurück.

»Du hast recht. Erste Dates sollten anständig und höflich enden – und ich benehme mich gerade wie ein liebeshungriger Teenager.«

»Schon gut. Eigentlich gefällt es mir ja.«

Alec grinst und rutscht etwas näher zu mir heran. In dem Moment fällt mein Blick auf die Uhr am Armaturenbrett, und ich erschrecke.

»Tut mir leid, das war's. Ich muss morgen früh zur Arbeit. Es war ein toller Abend, Alec! Ein perfektes Date. Ich bin echt beeindruckt.«

»Das solltest du auch sein. Und jetzt bist du dran.«

»Stimmt«, entgegne ich und zwinkere ihm zu, ehe ich aus dem Wagen steige.

Im Esszimmer läuft der Fernseher, als ich hereinkomme, und meine sorglose, gute Laune ebbt ab. Mum hatte seit Monaten nicht mehr so spät noch den Fernseher laufen.

»Ich bin's nur«, rufe ich.

Debs kommt sofort aus dem Esszimmer. Auf dem Arm balanciert sie ein Tablett mit einem unberührten Glas Wasser und einer Schüssel mit Rührei.

»Hatte Mum keinen Hunger?«

»Nein, sie will nichts essen. Sie meint, ihr Hals würde schmerzen. Ich werde sie im Auge behalten und es später noch einmal probieren. Gehst du noch mal zu ihr rein?«

»Ja, ich hole mir nur eben was zu trinken«, sage ich zu ihr, als ich merke, wie die salzigen Oliven und der Geschmack des Weins sich vermischen. Ich gehe zur Spüle, ohne das Licht einzuschalten, und finde neben dem Waschbecken ein Glas. Debs folgt mir in die Küche, stellt das Tablett auf die Kochinsel und wartet ab, bis ich das Glas Wasser ausgetrunken habe.

»Ich dachte, ich hätte draußen einen Wagen gehört. War das Alec?«

»Ja, das war er.«

Sie schaltet das Licht ein und geht zum Tisch. Dort nimmt

sie Platz und zieht einen Stuhl für mich hervor. Strahlend sieht sie zu, wie ich mich setze.

»Also? Wie ist es gelaufen?«

»Toll. Wir waren tanzen, und es war wirklich richtig schön.«

»Wie wundervoll. Ich freue mich so, dass du mit ihm ausgegangen bist!« Meine Neuigkeiten haben mehr für ihren Anti-Aging-Prozess getan als all das Make-up, das sie heute Abend aufgelegt hat.

»Es war echt wundervoll. Und jetzt bin ich dran, das nächste Date zu planen und zu organisieren. Es wird nicht leicht, etwas zu finden, das den heutigen Abend noch toppt.«

Sie ergreift meine beiden Hände. »Dir wird bestimmt etwas ganz Tolles einfallen. Oh, ich freu mich so für dich! Warte nur, bis du es deiner Mum erzählt hast. Sie könnte ein paar schöne Neuigkeiten gebrauchen.«

Ich ziehe meine Hände weg. »Auf überhaupt gar keinen Fall. Ich habe dir schon gesagt, dass ich nicht möchte, dass sie irgendetwas davon mitbekommt.«

»Warum nicht, Jess? Sieh doch nur, wie glücklich du heute Abend nach Hause gekommen bist! Sie wird sich auch so für dich freuen.«

»Ich weiß, und genau deshalb kann ich es ihr nicht sagen. Und du hast mir versprochen, ihr auch nichts zu sagen.«

»Ich weiß, dass ich das versprochen habe. Aber es ist so ein Jammer, dass sie es nicht weiß.«

»Es ist überhaupt kein Jammer. Es ist keine feste Beziehung oder so. Wir haben nur ein bisschen Spaß zusammen.«

»Das sagst du jetzt! Doch man weiß ja nie, was noch so passiert …«

Sie lächelt noch immer und redet mit mir, wie sie auch mit einem ihrer Kinder reden würde, wenn sie der Meinung wäre, es hätte einen Fehler begangen und bräuchte einen Schubs in die richtige Richtung.

»Ich weiß genau, was passieren wird. Ich werde noch genau fünf weitere Dates mit ihm haben, und danach trennen sich unsere Wege. Das ist die Abmachung, die wir getroffen haben, und daran werden wir uns auch halten.«

Debs schüttelt den Kopf und sieht an mir vorbei in den Garten, obwohl sie außer unseren Reflektionen in der Scheibe nichts erkennen kann.

»Dazu werde ich nichts sagen, denn das steht mir nicht zu. Aber, Jess, ich finde, du solltest doch darüber nachdenken, deiner Mum davon zu erzählen – auch wenn du ihr nur verrätst, dass du dieses eine Date hattest. Es ist lange her, dass dieses Haus von echtem Leben erfüllt war … Bei deiner Mutter dreht sich alles immer nur um die Krankheit, und wenn du Zeit mit ihr verbringst, geht es auch um nichts anderes. Wenn du deinen schönen Abend mit ihr teilen würdest, würde das euch beiden richtig guttun.«

Natürlich würde Mum sich darüber freuen, dass ich ein Date hatte! Selbstverständlich würde sie das tun! Aber sie würde auch denken, dass ich meine Meinung geändert habe. Dass ich bereit bin, meine Zukunft mit jemandem zusammen zu verbringen. Bis es irgendwann zu Ende ist. Die Enttäuschung, die sie empfinden wird, wenn ich ihr sagen muss, dass es vorbei ist, wird nicht mit der Enttäuschung einer Mutter vergleichbar sein, die mit ihrer Tochter fühlt, weil sie Pech in der Liebe hatte. Die Enttäuschung wird meine Mutter zerstören – genauso wie es sie zerstört hat, als ich ihr von meinen Absichten und meinen Regeln erzählt habe.

»Nein«, sage ich mit fester Stimme zu Debs. »Mum soll nichts davon wissen.«

Kapitel 18

Es schneit. Halbherzige Flocken, die sich auflösen, sobald sie auf den Boden treffen. Den ganzen Morgen über habe ich sie von verschiedenen Fenstern des Hauses aus beobachtet und abgewartet, ob sie nun noch mal die Kurve kriegen und liegen bleiben oder nicht.

Wenn es um Schnee geht, unterscheidet man zwei Gruppen von Menschen: diejenigen, die in Panik geraten, sobald sie die ersten Flocken vom Himmel fallen sehen, sofort sämtliche Pläne absagen und ihre Vorratsschränke auffüllen, und diejenigen, die die Chance nutzen, um zu zeigen, wie tough sie sind, und den Schnee als Feind betrachten, den es zu besiegen gilt – koste es, was es wolle.

Es ist gerade zwölf vorbei, und mein Handy hat nicht ein einziges Mal gepiepst. Wie ich Alec einschätze, gehört er zur heldenhaften, aber komplett verrückten zweiten Gruppe. Ich hole ihn in einer Stunde zu unserem zweiten Date ab: einem Ausflug in den Lake District.

Ich gehöre ganz entschieden zu den Menschen, die bei Schnee alles absagen, sich vor den Fernseher kuscheln und nichts tun, und ich hatte ein bisschen gehofft, dass Alec vorschlagen würde, das heutige Date zu verschieben oder es zumindest nach drinnen zu verlegen. Ich kann das ja nicht vorschlagen – schließlich war es mein Plan, Alec eine neue Seite von mir zu präsentieren und ihm zu zeigen, dass ich nicht nur in Bars abhänge und Wein trinke.

Als Mum immer mehr arbeitete und deswegen immer weniger Zeit für uns übrig blieb, fuhren wir beide mindestens zweimal im Jahr in den Lake District. Mum plante vorher eine Wanderroute. Wir liefen in unseren Wanderstiefeln los und unterhielten uns stundenlang. Danach kehrten wir in einen Pub ein, um etwas Deftiges zu essen, und fuhren anschließend wieder nach Hause. Ich wollte, dass Alec diese Seite von mir auch kennenlernt, und außerdem wünschte ich mir, ebenfalls wieder so einen schönen Tag zu erleben. Allerdings nicht im Schnee.

Ich warte vergeblich darauf, dass Alec absagt. Und schon ist es an der Zeit, ihn vor seiner Wohnung abzuholen. Ich nehme mir Mums Autoschlüssel aus der Küchenschublade. Mum hat ihren goldenen Volvo immer geliebt, doch es ist fast drei Jahre her, dass sie zuletzt damit gefahren ist – danach wurde es durch die Krankheit zu gefährlich. Ich habe mir den Wagen ständig geliehen, aber inzwischen benutze ich ihn bis auf die gelegentliche Fahrt zum Supermarkt auch nicht mehr. Jetzt habe ich jedoch das Date organisiert, und ich kann wohl schlecht von Alec verlangen, mich durch die Gegend zu kutschieren.

Ich gehe kurz ins Esszimmer, um mich zu verabschieden, ehe ich verschwinde.

»Du siehst hübsch aus«, sagt Mum, als ich mich vorbeuge, um ihr einen Kuss zu geben.

Ich spüre, wie ich rot werde. »Echt?«

»Verändert.«

»Ja, also … Ich habe mich mit Olivia zu einem Spaziergang verabredet. Ich muss irgendwie den Weihnachtsspeck loswerden«, sage ich und lache unnatürlich schrill.

»Schön«, entgegnet Mum und lächelt. Vermutlich ist sie erleichtert, weil ich einmal nicht den gesamten Samstagnachmittag neben ihr sitze und Soaps ansehe. »Nimm einen Schal mit.«

Ich wende mich Debs zu, um ihr zu sagen, dass ich nicht lange weg sein werde, und um mich bei ihr zu bedanken, dass sie bei Mum bleibt, solange ich weg bin. Doch der Blick, den sie mir zuwirft, als ich mich umdrehe, verschlägt mir die Sprache. Ich habe sie noch nie so ernst erlebt. Sie sieht beinahe wütend aus. Ihren kleinen Mund hat sie so zusammengezogen, dass er fast aussieht wie eine Rosine.

Ich sehe sie erschrocken an. Ich weiß ja, dass sie nicht gerade begeistert davon ist, dass ich Mum nichts von Alec erzählen will, aber das kann doch nicht der Grund für ihre verbissene Miene sein! Da muss noch etwas anderes dahinterstecken. Missfallen macht einen Menschen nicht so nervös, und deshalb achtet man doch nicht weniger auf sein Äußeres oder frisiert sich die Haare nicht mehr richtig. Es sind nicht meine Entscheidung und meine Lüge, die ihr zu schaffen machen – es muss noch etwas anderes sein.

Ich wende mich von ihr ab, murmele eine Verabschiedung und stürme aus der Tür.

Es war ein Riesengefallen, um den ich Debs gebeten habe, weil sie extra ein paar Stunden ihrer Freizeit opfern musste, um früher zur Arbeit zu kommen. Deshalb schlug ich ihr vor, stattdessen für sie die Nachtschicht am Sonntag zu übernehmen. Als ich sie gestern kurz vor ihrem Feierabend fragte, klang sie noch so, als wäre das alles überhaupt kein Problem. Sie meinte, sie würde auch Sonntagabend kommen und wäre froh, uns helfen zu können.

Vielleicht hätte ich sie niemals um so einen Gefallen bitten sollen. Vielleicht hätte ich mit Alec abmachen sollen, dass die Dates nur unter der Woche stattfinden, wenn Debs sowieso hier ist.

Was ist, wenn sie überhaupt nicht mehr für uns arbeiten will? Was ist, wenn sie die Nase voll hat? Von den unmöglichen Arbeitszeiten. Von uns. Sie tut schon so unendlich viel für uns, und ich bitte sie, noch mehr zu tun. Und ich ignoriere ihre Ratschläge.

Ich schüttele den Kopf und schäme mich für meinen Fehler. Ich nehme meinen Regenschirm mit dem Dackelmuster, der neben der Haustür hängt, und gehe hinaus.

Alec wartet im Eingangsbereich der Wohnanlage. Er sieht aus, als wäre er dem *Country-Life*-Magazin entsprungen. Er trägt einen kakifarbenen Regenmantel und darunter ein blauweinrot kariertes Hemd, eine dunkelblaue Jeans und braune Wanderstiefel, die ein bisschen zu neu wirken.

»Hi. Wartest du schon lange?«

»Oh, tut mir leid. Das hier muss ein Irrtum sein. Ich erwarte eigentlich ein Mädchen namens Jess. Und du bist?«

»Oh. Hahaha. Sehr lustig.«

»Ich weiß«, sagt er, als wir zu Mums Auto gehen. »Du siehst übrigens toll aus. Der lässige Look passt zu dir.«

Verlegen streiche ich über den Ärmel der Barbourjacke, die ich mir von Mum geliehen habe. »Na ja, ich kann ja wohl bei diesem Wetter schlecht in einem Kleid spazieren gehen, oder?«

»Auch wieder wahr. Das Wetter ist echt mies.«

»Jep. Willst du trotzdem los?«, frage ich und hoffe, dass er Nein sagen wird, dass ich nach Hause fahren und Debs zurück zu ihrer Familie schicken kann.

»Auf jeden Fall«, entgegnet er. »Ein bisschen Schnee hat noch niemandem geschadet.«

Wir steigen ins Auto, und sofort beugt er sich zu mir herüber, um mich zu küssen. Der Vorteil eines zweiten Dates. Es gibt keinen Grund, bis zum Ende des Rendezvous zu warten, um zu entscheiden, ob es gut genug gelaufen ist, damit man den Schritt vielleicht wagen kann.

Als wir Grasmere erreichen, fällt der Schnee in dicken Flocken vom Himmel. Das schmale Sträßchen, das sich von Windermere über Rydal nach Grasmere schlängelt, ist völlig mit Autos verstopft, die besonders langsam und vorsichtig fahren müssen, weil es durch die Witterungsverhältnisse immer gefährlicher wird. Ich bin wie gelähmt.

Alec hörte auf, mit mir zu reden, als wir von der Autobahn abfuhren und sich dieser Ausflug als Fehler herausstellte. Er schaltete das Radio aus, setzte sich kerzengerade auf den Beifahrersitz, sah mich nicht mehr an und ließ mich machen.

Es gelingt mir, den Wagen unfallfrei auf einem leeren Parkplatz an der Hauptstraße abzustellen. Das ist der Ausgangspunkt für die Wanderung von fast fünf Kilometern, am Ufer des Grasmere-Sees entlang, die ich geplant habe.

»Geht's dir gut?«, erkundigt Alec sich.

»Ja. Was sollen wir tun? Meinst du, wir sollten die Wanderung machen?«

Er zuckt die Achseln. »Dein Date, deine Entscheidung.«

Es wäre Wahnsinn, bei diesem Wetter loszumarschieren – der verlassene Parkplatz beweist es. Der wirbelnde Schnee und der bleigraue Himmel verbergen den romantischen Ausblick. Und selbst wenn wir die romantische Aussicht noch gehabt hätten, wären wir nicht imstande, sie zu genießen, weil wir die ganze Zeit auf unsere Füße achten müssten, um nicht zu stolpern.

»Dann komm«, sage ich schließlich. »Wir können immer noch umkehren, wenn es zu schlimm wird.«

Innerhalb von zehn Minuten ist mein Haar so nass, als hätte ich den Kopf ins Badewasser gehalten, meine Lippen zittern, und meine Finger, die nicht in wärmenden Handschuhen stecken, kribbeln vor Kälte. Ich halte meinen Dackelschirm in der Hand – der in den rauen Elementen der ländlichen Gegend kläglich versagt hat.

»Es tut mir leid, Alec. Das war keine gute Idee. Ich hätte heue Morgen einfach absagen sollen.«

»Nein«, protestiert er, ehe er anfängt zu lachen. »Verdammt, schau dich mal an!«

»Ich weiß. Ich sehe schlimm aus«, sage ich und straffe die Schultern. »Und ausgerechnet ich will eines Tages Berge erklimmen, um mir Machu Picchu anzusehen.«

»Glücklicherweise ist das hier Cumbria und nicht Peru. Komm, wir suchen uns einen schönen Pub, um uns aufzuwärmen.«

Wir entdecken ein Hotel mit einem Pub inmitten des malerischen Dörfchens Grasmere und parken davor. Alec ergreift meine Hand, als wir hineingehen. Und zum ersten Mal an diesem Tag fühlt es sich an, als wäre dieses Date doch eine gute Idee gewesen. Der erdige Geruch eines echten Kaminfeuers heißt uns willkommen, und ich freue mich, dass der Pub genauso idyllisch und unberührt von der Außenwelt wirkt wie Grasmere selbst auch.

»Also, wie ernst ist es dir mit deinen Reiseplänen?«, will Alec wissen, nachdem wir zwei Becher heiße Schokolade bestellt und uns nebeneinander auf die mit Nägeln beschlagene Lederbank gesetzt haben, die die gesamte Länge des Pubs einnimmt.

»Sehr ernst. Einige Menschen stecken ihren ganzen Ehrgeiz in ihre Karriere, einige ins Geldverdienen, und ich habe vor, so viel von der Welt zu sehen, wie ich kann.«

»Das ist gut. Ich möchte eines Tages auch Reisen unternehmen. Es ist peinlich, aber meine weiteste Reise ging mit Mum und Dad nach Teneriffa, als ich noch ein Teenager war. Ellie hatte schreckliche Flugangst und schaffte nur Flüge, die nicht länger als zwei Stunden dauerten. Das schränkte das Ganze etwas ein, wie du dir vorstellen kannst.«

»Ja. Ich fliege auch nicht gern. Nicht ohne eine ausreichende Menge von Gin – und selbst das kann die Angst nicht völlig vertreiben.«

Er lacht. »Und wie willst du es dann schaffen, ins tiefste, dunkelste Peru zu reisen?«

»Vermutlich wird es nicht ganz einfach, doch ich schätze, ich muss es tun. Wenn die Zeit reif ist.«

»Und wann wird das sein?«, fragt er geradeheraus, ehe er mit einem Mal begreift. »Tut mir leid. Vergiss, dass ich die Frage gestellt habe. Ich schätze, es ist wegen deiner Mum nicht ganz leicht, irgendetwas zu planen.«

»Das stimmt.« Das Geständnis zu machen, fühlt sich seltsam an. Zu Hause spreche ich nie darüber. Wie auch? Ich könnte gegenüber Mum oder Debs oder einem anderen Pfleger niemals zugeben, dass ich Pläne habe zu verschwinden, sobald die Zeit gekommen ist. Sie alle wüssten sofort, *wann* dieser Zeitpunkt ist: wenn Mum nicht länger da ist.

Bei Alec ist es anders. Er kennt Mum nicht. Er kennt nur mich. In seinen Augen bin ich eine eigenständige Persönlichkeit und nicht untrennbar mit Mum verbunden. Er sieht mich nicht so an, als wäre ich ihr zukünftiges Spiegelbild.

»Auf keinen Fall könnte ich jetzt reisen. Ich würde es auch gar nicht wollen. Mum braucht mich, und ich brauche sie, solange sie noch da sein kann. Wie auch immer ... Es kostet auch ein Vermögen, nach Peru zu reisen. Ein Vermögen, das ich noch lange nicht zusammengespart habe.«

»So ein Mist. Ich würde dir ja meine Reichtümer anbieten, aber als bescheidener Barkeeper habe ich leider nicht sonderlich viel zu bieten.«

Ich lache höflich, ehe ich die Frage stelle, die mir seit dem Morgen in seiner Wohnung keine Ruhe mehr lässt.

»Was hast du gemacht, bevor du Barkeeper geworden bist? Es muss ein lukrativer Job gewesen sein, wenn du dir die Wohnung, das Auto und die tollen Klamotten leisten kannst. Was hast du gemacht?«

»Was macht dich so sicher, dass ich in Leeds nicht als ausgesprochen gut bezahlter Barkeeper gearbeitet habe?«

»Jetzt mach mal halblang. Auf keinen Fall hast du das gemacht. Auf keinen Fall hast du mit dem Lohn eines Barkeepers so komfortabel leben können.«

»Okay, du hast recht«, gibt er nach. »Ich war Wirtschaftsprüfer bei einer großen Firma in der Stadt. Nach meinem Abschluss habe ich dort angefangen und habe mich durch ihr Ausbildungsprogramm immer weiter qualifiziert. Ich war eine ganze Zeit lang sehr vernünftig.«

»Das klingt schon eher nach dir. Und jetzt?«

»Jetzt?«

»Ja, wie kam es zu der dramatischen Veränderung? Ich wette, du hättest hier leicht einen Job als Wirtschaftsprüfer finden können.«

»Das hätte ich, ja. Doch ich dachte mir, wenn ich schon die Trennung von Ellie durchziehe und mein gewohntes Leben hinter mir lasse, kann ich auch den Mut aufbringen, meinen Job zu wechseln. Mir hat die Arbeit als Wirtschaftsprüfer nie wirklich Spaß gemacht. Jedes Mal, wenn ich mir die Krawatte umgebunden habe, habe ich mich eingeengt gefühlt. Manchmal habe ich aus meinem Kabuff in das riesige Großraumbüro gesehen, und dann hatte ich das Gefühl, dass ich keine Luft mehr bekomme.«

Ich versuche, mir Alec in einem Büro wie meinem vorzustellen, versuche, mir auszumalen, wie er stundenlang mit gesenktem Kopf über Akten hockt. Aber es gelingt mir nicht. Er ist zu groß, zu intelligent, aufgeweckt, strahlend für so etwas, und ich finde nicht, dass er hineinpasst.

»Ich verstehe das«, sage ich. »Das erklärt allerdings nicht, warum du dir einen Job in einer Bar gesucht hast.«

»Na ja, zum einen bekommt man einen Job in einer Bar ziemlich leicht, und man muss nicht lange warten, bevor man anfangen kann. Es war eine gute Möglichkeit, um Geld zu verdienen, während ich mein neues Leben auf den Weg gebracht habe. Ich hätte nie gedacht, dass mir die Arbeit so viel Spaß machen würde. Und zwar so viel Spaß, dass in mir ein neuer Plan Gestalt angenommen hat: Ich möchte Geld sparen, um irgendwann meine eigene Bar zu eröffnen. Einen Pub mit gutem Bier, einer gemütlichen Atmosphäre, Stammgästen. Im Grunde genommen meine eigene Version vom *The Wishing Well*.«

»Das ist toll. Klingt, als hättest du dir alles genau überlegt.«

»Fast«, erwidert er und stößt mich mit der Hüfte an.

Draußen ist das Schneetreiben noch dichter geworden. Ich habe es so genossen, in Alecs Nähe zu sein, dass ich vergessen habe, mir übers Wetter Sorgen zu machen. Doch als ich nun auf Mums Autodach sehe, wie viel Schnee in der letzten halben Stunde gefallen ist, überkommt mich Panik.

»Wir müssen los!« Ich stehe auf und gehe hinaus, ohne darauf zu warten, dass er seine Jacke anzieht.

»Okay, okay. Keine Sorge. Alles wird gut.« Er legt die Hand auf meine Schulter, als wir in den Schnee hinaustreten und beide nach unten blicken, um zu sehen, wie tief wir einsinken.

»Kannst du fahren, Jess?«

»Ich muss ja fahren. Debs ist bei Mum, und ich muss zurück.«

»Okay. Dann lass uns aufbrechen.«

Es dauert zwei Stunden, um von Grasmere ins nächste Örtchen Ambleside zu gelangen. Ich kämpfe gegen die aufsteigenden Tränen an, als wir uns in eine weitere Schlange von Wagen einreihen, die den Lake District verlassen wollen. Die M6 ist noch kilometerweit entfernt.

»Warum halten wir nicht kurz an?« Alecs Gesicht ist sorgenvoll verzogen. Er hat recht. Es ist sinnlos. Es schneit noch immer. Es könnte sein, dass die Straßen ein Stückchen weiter sogar schon ganz gesperrt sind und dass wir hier vollkommen umsonst im Stau stehen.

»Ich weiß, dass du nach Hause willst«, sagt er sanft, als ich in Ambleside geparkt habe, »aber das Wetter ist zu schlecht. Es wird bald dunkel, und ich bin mir sicher, dass deine Mum und Debs nicht wollen, dass du im Dunkeln und bei diesen Straßenverhältnissen weiterfährst. Weißt du was? Wir suchen uns ein schönes B&B zum Übernachten, und morgen früh fahren wir gleich zurück.«

Es erscheint ein winziges Lächeln auf seinem Gesicht, nachdem er das gesagt hat. Mal abgesehen von aller Sorge ist ihm bewusst, was er da gesagt hat.

»Möchtest du mir etwa vorschlagen, dass wir bei unserem zweiten Date die Nacht miteinander verbringen?«

»Ja, das möchte ich. Nur wegen des Wetters natürlich.«

»Natürlich.«

Er beugt sich vor und küsst mich. Dann vergräbt er seine

Finger in meinen verstrubbelten Haaren und zieht mich an sich, sodass wir uns über den Schaltknüppel hinweg küssen. Er will mehr als nur meine Lippen, das spüre ich in jeder seiner Berührungen.

»Ich würde sagen, wir suchen uns jetzt ein Hotel«, sagt er atemlos, als er sich von mir löst.

Wir steigen aus dem Auto und gehen auf eine Reihe von Häusern zu, in deren Fenstern Spitzengardinen hängen. In allen Fenstern hängt außerdem ein *Zimmer-belegt*-Schild. Nur in einem nicht; wir versuchen dort unser Glück und sind tatsächlich erfolgreich. Die Besitzerin erzählt uns, dass sie noch einige Zimmer frei hat und was für ein Glück wir haben, genau in diesem Moment zu ihr zu kommen. Denn gerade wurde im Radio gemeldet, dass es vor Lancaster einen Autounfall gab und dass die M6 Richtung Süden gesperrt ist.

»Wie viele Zimmer brauchen Sie?«, erkundigt sie sich, ehe sie hinzufügt: »Ich will nicht neugierig erscheinen …«

Alec dreht sich zu mir um, doch ich sehe ihn nicht an. Wir beide wissen, wie der Abend weitergehen wird. Ich möchte mir auf die Unterlippe beißen, als ich das Verlangen spüre, das meinen Körper durchströmt. Aber ehe er antworten kann, komme ich ihm zuvor. »Zwei, bitte.«

Kapitel 19

In Ambleside gibt es unglaublich viele Cafés. Ich setze mich auf einen Fensterplatz des ruhigsten Cafés, das ich an der Hauptstraße finden kann, und warte.

Der Himmel ist wolkenlos und strahlend sommerlich. Ein paar Zentimeter Schnee liegen auf dem Gehweg und auf den traurigen Rasenflächen vor dem kleinen Hotel, doch die Gemeinde war heute Morgen nicht untätig und hat die Straßen und Gehwege gestreut, damit nach dem gestrigen Chaos das normale Leben wieder losgehen kann.

Eine große Gruppe von Spaziergängern in Regenjacken jeder Couleur scharen sich vor dem *Fat Face* und unterhalten sich angeregt, bevor ein dicker Mann mit einer roten Pudelmütze und einer laminierten Karte in die Hände klatscht, damit die Gruppe zur Ruhe kommt und die Tour beginnen kann. Ich muss lächeln, als zwei Frauen, die sich am Rande des Kreises halten, einen vielsagenden Blick wechseln – das könnten Olivia und ich sein.

Ich blicke zur Tür, als das kleine Glöckchen bimmelt. Alec muss sich etwas bücken, um hindurchzukommen. Als er im Café ist und sich wieder zu seiner vollen Größe aufrichtet, nimmt er seine schwarze Mütze ab und fährt sich mit gespreizten Fingern durchs Haar. Verlangen durchströmt mich.

»Hi. Tut mir leid, dass ich so spät komme. Ich war mir nicht ganz sicher, welches Café du gemeint hast. Es gibt hier so viele, dass ich …«, er verstummt und lässt sich mir gegenüber auf den Stuhl sinken.

»Ist schon okay. Hast du gut geschlafen?«

»Nicht schlecht. Und du?«

»Nicht schlecht.«

Schweigen senkt sich über uns, und die Bedienung versteht das als Zeichen, zu uns an den Tisch zu kommen.

»Hi, wie geht es Ihnen?«, fragt Alec.

»Gut, danke«, erwidert die junge Kellnerin, die ihn kaum ansehen kann.

Ich lausche der Freundlichkeit in seiner Stimme, der Nettigkeit, mit der er einen Milchkaffee und ein Rosinenbrötchen bestellt. Ich möchte seinen Arm streicheln, um ihm zu zeigen, dass mir das nicht entgangen ist, aber ich rühre mich nicht.

»Was war gestern Abend?«, fragt er, nachdem die Kellnerin uns allein gelassen hat.

Ich könnte ihm erzählen, dass ich Kopfschmerzen gehabt hätte oder müde von der Fahrt gewesen wäre. Er würde das verstehen. Ich kämpfe unter seinen Blicken mit mir. Soll ich die Wahrheit sagen oder lügen?

»Jess.« Er nimmt meine Hand von der Ketchupflasche auf unserem Tisch, von der ich das Etikett abknibbele, und umschließt sie mit seiner. »Sag es mir.«

Es war knapp gestern Abend. Aber wenn ich mit ihm in sein Zimmer gegangen wäre, dann hätte ich das als Lügnerin getan. Er kennt mich nicht so gut, wie er glaubt; wir kommen einander nicht näher. Wie könnten wir auch, wenn ich einen so großen Teil von mir vor ihm verberge? Als ich gestern in meinem kalten Bett lag und mich nach ihm sehnte, wurde mir klar, dass ich mich auf einen Kompromiss einlassen muss: Wenn ich mit ihm zusammen sein will, muss er die Wahrheit erfahren. Denn viel größer noch als die Angst, es ihm zu sagen, größer noch als meine Sorge, Mitleid oder noch Schlimmeres in seinem Blick zu sehen, ist meine Furcht, den Rest des Monats *nicht* mit ihm verbringen zu können.

Also beantworte ich seine Frage.

»Es ist nicht so, dass ich dich nicht mögen würde, Alec. Ich mag dich, ich mag dich wirklich. Doch ich konnte gestern nicht die Nacht mit dir verbringen. Das wäre dir gegenüber nicht fair gewesen.«

»Fair? Was meinst du damit? Es wäre doch nicht unser erstes Mal gewesen.«

»Ich weiß, aber das war ein Fehler.«

Er zuckt beinahe unmerklich zurück. Meine Worte haben ihm einen Stich versetzt. Und ich versuche, es wiedergutzumachen.

»Das erste Mal war das Ergebnis von zu viel Alkohol. Wenn wir die gestrige Nacht miteinander verbracht hätten, dann weil wir uns nach unseren paar Dates so sehr mögen. Ich konnte nicht in dem Wissen, was passieren würde, mit dir auf dein Zimmer gehen – weil ich wusste, dass ich nicht ganz ehrlich zu dir war.«

»In welchem Punkt sollst du nicht ehrlich gewesen sein? Jess, wir haben vorher so offen und ehrlich wie kein anderes Paar über unsere Beziehung gesprochen und alles geklärt.«

»Nicht ganz. Ich habe dir nur einen Teil der Wahrheit über mein Leben und die Gründe dafür, nicht mit dir zusammen sein zu können, erzählt. Eigentlich wollte ich dir nicht mehr sagen. Ich wollte diesen Monat mit dir genießen und dann an den Punkt vor unserer ersten gemeinsamen Nacht zurückkehren, um dort weiterzumachen. Doch je näher ich dich kennenlerne – und je mehr ich dich mag –, desto klarer wird mir, dass das falsch ist. Du solltest alles wissen, bevor wir hier weitermachen.«

»Ich höre.«

Ich hole tief Luft und beginne. »Ein Aspekt von Chorea Huntington, der die Krankheit für eine Familie so schlimm macht, ist die Vererbbarkeit. Ein Elternteil hat eine fünfzigprozentige Chance, die Krankheit an ein Kind weiterzuvererben. Man kann einen Test machen, um herauszufinden, ob man die Krankheit in sich trägt, und diesen Test habe ich vor drei Jahren gemacht. Das Ergebnis war positiv. Ich werde an Chorea Huntington erkranken – genau wie meine Mum.«

Sein Gesicht verdüstert sich, als wäre in ihm eine Glühbirne ausgeschaltet worden.

»Ich hätte es dir von Anfang an sagen sollen. Es tut mir leid.«

»Nein. Du darfst dich dafür nicht entschuldigen. Weder bei mir noch bei sonst jemandem.« Seine Stimme klingt entschlossen. »Ich weiß, dass es im Rahmen der Möglichkeiten lag, als du mir von deiner Mum erzählt hast, und ich habe einiges darüber gelesen. Aber ich habe mir selbst geschworen, dich nicht danach zu fragen. Ich kann mir nicht im Entferntesten vorstellen, wie es für dich sein muss. Ich bin nur froh, dass du das Gefühl hattest, es mir sagen zu können.«

Erleichterung durchflutet meinen Körper bis in mein Herz und beruhigt es. *Es ist schon in Ordnung, es ist schon in Ordnung*, scheint es zu schlagen.

Er steht auf und kommt um den Tisch herum, um sich neben mich zu knien. Mit seinem karierten Hemdsärmel wischt er sich kurz über die Augen und schließt mich dann in seine Arme. Sein Hemd, das gestern vom Schnee durchnässt wurde, riecht nach Seife. Ich erkenne den Duft; mit der gleichen Hotelseife habe ich mich heute Morgen auch geduscht. Sacht küsst er meinen Hals, mein Ohrläppchen, mein Haar.

Er weiß es, und es hat sich nichts geändert. Zum zweiten Mal habe ich ihm die grauenvolle Wahrheit anvertraut, und zum zweiten Mal ist er sofort auf mich zugekommen und hat mich umarmt.

Ich verliebe mich gerade in dich. Der Gedanke ist so unvermittelt und kommt so unvermutet, dass ich mich von Alec löse und auf die Damentoilette flüchte, ehe er mir irgendetwas ansehen kann.

Ich wünschte beinahe, er wäre entsetzt – wie Liam. Oder er hätte mich mit Fragen bombardiert – wie Olivia. Diese spontane, unerschrockene Nettigkeit erscheint mir gefährlich. Es ist viel zu verlockend, mich in seine Arme fallen zu lassen und nie mehr loszulassen.

»Was willst du jetzt tun?«, frage ich, nachdem ich mich auf der Damentoilette beruhigt und ihm gegenüber am Tisch Platz genommen habe.

»Nachdem ich die Wahrheit jetzt kenne? Ich möchte zurück in mein Zimmer und mich für den Rest des Tages mit dir in mein quietschendes Einzelbett kuscheln. Aber Check-out war um elf, ich muss um fünf Uhr arbeiten, und du musst auch nach Hause.«

»Das stimmt.« Mir fällt wieder Debs' tonlose Stimme ein, als ich sie gestern Abend anrief, um ihr zu sagen, dass ich nicht nach Hause kommen würde. »Willst du unsere restlichen Dates immer noch durchziehen?«

»Die vier Dates, die wir auf jeden Fall noch haben? Ja, ich will es immer noch. Ich will sogar noch mehr, doch den sechs Dates hast du zugestimmt. Vier weitere Dates mit der schönsten, am wenigsten praktisch veranlagten, reizendsten Frau, die ich je kennengelernt habe – warum sollte ich da Nein sagen?«

Weil wir Kummer und Leid erfahren werden, erwidere ich stumm.

»Komm«, sagt Alec irgendwann. »Wir fahren jetzt lieber.«

Wir steigen wieder in Mums Wagen ein, schalten die Standheizung ein und warten darauf, dass der Schnee taut und wir losfahren können. Ich schweige, als ich auf die Straße biege. Indem ich mich über das Lenkrad beuge und so tue, als müsste ich mich wahnsinnig auf den Verkehr und die Straßenverhältnisse konzentrieren, wirkt es so, als wäre das Schweigen durchaus gerechtfertigt. Aber das ist nicht der Grund, warum ich nichts sage. Denn wenn er anfängt zu reden, werde ich irgendwann mein dunkelstes Geheimnis von allen ausplaudern. Das Geheimnis, das er auf keinen Fall erfahren darf.

Ich verliebe mich gerade in ihn.

Kapitel 20

Am Montag, als ich gerade Feierabend machen will, ruft Debs an. Und ich tue etwas Außergewöhnliches: Ich nehme das Gespräch nicht an.

Als ich ihren Namen auf dem Display lese, weiß ich, dass etwas nicht stimmt, und ich bringe es nicht über mich, mir anzuhören, was es ist. Stattdessen lasse ich Debs auf die Mailbox sprechen, was auch immer sie mir zu sagen hat. Nachdem sie wieder aufgelegt hat, zwinge ich mich dazu, mir die Nachricht anzuhören. Nach einigen unzusammenhängenden Sätzen und einer Menge Entschuldigungen folgt die große Enttäuschung: Sie kommt heute Abend nicht.

Wenn sie heiser geklungen oder wenigstens so getan hätte, als müsste sie husten, hätte ich mir nicht solche Sorgen gemacht. Dass sie so kurzfristig angerufen hat, dass sie nicht behauptet hat, krank zu sein, und dass sie keinen Grund für ihr Nichterscheinen genannt hat, macht mir jedoch Angst.

Es macht mir nichts aus, den Abend mit Mum zu verbringen. Vermutlich hätte ich ihn sowieso mit ihr und Debs verbracht – wie die meisten Abende. Was mir allerdings schon etwas ausmacht, ist die Tatsache, dass Debs' Wut auf mich die Arbeit beeinflusst, für die wir sie bezahlen. Als ich von meinem Ausflug in den Lake District zurückkehrte, hatte sie extrem schlechte Laune und verschwand, ohne mir zu sagen, wie es Mum ergangen war. Und jetzt das hier. Ich habe sie zuvor nie als Angestellte betrachtet – das musste ich auch nicht –, doch dank ihres unentschuldigten Fehlens stehen wir uns mit einem Mal als das gegenüber, was wir eigentlich sind: Arbeitgeber und Arbeitnehmer. Und als Arbeitgeber verlange ich Antworten.

Ich treffe eine Entscheidung. Clare, Mums Ergotherapeutin, ist gerade mit Mum beschäftigt. Ich rufe sie an und bitte sie, noch eine Stunde länger zu bleiben, wenn es geht.

Statt in die Metro einzusteigen, nehme ich den Bus nach Withington. Die Fahrt dauert nur zehn Minuten, aber als der Bus weiterfährt und ich vor einem wahren Labyrinth aus Reihenhäusern stehe, wird mir klar, dass die nächste Phase meiner Reise noch ein bisschen länger dauern wird. Ich irre hoffnungslos durch die Gegend und versuche, die Poppy Avenue zu finden. Ich nehme mein Handy zu Hilfe, doch der Akku macht schlapp. Schließlich muss ich eine junge Mutter mit einem schreienden Kind im Kinderwagen belästigen. Ungeduldig deutet sie in die Richtung, aus der ich gekommen bin, und leiert eine hastige Wegbeschreibung herunter, die mir nicht weiterhilft.

Die Busreise und der Weg durch das Straßengewirr, um Debs zu finden, haben meine Wut verrauchen lassen. Als ich jetzt vor ihrer Tür stehe, zögere ich und bin unsicher, ob ich überhaupt hätte kommen sollen. Aber nun bin ich schon mal hier. Ich rufe mir meine Wut wieder ins Gedächtnis und drücke auf den Klingelknopf von Nummer zweiundvierzig. Die Klingel spielt »Greensleeves« – und zwar so lange, dass die Tür schon geöffnet worden ist, ehe die letzten Töne verklungen sind.

Eine Frau mit gelockten platinblonden Haaren und großen Brüsten, die die oberen Knöpfe ihrer Bluse abzusprengen drohen, begrüßt mich.

»Hi. Kann ich Ihnen helfen?«

Ich lehne mich zurück, um noch mal einen Blick auf das Hausnummernschild zu werfen und sicherzugehen, dass es auch tatsächlich Nummer zweiundvierzig ist. Dann frage ich die Frau, ob Debs da ist.

»Ja, ich rufe sie mal eben. Und Sie sind?«

»Ich bin Jessica. Debs kümmert sich um meine Mum.«

Ein warmherziges, breites Lächeln erstrahlt auf dem Gesicht der Frau, und in dem Moment fällt mir auf, wie viel Ähnlichkeit sie mit Debs hat. »Wie schön, dich kennenzulernen. Ich bin Lauren, Debs' jüngste Tochter. Gott, Mum erzählt so viel von dir, dass ich das Gefühl habe, dich schon ewig zu kennen. Sie sagt immer, dass wir uns blendend verstehen würden und uns mal auf einen Drink treffen sollten. Ich muss mir deine Nummer notieren, ehe du wieder verschwindest.«

»Das würde mich freuen«, sage ich und meine es auch so.

»Komm rein, komm rein!«

Ich folge ihr in einen dunklen, schmalen Flur, den Debs unerklärlicherweise weinrot gestrichen hat. Debs' Haus besteht aus einer Reihe von Zimmern. Zuerst kommen wir in das ebenfalls rot gestrichene Wohnzimmer, das in einen weiteren, viel gemütlicheren Wohnraum mündet, in dem ein riesiger Flachbildschirm über dem Kamin hängt. Der Kamin ist offenbar nicht in Betrieb – Debs hat eine Vase mit Plastiklilien hineingestellt. In der Ecke ist eine Tür, die in eine kleine, viereckige Küche führt. Im hinteren Teil ist dann noch ein Anbau, der gerade groß genug für einen Esstisch und eine Kühlgefrierkombination ist.

Debs ist allerdings in keinem dieser Räume.

»Kann ich dir etwas zu trinken anbieten?«

»Eine Tasse Tee wäre toll.«

»Kommt sofort. Ich stelle das Wasser auf und hole dann Mam. Sie hat es dir also erzählt?«

»Was soll sie mir erzählt haben?«

»Das mit Dad. Wenn ich ihn das nächste Mal sehe, bringe ich ihn um. Er war noch nie der Typ dafür, in Krisensituationen einen kühlen Kopf zu bewahren, doch diese Reaktion ist einfach lächerlich. Sich einzubilden, es wäre okay, seine Siebensachen zu packen und zu verschwinden, wenn man mal nicht seinen Willen bekommt ... Er benimmt sich wie ein verzogenes Kind.«

»Dein Vater hat Debs verlassen?«

Lauren, die am Herd steht, wirbelt zu mir herum und starrt mich mit offenem Mund an. »Scheiße. Ich dachte, du wüsstest Bescheid. Ich dachte, deshalb wärst du hier. Mein Dad hat meine Mam an diesem Wochenende verlassen.«

»Oh nein. Ich hatte keine Ahnung! Wann genau ist er denn gegangen?«

»Ich dachte, du wüsstest Bescheid«, wiederholt sie. »Am Sonntag, als Mam von euch zurückkam. Er hat ihr in den letzten Monaten immer öfter Vorwürfe wegen ihres Jobs gemacht. Gott, tut mir leid. Das ist mir echt unangenehm.«

»Nein, nein, das ist schon in Ordnung. Ich möchte es hören. Sprich weiter.«

»Um ehrlich zu sein, gefiel es ihm nie, dass Mam arbeiten ging. Punkt. Sie war so viele Jahre zu Hause, um sich um uns Kinder zu kümmern, dass Dad anscheinend davon ausging, es würde immer so weitergehen. Als ich jedoch auszog, wollte Mam etwas tun, um nicht Tag für Tag tatenlos herumzusitzen. Deshalb suchte sie sich eine Stelle als Pflegekraft. Dad war es gewohnt, dass er bekocht wurde, dass das Haus immer sauber war, wenn er von der Arbeit kam, und ihm gefielen die neuen Umstände nicht, die Mams Job mit sich brachte. Als ihr erster Patient verstarb, nachdem sie ihn sechs Monate lang gepflegt hatte, glaubte Dad, dass das nun das Ende ihrer Jobambitionen wäre, dass sie nicht mehr darüber nachdenken und dass alles wieder so werden würde wie früher. Aber dann bekam sie die Stelle bei deiner Mum. Sie erzählte ihm immer, wie viel Freude ihr die Arbeit machen würde, doch das spielte für Dad keine Rolle. Als sie am Wochenende zurückkam, sagte er ihr, dass er genug hätte. Er meinte, sie müsste sich zwischen ihm und dem Job entscheiden. Sie entschied sich für den Job.«

Ich schlage die Hände vors Gesicht. »Oh Gott, es tut mir so leid, Lauren! Wenn ich gewusst hätte, dass es Probleme gab, dann hätte ich sie nie darum gebeten, an diesem Wochenende zu uns zu kommen. Geht es ihr … Geht es ihr gut?«

»Mir geht es gut«, erklingt Debs' Stimme. Debs lehnt in der Küchentür. Ich sehe sie an, und der Anblick sagt das Gegenteil. Ihre Augen sind geschwollen und gerötet, und in ihren Händen dreht sie ein zerknülltes Taschentuch. Ihr Haar ist ungewaschen und fällt ihr offen um das Gesicht.

Ich eile zur ihr und umarme sie.

»Es tut mir so leid, Debs. Ich hätte dich niemals bitten dürfen, auch noch an deinen freien Tagen zu arbeiten. Es tut mir so leid.«

»Sei nicht albern«, entgegnet sie und schiebt mich sanft von sich, damit sie Lauren beim Teekochen ablösen kann. »Es braucht mehr als nur das, um eine Ehe zu zerstören, die zweiunddreißig Jahre gehalten hat.«

»Aber du hättest mir sagen müssen, dass es zu Hause nicht gut lief. Du hättest dir Zeit für dich nehmen können, hättest versuchen können, die Probleme mit deinem Mann zu lösen.«

»Hör mal, wenn man mit jemandem verheiratet ist, der es nicht über sich bringen kann, sich auch mal für einen zu freuen, und der nicht die geringste Begeisterung für das aufbringt, was einem wichtig ist, dann weiß man, dass es nichts mehr zu retten gibt.«

»Sag das nicht, Mam. Dad muss sich nur beruhigen. Er wird bestimmt bald wiederkommen.«

»Ich will gar nicht, dass er wiederkommt«, zischt Debs und sieht Lauren an. »Ich will es gar nicht.«

»Hör auf damit, Mam«, erwidert Lauren. »Es war nur ein Streit.«

»Es war nicht nur ein ...«, beginnt Debs, doch Lauren geht schon mit der E-Zigarette in der Hand durch die Hintertür nach draußen.

Debs stellt eine Teekanne auf den abgewohnten Holztisch, und wir nehmen beide Platz. Es ist komisch, sie in ihrem eigenen Zuhause zu sehen, nachdem ich sie so lange nur in unserem Haus erlebt habe. Wo Mum und ich uns um Minimalismus bemüht haben, quillt Debs' Haus vor Dingen über.

Am Kühlschrank hängen Magnete und Papiere. Eine ganze Wand wird von Fotos lächelnder Kinder eingenommen. Die Arbeitsflächen stehen voller Haushaltsgeräte und Gläser. Es ist kaum noch Platz, um Essen zuzubereiten. Dennoch hängt der Duft von selbst gekochtem Essen in der Luft.

Ich dachte immer, Debs würde perfekt in unser Haus passen. Aber als ich nun sehe, wie sie lebt, bin ich mir nicht mehr so sicher, ob sie das auch so empfunden hat.

»Lauren war schon immer ein Papakind. Ich glaube, sie hat noch immer den Eindruck, dass Ray nichts falsch machen kann. Die Wahrheit wird sie schwer treffen.«

»Dann ist es tatsächlich endgültig aus?«

»Ich weiß es nicht. Um ehrlich zu sein, gab es im Laufe der Jahre schon öfter Situationen, in denen wir uns trennen wollten – wir hätten es vielleicht sogar getan, wenn die Enkelkinder nicht auf die Welt gekommen wären. So gab es nie den richtigen Zeitpunkt für eine Trennung.«

»Und jetzt ist dieser Zeitpunkt deiner Meinung nach gekommen?«

»Vielleicht. Ich sage dir was: Auch wenn ich noch so oft daran gedacht habe, hat es mich trotzdem kalt erwischt.«

Debs trinkt mit undurchdringlicher Miene ihren siedend heißen Tee, und ich beschäftige mich damit, unsichtbare Fussel von meinem Mantel zu zupfen.

»Also hat die Trennung von dir und deinem Ehemann nichts mit mir zu tun?«, zwinge ich mich zu fragen.

»Mit dir? Natürlich nicht. Wie kommst du denn darauf?«

»Du hast mich gestern, als ich zurückkam, so wütend angesehen, und als du heute angerufen hast, dachte ich, du hättest Bedenken, Mum noch länger zu pflegen und Teil unseres Lebens zu sein.«

»Jess, hier geht es um einen Schwachkopf, der es nicht akzeptieren kann, dass seine Ehefrau mehr tun möchte, als nur seine Mahlzeiten zu kochen und seine Socken zu waschen. Mehr nicht.«

»Okay. Das ist gut.« Ich wäre erleichtert gewesen – wenn Debs nicht an ihrer Unterlippe genagt hätte.

»Abgesehen davon bin ich noch immer der Meinung, dass es ein Fehler ist, deiner Mum nichts von Alec zu erzählen. Du bist gerade glücklicher, als du es je warst, seit wir uns kennen. Ich sehe das, und deiner Mum entgeht das selbstverständlich auch nicht. Ich finde, du solltest ihr den Grund für deine gute Laune verraten.«

»Lass uns nicht wieder davon anfangen.«

»Warum nicht? Irgendjemand muss dich ja zur Vernunft bringen, Liebes.«

»Ich bin äußerst vernünftig, wenn es um mich und Alec geht. Dankeschön.«

»Ist das so?«

Ich will mich nicht über Debs ärgern. Im Augenblick geht es um sie, und sie braucht Unterstützung. Ich sollte ruhig und entspannt sein und ihr meine Hilfe anbieten. Doch sie spricht schon wieder das falsche Thema an.

»Ja. Alec und ich haben einen Plan. Einen Plan, der gut ist und funktionieren wird. Ich werde Mum nichts davon erzählen, weil es keinen Grund dafür gibt. Ich habe keine Ahnung, warum du mich dazu ermutigen willst, mehr aus der Sache zu machen, als da ist. Vor allem jetzt …«

»Was willst du mir sagen? Vor allem jetzt, da meine Ehe gescheitert ist? Bevor wir an diesen Punkt gekommen sind, haben Ray und ich uns lange Zeit sehr geliebt. Zumindest das bleibt uns. Aber du? Du wirst nach sechs Dates nicht sonderlich viel Liebe zusammengesammelt haben. Nicht genug jedenfalls, als dass dieses Gefühl für immer in deinem Herzen bleiben würde.«

Mit dieser Frau kann man einfach nicht diskutieren. Und ich habe nicht mehr die Kraft, um es zu versuchen. »Vielleicht nicht. Vielleicht hast du recht. Doch das spielt jetzt auch überhaupt keine Rolle. Du solltest dir den Rest der Woche freinehmen.«

»Nein, nein. Ich …«

»Ich bestehe darauf. Wir kommen schon zurecht. Du wirst Zeit brauchen, um mit der Situation klarzukommen, und da kannst du es nicht gebrauchen, dir auch noch um uns Gedanken machen zu müssen.«

»Ich glaube, ich werde mir wohl immer Gedanken um euch machen«, entgegnet sie und streichelt mir über den Handrücken.

Ich stehe auf, um zu gehen, und sie folgt mir durch die Zimmer zur Haustür.

»Kommst du zurecht?«, will ich wissen.

»Ich glaube schon. Lauren hat darauf bestanden, ein paar Nächte hier bei mir zu bleiben. Ich wünschte, sie würde es nicht tun. Ich muss mich schließlich daran gewöhnen, allein zu sein.«

»Bist du dir sicher, dass du nichts brauchst?«

»Ich möchte nur, dass du jetzt zu deiner Mum fährst und dir keine Sorgen mehr um mich machst«, erwidert sie lächelnd. Und in dem Moment sieht sie zum ersten Mal seit Wochen wieder aus wie die Debs, die ich kenne.

Kapitel 21

Im Laufe der letzten zwanzig Jahre war Dr. Baker des Öfteren zum Hausbesuch bei uns. Und jedes Mal sah ich zu, wie er im Flur von einem Bein aufs andere hüpfte, sich den Mantel auszog, den Hut jedoch auf dem Kopf behielt, als wollte er so verhindern, dass er noch mehr Energie verlor. Und jedes Mal dachte ich mir, dass er mit seiner unbändigen Fröhlichkeit bestimmt Karriere beim Fernsehen hätte machen können, wenn er nicht seiner Berufung gefolgt und Arzt geworden wäre.

Vielleicht war es ein bisschen unfair von mir. Immerhin hatte er viele Jahre lang ausnahmslos immer gute Neuigkeiten für uns gehabt – und solche guten Nachrichten konnte er auch sehr gut verkaufen. *Es ist nur eine Erkältung; die verschwindet von selbst wieder. Kein Grund, wegen des Ausschlags ins Krankenhaus zu gehen; das ist nichts Ernstes. Hier, trink diese gelbe Medizin, und dir geht es im Handumdrehen wieder gut.*

Wenn es um gute Nachrichten ging, war Dr. Baker super. Es waren die schlechten Nachrichten, mit denen er richtig zu kämpfen hatte. Nicht, weil er sie nicht hätte aussprechen können. Er überbrachte die Nachrichten ruhig und klar. Das Problem war nur, dass niemand glauben konnte, dass dieser Mensch ein Überbringer schlechter Neuigkeiten sein könnte – und das machte solche Hiobsbotschaften noch schwerer zu verdauen.

Als ich ihn nun an die Tür klopfen höre, ihm öffne und ihn mit seinen geröteten Wangen, der Schiebermütze aus Tweed auf dem Kopf und dem rot-blau gestreiften Blazer vor mir stehen sehe, verspüre ich Zuversicht. Die Zuversicht, dass sein Besuch bei uns nur Gutes bringen wird. Vergnügt führe ich ihn ins Esszimmer, erkundige mich, wie sein Tag war und wie viele Hausbesuche er noch erledigen muss, ehe ich vorschlage, kurz rauszugehen und eine Tasse Tee zu machen, während er sich ein wenig mit Mum unterhält.

Ich warte in der Küche auf ihn und versuche, nicht daran zu denken, dass eine gute Nachricht im Falle von Chorea Huntington wie ein Kieselstein ist, den man in einen See wirft und der kurz die Wasseroberfläche kräuselt, ehe er zu Boden sinkt und verschwunden ist. Stattdessen summe ich den neuesten Hit von Little Mix. Laut. Entschlossen.

Auf mein Drängen hin und obwohl sie mich vom Gegenteil überzeugen wollte, nahm Debs sich die letzten drei Abende frei. Also kümmerte ich mich nach Feierabend noch um Mum. Heute Morgen war ich schließlich so erschöpft, dass ich beschloss, einen Tag blauzumachen. Um sechs Uhr hinterließ ich, weil ich wusste, dass noch niemand dort sein würde, eine Nachricht auf dem Anrufbeantworter der Firma. Ich behauptete, mich die ganze Nacht lang übergeben zu haben, und erklärte, ich könne auf keinen Fall in die Firma kommen und dort meine Bazillen verbreiten. Tatsächlich war ich die ganze Nacht lang wach gewesen, hatte QVC geschaut, mir eine Gesichtscreme und eine neue Handtasche bestellt und Unmengen von Kaffee getrunken, um wach zu bleiben.

Da ich ausnahmsweise unter der Woche zu Hause bin, ist das die Gelegenheit für mich, herauszufinden, wie es Mum wirklich geht.

Dr. Baker kommt knapp zehn Minuten, nachdem er zu meiner Mum ins Zimmer gegangen ist, zu mir in die Küche. Strahlend wende ich mich ihm zu und warte darauf, dass er eine Atempause verkündet.

»Ihre Mutter sieht jetzt fern. Ich nehme an, das ist in Ordnung?«, fragt er.

»Das ist gut.« Ich reiche ihm seine Tasse Tee und deute auf einen Hocker an der Frühstückstheke, auf den er sich setzen kann. »Ist es Ihnen aufgefallen? Die Symptome von Chorea sind zurückgegangen.«

»Ja. Das ist mir auch aufgefallen. Sie ist ruhiger geworden. Allerdings habe ich die Dystonie bemerkt – die ungewöhnliche Muskelanspannung. Vor allem in ihren Handgelenken und Händen. Es ist nicht so, als wären die Bewegungsprobleme verschwunden, Jess – sie haben sich nur verändert.«

»Ich weiß. Mums Pfleger haben mir das auch bestätigt. Aber mal abgesehen davon: Wie würden Sie ihren Zustand beschreiben? Wie geht es ihr, Ihrer Meinung nach?«

Dr. Baker hält inne und betrachtet mein Gesicht. Er scheint darüber nachzudenken, wie er mir sagen soll, was er mir sagen muss.

»Na ja, ich mache mir Sorgen. Vor allem wegen der Gewichtsentwicklung Ihrer Mutter. Es ist nicht ganz leicht, den Unterschied zu sehen, wenn man jeden Tag mit einem Menschen zusammen ist, doch es ist drei Monate her, seit ich Ihre Mutter zuletzt gesehen habe, und ich würde meinen, dass sie einiges an Gewicht verloren hat. Und zum ersten Mal ist mir aufgefallen, dass Ihre Mutter heute nicht so gesprächig war wie sonst. Kommuniziert sie noch mit Ihnen?«

»Ein bisschen.«

Tatsächlich redet sie kaum noch. In den letzten Tagen habe ich ihre Stimme so gut wie gar nicht gehört. Wir benötigten die Karte mit den Symbolen öfter denn je. Ich dachte, es läge daran, dass sie sich zurückgezogen hätte, weil Debs nicht da war. Zumindest habe ich das gehofft.

»Okay. Und wie klappt es mit dem Essen? Würden Sie sagen, dass es ihr schwerer fällt zu schlucken? Oder dass das Essen für Ihre Mutter zu einer besonderen Herausforderung geworden ist?«

»Ich weiß nicht. Sie nimmt immer noch drei Mahlzeiten pro Tag zu sich und zwischendurch ein paar Snacks. Die Pfleger haben mir allerdings mitgeteilt, dass die Nahrungsaufnahme länger dauert und dass sie meistens aufhört, bevor sie satt ist. Meinen Sie, es wäre besser, wenn sie Nahrungsergänzungsmittel bekommen würde?«

»Ich würde es befürworten, wenn Sie Kontakt zu einer Logopädin aufnehmen. Die Muskulatur in Mund und Hals ist stark zurückgegangen, seit ich Ihre Mutter zuletzt gesehen habe, deswegen fällt es ihr so schwer, zu schlucken und zu essen. Das erklärt auch den Gewichtsverlust und die Schwierigkeiten beim Sprechen.«

Wie dumm von mir, anzunehmen, dieser Mann könnte etwas anderes überbringen als Tiefschlag um Tiefschlag.

»Glauben Sie, sie könnte helfen? Die Logopädin, meine ich?«

»Ja, wenn die Logopädin vorbeikommt und sich persönlich ein Bild macht, könnte sie einen Behandlungsplan entwickeln, um den Muskelschwund vielleicht etwas abzufangen. So könnte sie helfen, die Symptome ein bisschen zu lindern und das Leben Ihrer Mutter insgesamt etwas leichter zu machen. Aber das Fortschreiten der Krankheit kann auch sie nicht aufhalten. Das ist Ihnen doch bewusst, oder?«

»Natürlich ist mir das bewusst. Sonst noch was?«

Statt mir zu antworten, streicht er sich über die Mütze, die hier, in der warmen Küche, ehrlich gesagt etwas lächerlich wirkt. Ich interpretiere das als ein Zeichen des Doktors, gehen zu wollen. Ich springe von meinem Hocker an der Frühstückstheke – bereit, ihn zur Tür zu bringen. Und wenn ich das nächste Mal einen Arzt nach seiner Meinung zu meiner Mutter frage, dann werde ich auf überhaupt keinen Fall bei Dr. Baker anrufen.

»Eine Sache wäre da noch«, sagt er und senkt die Stimme. In der Küchentür bleibe ich stehen und drehe mich zu ihm um. »Es ist ein bisschen heikel, und ich möchte nicht, dass Ihre Mutter es mitbekommt.«

Zögerlich mache ich ein paar Schritte auf ihn zu. Es missfällt mir, dass Mum durch seine Wortwahl wie eine handlungsunfähige Teilnehmerin an ihrem eigenen Leben wirkt.

Ich könnte natürlich fordern, dass er alles, was er zu sagen hat, vor Mum sagt. Eigentlich sollte ich das auch tun. Allerdings habe ich zu viel Angst vor dem, was er sagen wird, und davor, was es mit Mum machen würde.

»Was ist denn?«

»Ich glaube, es ist jetzt an der Zeit, darüber nachzudenken, wo Ihre Mutter die Pflege bekommt, die sie benötigt. Wenn Ihre Mutter, wie ich fast fürchte, nicht mehr in der Lage ist, ein angemessenes Gewicht zu halten, muss über andere Wege nachgedacht werden, ihr die lebensnotwendigen Nährstoffe und Kalorien zuzuführen. Und wenn dem so ist, wäre sie in einer speziellen Pflegeeinrichtung am besten aufgehoben.«

»Dr. Baker, meine Mutter ist schon in einer speziellen Pflegeeinrichtung – in ihrem Zuhause. Wenn es nötig ist, werde ich so viele Pfleger einstellen, dass sie rund um die Uhr versorgt werden kann, aber sie wird dort bleiben, wo sie ist.«

»Ich verstehe«, entgegnet er.

»Das bezweifle ich. Der Wunsch meiner Mutter – übrigens der einzige, den sie je geäußert hat – ist es, zu Hause bleiben zu können. Also wäre ich Ihnen dankbar, wenn Sie das Thema nie wieder zur Sprache bringen würden. Wenn Sie ihr einfach die notwendigen Medikamente verschreiben und sich darum kümmern könnten, dass eine Logopädin uns besucht, wäre das toll. Und jetzt bringe ich Sie noch zur Tür.«

Nachdem Dr. Baker beleidigt verschwunden ist, gehe ich zu Mum.

»Das war ja wohl völlig überflüssig! Ich weiß ja nicht, was er dir erzählt hat, aber es ist alles in Ordnung. Keine Ahnung, warum ich ihn überhaupt gebeten habe, vorbeizukommen.«

Mum sagt nichts.

»Kann ich dir etwas bringen? Brauchst du irgendetwas?«

Als sie wieder nicht antwortet, nehme ich die Karte, und sie zeigt auf das Bild der Fernbedienung.

Ich setze mich eine Weile zu ihr, während sie durch die Kanäle zappt, aber sie möchte offensichtlich nicht, dass ich bei ihr bleibe. Also ziehe ich mich schließlich zurück, gehe in die Küche und suche im Kühlschrank nach etwas Brauchbarem für das Abendessen.

Als ich gerade darüber nachdenke, ob ich den dritten Abend in Folge Rührei machen soll oder doch lieber Nudeln mit Pesto, die ich zwar favorisiere, die Mum allerdings nur essen kann, wenn ich sie püriere – eine Vorstellung, die ich kaum ertragen kann –, klingelt es an der Tür.

Schnell nehme ich die Eier aus dem Kühlschrank und stelle sie für später neben den Herd. Wahrscheinlich ist es Dr. Baker, der irgendetwas vergessen hat, das er jetzt noch holen möchte. Oder er möchte mir noch ein paar weitere schlechte Nachrichten mit auf den Weg geben. Ich wappne mich innerlich für Runde zwei und mache die Haustür auf.

»Hi, Liebes. Ich hoffe, es macht dir nichts aus, dass ich einfach so vorbeikomme. Aber wenn ich noch einen Abend mit Lauren zusammen bei uns zu Hause verbringen und ihre Überredungskünste über mich ergehen lassen muss, mit ihr und ihren Freundinnen am Samstag ins *Liberty's* zu gehen, um zu erleben, wie es tatsächlich ist, Single zu sein, kehre ich freiwillig zu ihrem Dad zurück – nur damit sie endlich aufhört!«

»Debs! Es ist toll, dich zu sehen. Bist du zu Besuch hier oder hast du vor, meinen Wunsch zu ignorieren und wieder zur Arbeit zu erscheinen?«

»Tja, wenn du nichts dagegen hast, komme ich zurück zur Arbeit.« Sie klopft auf ihren Rucksack mit den Sachen für die Nacht, den sie immer dabeihat, und ich strahle bei diesem vertrauten Anblick.

»Nein, das ist toll. Ich wollte uns gerade etwas zu essen machen. Möchtest du auch etwas?«

»Gott, nein. Zu Hause habe ich nichts anderes getan, außer zu essen. Lauren hat den Wocheneinkauf für mich erledigt, und du glaubst nicht, wie viel Mist sie mitgebracht hat: Kekse, Chips, zwei Kartons mit Sauvignon Blanc, Pizza. Und, was noch viel schlimmer ist: Wir haben alles restlos verputzt. Ich bin *auch* wieder hier, um nicht länger wahllos Dinge in mich hineinzustopfen, wenn Lauren die nächste Lieferung bringt.«

»Okay«, sage ich lachend. »Du gehst zu Mum, und ich bringe ihr etwas zu essen. Erinnere mich daran, dir zu erzählen, was Dr. Baker mir gesagt hat, sobald sie fertig ist.«

Als wolle Mum beweisen, dass der gute Doktor falschliegt, isst sie ihr ganzes Abendessen auf – und die Hälfte von meinem noch dazu. Ich spiele mit dem Gedanken, Debs nicht alles zu erzählen, was der Arzt gesagt hat, sondern nur den Teil, der Chorea betrifft. Wenn ich seinen Ratschlag bezüglich der Pflegeeinrichtung für mich behalte, könnte ich mir einbilden, er hätte ihn nie ausgesprochen. Wenn ich Debs davon erzähle, besteht dagegen die beängstigende Möglichkeit, dass sie der gleichen Meinung ist. Und dann würde die Bedeutung von Mums Wünschen immer weiter abnehmen.

Debs folgt mir in die Küche, nimmt mir die Teller aus den Händen und fängt an, abzuwaschen.

»Schieß los.« Ihre Stimme klingt so sachlich und nüchtern, dass mir mit einem Schlag klar ist, dass ich vor ihr nichts verheimlichen kann.

Ich könnte sie küssen, als sie schließlich verkündet, der Arzt würde Unsinn reden. Sie ist einer Meinung mit mir: Mum braucht – dank der Unterstützung und Pflege, die sie zu Hause bekommt und hat – kein Pflegeheim. Sie ruft mir in Erinnerung, dass ich mich jedes Mal, wenn die Krankheit in das nächste Stadium überging, auf die neue Situation eingestellt und uns die Hilfe gesucht habe, die wir benötigten. Unter anderem habe ich Debs deswegen eingestellt. Solange wir uns sicher sind zu wissen, was sie will, was sie kann und wie es ihr geht, können wir uns darum kümmern, dass sie genau die Hilfe bekommt, die sie braucht.

Am Freitagmorgen gehe ich wieder ins Büro. Ich habe bewusst kein Make-up aufgelegt und halte mir den Bauch, als ich die Räumlichkeiten betrete. Jane, die nicht eine Sekunde lang geglaubt hat, dass ich *wirklich* krank war, macht extra einen Umweg zu meinem Schreibtisch, um mit mir zu reden. Sie besteht darauf, dass ich sofort nach Hause gehe, *falls* ich mich tatsächlich übergeben hätte, und dass ich eigentlich erst achtundvierzig Stunden nach dem letzten *Zwischenfall* wiederkommen dürfe, um meine Bazillen nicht überall zu verschleudern. Als ich mich weigere zu gehen, ihr verspreche, Abstand zu den anderen zu halten, und erkläre, dass ich lieber weitermachen würde, lässt sie mich in Ruhe, schnalzt noch einmal missbilligend mit der Zunge und zieht von dannen.

Ich starre den ganzen Morgen über leidend auf meinen Bildschirm und lasse sogar meinen üblichen kleinen Gang in die Kantine am Vormittag ausfallen, um – statt mich auf diese Weise vor der Arbeit zu drücken – besonders gewissenhaft zu wirken. Als die meisten der Kollegen in die Pause verschwunden sind und vor allem Jane mit Maureen und ein paar anderen ins *The Wishing Well* gegangen ist, um Mittag zu essen, wage ich es zum ersten Mal an diesem Tag, meinen Schreibtisch zu verlassen. Ich habe unglaublichen Hunger. Eilig gehe ich aufs Klo.

Auf der Damentoilette treffe ich auf Olivia, die vermutlich wieder an Morgenübelkeit leidet, weil sie heute noch nicht an meinen Schreibtisch gekommen ist, um ein bisschen zu plaudern. Als ich sie mir so ansehe, schießt mir durch den Kopf, dass sie doch besser mit einem Eimer neben dem Bett zu Hause liegen sollte. Verglichen mit ihrem beängstigend blassen Teint, ihrem stumpfen Haar und den müden Augen sehe ich aus wie das blühende Leben – kein Wunder, dass Jane nur einen Blick auf mich geworfen hat und sich sicher sein konnte, dass ich nur so getan habe, als wäre ich krank gewesen.

»Hi, Jess«, krächzt Olivia. Ihre Stimme ist vom vielen Kotzen ganz rau.

»Was zur Hölle machst du im Büro? Du siehst grauenvoll aus.«

»Nein, mir geht es gut. Ehrlich. Ich habe das Schlimmste für heute hinter mir. Ich dachte immer, die sprichwörtliche Morgenübelkeit wäre nur ein Mythos. Meinen Schwestern war während der gesamten Schwangerschaft den ganzen Tag über schlecht. Ich dachte, es wäre ein sinnloser Name. Doch wie sich herausgestellt hat, bin ich das Paradebeispiel dafür: Mir ist bis mittags kotzübel, und danach geht es mir wieder blendend. Tagein, tagaus.«

»Warum bleibst du dann nicht zu Hause, bis es dir besser geht? Ich glaube, wenn du mit Jane reden würdest, könnte sie es bestimmt so einrichten, dass du später zur Arbeit kommst, wenn die Morgenübelkeit vorüber ist. Oder dass du von zu Hause aus arbeitest«, sage ich, auch wenn ich nicht davon überzeugt bin, dass Jane so etwas tatsächlich arrangieren würde.

»Wenn ich nicht zur Arbeit gehe, geht Rick auch nicht. Entweder nimmt er sich frei, um bei mir zu sein, oder er tut so, als würde er von zu Hause aus arbeiten. Ich meine, ich liebe ihn natürlich, aber wenn man die Kloschüssel umarmt, möchte man eigentlich keine Zuschauer haben, oder? Also tue ich lieber so, als würde es mir gut gehen, komme zur Arbeit und verkrieche mich hier auf dem Klo, um etwas Ruhe zu haben. Wie auch immer … Da wir gerade von Übelkeit sprechen – ich habe gehört, dass dir gestern schlecht war? Geht es dir wieder besser?«

»Ja, mir geht es gut«, entgegne ich und beschließe, meine grünstichige Freundin nicht mit Debs' Eheproblemen und Mums schlaflosen Nächten zu belasten. »Ich wollte einfach einen Tag im Bett verbringen, das ist alles.«

»Na gut. Da du also nur eine Faulenzerin bist und nicht in den letzten Zügen liegst, heißt das wohl, dass es keinen Grund für dich gibt, Alec heute Abend nicht zu sehen.«

»Er muss arbeiten. Ich wollte mich mit ihm treffen, doch er muss heute Nacht die Bar abschließen.«

»So ein Jammer. Obwohl … Das Gute daran, mit einem Barkeeper zusammen zu sein, ist, dass man ihn auch bei der Arbeit besuchen kann. Du könntest dich an die Theke setzen, dir ein paar Drinks spendieren lassen und dort abhängen, bis er die Bar zuschließt.«

»Wie ein Trottel allein an der Bar sitzen und ihn anschmachten, um vielleicht ein paar Minuten seiner Aufmerksamkeit zu erhaschen, ehe er wieder die Gäste bedienen muss? Nein danke. Außer du hast Lust, mir ein bisschen Gesellschaft zu leisten?«

»Du machst wohl Scherze … Wenn ich ausnahmsweise mal nicht um neun im Bett liege und penne, ist es für mich schon ein Abend, an dem ich besonders lange durchgehalten habe. Tut mir leid.«

»Ach, schon in Ordnung. Ich bin sicher, dass wir uns am Wochenende treffen.«

»Willst du ihn heute Abend sehen?«

»Ja, aber …«

»Dann geh und triff dich mit deinem verdammten Freund, hab wundervollen Sex mit ihm und versuche, nicht allzu viel davon zu schwärmen, wenn wir das nächste Mal zusammensitzen.«

Ich habe es Olivia nach dem zweiten Date gesagt. Nicht die ganze Geschichte mit dem Verfallsdatum unserer kleinen Affäre und so weiter, sondern eher eine lässige Erwähnung, dass Alec und ich übrigens zusammen wären. Olivia war, wie nicht anders zu erwarten war, begeistert.

Das ist das Schöne an Freunden. Und das hätte ich fast vergessen. Wenn einem etwas Gutes passiert, drängen sich die Freunde in die Sache hinein, stellen unzählige Fragen, erteilen einem Ratschläge, um die man sie nicht gebeten hat, damit man es nicht verkackt, und wollen einfach alles wissen – und das macht das alles noch besser. Noch größer. Noch schöner.

Und andersherum funktioniert es genauso gut. Wenn etwas Schlimmes passiert, das sich anfühlt wie das Ende der

Welt, schaffen Freunde es, den Schmerz darüber mit einem zusammen zu tragen, ihn mit einem zu teilen, sodass es leichter für einen wird, geben einem die Zuversicht, dass man es überwinden kann und es das Leben nicht bestimmen wird.

»Du hast recht. Ich sollte einfach zu ihm gehen. Doch meinst du nicht, dass es etwas verzweifelt rüberkommen könnte?«

»Natürlich nicht. Ich wette, er würde sich freuen, dich zu sehen. Du rettest ihm sicher den Abend.«

»Okay. Aber ich gehe erst später hin.«

Nachdem ich die Entscheidung getroffen habe, beschäftige ich mich den Rest des Nachmittags damit, meine Strategie zu planen. Heute Abend folgt Date Nummer drei. Eigentlich wäre er damit dran, das Date zu organisieren, doch wenn ihm klar wird, worauf das heutige Date hinauslaufen wird, hat er bestimmt nichts mehr dagegen einzuwenden. Meiner Erfahrung nach endet Date Nummer drei, wenn alles gut läuft, meistens mit Sex. Hinzu kommt die nicht ganz unbedeutende Tatsache, dass der heutige Abend unter den gleichen Vorzeichen stehen wird, die schon bei unserer ersten Begegnung dafür gesorgt haben, dass wir im Bett gelandet sind. Die Chancen, dass es wieder so kommen wird, stehen also ziemlich gut.

Was das Outfit für heute Abend angeht, so habe ich mich für Skinnyjeans von *Primark* entschieden, in denen mein Hintern aussieht wie ein praller Pfirsich, und dazu mein gutes schwarzes T-Shirt, das ich in die Hose stecken werde. Ein sexy Outfit, dem man allerdings nicht ansieht, dass es so gewollt ist. Es wirkt eher völlig lässig. Perfekt. Seien wir mal ehrlich: Alec wird heute Abend wohl nicht lange überredet werden müssen, aber ich habe herausgefunden, dass es mir gefällt, die Verführerin zu spielen.

In der Metro nach Hause fangen zwei halbwüchsige Jungen an, über mich zu lachen, und ich weiß, dass ich mich etwas habe hinreißen lassen. Ich erblicke mein Spiegelbild in der Fensterscheibe: knallrote Wangen und ein dümmliches

Grinsen im Gesicht. Den Rest der Fahrt über konzentriere ich mich also auf die praktischere Frage, ob ich meine Clutch mitnehmen soll, die zwar mehr nach Freitagabend aussieht, in die jedoch nichts hineinpasst, oder doch meine große Arbeitstasche. Die ist zwar langweilig, aber zumindest bietet sie Platz für eine frische Unterhose und einen Kulturbeutel.

Als ich nach Hause komme, lese ich den roten Schnellhefter, begrüße Debs, die eine Stunde früher als sonst hier ist, und frage Mum, wie ihr Tag war. An ihrer Stelle gibt mir Debs den gleichen kurzen, unspektakulären Bericht, den ich gerade schon im Hefter gelesen habe. Im Nachsatz erwähne ich noch, dass ich mit Olivia ausgehen werde – die beiden wissen noch nicht, dass sie schwanger ist – und dass wir vermutlich in einen Club gehen werden, sodass ich bei ihr übernachten werde.

Debs massiert meiner Mum gerade die Hände. Mum hebt den Kopf und lächelt mich an, doch Debs blickt weiter nach unten und konzentriert sich darauf, Mums schmale Hände zu massieren. Ich vermute, sie weiß ganz genau, wo ich die Nacht verbringen werde, verbeißt es sich aber, es meiner Mum zu verraten.

Ich schicke Alec eine Nachricht, damit er weiß, dass ich später noch vorbeikommen werde, und damit er sich auf unser drittes Date vorbereiten kann. Dann ist es an der Zeit, mich fertig zu machen und zu warten.

Nachdem ich eine gefühlte Ewigkeit zu Hause gesessen und gewartet habe und dabei immer nervöser und unsicherer geworden bin, mache ich mich wieder auf den Weg ins Northern Quarter.

Im *The Wishing Well* ist es für die Uhrzeit überraschend ruhig. Ich dachte, um halb neun müsste ich mich zur Bar hindurchkämpfen und brüllen, um Alecs Aufmerksamkeit auf mich zu lenken. Doch er sieht mich in dem Moment, als ich hereinkomme, und kommt mir entgegen, um mir die Tür aufzuhalten.

»Hallo, du«, sagt er, ehe er mir einen Kuss auf den Mund gibt. Einen langen Kuss. Offensichtlich hat er schnell kapiert, wohin der heutige Abend führen wird.

»Hi. Gott, es ist ganz schön ruhig hier.«

»Jep. Glücklicherweise haben wir das Wochenende vorm Zahltag – da ist meistens nicht so viel los. Und das bedeutet, dass ich Zeit habe, um mich intensiv um meinen Lieblingsgast zu kümmern.«

»Ach so. Und wer ist das?«

»Bob, der Typ dahinten im Fleecepulli. Du entschuldigst mich doch kurz?«

»Sehr witzig.«

Er ergreift meine Hand und führt mich zu einem Barhocker, ehe er wieder hinter den Tresen zurückkehrt. »Also, die gute Neuigkeit ist, dass ich, wenn es so ruhig bleibt, früher Schluss machen kann – sagt Hal. Dann schließt er den Laden für mich ab. Ich muss noch eine halbe Stunde oder so abwarten, um zu schauen, ob nicht doch noch ein paar große Gruppen eintreffen, aber wenn das nicht passiert, können wir verschwinden. Möchtest du einen Drink, während wir warten?«

»Weißwein, bitte. Also«, sage ich und versuche, sexy zu sein und zu flirten. »Wohin wollen wir, wenn du Feierabend hast?«

»Gute Frage. Da du die Organisation unseres dritten Dates ja an dich gerissen hast, willst du das vielleicht auch entscheiden?«

»Hm. In dem Fall würde ich sagen, dass wir keine Zeit vergeuden und zu dir nach Hause fahren.«

Überrascht lehnt er sich ein Stückchen zurück.

»Ich wüsste nicht, was ich lieber täte.«

Als es gerade so aussieht, als könnten wir tatsächlich früher gehen, ertönt ein Riesenkrach und die Türen schwingen auf. Herein kommt eine Gruppe von mindestens einem Dutzend Frauen, die alle pinkfarbene Federboas tragen, die sie auf unterschiedlichste kreative Art und Weise um ihre identischen sexy schwarzen Kleidchen gewickelt haben.

»Scheiße«, murrt Alec, lässt meine Hand los und geht ans Ende des Tresens, wo die Frauen sich versammelt haben. »Guten Abend, meine Damen. Wie geht's uns heute Abend?«

Drei Stunden und unzählige Weigerungen, als Überraschung für die zukünftige Braut die Klamotten auszuziehen, später ist Alec fertig und kann Feierabend machen.

»Geht's dir gut?«, erkundigt er sich, als wir auf der Straße hinter der Bar sind und zu seinem Wagen gehen.

»Mir geht es besser als gut. Ich hatte unglaublich viel Spaß dabei, zuzusehen, wie die Frauen bei deinem Anblick praktisch gesabbert haben, während ich mir sicher sein konnte, dass ich diejenige bin, mit der du am Ende des Abends nach Hause gehst.«

»Das ist gut. Immer wenn ich in deine Richtung gesehen und mitbekommen habe, wie du dich an deinem Glas Weißwein festgehalten hast, hatte ich Angst, dass du es dir noch mal anders überlegen würdest.«

»Überhaupt nicht. Im Gegenteil. Ich wollte nur nicht mehr als ein Glas Wein trinken, damit ich den heutigen Abend mit klarem Kopf erleben und mich anschließend an alles erinnern kann – anders als beim ersten Mal.«

»Dann sollten wir dafür sorgen, dass es eine Nacht wird, an die du dich auch wirklich gern zurückerinnerst.«

Kapitel 22

Ich wache auf – den Kopf auf Alecs Brust gelegt, mein Bein und meinen Arm um ihn geschlungen, damit er dort bleibt, wo er jetzt gerade ist: bei mir. Mein Ohr schmerzt etwas, weil es zu lange auf harten Muskeln und Knochen gelegen hat. Ich setze mich kurz auf, um den Schmerz zu verjagen, bevor ich mich wieder hinlege, um dann die gleiche Position erneut einzunehmen.

Es ist noch mitten in der Nacht. Erst in ein paar Stunden wird der Morgen dämmern, doch ich will trotzdem nicht wieder einschlafen. Ich will hier liegen, will sein Herz pochen hören, will mit der Fingerspitze über seinen Arm fahren, seinen Bauch, seine Hüften, während er schläft, will ihn so lange genießen, wie ich ihn haben kann.

Ich will auch die Stille genießen, die herrscht, nachdem wir uns stundenlang geliebt haben. Eine Stille, die ich schon beinahe vergessen hatte. Es ist alles so einfach, so herrlich, dass ich beginne, mir Sorgen zu machen.

Wie oft werde ich mich noch so fühlen? Wie oft können wir noch solche spontanen Nächte erleben, bevor unser gemeinsamer Monat vorbei ist?

Ich sollte es nicht tun. Ich sollte ihn schlafen lassen, damit er sich von der vergangenen Nacht und dem leidenschaftlichen Sex erholen kann. Aber als ich das graue Licht unter seiner Tür erblicke, kann ich nicht widerstehen.

»Alec, Alec, wach auf.«

Er schläft so tief, dass meine Stimme nicht zu ihm durchdringt. Ein Stoß in die Seite ist da schon wesentlich wirkungsvoller.

Er schlingt seinen Arm um meinen Bauch.

»Hmmm ...«

»Komm, Schlafmütze. Es ist Morgen.«

»Tatsächlich?«

»Ja.«

»Okay.« Er kuschelt sich dichter an mich heran. Wenn ich jetzt nichts mache, wird er einfach wieder einschlafen.

Ich setze mich auf und ziehe ihm dabei die dicke Decke weg. Die kühle Luft, die auf seinen nackten Hintern trifft, zeigt Wirkung.

»Meine Güte, Jess! Es ist noch mitten in der Nacht. Warum bist du schon hellwach?«

»Was meinst du wohl?«, frage ich und streiche mit einem Finger über seine Brust. »Sagen wir einfach: Wenn ich beim ersten Mal in deinem Bett erwacht wäre und mich an so viele schöne Details der Nacht erinnert hätte, dann wäre ich wohl nicht Hals über Kopf daraus geflüchtet.«

»Ach, wirklich?«

Ich schiebe mich im Bett nach unten, bis ich an seinem Hals angekommen bin und jedes meiner Worte mit einem kleinen Kuss unterstreichen kann. »Jep. Jetzt. Habe. Ich. Es. Alles. Andere. Als. Eilig.«

Nun ist er ebenfalls hellwach. Er wendet sich mir zu und schmiegt sich an mich. Er blickt mir in die Augen und lacht kurz, ehe er den Kopf senkt, damit er mit seinen Lippen meinen Körper noch einmal erkunden kann ...

Als ich das nächste Mal aufwache, ist der wunderschöne klare Wintermorgen schon längst angebrochen. Alec hat die Jalousie geöffnet und kniet nun mit einer Tasse Kaffee in der Hand über mir. Er trägt den blauen Bademantel, an den ich mich noch von meinem ersten Besuch hier erinnern kann. Nachdem er mir meine Tasse gereicht hat, schlüpft er aus dem Bademantel. Das Kleidungsstück landet achtlos auf dem Fußboden, während Alec sich zu mir ins Bett legt. Wir lehnen uns an das Betthaupt, verschlingen die Beine miteinander und nippen an dem köstlichen Kaffee.

»Weißt du, beim zweiten Mal ist es viel schöner, neben dir aufzuwachen«, sagt Alec.

»Warum?«

»Tja, wenn ich mich recht entsinne, hattest du beim letzten Mal einen fürchterlichen Kater, hast mich ausgelacht, wolltest mir nicht in die Augen blicken und konntest es kaum erwarten, mein Bett und meine Wohnung endlich zu verlassen.«

»Oh ja, das. Da war ich eine echte Bitch, oder?«

»So krass würde ich es nicht formulieren. Du kanntest mich zu dem Zeitpunkt ja noch nicht so gut. Wie hättest du wissen sollen, was du versäumt hast?«

»Ich kannte dich schon gut genug, um zu wissen, dass du ein eingebildeter Blödmann bist«, ziehe ich ihn auf. »Aber ich habe mich wie eine ziemlich blöde Kuh verhalten.«

»Mach dir keine Gedanken mehr darüber. Der heutige Morgen hat das Erlebnis mehr als wettgemacht.«

Er gibt mir einen Kuss auf die Wange und bewegt sich mit den Lippen langsam und bedächtig weiter zu meinem Mund. Ich fürchte, dass hinter diesem Kuss eine Absicht steckt. Ich kann nicht begreifen, wieso er noch Lust hat, während mein Körper vollkommen erschöpft ist. Seine Lippen verharren noch einen Moment auf meinem Mund, ehe er sich nach einem letzten kleinen Kuss zurückzieht. Der Sex war wundervoll, und Alec ist ein sehr aufmerksamer Liebhaber, doch es ist dieser Moment, diese friedliche Vertrautheit, die ich am meisten genossen habe und von der ich mir wünsche, dass sie niemals endet.

»Ich bin froh«, sage ich zu ihm. »Und ich freue mich darüber, dass du und dein dickes Fell die vielen, vielen Zeichen, die ich dir gegeben habe und die dir zeigen sollten, dass ich nicht an dir interessiert war, einfach ignoriert habt. Denk doch nur mal daran, wie viel wir verpasst hätten, wenn du tatsächlich die Flucht ergriffen hättest, wie ich es mir eigentlich erhofft hatte.«

»Ich weiß. Zu deinem großen Glück bin ich aufgewacht und konnte mich noch daran *erinnern*, wie phänomenal unsere erste Nacht war. Und dann setzte meine Scheuklappen-Krankheit ein.«

»Wie bitte?«

»Das ist der Hang, Scheuklappen aufzusetzen. Ich bin ein besonders schwerer Fall, sagt meine Mum. Die Scheuklappen-Krankheit ist die wundervolle, überhaupt nicht ärgerliche Fähigkeit, nur das zu sehen, was ich sehen will.«

Alec löst seine Beine aus meinen und rutscht zur anderen Seite des Bettes, um seine Kaffeetasse abzustellen. Mit der Hand streicht er sich versonnen über seine Bartstoppeln, und wenn mich nicht alles täuscht, ist er etwas rot geworden.

»Ist alles in Ordnung bei dir?«, frage ich.

»Ja. Alles gut. Es ist nur ... na ja ... da wir gerade von Müttern sprechen ...«

Mir bleibt der Kaffee im Hals stecken.

»Ich habe mich gefragt, ob du dir für unser nächstes Date, das ich ja organisieren werde, vorstellen könntest, eine deiner Regeln zu brechen? Du könntest vielleicht meine Eltern kennenlernen ... Nein, ich möchte *ganz sicher*, dass du meine Eltern kennenlernst.«

Ich stelle mir ein kleines Esszimmer mit einem Tisch vor, der für vier Personen gedeckt ist. Es gibt ein selbst gekochtes Essen – einen *Shepherd's Pie*, also einen mit Kartoffelbrei überbackenen Lammbraten, oder etwas ähnlich Deftiges –, dazu viel zu warmen Weißwein und einen ganzen Abend lang Gespräche, die so unangenehm und steif sind, dass ich am Ende Kopfschmerzen habe. Ich will gerade ablehnen und Alec noch einmal erklären, wie wichtig meine Regeln sind, als er mir zuvorkommt.

»Ich weiß, dass es für das vierte Date schrecklich klingt, aber hör mir kurz zu. Meine Mum ist Schirmherrin einer Wohltätigkeitsorganisation für Kinder in Leeds. Jedes Jahr organisiert sie einen Wohltätigkeitsball in einem exklusiven

Hotel in der Innenstadt. Auch das klingt vielleicht wenig reizvoll, doch das ist es nicht. Meine Mum hält sich für eine Konkurrentin von Nigella Lawson, wenn es darum geht, besonders schicke, großzügige, feuchtfröhliche und zauberhafte Events zu veranstalten – und um ehrlich zu sein, stellt sie immer großartige Abende auf die Beine. Zufällig findet der diesjährige Ball am nächsten Mittwochabend statt, und ich dachte, es wäre doch schade, wenn ich allein hingehen würde. Wir könnten uns zusammen amüsieren. Was meinst du?«

Ich schiebe mich die Kissen hoch. Mein Unbehagen wächst.

»Ich weiß nicht, Alec. Die Vorstellung, deine Eltern zu treffen und unzählige Fragen über uns beantworten zu müssen …«

»So wird es nicht. Ich verspreche dir, dass du nicht ausgefragt wirst. Mum wird so beschäftigt damit sein, alles Mögliche hinter den Kulissen zu überwachen, dass sie kaum Zeit haben wird, um uns zu begrüßen. Und Dad ist nicht gerade der Gesprächigste. Und, hey, Tom und Hannah werden auch da sein. Dann kann ich dir endlich beweisen, dass ich tatsächlich echte Freunde habe. Du wirst sie lieben.«

Es scheint Alec wirklich wichtig zu sein. Es liegt ein flehentlicher Ausdruck in seinem Blick. Wenn Alecs Mum dieses Event jedes Jahr veranstaltet, dann ist er jahrelang immer mit seiner Ex-Freundin Ellie dort aufgetaucht. Wenn ich dieses Jahr *nicht* mit ihm hingehe, muss er allein dort erscheinen. Und ich vermute, dass ihm diese Vorstellung nicht besonders gut gefällt. Er möchte mich als eine Art Puffer zwischen sich selbst und den Freunden seiner Eltern an seiner Seite haben, damit er sein Gesicht wahren kann.

Es ist eine Erleichterung, festzustellen, dass seine Motive nicht so uneigennützig sind, wie es zuerst schien, und dass sie nichts mit unserer Quasi-Beziehung zu tun haben.

»Okay, okay. Das Verkaufsgespräch ist vorbei. Ich werde mitgehen.«

»Echt?«

»Ja.«

Er wirft sich auf mich, wobei der Kaffee aus meiner Tasse quer über seine weiße Bettdecke und meine nackten Brüste spritzt.

»Scheiße.« Er bückt sich, um seinen Bademantel aufzuheben, und wischt fieberhaft das noch immer heiße Getränk weg, das auf meinem Bauch landet.

»Autsch! Geh runter, du Clown. Ich mach das selbst.« Ich reiße ihm den Bademantel aus den Händen. Nachdem ich mich abgetrocknet habe, ersetzen rote Striemen den verschütteten Kaffee.

»Es tut mir so leid, Jess.«

Ich würde ja über seine Tollpatschigkeit lachen, wenn er nicht so verlegen aus der Wäsche gucken würde.

»Ist schon in Ordnung«, murmele ich und streichele ihm die Sorge aus dem Gesicht. »Das liegt an meiner extrem empfindlichen Haut. Die Rötung verschwindet in ein paar Minuten von allein. Du hast meine Brüste nicht für immer entstellt.«

Er sieht so liebenswürdig aus, als er nun auf meine Brüste starrt und die Stirn runzelt. Seine ruinierte Bettwäsche scheint ihm völlig egal zu sein.

»Lass uns aufstehen«, sage ich und will ihn aus seiner peinlichen Lage befreien. »Wir sollten das Beste aus dem Morgen machen. Was wollen wir unternehmen?«

Mein Schädel dröhnt, weil ich so verdammt müde bin, aber das spielt keine Rolle. Uns bleiben noch zwei Stunden, bevor Debs' Schicht zu Ende ist und ich für den Rest des Wochenendes zu Hause sein muss. Ich habe vor, diese Zeit mit Alec zu nutzen und jedes Tröpfchen Spaß und Glück herauszupressen, damit es bis zum nächsten Date reicht.

Alec zuckt die Achseln. Die Müdigkeit ist noch nicht ganz aus seinem Kopf gewichen. »Du darfst das entscheiden.«

»Wir könnten in Castlefield spazieren gehen – vielleicht ein bisschen am Kanal entlang. Oder wir könnten etwas einkaufen, dann hierher zurückkommen und ein unglaublich ungesundes Frühstück zu uns nehmen.«

»Oder wir könnten nichts anderes tun, als den Rest des Morgens im Bett zu verbringen, Kaffee zu trinken und die Croissants zu essen, die ich noch habe. Wir könnten sogar im Bett einen Film schauen. Wann hast du zuletzt morgens im Bett einen Film gesehen?«

Ich beschließe, nicht preiszugeben, wie oft ich morgens im Bett fernsehe. Im Übrigen sind es zwei Paar Schuhe, an Alec gekuschelt fernzusehen oder ganz allein vor dem Apparat zu sitzen, während ich auf Geräusche von unten lausche.

»Dein Plan klingt viel besser«, sage ich und streichele über sein Brusthaar. »Lass uns zusammen gar nichts machen.«

Kapitel 23

Fünf Jahre zuvor

Es hätte ein entspannter Nachmittag werden sollen. Eine Tasse Kaffee, damit Mum meinen neuen Freund Liam kennenlernen konnte, bevor er mich übers Wochenende nach Wales entführen wollte. Keine große Sache.

Unter normalen Umständen wäre das auch so gewesen, doch Mum war seit Beginn des Jahres so aufgewühlt und unruhig, dass ich unbedingt wollte, dass es gut lief. Ich wollte, dass sie ihn mochte. Sie schwor mir, dass bei der Arbeit alles in Ordnung wäre. Aber ich beobachtete sie aus den Augenwinkeln, wenn wir abends vor dem Fernseher saßen – sie war unruhig, zuckte und wackelte mit den Füßen, während sie auf den Datingseiten unterwegs war, bei denen sie sich angemeldet hatte. Ich war mir sicher, dass irgendetwas nicht stimmte.

Früher hatte ich mir nie Gedanken darüber gemacht, ob meine Mum meine Freunde nun mochte oder nicht. Sie hatte die Typen irgendwie immer gemocht, und umgekehrt war es genauso gewesen. Dieses Mal spielte es allerdings eine große Rolle für mich. Ich wollte sie glücklich machen, indem ich ihr zeigte, wie glücklich ich war.

Ich wählte das kleine Deli in Didsbury Village aus, das Mum so gut gefiel, und wir warteten draußen an einem der Tische auf Liam.

»Er kommt aber sehr spät«, stellte sie fünf Minuten, nachdem er eigentlich hätte auftauchen sollen, fest.

»Er musste den Bus erwischen. Ich bin mir sicher, dass er gleich hier ist.«

Ein paar Minuten später kündigten seine Hände auf meinen Schultern und ein Kuss auf meine Wange an, dass er endlich da war.

»Hi, Baby. Hi, Mrs. Hyland.«

Er streckte die Hand aus, und Mum wandte sich mir zu und nickte zufrieden, ehe sie die Hand ergriff.

»Hi, Liam«, sagte Mum und musterte ihn ziemlich unverhohlen von oben bis unten, während er sich neben mich auf den freien Stuhl setzte. »Ich freue mich, dich kennenzulernen. Jess hat mir erzählt, dass ihr das Wochenende in der Hütte deiner Eltern verbringt. Das klingt reizend.«

»Ja. Es klingt ganz reizend. Doch wie ich Jess schon sagte, es ist ein ziemliches Dreckloch. Das einzig Gute daran sind die Strandlage und die Tatsache, dass es nebenan einen Pub gibt.«

»Ich verstehe«, sagte Mum und nahm einen Schluck von ihrem Cappuccino. »Und abgesehen von dem Pub ... Was habt ihr noch für Pläne?«

Liam wandte sich mir mit einem dämlichen Grinsen auf dem Gesicht zu. »Abgesehen davon haben wir, glaube ich, nicht so viel vor, oder?«

»Ich bin mir sicher, dass uns noch jede Menge einfallen wird, was wir unternehmen können. Obwohl Liam ja ein begeisterter Leser ist. Wahrscheinlich steckt er die Hälfte der Zeit die Nase in ein gutes Buch.«

Mums Miene erhellte sich ein wenig. »Oh, was liest du denn gern? Ich habe in eurem Alter auch so gern gelesen. Heutzutage habe ich kaum noch die Energie, um einen Artikel in einem Magazin zu lesen.«

»Alles Mögliche. Einen Moment, ich rufe mal schnell die Bedienung an den Tisch. Entschuldigen Sie?«, rief er dem Kellner am Nebentisch zu, der sich gerade mit einem anderen Gast unterhielt. Ich wagte es nicht, zu meiner Mum zu blicken, als Liam sich ein Bier bestellte.

»Tut mir leid«, sagte er, als er sich uns wieder zuwandte. »Wo waren wir stehen geblieben?«

»Ich wollte wissen, was du gern liest«, sagte Mum.

»Ach, richtig. Eigentlich alles, aber seit Jess in mein Leben getreten ist, habe ich nur noch Augen für sie.« Er warf Mum ein Lächeln zu, ehe er mir einen Kuss auf den Mund gab und versuchte, mit der Zunge meine Lippen zu öffnen.

Mum stellte danach keine Fragen mehr. Und auch Liam tat das nicht. Nachdem er sein Bier ausgetrunken hatte und ihm klar geworden war, dass er meine volle Aufmerksamkeit nicht bekam, solange Mum uns mit saurer Miene gegenübersaß, entschuldigte er sich und meinte, er hätte noch nichts fürs Wochenende gepackt.

»Was war das denn?«, fragte ich Mum, sobald er außer Hörweite war.

»Das könnte ich dich auch fragen«, erwiderte sie.

»Du warst so unhöflich zu ihm. Ich verstehe das nicht. Hättest du nicht wenigstens versuchen können, ein bisschen netter zu sein?«

»Ich hab's versucht.« Sie beugte sich vor und stützte die Ellbogen auf dem Tisch ab. »Es tut mir leid, Jess, doch ich bin mir, was diesen Menschen betrifft, nicht ganz sicher.«

»Nach diesem einen Treffen? Gott, er war nur nervös, das ist alles. Du hättest ihm seine Nervosität nehmen können, statt so deutlich zu machen, dass du kein Interesse daran hast, ihn kennenzulernen. Was muss er jetzt denken?«

»Ich weiß nicht, ob mir das so viel ausmacht. Ich mache mir nur Gedanken darüber, was du dir dabei gedacht hast, dich mit so einem Kerl einzulassen.«

»Das musst du gerade sagen«, entgegnete ich und dachte an die zahllosen Dates zurück, die Mum in der letzten Zeit gehabt hatte.

»Wage es ja nicht, noch einmal so mit mir zu sprechen! Ich kann mich treffen, mit wem ich will.«

»Und ich auch«, sagte ich, ehe ich aufstand. Ich wollte nur noch weg. Ich holte tief Luft, und etwas von meinem Ärger löste sich in Rauch auf. »Hör mal, ich muss jetzt packen und dann rüber zu Liam, damit wir losfahren können, ehe der Verkehr zu schlimm wird. Ich weiß, dass du das nicht so gemeint hast. Es ist nur der Stress, der da aus dir spricht. Normalerweise bist du nicht so gemein. Wir reden noch einmal, wenn ich wieder zurück bin.« Damit ging ich schnell davon, um den Tränen zuvorzukommen, die mir übers Gesicht zu rollen drohten.

Mum erhob sich ebenfalls und folgte mir die Straße entlang. Ein paar Fußgänger blieben stehen, als sie nach meinem Arm griff, denn sie spürten, dass es gleich eine Szene geben könnte.

»Der Junge ist nicht der Richtige für dich. Hüte dich davor, mich dafür verantwortlich zu machen, wie dieses Kennenlernen gelaufen ist. Früher oder später wirst du es selbst erkennen. Ich sage dir, der Junge wird dich enttäuschen.«

»Nein, das wird er nicht. Die einzige Person, die mich heute enttäuscht hat, warst du«, erwiderte ich, ehe ich ihre Hand abschüttelte und davonlief.

Kapitel 24

Die warme Morgensonne scheint auf den vernachlässigten Garten meiner Mutter. Der Baum in der Ecke trägt bereits pinkfarbene Blüten. Ich darf nicht vergessen, ihr davon zu erzählen und ihr zu helfen, ans Fenster zu treten, damit sie sich die Blütenpracht ansehen kann. Ich starre aus dem Fenster auf den Baum und denke an Mums Begeisterung über so etwas Einfaches wie eine aufgeblühte Blume zurück, bis Debs zu mir in die Küche kommt. Sie wirft das meiste von Mums Kleiebrei in den Abfalleimer.

»Sag mal, Debs … Wie, meinst du, würde Mum damit zurechtkommen, wenn sie Alec kennenlernen würde, bevor er mich zum nächsten Date abholt?«

Ich muss sie das einfach fragen. Die Frage hat mir in den letzten Nächten den Schlaf geraubt, und ich werde wohl erst wieder Ruhe finden, wenn ich die Antwort darauf kenne.

Debs hütet sich davor zu lächeln, obwohl sie es gern möchte. Sie versteckt ihr Grinsen unter einer nachdenklichen Miene.

»Ich glaube nicht, dass es so belastend für sie wäre, wie du glaubst. Sie kommt schon damit klar. Es würde ihr sicherlich richtig guttun.«

»Du glaubst nicht, dass sie sich in irgendetwas verrennen und mehr hineininterpretieren könnte, als da wirklich ist?«

»Ich glaube, sie wird es als das interpretieren, was es ist: Ihre Tochter geht mit einem netten jungen Mann aus. Ihr Verstand arbeitet noch gut genug, um zu wissen, dass sie deinen Freund trifft und nicht deinen zukünftigen Ehemann. Sie wird sich schon genug darüber freuen, dass du nach Jahren endlich einmal wieder Spaß hast.«

»Das habe ich mir auch gedacht.«

Nach Mums Diagnose und nachdem ich mir nach der Trennung von Liam meine Regeln überlegt hatte, hatte ich mir lange keine Gedanken mehr darüber machen müssen, Mum einen neuen Mann an meiner Seite vorstellen zu müssen. Als Alec in mein Leben trat, war ich davon überzeugt, dass Mum nicht damit umgehen könnte, ihn kennenzulernen, und dass es nur zu einer Lawine von Enttäuschungen und Widerspruch führen würde. Aber je näher ich ihn kennenlerne, desto selbstsüchtiger kommt es mir vor, jemanden an meiner Seite zu haben, der so fröhlich, klug und vielversprechend ist wie Alec, und ihn dann zu verstecken. Mum würde ihn lieben, und ich wünsche mir so sehr zu sehen, wie ihre Miene sich angesichts der guten Wahl, die ich getroffen habe, glücklich aufhellt. Ich kann ihr später sagen, dass es doch nicht geklappt hat, oder dass Alec und ich Freunde bleiben werden, aber heute Abend will ich ihn nicht mehr verstecken.

»Heute Abend?«

»Ja. Ich dachte, er könnte kurz reinschauen und Hallo sagen.«

»Jess, das ist wunderbar! Sie wird sich so freuen. Soll ich es ihr sagen?«

»Nein, das mache ich.«

Ich bin schon superspät dran, doch ich gehe auf meinem Weg nach draußen noch mal im Esszimmer vorbei. Mum sieht sich *Lorraine* an und lächelt vor sich hin. Sie hat sich immer vorgestellt, dass Lorraine und sie die besten Freundinnen wären, wenn sie die Chance bekämen, sich kennenzulernen. Lorraine zeigt gerade einen Frühlingstrend, und Mum nickt zustimmend, als Lorraine erklärt, dass es für jede Frau dort draußen den passenden Blumenrock gibt. Ich sollte diesen zufriedenen Moment nicht unterbrechen.

»Mum? Ich gehe heute Abend aus. Ich habe ein Date.«

Sie wendet sich mir zu.

»Er holt mich ab. Würdest du ihn gern mal kennenlernen, ehe wir losfahren?«

»Ja, bitte«, sagt sie nach der kürzesten Pause, die sie seit Wochen vor dem Sprechen gemacht hat.

»Toll.«

Um Punkt sieben Uhr klingelt es an der Tür.

Debs stößt einen winzigen Schrei aus. Mum nickt zufrieden – der Mann ist pünktlich. Ich verlasse Mum und tue so, als würde mich das alles kaltlassen. Als wäre es ganz alltäglich, in einem Cocktailkleid auf *The One Show* zu warten und dabei von meinem »Freund für einen Monat« gestört zu werden, der nur kurz vorbeikommt, um Hallo zu sagen. Wie auch immer … keine große Sache.

Allerdings gelingt es mir kaum, die Tür zum Esszimmer zu öffnen, so nervös bin ich.

Alec sieht schicker aus, als ich ihn je gesehen habe. Er trägt einen super sitzenden Smoking mit einem weißen Hemd und einer weinroten Fliege. Er trägt einen Dreitagebart, und sein Haar ist für dieses Event extra noch einmal geschnitten worden. Er hat einen kleinen Strauß pinkfarbener und weißer Pfingstrosen dabei. Die Wahl wirkt wohlüberlegt – ganz sicher hat er die Blumen nicht schnell noch an der Tankstelle besorgt.

Ich strecke die Hand aus, um ihm den Strauß abzunehmen. »Danke.«

»Entschuldige bitte«, sagt er und versteckt die Blumen hinter seinem Rücken, sodass ich sie nicht mehr erreichen kann. »Zwar siehst du heute Abend unglaublich umwerfend aus, aber ich muss dich leider enttäuschen – du bist nicht die einzige Frau in diesem Haushalt.«

»Du hast recht. Das war ein bisschen unhöflich von mir.«

Mir fiel heute Vormittag ein, dass der einzige Mensch, mit dem ich nicht über meinen Plan gesprochen habe, dass Mum Alec kennenlernen könnte, Alec selbst war.

Jane hatte den ganzen Morgen über gejammert, weil sie Migräne hatte. Ich entschuldigte mich, um uns allen ein Schokoladeneclair zu besorgen, das uns bestimmt aufmuntern würde, und machte einen kleinen Umweg, um noch kurz bei Alec vorbeizuschauen.

»Was machst du denn hier?«, fragte er, nachdem er sich über den Tresen gebeugt hatte, um mich zu küssen. »Oh nein, verrate es mir nicht. Du bist hier, um auch dieses Date ganz allein zu organisieren, stimmt's?«

»Nein, überhaupt nicht. Na ja, vielleicht zum Teil. Wie fändest du es, wenn du heute Abend meine Mum kennenlernen würdest? Du könntest, wenn du mich abholst, kurz Hallo sagen. Du musst das natürlich nicht machen, wenn du nicht möchtest, doch sie würde dich gern kennenlernen. Wenn es zu viel wird oder wenn du …«

»Ich würde sie sehr gern kennenlernen.«

»Bist du dir sicher?«

»Absolut. Es wäre mir ein Vergnügen.«

»Toll. Ich wollte nur sichergehen, dass du dich nicht erschreckst – wenn du siehst, wie die Huntington-Krankheit tatsächlich aussieht. Wenn es leichter für dich wäre, es nicht mitzuerleben, sodass Chorea Huntington auch weiterhin nur eine Liste von Symptomen bleibt, kann ich das verstehen.«

»Ich sehe euch beide um sieben«, sagte Alec.

Nun trete ich zur Seite, um ihn ins Haus zu lassen. Er gibt mir einen Kuss auf die Wange, ehe er einen Schritt zurückmacht, um sich mein Kleid anzusehen. Ich habe es gestern in der Mittagspause gekauft, denn Olivia bestand darauf, dass ich in meinem treuen schwarzen Jumpsuit nicht auf einen Ball gehen könne. Nachdem sie für den Vormittag damit fertig war, sich zu übergeben, war sie an meinen Schreibtisch gekommen, hatte meine Handtasche gepackt und mir aufgetragen, meinen Hintern zu *Selfridges* zu bewegen.

Normalerweise gebe ich nur sehr ungern Geld für etwas aus, das ich ganz bestimmt nur ein einziges Mal tragen werde –

vor allem wenn ich eigentlich sparen muss (wobei ich ehrlich gesagt in den vergangenen Wochen nicht sonderlich oft an meine Reisepläne gedacht habe). Aber als Olivia das Kleid von der Stange nahm, musste ich es einfach haben. Smaragdgrün und wadenlang, hochgeschlossen und dafür mit einem tiefen Rückenausschnitt sah es so toll aus, wie es an seinem mit Samt überzogenen Kleiderbügel hing. Ich willigte ein, es anzuprobieren, und machte mir nicht allzu große Hoffnungen, falls die Farbe meiner sowieso schon blassen Haut keinen Gefallen tat oder das Material über meinem Hintern spannte. Doch weder das eine noch das andere trat ein. Das Kleid schmeichelte mir, es betonte wundervoll die richtigen Stellen – und die zweihundert Pfund waren angesichts der Dinge, die es für mich tat, ein Klacks.

Als ich jetzt Alecs Miene sehe, weiß ich, dass ich die richtige Entscheidung getroffen habe.

»Weißt du eigentlich, wie hübsch du aussiehst? Ich glaube nicht, dass ich heute Abend noch einmal den Blick von dir wenden kann.«

»Damit komme ich klar«, entgegne ich und ergreife seine Hand. »Bist du bereit?«

»Absolut.«

Ich mache die Tür zum Esszimmer auf, und Debs springt von ihrem Sessel auf, um zu uns zu kommen.

Debs ist toll. Großzügig genug, um so zu tun, als hätte ich sie niemals zurechtgewiesen und niemals aufgefordert, Mum nichts von Alec und mir zu sagen. Und aufmerksam genug, um mir beim Stylen in meinem Zimmer zu sagen, dass Mum bewusst wäre, dass es nur ein Date war, und dass ich nicht meine Zukunftspläne vor ihr ausbreiten müsste.

»Jetzt seht euch beide nur an«, sprudelt sie hervor.

»Alec, das ist Debs, Mums Pflegerin.« Wenn ich sie lassen würde, würde Debs Alec mit Fragen löchern und ihm Komplimente machen, bis wir aufbrechen müssten. Aber es ist nicht Debs, die Alec kennenlernen soll.

Glücklicherweise ist er sich dessen selbst durchaus bewusst. Er schüttelt Debs höflich die Hand, sagt ihr, dass er sich freut, sie kennenzulernen, und wendet sich dann Mum zu.

»Hi, ich bin Alec. Die hier sind für Sie.« Statt zu versuchen, sie meiner Mum in die Hände zu drücken, legt er die Blumen auf den Tisch neben ihrem Bett. »Darf ich sagen, was für eine wundervolle Tochter Sie haben? Ich kann mich wirklich glücklich schätzen.«

Mum lächelt Alec aus ihrem Sessel heraus an, und ich frage mich, ob Alec wohl trotz meiner Warnungen erwartet, dass sie ihm antworten wird. Es entsteht eine kleine Pause. Als Mum nichts sagt, erzählt Alec ihr von dem Ball und dem guten Zweck, für den er ist – für eine Wohltätigkeitsorganisation namens *Whispers*, die seine Mum ins Leben gerufen hat, um den Eltern kranker Kinder zu helfen, nachdem Alec aufgrund eines Herzfehlers praktisch sein gesamtes erstes Lebensjahr im Krankenhaus verbringen musste. Es ist schwer zu glauben, dass Alec einmal klein und verletzbar war. Zu hören, dass er es war, bringt mich ihm nur noch näher.

Er unterhält sich sehr aufmerksam mit Mum und achtet darauf, ihr keine Fragen zu stellen, die sie nicht beantworten kann. Mum lächelt ihn die ganze Zeit über an. Sie wünscht sich offensichtlich, dass er weiterredet. Debs und ich schweigen. Ich wende mich Debs zu, lächele sie an und hebe einen Daumen. Im Gegenzug zieht sie eine ihrer ein bisschen zu stark gezupften Augenbrauen hoch und formt mit den Lippen stumm die Worte: »Er ist toll.«

»Nun, Mrs. Hyland, wir sollten dann jetzt mal losfahren«, sagt Alec zu Mum, nachdem er fünf Minuten mit ihr geplaudert hat. »Das Essen beginnt um halb acht, und meine Mum wird den ganzen Abend lang sauer auf mich sein, wenn ich zu spät erscheine. Ich werde Jess um Mitternacht zurückbringen.«

»Sie ist doch nicht Cinderella, Schätzchen«, sagt Debs zu ihm, und wir lachen.

Ich gebe Mum einen Gutenachtkuss und küsse auch Debs auf die Wange. Alec sagt Mum und Debs, dass er sich gefreut hat, sie kennengelernt zu haben. Und nachdem wir das Zimmer verlassen haben und ich die Tür hinter uns geschlossen habe, flüstert er mir zu: »Das habe ich wirklich.«

Während der Autofahrt nach Leeds ist Alec ganz still. Obwohl er die Hand auf mein Knie gelegt hat und mit dem Daumen über mein smaragdgrünes Kleid streichelt, stimmt irgendetwas nicht. Meine Mum zu treffen, hat ihn aufgewühlt. Es muss ihm bewusst gemacht haben, was mir bevorsteht. Es war, wie ich es erwartet habe: Bis zum heutigen Abend war ihm nicht klar, wie ernst diese Erkrankung ist und was sie mit einem Menschen und aus einem Menschen macht. Jetzt ist ihm das bewusst.

War es die falsche Entscheidung, das Kennenlernen der beiden zuzulassen? Als ich es vorschlug, dachte ich dabei an Mum und wie gut es ihr gefallen würde zu sehen, wie ich mich für dieses Event herausgeputzt habe und wie sehr ich sie glücklich machen will. Dass Mum heute Abend Alec kennengelernt hat, habe ich um ihretwillen eingefädelt. Ich habe mir von ihm versichern lassen, dass es für ihn in Ordnung wäre, weil ich es wollte. Für mich. Für Mum.

»Hör auf, an deiner Unterlippe zu nagen. Alles lief doch gut.« Ich drehe meinen Kopf vom Fenster zu Alec. Er blickt mich an.

»Findest du?«

»Ja, es lief toll. Mach dir keine Sorgen, ja?«

»Wenn es so toll gelaufen ist, warum hast du dann in der letzten halben Stunde keinen Ton gesagt? Mum zu sehen, war ein Schock für dich, oder?«

»Nein, das würde ich so nicht sagen. Sie war reizend und hat während unseres gesamten Besuchs nicht aufgehört zu lächeln. Und wie sie dich ansieht, Jess! Man merkt ihr an, wie stolz sie auf dich ist. Wie auch immer … Ich wusste, was mich erwartet. – Wenn du es unbedingt wissen willst … ich habe über unser Arrangement nachgedacht. Und über deine Gründe für unsere Regelung.«

»Was ist mit den Gründen?«

Eigentlich rechne ich damit, dass er wieder zu einer Rede ansetzt, um mich davon zu überzeugen, dass ich die Sache falsch sehe. Aber er überrascht mich, indem er den Kopf schüttelt.

»Lass uns nicht jetzt darüber reden. Wir sind gleich da. Lass uns einfach den Abend genießen.«

»Okay«, sage ich argwöhnisch.

»Okay«, wiederholt er, ergreift meine Hand und küsst sie.

Kapitel 25

Das *Ellesmere* ist ein prachtvolles, elegantes Hotel im Herzen von Leeds. Die alten Mauern aus Ziegelsteinen werden von bunten Spotlights beleuchtet, die eine Art funkelnde Lichterbänder auf der goldbraunen Fassade bilden. Im Inneren des Gebäudes verströmt auch die Lobby den Glanz alter Zeiten: Sie ist durch und durch klassisch. Wir schreiten über den schwarz-weißen Marmorfußboden in Richtung des verspiegelten Lifts und kommen dabei an der Rezeption vorbei, wo eine handgefertigte Anschlagtafel, die mit zahllosen Pailletten besetzt ist, uns in geschwungenen goldenen Lettern wissen lässt, dass der alljährliche Ball von *Whispers* im Festsaal im ersten Stock stattfindet.

Während wir auf den Aufzug warten, drehe ich mich zur Lobby um, durch die wir gerade gekommen sind. Zwischen den Touristen, den erschöpften Geschäftsleuten und den anderen Gästen in Smoking und Ballkleidern ertappe ich ein paar Leute, die eilig die Blicke abwenden, als ich sie ansehe. Alec und ich geben heute in unserer Abendgarderobe bestimmt ein tolles Bild ab. Ich sehe zu Alec, um zu schauen, ob es ihm auch aufgefallen ist, doch er hat die Augen niedergeschlagen.

Endlich kommt der Lift, und um uns breitet sich in der Kabine eine drückende Stille aus. Es ist die Art von Schweigen, die man nicht mit ein bisschen Geplauder beenden kann. Warum nur musste er im Wagen unser Arrangement ansprechen? Wir sollten den heutigen Abend genießen und uns keine Gedanken über später machen. Es ist das erste Mal, dass Alec mir diese Seite von sich gezeigt hat. Und ich muss zugeben, dass ich den Abend lieber mit dem charmanten oder dem lustigen Alec verbringen würde als mit dem missmutigen. Ich sehe ihn an und hoffe, eine Spur von seinem üblichen Ich zu entdecken, aber seine Miene bleibt undurchdringlich.

Nachdem der Lift im ersten Stock angehalten hat und die Türen aufgleiten, geht Alec hinaus, ohne auf mich zu warten. Ich versuche, ihn einzuholen, doch er geht so schnell voraus, dass es mir nicht gelingt. Er stößt die Tür zum Ballsaal auf und geht allein hinein.

Wir sollten eigentlich Arm in Arm dort erscheinen und seinen Eltern gemeinsam und mit einem strahlenden Lächeln gegenübertreten. Stattdessen muss ich mich beeilen, die schwere Holztür aufzuhalten, bevor sie vor meiner Nase ins Schloss fällt.

Selbst ungeschmückt wäre der Ballsaal mit der goldenen Decke, dem Art-déco-Boden und den Marmorsäulen schon beeindruckend gewesen. Aber mit den unzähligen Kerzen in den gläsernen Windlichtern, die auf dem Boden verteilt stehen, und den Dutzenden von üppigen Sträußen aus weißen Rosen, die die Tische zieren, ist er schier atemberaubend.

Alec läuft ein paar Meter vor mir und begrüßt gerade eine zierliche Frau in einem ärmellosen Cocktailkleid aus schwarzem Samt, das sich perfekt an ihren schlanken Körper schmiegt und knapp unter ihren Knien endet, sodass ihre wundervollen Beine und die goldenen Pumps gut zur Geltung kommen. Sie wäre das Paradebeispiel für Eleganz, wenn ihre kurzen Haare nicht an den Spitzen abstehen und eine Farbe haben würden, die nur aus einer Flasche mit dem Aufdruck »Kirschrot« stammen kann. Der Gegensatz zwischen der eleganten Kleidung und dem punkigen Haar funktioniert wunderbar – von allen Frauen im Saal fällt sie wohl am meisten auf.

Ich trete zu Alec und bemerke, wie die Frau Alec anstrahlt und mit der Hand unablässig über seinen Arm streichelt, während sie sich mit ihm unterhält. Alecs Gesicht dagegen wirkt verkniffen. Seine Antworten auf ihre Fragen sind außergewöhnlich knapp – es kommt mir fast so vor, als fürchtete er sich davor, was ihm über die Lippen kommen könnte, wenn er sich nicht so zusammenreißen würde.

»Hallo«, sage ich, als die Frau ihren Blick von Alec zu mir wendet.

»Mum, das ist Jess.«

»Hallo, Jess. Hübsches Kleid«, sagt sie, doch es ist fast so, als hätte jemand mit einem Waschlappen den warmherzigen Ausdruck von ihrem Gesicht gewischt, den sie ihrem Sohn noch gezeigt hat. »Wenn ihr mich jetzt entschuldigen würdet? Diese unfähigen Kellner sollten eigentlich längst die Canapés servieren. Ich muss mal einen Blick hinter die Kulissen werfen, um herauszufinden, was zum Teufel da los ist.«

»Tut mir leid wegen Mum«, sagt Alec, sobald sie in die Küche verschwunden ist. »Sie ist gestresst. Sie möchte, dass heute Abend alles perfekt funktioniert.«

Ich will ihm sagen, dass ihre kühle Art bestimmt nichts mit dem Ball zu tun hat und dass mich eher interessieren würde, warum *er* sich so komisch verhält – aber dazu bekomme ich nicht die Gelegenheit. Ein rotgesichtiger Mann in einem Smoking, der ihm eine Nummer zu klein ist, erblickt Alec und winkt ihn vom anderen Ende des Ballsaals aus zu sich heran.

Wieder läuft Alec einfach los und schlängelt sich zwischen den Tischen hindurch, ohne einen Gedanken daran zu verschwenden, vielleicht mal auf mich zu warten.

»Dad, das hier ist Jess«, sagt er, als ich ihn endlich eingeholt habe. Seine Stimme klingt so freudlos, wie ich mich vermutlich für den Rest des Abends fühlen werde.

»Ah! Wie nett, Sie kennenzulernen«, platzt Alecs Dad heraus, schließt mich in die Arme und drückt mich fest. Ich nehme den Duft seines Mundwassers wahr. »Reizend. Ich habe mich so gefreut, als Alec sagte, dass er Sie mitbringen würde.«

»Danke«, entgegne ich und streiche, als er mich wieder losgelassen hat, mein Kleid glatt.

»Und? Wie habt ihr beide euch kennengelernt?«

»Durch Alecs Arbeit«, antworte ich.

»Ah, reizend. Also, dann arbeiten Sie wohl auch in der Bar?«

»Nein, Dad. Jess wollte damit sagen, dass sie und ihre Kollegen in die Bar kommen und trinken, während ich meine Arbeit mache und sie bediene.«

»Aha!« Er fängt an zu lachen. Es ist ein bellendes Lachen, zu dem nur Männer über sechzig mit Bierbäuchen in der Lage sind. »Sehr gut. Klingt, als hätten Sie die richtige Vorstellung davon, wie es zu laufen hat, Jess. Hör mal, Alec, misch dich doch bitte ein bisschen unter die anderen Gäste, ehe du dich an die Bar verdrückst. Deine Mutter ist ziemlich angespannt. Ich habe ihr schon gesagt, dass es keinen Grund zur Sorge gibt. Schließlich sind es dieselben Gäste, die seit zehn Jahren jedes Jahr kommen, also wissen sie, wie es läuft. Aber du kennst ja deine Mutter. Jedes Jahr muss sie noch mehr Spenden sammeln als im Jahr davor. Wenn sie sieht, dass du dich mit einigen Leuten aus dem Golfclub unterhältst und wie üblich fallen lässt, wie toll und spektakulär die Auktion wieder werden wird, wird sie sich gleich besser fühlen. Oh Mist, ich werde gebraucht. Wir sehen uns später.«

Vor einer kleinen Bühne, auf der in Folie eingepackte Präsentkörbe stehen, winkt Alecs Mum hektisch ihrem Mann zu, damit er zu ihr kommt. Ich habe etwas Mitleid mit ihm, als er sein Bierglas abstellt und sich mit roten Wangen zwischen den Gästen zu ihr hindurchkämpft.

Es tut mir auch leid, dass er mich und Alec allein lässt. Mit ihm an seiner Seite schien Alec sich zumindest ein wenig zu entspannen. Nachdem sein Dad nun verschwunden ist, hat Alec wieder das Gesicht verzogen, und das Gefühl der Distanziertheit zwischen uns ist auch wieder da.

»Geht es dir gut? Du wirkst so angespannt.«

Er blickt zu dem Gewühl an der Tür, das immer größer wird, je mehr Gäste erscheinen. »Ich bin überhaupt nicht angespannt«, antwortet er. Und zwar sehr angespannt.

»Wenn du meinst ... Glaubst du, wir könnten uns jetzt einen Drink holen?«

»Klar. Komm mit.«

Alecs Mum hat die Bar mit Teelichten und Rosmarin- und Lavendelzweigen dekoriert. Aus der Entfernung sieht es unglaublich hübsch aus. Doch als ich an der Bar stehe und vor lauter Dekoration nicht weiß, wohin mit meinen Ellbogen – geschweige denn wohin mit den Drinks –, entpuppt sich die Idee als irgendwie nicht ganz zu Ende gedacht.

»Rosmarin zu Ihrem Bier, der Herr?«, frage ich Alec, nehme einen Zweig und halte ihn unter seine Nase. Alec schenkt mir keine Aufmerksamkeit. Sein Blick ist auf das Ende der Bar gerichtet. Was auch immer er dort gesehen hat, hat sämtliche Farbe aus seinem Gesicht weichen lassen. Ich folge seinem Blick und sehe eine hübsche blonde Frau in einem schwarzen bodenlangen Kleid mit einem raffinierten Kragen aus Organza, der ihr bis zu den Ohren reicht.

»Was zum Teufel ...«

Er geht ... nein, er *stürmt* auf sie zu, und ich folge ihm. Ich bin mir sicher, dass ich weiß, wer sie ist.

»Alec«, sagt die Frau und tut so, als wäre sie überrascht, ihn zu erblicken, obwohl sie mit Sicherheit schon die ganze Zeit auf ihn gewartet hat.

»Was machst du hier?«

»Sei doch nicht so! Deine Mum hat mich eingeladen. Sie weiß, wie sehr ich dieses Event liebe. Und da es für einen guten Zweck ist, haben wir gehofft, dass du auch etwas milde gestimmt sein würdest. Was allerdings offensichtlich nicht der Fall ist.«

»Ellie, du hast nicht das Recht, hier aufzukreuzen«, knurrt er, und mühsam unterdrückte Wut schwingt in seinen Worten mit.

»Sie hat jedes Recht, hier zu sein«, sagt eine junge Frau hinter uns. Bevor ich mich umdrehen kann, spüre ich die bohrenden Blicke schon in meinem Rücken. Als ich sie ansehe, starrt sie mich mit so viel Feindseligkeit in den Augen an, dass sich mein Magen unwillkürlich zusammenzieht. Neben ihr steht ein Mann, der eine gewisse Ähnlichkeit mit Alec hat – abgesehen davon, dass er etwas weniger gut aussehend ist und so wirkt, als würde er in diesem Moment gern im Boden versinken.

»Hannah, halte dich da raus«, sagt Alec zu ihr.

»Das werde ich nicht! Wir sind Ellies Freunde. Deine Familie ist auch ihre Familie. Und dass du beschlossen hast, abzuhauen und sie sitzen zu lassen, bedeutet nicht, dass der Rest von uns das auch tun wird.«

Ellie sagt nichts. Sie nippt nur an ihrem Prosecco, ohne dass er weniger werden würde. Dann zieht sie Hannah zu sich heran und drückt ihren Arm, damit sie aufhört zu reden. Sie zerrt sie hinter sich her die Theke entlang, bleibt schließlich stehen und redet flüsternd auf sie ein. Falls Ellie bemerkt hat, dass ich neben Alec stehe, hat sie es sich nicht anmerken lassen.

»Schön, dich zu sehen, Kumpel«, sagt Tom, als Hannahs Ausbruch ein bisschen verhallt ist.

»Ich freue mich auch, dich zu sehen.«

Die zwei schütteln sich beidhändig die Hände, wie man es manchmal bei Präsidenten oder anderen Würdenträgern sieht, die zeigen wollen, dass sie ihr Gegenüber so sehr wertschätzen und mögen, dass eine Hand für den Handschlag nicht ausreicht.

»Hi, Jess. Es ist schön, dich endlich kennenzulernen! Tut mir leid, dass wir im Pub nicht länger bleiben konnten. Wenn das Baby noch zehn Minuten länger durchgehalten hätte, dann hättest du wenigstens noch unseren tollpatschigen Abgang mitbekommen. Du musst Alec an dem Tag für den reinsten Soziopathen gehalten haben, der dich zu einem Treffen mit Freunden in einen Pub lockt und dann ganz allein dort auf dich wartet.«

»Ja, genau das ist mir durch den Kopf geschossen. Ich war mir bis zu dieser Sekunde ehrlich gesagt nicht sicher, ob es euch tatsächlich gibt oder ob er sich euch nur ausgedacht hat. Deshalb freue ich mich umso mehr, dich kennenzulernen. Ich hole uns mal eben etwas zu trinken. Was hättest du denn gern?«

»*Doom-Bar*-Bier für mich, wenn sie das haben. Willst du das Gleiche, Kumpel?«, fragt er Alec.

»Nein. Ich muss leider fahren. Ich muss sie hier zu einer anständigen Uhrzeit nach Hause bringen, weil sie morgen zur Arbeit muss. Eine Diät-Cola, bitte.«

Der Hass scheint immer noch aus Hannah zu strömen wie Wasserdampf aus einem Kessel, aber sie ist Toms Ehefrau, also gehe ich zu ihr und Ellie. »Kann ich euch auch etwas zu trinken mitbringen?«

Sie antworten mir gar nicht.

»Hannah, sie hat dir eine Frage gestellt«, sagt Tom.

»Ich weiß. Allerdings weigere ich mich, mit dem Schmuckstück zu reden, mit dem Alec heute Abend herumstolziert, als würde Ellie gar nicht existieren. Du arroganter Arsch«, sagt sie und richtet die letzten Worte direkt an Alec.

»Tut mir leid, Kumpel«, sagt Tom leise, als Ellie und Hannah einander unterhaken und durch den Saal zu der kleinen Bühne gehen, wo Alecs Mum gerade alles vorbereitet. Ich beobachte, wie Alecs Mum ihre Arbeit unterbricht, um Ellie zu trösten und sie fest in die Arme zu schließen. Dabei wirft sie mir über Ellies Schulter hinweg einen Blick zu.

Tom, der gefangen ist zwischen dem Wunsch, mit seinem guten Freund zu plaudern und ein Bier zu trinken, und dem Zorn seiner Ehefrau, sieht resigniert von einem zum anderen und folgt seiner Frau.

»Es tut mir so leid«, sagt Alec zu mir. »Ich schwöre dir, dass ich keine Ahnung hatte, dass Ellie heute Abend auch hier sein würde. Und was Hannah betrifft, habe ich sie noch nie in meinem ganzen Leben *so* gesehen – und ich kenne sie wirklich schon *sehr* lange.«

Ich nehme einen großen Schluck von meinem Gin Tonic, bevor ich darauf antworte. Als ich das Glas wieder herunternehme, bemerke ich, dass ich in einem Zug die Hälfte ausgetrunken habe.

»Mach dir keine Gedanken um mich. Ich kenne sie nicht. Mir geht es gut. Um dich mache ich mir Sorgen. Du hast bisher den Abend damit zugebracht, dich entweder zu entschuldigen oder mich zu ignorieren. Und jetzt das. Was ist denn nur los?«

Er lässt sich auf einen Barhocker sinken.

»Die Wahrheit ist, dass ich seit einer ganzen Weile nicht mehr zu Hause war. Vor Weihnachten zuletzt. Und ich denke, es war vielleicht ein Fehler, nicht allein gekommen zu sein.«

»Verstehe.« Meine Kehle ist mit einem Mal wie zugeschnürt. Ich trinke mein Glas aus und versuche, den Kloß in meinem Hals hinunterzuspülen. »Tja, es tut mir leid, wenn ich dir Umstände bereitet und dich in Verlegenheit gebracht habe. Da gibt es allerdings eine ganz einfache Lösung. Auf Wiedersehen, Alec.«

»Warte«, sagt Alec und ergreift meinen Arm. »Das hast du falsch verstanden. Du bereitest mir keine Umstände und bringst mich auch nicht in Verlegenheit. Wie kommst du überhaupt darauf? Ich bin stolz, heute Abend mit dir zusammen hier zu sein. Das habe ich überhaupt nicht gemeint. Hör mal, ich hätte dir im Vorfeld einiges sagen sollen – Dinge, die du hättest wissen müssen, ehe du hierhergekommen bist. Doch wegen des Verfallsdatums unserer Beziehung wusste ich nicht, ob ich dich damit überhaupt belasten sollte.«

Ich seufze. »Kannst du mir jetzt bitte sagen, wovon du eigentlich sprichst?«

»Es geht um Ellie. Nachdem ich mein Leben in die Hand genommen habe und klar war, dass ich nicht zu ihr zurückkehren würde, hat Ellie für sich beschlossen, dass sie es nicht ertragen kann, ohne mich zu leben. Du weißt, dass ich ganz und gar über sie hinweg bin, oder? Ich würde niemals zu ihr zurückkehren, aber sie glaubt mir nicht. Sie denkt, dass ich zu ihr zurückkommen werde, wenn sie mir nur zeigen kann, was mir hier entgeht. Sie hat sich absolut hinterhältig verhalten. Zuerst hat sie von all unseren Freunden verlangt, Partei zu ergreifen. Bis auf Tom haben die Jungs mich nicht mehr damit in Ruhe gelassen, dass ich wieder mit Ellie zusammenkommen soll, damit alles so wird wie früher ... *easy*. Und was die Ladys betrifft ... Tja, sie hat ihnen offenbar sehr zugesetzt, wenn ich mir so ansehe, wie Hannahs Begrüßung ausgefallen ist.«

»Beachte nicht weiter, was sie gesagt hat. Es ist nicht arrogant, wenn man nach vorn blickt und sein Leben in die Hand nimmt.«

»Danke. Das weiß ich. Und dass man mich arrogant nennt, bin ich schon gewohnt. Das gehört zum Job eines Barkeepers dazu, der sich nicht jede Nacht von einer anderen Frau flachlegen lassen will. Es gefällt mir nur nicht, dass Hannah diejenige ist, die es zu mir sagt – immerhin waren wir einmal sehr gut befreundet.«

»In dem Fall wird sie irgendwann einsehen, dass sie Mist geredet hat, Alec. Mach dir keine Sorgen.«

»Ich hoffe es. Doch als wenn die Sache mit Hannah nicht schon reichen würde, hat Ellie auch noch meine Mum bearbeitet. Sie hat sich wieder in Mums Leben geschlichen, hat sich wie die zukünftige Schwiegertochter verhalten, hat sie zum Mittagessen ausgeführt und ist mit ihr in Ausstellungen gegangen. Mum hat Ellie immer gemocht, und jetzt hört sie nicht damit auf, mich zu bedrängen, wieder zu ihr zurückzukehren. Ich hätte allerdings nie damit gerechnet, dass sie so krass sein und Ellie zum Ball einladen könnte. Ich muss mit ihr darüber reden. Das Schlimmste ist: Ich wollte, dass Mum und Dad dich heute Abend kennenlernen, dass sie – wie ich –

deinem Charme verfallen und dass sie sehen, dass ich nach vorn blicke. Da Ellie jedoch hier ist, wird sich dieser Wunsch wohl nicht erfüllen. Es tut mir leid, dass du in diesen ganzen Mist hineingezogen worden bist.«

Ich sollte etwas sagen. Aber ich habe keine Ahnung, was Alec hören will. Ich könnte ihm sagen, dass es ungeheuerlich von Ellie ist, hier aufzutauchen, und dass er jederzeit mit mir darüber reden kann. Oder ich könnte ihm die Wahrheit sagen: dass das alles hier für mich keine Rolle spielen sollte. Das hier ist unser viertes Date. Noch zwei Dates, dann bin ich aus seinem Leben verschwunden. Falls er, obwohl er jetzt etwas anderes sagt, am Ende doch zu Ellie zurückkehren will, steht ihm das absolut frei.

Ich begnüge mich damit, ihm einen Kuss auf die Wange zu geben und das Thema zu wechseln.

»Mach dir keine Gedanken über mich. Lass uns einfach den Rest dieses wundervollen Balls in unseren tollen Klamotten genießen und Spaß haben.«

Der DJ hat den ersten Song aufgelegt. Es ist mir egal, dass die Tanzfläche noch völlig leer und der Sound nicht so optimal ist, weil der DJ in die hinterste Ecke des Saals verbannt wurde, damit die Gegenstände der Auktion auf der Bühne aufgebaut werden können. Ich ergreife Alecs Hand und ziehe ihn hinter mir her in die Mitte des Saals.

Es ist ein sehr gemischtes Set, für das der DJ sich entschieden hat. Nachdem Lionel Richie mit seinem Tanz an der Decke fertig ist, singen Little Mix ihr »Shout Out to My Ex«. Alec und ich stehen einander gegenüber, hüpfen verlegen von einem Bein auf das andere und werfen ab und an die Arme in die Luft. Ich beginne, meine Entscheidung zu bereuen, als der DJ glücklicherweise Mitleid mit uns bekommt, den Song abrupt beendet und stattdessen ein langsames Lied von Ed Sheeran auflegt. Alec macht einen Schritt auf mich zu und schlingt die Arme um meine Taille. Ich lege die Arme um seinen Hals, und wir beginnen, uns im Takt der Musik zu wiegen. Wir tanzen für unser Publikum – also, ich zumindest. Ellie, Hannah und Alecs Mum beobachten uns. Ich kann ihre offenen Münder von hier aus erkennen. Ich möchte Alec helfen und ihnen zeigen, dass er die Vergangenheit hinter sich gelassen hat und nach vorn blickt. Er hat es nicht verdient, heute Abend verurteilt zu werden. Und er hat es nicht verdient, dass man ihn dazu zwingen will, wieder mit Ellie zusammenzukommen. Er hat es verdient, wenigstens einen Menschen an seiner Seite zu haben, der für ihn einsteht.

Aber als ich seinen Duft einatme, seine Wärme spüre, seinen Körper an meinem fühle, als wir uns über die Tanzfläche bewegen, ist es mehr als nur das. Ich halte ihn fest, will ihn nicht loslassen, denn wenn ich es tue, könnte er möglicherweise zu ihnen gehen. Er würde vielleicht anfangen, mit Ellie zu reden, und erkennen, dass er doch froh ist, dass sie gekommen ist. Er hat mir schon mal erzählt, wie leicht es in der Vergangenheit für sie war, sich wieder aufeinander einzulassen und ihrer Beziehung noch eine Chance zu geben. Was wäre denn, wenn es heute Abend genauso läuft? Ich bleibe stehen und warte, bis Alec ebenfalls innehält. Dann küsse ich ihn vor den Augen aller anderen Gäste leidenschaftlich auf den Mund.

Wir bleiben auf der Tanzfläche, bis es an der Zeit ist zu essen. Endlich kommen auch andere Paare auf die Tanzfläche, und Alec und ich bemühen uns, nicht über ihren Tanzstil zu kichern. Es wird mehr als deutlich, dass wir mit Abstand die jüngsten Leute auf dem Ball sind. Die anderen Tänzer sind eher im Alter von Alecs Eltern und bewegen sich alle gleich: Sie schnipsen mit den Fingern und zucken ab und zu mit den Schultern – egal, welcher Song gerade läuft.

Als der DJ verkündet, dass wir uns an die Tische begeben sollen, habe ich einen Bärenhunger. Alec führt mich an einen Tisch, an dem seine Eltern bereits Platz genommen haben. Ellie, Tom und Hannah sitzen an einem Tisch in der Nähe des Ausgangs. Es ist ein Segen, dass seine Mum uns nicht alle zusammen an einen Tisch gesetzt hat. Ich habe den Platz neben seiner Mutter. Konzentriert schaue ich in die Speisekarte, um Alecs Mum nicht ansehen zu müssen.

Meine Bemühungen sind überflüssig. Nachdem sie uns zusammen tanzen gesehen hat, hat ihr Verhalten mir gegenüber sich vollkommen verändert. Sofort bietet sie mir Wein an und schenkt mir ein, bis das Glas voll ist. Dann wendet sie sich mir auf dem Stuhl zu und beginnt, mit mir zu plaudern, als würde sie sich wahnsinnig darüber freuen, neben mir sitzen zu dürfen. Auf keinen Fall hat Alec ihr von unserer zeitlich begrenzten Beziehung oder von den Gründen dafür erzählt, und dennoch führt sie die Unterhaltung sehr besonnen und vorsichtig. Sie bedrängt mich nicht, ist locker, entspannt und warmherzig und redet vor allem über den schönen Abend, den wir gemeinsam erleben, und über den Menschen, der uns verbindet. Als sie sich mit den anderen Gästen am Tisch unterhält, huscht ihr Blick unfreiwillig zu Alec. Sie sehen einander an, und sie formt stumm mit den Lippen: »Es tut mir leid.«

Nach der köstlichen Vorspeise, bestehend aus Riesengarnelen und Jakobsmuscheln in Knoblauchbutter, entschuldige ich mich und verschwinde auf die Damentoilette. Ich bin erleichtert, kurz der geballten Aufmerksamkeit zu entkommen und einen Moment für mich zu haben. Die Damentoilette sieht genauso aus, wie ich es erwartet habe: Es gibt exklusive Seifen, ein Tablett mit Parfüms und frische flauschige Handtücher statt eines Handtrockners. Ich könnte hier gut und gern eine Weile verbringen, aber leider ergibt sich diese Möglichkeit nicht. Plötzlich öffnet sich die Tür einer Toilettenkabine, und heraus kommt Ellie, die sich mit einem Taschentuch die Augen trocknet. Ihre Wimperntusche ist verlaufen.

»Hi«, sage ich.

»Oh. Ich dachte, ich wäre allein.«

»Tut mir leid. Ich lasse dich in Ruhe.«

»Nein, ist schon gut. Ich gehe. Du hast gewonnen.« Anders als bei ihrer Freundin schwingt in ihrer Stimme keine Bösartigkeit mit, sondern nur schmerzvolle Resignation.

»Gewonnen? Ich habe überhaupt nichts gewonnen.«

»Doch, das hast du. Du hast ihn gewonnen. Er ist ganz vernarrt in dich. Ihr beide zusammen …« Ihre Stimme erstirbt, und sie stürmt an mir vorbei durch die Tür nach draußen.

Ich frage mich nicht, was sie sagen wollte. Sie hat es selbst gesehen. Seine Mum hat es gesehen. Ich habe es auch gesehen, obwohl ich es nicht sehen wollte. Alec und ich passen perfekt zusammen.

Und nach zwei weiteren Dates wird er kein Teil meines Lebens mehr sein.

Kapitel 26

»Debs, ich bin spät dran. Wir sehen uns nachher«, rufe ich in die Küche.

Sie erwidert nichts. Die Gartentür steht einen Spaltbreit offen, und ich sehe sie im Garten stehen. Sie hält eine Tasse Tee in den Händen. Wie dünne Fäden steigt der Dampf aus der Tasse hinauf, bevor er vom dichten Morgennebel verschluckt wird.

Dass ich verschlafen habe, hat nichts daran geändert, dass ich nach dem Ball unglaublich müde bin. Wenn ich jetzt nicht das Haus verlasse, werde ich die letzte Metro verpassen, die mich pünktlich zur Arbeit bringen könnte. Aber irgendetwas an Debs lässt mich wie angewurzelt stehen bleiben. Soweit ich weiß, hat Debs noch nie einen Fuß in den Garten gesetzt. Warum sollte sie auch? Zwischen den Bodenplatten der Terrasse sprießt Unkraut, und der Rasen ist fürchterlich ungepflegt – der Garten ist also alles andere als ein friedlicher Rückzugsort.

Doch es ist etwas an Debs' Haltung, das mich innehalten lässt. Dass sie so still dasteht, obwohl es draußen eiskalt ist, jagt mir einen Schauer über den Rücken.

»Debs?«

»Oh. Hi, Liebes. Was machst du denn immer noch hier?«

»Ich will gerade los.«

Als sie mich nun ansieht, bemerke ich ihre geröteten Augen und die Flecken auf ihrem Gesicht, die mit Sicherheit von ihren Tränen stammen. Sie hat geweint. Und zwar heftig.

Ich muss diese Frage stellen: »Ist mit Mum alles in Ordnung?«

»Mit deiner Mum? Ja, deiner Mum geht es gut. Sie schläft. Ich … äh … Ich wollte nur kurz frische Luft schnappen. Kopfschmerzen.«

Es ist eine Erleichterung zu hören, dass es nicht an Mum, sondern an Debs' eigenen Problemen liegt, dass sie weinen musste. *Oh Mann.* Da steht Debs vor mir, ist offensichtlich vollkommen aufgelöst, und ich freue mich. Wann bin ich so selbstsüchtig geworden?

»Was ist denn los? Und behaupte nicht, dass es nichts ist, denn ich weiß, dass das eine Lüge wäre.«

Debs laufen Tränen über die Wangen. Es muss unangenehm brennen, weil sie über die schon wunde Haut rinnen.

»Nichts. Also eigentlich nicht. Verglichen mit …«

»Debs, was ist los?«

»Tja, wenn du es unbedingt hören willst: Meine Ehe ist am Ende. Ich habe ihn für immer verlassen.«

»Oh, Debs. Bist du dir sicher?«

»Das bin ich. Als Ray ging, war ich wütend. Ich konnte nicht glauben, dass er, was meinen Job betrifft, so störrisch sein kann. Dann kam er zu mir zurück und war so einsichtig, so lieb und hat sich entschuldigt. Er hat sich um meinetwillen von seiner besten Seite gezeigt. Aber jetzt stellt sich heraus, dass es keine Rolle spielt. Auch wenn er sich noch so viel Mühe gibt, will ich ihn nicht mehr in meiner Nähe haben. Wenn er nicht gegangen wäre, dann wäre es mir vermutlich niemals aufgefallen, doch wir sind einander fremd geworden.«

»Es tut mir leid. Aber du hast ihn doch mal geliebt. Wäre es nicht einen Versuch wert, ihn noch einmal neu kennenzulernen und herauszufinden, ob der Mann, in den du dich einmal verliebt hast, vielleicht noch da ist?«

Sie lacht tränenerstickt auf. »Jess, ich will dir nicht zu nahe treten, Liebes, aber ich finde nicht, dass du in deiner derzeitigen Situation Ratschläge in Sachen Liebe verteilen solltest.«

Sie will nicht gemein sein, tatsächlich zwinkert sie mir zu, als sie das sagt, und ist dankbar, dass ich ihr mit meinen Worten eine Atempause vom Schmerz verschafft habe. Und doch fühlen sich ihre Worte an wie kleine spitze Pfeile, die in meine Richtung geschleudert werden.

»Wie bitte?«

»Komm schon! Du weißt genau, was ich meine. Du willst mir sagen, dass ich weitermachen und die Liebe nicht so einfach aufgeben soll und so weiter. Und du selbst stehst da, hast diesen gut aussehenden, charmanten, höflichen Freund, der übrigens absolut verliebt in dich ist, und bist kurz davor, ihn abzusägen.«

»Das ist etwas ganz anderes«, erwidere ich leise.

»Ich weiß, ich weiß. Trotzdem wäre es gut, selbst auch den Ratschlägen zu folgen, die du gibst.«

Wir stehen Schulter an Schulter und blicken gedankenversunken in den Garten hinaus. Die Wahrheit ist, dass ich die ganze Nacht lang an nichts anderes als an Alec gedacht habe. Und ich bin mir nicht sicher, ob ich es ertragen kann, wieder an ihn zu denken. Ich schüttele kurz den Kopf, um das Thema zu beenden, und erkläre Debs, dass ich für die Arbeit schon sehr spät dran bin. Dann kehre ich ins Haus zurück. Ich sehe noch einmal nach Mum und stürme dann durch die Haustür nach draußen.

Mit den letzten Kollegen komme ich um kurz nach neun ins Büro. Jane ist nicht gerade begeistert. Vorbei sind die Tage, als ich noch die eifrigste Angestellte und jeden Tag als Erste da war, um sie mit einer Tasse Kaffee willkommen zu heißen. Sie kommt mit einem wackeligen Stapel Akten zu mir, der »dringend« ins Archiv gebracht werden muss. Und so werde ich als Strafe für meinen Mangel an Einsatz den Vormittag über in den Keller verbannt.

Tja, nicht mehr lange, Jane. Schon bald ist wieder alles beim Alten.

Eines muss ich ihr lassen – sie hat sich die passende Strafe überlegt. Beim Ablegen der Akten muss man nicht viel nachdenken. Also habe ich Zeit genug, um meine Gedanken schweifen zu lassen, während ich die prallen Akten in die entsprechenden Regale räume, die auch schon ziemlich voll sind. Und es gibt nur eine Sache, zu der meine Gedanken unbedingt schweifen wollen: zu Alec.

In der vergangenen Nacht hat sich unsere Beziehung verändert. Nicht wegen des Tanzens oder des tollen Essens oder des leidenschaftlichen Knutschens in seinem Auto vor unserem Haus, als er mich nach Hause gebracht hat … Es lag vor allem an all den Dingen, die schiefgelaufen sind. Dass ich miterlebt habe, wie unwohl und unsicher Alec sich gefühlt hat, dass er sich von Zeit zu Zeit wie ein Arsch verhalten hat und dass ich irgendwann die Gründe dafür herausgefunden habe, hat dazu geführt, dass ich ihn noch einmal ganz anders kennenlernen durfte. Vor dem gestrigen Abend hatten unsere Dates nichts mit dem echten Leben zu tun. Es gab nur uns beide in unserer kleinen Blase.

Vielleicht hätten wir in dieser Blase bleiben sollen. Vielleicht war der gestrige Abend ein Fehler. So in das Leben des anderen einzutauchen, war ein Schritt, den wir nicht hätten tun sollen. Ich verliebe mich nur noch mehr in ihn. Und uns bleiben nur noch zwei Dates.

Um Mittag kommt Olivia zu mir.

»Da bist du ja. Hast du Lust auf etwas frische Luft und ein Millefeuille?«

»Seltsame Mischung, aber ja, ich glaube schon.«

»Toll.«

Ich folge ihr hinaus und bin froh, dass ich hinter ihr gehe, damit sie die Tränen der Dankbarkeit nicht sieht, die mir gekommen sind, weil sie sich die Mühe gemacht hat, in den Keller zu kommen und mich dort rauszuholen. Wie viel leichter wäre es für sie gewesen, einfach mit dem Aufzug in die Lobby zu fahren und sich ihr Millefeuille allein zu holen. Irgendwie habe ich heute ein bisschen Ablenkung gebraucht, und da ist sie.

»Entschuldige bitte … Das glaube ich ja wohl nicht!«, brüllt Jane und stößt mit den Ellbogen die Leute aus dem

Weg, um zu uns zu gelangen, als sie mitbekommt, dass wir gerade die Lobby verlassen wollen. »Du kannst nicht ernsthaft in die Mittagspause verschwinden – angesichts der Zeit, zu der du heute im Büro aufgetaucht bist. Los, zurück in den Keller.«

Ich will gerade klein beigeben und mich in den Keller trollen, als Olivia sich an mir vorbeischiebt und direkt vor der wütenden Jane aufbaut.

»Jess hat jedes Recht, ihre Mittagspause zu machen, Jane, und das weißt du auch. Es spielt keine Rolle, wann sie heute Morgen hier erschienen ist. Sie hat trotzdem ein Anrecht auf eine Pause, um etwas zu essen. Und falls ein Grund besteht, warum Jess die paar Minuten nachholen sollte, die sie zu spät gekommen ist, bespricht sie das sicherlich sehr gern später mit dir. Und ihr werdet bestimmt eine Lösung finden, die weder das Hungern noch das Anbrüllen quer durch die Lobby beinhaltet.«

Damit zieht Olivia mich hinter sich her nach draußen. Ich wage es nicht, stehen zu bleiben, bis sie mir die Erlaubnis erteilt.

»Das hat sich gut angefühlt«, sagt sie, als wir unseren Platz in der Schlange vor dem *Lettuce and Loaf* eingenommen haben.

»Verdammt, Liv, möchtest du unbedingt gefeuert werden?«

»Sie wird mich nicht feuern. Ich bin tabu«, sagt sie und streichelt sich über den Bauch, der noch nicht sonderlich schwanger, sondern eher so aussieht, als hätte sie ein bisschen zu viel gegessen. »Für die nächsten sechs Monate habe ich nichts zu befürchten.«

»Tja, dann danke ich dir und dem Baby, dass ihr mich gerettet habt.«

»Kein Problem. Wir nutzen unsere Kräfte gern, um bösartige Bürovorsteherinnen niederzuringen. Wie auch immer … Du siehst heute so scheiße aus, dass ich bezweifelte, dass du für dich selbst einstehen kannst. Eigentlich siehst du aus, als würdest du jeden Moment zusammenklappen.«

»Echt? Es ist gestern spät geworden.«

»Mit Alec?«

»Ja.«

»Gut. Dann holen wir uns noch ein zusätzliches Millefeuille, um es uns zu teilen, und du kannst mir alles erzählen.«

So viel dazu, nicht mehr an Alec denken zu müssen.

Wir laufen durch die engen Gassen des Northern Quarters, bis wir Piccadilly Gardens erreichen. »Garten« ist eigentlich zu viel gesagt – es gibt ein paar Rasenflächen zwischen all dem Beton –, doch zumindest ist es eine freie Fläche, es ist ein Stück von der Arbeit entfernt und es gibt viele Bänke, auf die man sich setzen kann.

»Also, warum die Augenringe und deine derangierte Frisur?«, will Olivia wissen, nachdem wir uns gesetzt haben und sie begonnen hat, Stückchen des süßen Teilchens aus ihrer Papiertüte zu zupfen.

»Danke dafür. Es ist gestern einfach spät geworden, das ist auch schon alles.«

»Ich hoffe, es war lang *und* gut.«

»Wir waren auf einem Ball, den seine Mum organisiert hat.«

Olivia hält in der Bewegung inne. Etwas von der Vanillecreme droht auf ihre hellgraue Hose zu tropfen. »Du lernst seine Eltern kennen? Wow! Klingt ernst.«

»Das war es auch. Ernster, als ich eigentlich hatte werden wollen, um ehrlich zu sein.«

»Du meinst, weil alles noch so frisch ist? Oder weil du nicht vorhast, eine ernsthafte Beziehung mit ihm aufzubauen?«

»Letzteres.«

»Oh nein! Du warst in den vergangenen Wochen so glücklich.«

»Das stimmt. Aber es sollte etwas Lockeres sein, um ein bisschen Spaß zu haben. Mehr nicht.«

»Das ist traurig.« Olivia hält inne. Wir betrachten die Tauben, die näher kommen. Sie haben es auf die Krümel abgesehen, die Olivia heruntergefallen sind. »Hör mal, ich verstehe ja, dass das Leben mit deiner Mum und dieser beschissenen Krankheit hart ist. Ich wünschte nur, du würdest selbst erkennen, wie gut du und Alec, wie gut ihr beide zusammenpasst. Es wäre ein Jammer, wenn du das einfach so wegwerfen würdest.«

»Er ist toll«, gebe ich zu. »Unglaublich, um ehrlich zu sein. Doch es sollte nie etwas Ernsthaftes zwischen uns werden. Wir haben die Vereinbarung getroffen, es kurz zu halten und Spaß zu haben.«

»Und jetzt? Wenn er so unglaublich ist, könntest du deine Meinung doch noch ändern, oder?«

»Das kann ich nicht.«

»Aber …«

»Es reicht, Olivia!« Ich fauche eine Schwangere an, die mich gebeten hat, mit ihr auf einer Parkbank zu sitzen und Millefeuille zu essen.

»Okay. Ich werde nichts mehr zu dem Thema sagen.«

Olivia zieht den Rest des Teilchens aus der Papiertüte und beißt hinein. Das hätte das Ende sein können, doch sie schluckt den Bissen hinunter und fängt schon wieder an.

»Du hast dich in den letzten Monaten verändert, weißt du? Vielleicht war die Begegnung mit Alec ja nur Zufall und du hättest dich sowieso verändert. Ich weiß nur, dass du jetzt so offen bist wie noch nie, seit wir uns kennen. Bevor du beschlossen hast, mich einzuweihen, warst du wie ein Geist. Wir konnten dich alle sehen, und du bist auch ab und an nach Feierabend mit uns ausgegangen, aber du warst nicht wirklich … da. Du hast kaum etwas gesagt, kaum etwas von dir preisgegeben. Dann hast du dich mir anvertraut und hast deinen Panzer ein Stück weit verlassen. Seit Alec in dein Leben getreten ist, besteht die Kunst darin, dich mal zum Schweigen zu bringen«, sagt sie und stößt mich freundschaftlich in die

Seite. »Was auch immer der Grund für deine Veränderung war – sie hat dir wirklich gutgetan, Jess, und ich freue mich für dich! Und wenn Alec der Grund dafür ist, würde ich an deiner Stelle ernsthaft darüber nachdenken, ihn nicht gehen zu lassen.«

Kapitel 27

Die Liste, die ich nach der Mittagspause erstelle, bestätigt, was ich längst wusste. Es gibt nur einen Grund, warum ich nicht mit Alec zusammenbleiben kann: Chorea Huntington. Auf der einen Seite des Blattes stehen all die Gründe, warum ich bei ihm sein möchte: Er ist umwerfend; wir haben wundervollen Sex; er ist nett; er bringt mich zum Lachen; er ist reizend zu Mum; er weiß alles über mich und will trotzdem mit mir zusammen sein; er ist der erste echte Mann, mit dem ich nach all den Jungen, die ich kannte, zusammen bin; er tut nicht so, als hätte er alles verstanden; er ist mutig; er gibt mir das Gefühl, mutig zu sein; er würde immer an meiner Seite stehen. Auf der anderen Seite der Liste steht nur der eine einsame Name.

Aber Worte sind nun mal nicht gleichgewichtig. Worte wie »umwerfend« oder »Sex« sind federleicht, wohingegen »Chorea Huntington« das Gewicht von tausend Felsbrocken hat. Mum hat mir gezeigt, *wie viel* Gewicht dieses Wort hat, und ich muss mich darauf vorbereiten, diese Bürde so gut tragen zu können wie möglich. Wenn ich Alec mit hineinziehe, wird die Last für mich nur noch schwerer zu schultern. Doch all die wunderbaren leichten Worte über ihn zu lesen, die eine ganze Reihe bilden, macht es mir noch schwerer, ihn gehen zu lassen.

Mein Stift schwebt noch über der Seite. Ich sollte die Worte rausstreichen, sollte die Liste abhaken. Aber ich kann es nicht. Ich lese sie wieder und wieder, und während ich sie lese, werden die Worte immer bedeutsamer. »Nett«: Das Wort ist nicht so leicht, wie ich zuerst dachte. Er war unglaublich nett, als er von meiner Krankheit erfuhr, und auch unglaublich nett zu meiner Mum. Nicht jeder hätte das getan. Viele wären einfach weggelaufen. »Er bringt mich zum Lachen«: Es ist so lange her, dass ich gelacht, dass ich Glück empfunden und Leichtigkeit erlebt habe. Ich hätte nie geglaubt, jemals wieder Leichtigkeit zu empfinden, doch Alec hat mir das gegeben. Und »Sex«: Mit ihm intim sein zu können, war das größte Geschenk von allen. Der Stift schwebt noch immer über dem Papier, als mir die Erkenntnis kommt: Ich muss die Worte nicht rausstreichen. Noch nicht. Eines Tages werde ich vielleicht alles über Alec und diese Liste vergessen müssen, aber es schadet nicht, noch eine Weile länger an ihm festzuhalten.

Sagen wir: noch einen Monat.

Ich schreibe ihm eine Nachricht und bitte ihn, sich heute Abend im *The Rose* mit mir zu treffen. Wenn ich ihn frage, ob wir unser Arrangement noch verlängern können, möchte ich in der Nähe meines Zuhauses sein, falls er meinem Plan nicht zustimmen sollte. Denn dann möchte ich sofort verschwinden.

Die Höflichkeit und das Bedürfnis, meinen Job zu behalten, gebieten es mir, heute Abend länger zu arbeiten. Ich kann nicht verschwinden, bevor Jane geht, und sie achtet darauf, dass sie bis um Punkt halb sechs im Büro bleibt. Es ist nur noch eine Stunde, bis ich mich mit Alec treffen will, und ich kann auf keinen Fall in den Klamotten dort auftauchen, die ich den ganzen Tag über getragen habe. Schwarze Leggings, eine zerknitterte Tunika und eine alte graue Strickjacke werden mir nicht dabei helfen, ihn von meiner Idee zu überzeugen. Er wird wohl kaum fragen, wo er unterschreiben soll, um noch einen Monat mit einer knittrigen Gouvernante verbringen zu können.

Mum schläft, als ich ins Haus stürme, und ich bin froh darüber. Ich bin gerade im Bad und lege ein paar Schichten *Touche Éclat* auf, als es an der Tür klopft.

»Jess, hast du einen Moment?«

»Eigentlich nicht«, entgegne ich Debs.

»Kannst du bitte versuchen, doch eine Minute zu erübrigen?«

Ich mache die Badezimmertür auf und rechne damit, dass Debs wieder aufgelöst ist und dass es um ihre Ehe geht. Aber ich sehe keine Tränen. Stattdessen hält sie den roten Schnellhefter aus dem Flur in den Händen.

»Ist alles in Ordnung?«

»Ich bin mir nicht sicher. Ich habe in der Mappe nachgesehen, und es scheint, als wäre es deiner Mutter heute nicht besonders gut gegangen. Sie hat nichts gegessen und war ungewöhnlich müde.«

»Glaubst du, dass sie etwas ausbrütet?«

»Vielleicht. Wir müssen sie heute Nacht auf jeden Fall im Auge behalten. Oh«, sagt sie, als sie das Make-up um meine Augen und die Lockenwickler in meinen Haaren bemerkt. »Gehst du heute aus?«

»Ja. Ich wollte mich mit Alec treffen. Ich kann das aber auch wieder absagen.«

»Nein. Tu das nicht. Geh aus und hab Spaß. Ich kann dich ja jederzeit erreichen, wenn ich dich brauche.«

Es war ein Fehler, sich im *The Rose* zu verabreden. Im Fernsehen läuft Fußball, und es ist brechend voll. Jeder Platz ist besetzt. Der einzige Stehplatz befindet sich am Ende des Tresens, wo wir mit Sicherheit den ganzen Abend über geschubst und angerempelt werden. Was noch schlimmer ist: Es ist Alecs Lieblingsmannschaft, die in der Qualifikation für die Europameisterschaft spielt. Eine knappe Unterhaltung während der Halbzeitpause ist nicht unbedingt das, was ich mir vorgestellt habe, um ihm meine Gefühle für ihn zu gestehen.

Ich bestelle zwei Flaschen Bier und gehe damit nach draußen, um auf dem Parkplatz auf ihn zu warten.

»Guten Abend«, sagt er, als er von hinten zu mir tritt. Er schlingt die Arme um meine Taille.

»Dir auch einen guten Abend.«

»Was machen wir hier draußen?«

»Da drinnen ist es total voll. Ich konnte meine eigenen Gedanken nicht verstehen. Hast du Lust auf einen Drink im Biergarten?«

»Du meinst, in dem verlassenen Biergarten mit den durchnässten Stühlen? Im Dunkeln? Klar.«

Es ist eine klare Nacht. Der Himmel über Manchester lässt sogar zwischen den Wolken hindurch einen Blick auf einige Sterne zu. Ich reiche Alec seine Bierflasche, und er küsst mich leidenschaftlich.

»So schön es auch ist … es ist wirklich verdammt kalt. Sollen wir nicht doch hineingehen?«

»Gleich. Ich wollte dich erst noch etwas fragen. Mum geht es heute nicht so gut«, erzähle ich ihm. »Debs hält die Stellung und hat strikte Anweisung, mich anzurufen, falls es ein Problem gibt. Trotzdem sollte ich nicht zu lange wegbleiben.«

»Oh. Hör mal, wenn du das Date lieber verschieben möchtest, ist das okay. Ich verstehe das.«

»Nein, nein. Ehrlich. Es ist schon in Ordnung. Ich hätte abgesagt, wenn ich mir Sorgen gemacht hätte, dass wirklich etwas nicht stimmen könnte. Sie war heute einfach sehr müde und scheint irgendeinen Infekt auszubrüten. Es ist vermutlich nur eine Erkältung, aber da sie nicht mehr oft spricht, ist es nicht leicht zu wissen, was tatsächlich los ist. Sie schlief, als ich losging. Ich hoffe und drücke die Daumen, dass morgen früh alles wieder gut ist.«

»Okay. Wenn du meinst.«

»Ja, das meine ich.« Ich hole tief Luft und beginne. »Also, ich weiß, dass dieses nächste Date sehr plötzlich kommt, doch ich wollte dich wirklich sehen.«

Alec schiebt mir die Haare aus dem Gesicht und streichelt mit den Daumen über meine Wangen.

»Ich wollte dich auch sehen«, murmelt er. »Ich habe den ganzen Tag an dich gedacht.«

»Ich auch. An dich, meine ich. Ich habe nicht den ganzen Tag lang an mich gedacht.«

Gott, ich bin so nervös!

»Ja, das habe ich mir schon gedacht.« Er lacht, drückt meinen Arm und ermutigt mich, weiterzureden.

»Wie auch immer … Ich wollte dir sagen, dass die Dates, die wir hatten, mir eine Menge bedeutet haben. Mehr, als ich je für möglich gehalten hätte. Als du vorgeschlagen hast, einen Monat lang zusammen zu verbringen, war ich mir sehr unsicher. Ich hatte mir selbst geschworen, mich auf keinen Menschen mehr einzulassen. Der einzige Grund, warum ich überhaupt zugestimmt habe, war die Abmachung, dass es nur einen Monat lang dauern sollte. Ein Monat war für mich nichts. Ich dachte, wir hätten ein bisschen Spaß miteinander, und das wäre es dann.«

»Das war der Plan«, sagt er, und ein trauriger Ausdruck huscht über sein Gesicht. »Ich dachte, einen Monat mit dir verbringen und dich einen Monat lang kennenlernen zu können, wäre besser als nichts. Und ich hatte recht. Ich habe darüber nachgedacht: Wenn du nicht die Diagnose Chorea Huntington bekommen hättest, dann hätte ich niemals diese Chance bekommen. Ich glaube, du wärst längst mit jemand anders zusammen und vielleicht sogar schon verheiratet. Und selbst wenn du nicht verheiratet und immer noch auf der Suche nach der Liebe und einer Zukunft mit jemandem wärst, hättest du mich vermutlich niemals in Betracht gezogen.«

»Natürlich hätte ich dich in Betracht gezogen. Du bist ein guter Fang, weißt du?«

»Da bin ich mir nicht so sicher. Vielleicht hättest du mich heiß gefunden, vielleicht hätten wir auch eine wilde Nacht miteinander verbracht, aber ich bezweifle, dass mehr daraus geworden wäre. Unter anderen Umständen hätten wir *diesen* Monat zusammen nicht gehabt. Ich bin so dankbar, dass es so gekommen ist, Jess. Ich brauchte das. Hierherzukommen und den Job anzunehmen, war schön und gut, doch das war die praktische Seite daran, nach vorn zu blicken. Ich musste mir selbst beweisen, dass ich auch emotional nach vorn blicken konnte, und du hast mir das ermöglicht.«

»Ich bin froh, dass du es so empfindest. Genau darüber wollte ich mit dir reden. Wie schon gesagt, wollte ich dich etwas fragen. Ich würde mich sehr freuen …«

Ein Vibrieren zu meinen Füßen lässt mich innehalten. Ich bücke mich, um meine Tasche aufzuheben und mein Handy herauszufischen. Ich schlucke schwer, als ich sehe, wer mich da anruft: Debs.

»Ha… Hallo?« Meine Stimme zittert. Obwohl sie versprochen hat, mich anzurufen, sobald es eine Veränderung bei Mum gäbe, würde Debs mich nicht anrufen, wenn es nicht wirklich ein Problem gäbe.

»Jess?«, ruft Debs ins Telefon. Im Hintergrund sind unglaublich viele Geräusche zu hören: Stimmen, Bewegung, Hektik. »Jess, ich bin's. Es tut mir leid, Liebes, aber es geht um deine Mum. Wir sind im Rettungswagen auf dem Weg ins Krankenhaus.«

Kapitel 28

Mein Handy fällt auf den Boden. Alec beugt sich vor, streicht mit den Händen über den feuchten, ungemähten Rasen und versucht, es in der Dunkelheit wiederzufinden.

»Jess?«, sagt er. Seine Miene ist mehr als besorgt, als er mir das Handy in die Hand drückt und einen Blick auf mein Gesicht erhascht.

»Ich muss gehen.« Abrupt stehe ich auf und wundere mich, dass ich es überhaupt schaffe, auf die Beine zu kommen, obwohl doch ein tonnenschweres Gewicht auf meinen Schultern zu lasten scheint – mein schlechtes Gewissen.

»Natürlich.« Er erhebt sich ebenfalls.

»Nein!«, widerspreche ich. »Du bleibst hier.« Das Letzte, was ich will, ist, dass Alec mich begleitet. Mir ist klar, wie unfair das ist, doch im Augenblick kann ich ihn nicht ansehen, ohne ihm einen Teil der Schuld zuzuschieben.

Ich war hier, mit *ihm* – und nicht bei meiner Mum. Ich habe sie verlassen, obwohl ich wusste, dass es ihr nicht gut ging, um mich mit *ihm* treffen zu können.

Alec setzt sich wieder hin. Ich gehe erst zurück auf den Parkplatz – weg von Alec –, ehe ich ein Taxi rufe. Die Luft ist bitterkalt und wirkt wie eine Ohrfeige. Die Strafe für meine falschen Entscheidungen.

Glücklicherweise ist das *Manchester Royal Infirmary* nur ein kleines Stück vom *The Rose* entfernt. Das Taxi erscheint fünf Minuten nachdem ich angerufen habe, und als der Fahrer hört, wohin ich möchte, nickt er nur kurz und rast dann in halsbrecherischem Tempo die Wilmslow Road hinab.

Ich bitte ihn, mich vor der Notaufnahme rauszulassen, wo ich Mum vermute. Im Krankenhaus sitzen unzählige

Menschen im vollen Wartebereich und in den Korridoren – von blutenden Rugbyspielern über ängstliche Eltern mit ihren kranken Kindern bis hin zu älteren Männern und Frauen, die vor sich hin starren und offensichtlich besser ans Warten gewöhnt sind als die anderen. Ich rechne eigentlich damit, in dem Gewühl Debs und Mum zu entdecken, die darauf warten, an der Reihe zu sein, aber ich kann sie nicht finden.

»Entschuldigen Sie, ich suche Susan Hyland, meine Mutter. Sie ist gerade mit dem Rettungswagen eingeliefert worden«, sage ich durch die Glasscheibe hindurch zu der beängstigend unfreundlichen Schwester am Empfang.

»Einen Moment.«

Sie stellt mir unzählige Fragen, die ich alle richtig, jedoch mit wachsender Ungeduld beantworte. Erst danach ist sie bereit, mir zumindest die nötigsten Informationen zu verraten.

»Ja, ich habe sie gefunden«, sagt sie, nachdem sie ein paarmal auf einer uralten Computertastatur herumgetippt hat. »Sie ist auf der Intensivstation. Zweiter Stock.«

Der Schlag trifft mich unmittelbar in den Bauch und raubt mir den Atem. Ich muss mich am Empfangstresen festhalten, um nicht umzukippen.

Intensivstation? Ich hatte mir schon gedacht, dass es Mum nicht gut gehen würde, doch die Intensivstation bedeutet, dass es ihr mehr als nur schlecht geht. Wie konnte es im Laufe weniger Stunden so weit kommen, dass Mum erst nur etwas müde und »neben der Spur« war und nun in einem Krankenhaus liegt und intensivmedizinisch versorgt werden muss?

Ich fahre mit dem Lift in den zweiten Stock und renne die langen Korridore hinunter, bis ich an dem unscheinbaren Schild vorbeikomme, das in Richtung Intensivstation weist.

Links neben der verschlossenen Doppeltür zur Intensivstation befindet sich eine Gegensprechanlage. Ich drücke den Knopf und frage mit leiser, zitternder Stimme nach meiner Mum. Es entsteht eine Pause, als die Schwester auf der anderen Seite in die Liste der Patienten blickt. Ich bete, dass sie mir sagen wird, dass es ein Irrtum war. Dass Susan Hyland nicht auf der Intensivstation ist. Dass es Susan Hyland gut geht.

Doch die Schwester sagt gar nichts mehr. Stattdessen ertönt ein Summen, und die Tür gleitet auf.

Die Station ist kleiner, als ich gedacht hätte. Es gibt nur sechs durch papierartige blaue Vorhänge voneinander abgetrennte Bereiche mit je einem Bett. Aber die Geräusche, die die unzähligen Maschinen von sich geben, die diese Menschen am Leben erhalten, sind ohrenbetäubend, überwältigend.

Ich muss verängstigt aussehen, denn eine untersetzte Krankenschwester tritt zu mir und nimmt sofort meine Hände in die ihren.

»Sind Sie Mrs. Hylands Tochter?«

»Ja. Geht es ihr gut?«

»Sie liegt im letzten Bett«, entgegnet die Schwester und weicht meiner Frage aus. »Die Ärzte kümmern sich gerade noch um sie.«

Ich folge ihr zum letzten abgetrennten Bereich. Nur um dieses Bett herum sind alle Vorhänge zugezogen. Ich erblicke Debs, die aus dem kleinen Fenster mit den halb geöffneten Jalousien auf die Klimaanlage des Krankenhauses starrt.

»Debs?«, flüstere ich.

»Oh, Süße!«, sagt sie und nimmt mich in die Arme. »Es geht ihr gut. Es geht ihr gut. Es sieht so aus, als hätte sie eine Lungenentzündung. Sie bekommt Sauerstoff, aber wir haben sie offensichtlich rechtzeitig alarmiert.«

»Gott sei Dank!« Die Erleichterung überwältigt mich, und die Tränen, die ich seit dem Anruf vor dem *The Rose* zurückgedrängt habe, quellen hervor und rinnen mir über die Wangen. Debs hält mich fest, und ich weine in ihren Mantel.

Ich löse mich erst von Debs, als ich die Vorhänge rascheln höre. Zwei Ärzte in dunkelgrünen Krankenhauskitteln und mit Latschen an den Füßen treten durch den kleinen Spalt in den Vorhängen, die sie aufgezogen haben, ehe sie sie sofort wieder schließen.

Nachdem sie sich kurz flüsternd unterhalten und etwas auf ihren iPads herumgetippt haben, wenden sie sich Debs und mir zu.

Sie lächeln nicht.

»Sind Sie Mrs. Hylands Tochter?«, werde ich erneut gefragt.

»Ja.«

»Hallo. Ich bin Dr. Bazra, und das hier ist Dr. James.«

Vergessen Sie die Höflichkeiten! Sagen Sie mir endlich, was los ist!, will ich ihn anschreien.

»Wie geht es ihr?«

»Sie ist stabil. Es ist gut, dass wir sie *jetzt* hier haben. Die Lungenentzündung hat eine akute respiratorische Insuffizienz verursacht. Das heißt, ihre Lunge konnte nicht mehr genügend Sauerstoff in ihren Körper transportieren, sodass sie nicht richtig atmen konnte. Das war auch der Grund für die bläulich verfärbten Lippen, die Ihnen aufgefallen sind«, erklärt Dr. Bazra und sieht Debs an.

»Mein Gott«, krächze ich.

»Wir beatmen Ihre Mutter jetzt. Sie bekommt ein starkes Antibiotikum, um die Lungenentzündung in den Griff zu bekommen. Wir werden sie in den nächsten Tagen engmaschig überwachen. Bis das Antibiotikum anschlägt, werden wir sie weiter sedieren und beatmen, bis die Lunge sich erholen konnte.«

Beide Ärzte sehen mich erwartungsvoll an. Das ist der Moment, in dem ich ihnen danken sollte, weil sie Mum gerettet haben. Der Moment, in dem ich Fragen stellen sollte. Doch ich bleibe stumm.

»Vielen Dank«, sagt Debs und übernimmt für mich. »Kann sie nun zu ihr rein?«

»Natürlich«, sagt Dr. James in diesem typischen Tonfall, den er sich für Fälle wie diesen jahrelang antrainiert hat. »Sie werden eine Menge Schläuche und Maschinen sehen, aber seien Sie unbesorgt. Vergessen Sie nicht, dass all diese medizinischen Geräte da sind, um Ihrer Mutter zu helfen.«

Wir nicken einander zu, und die Ärzte wollen hinter dem Vorhang nebenan verschwinden, um sich um ihren nächsten Patienten zu kümmern.

»Warten Sie«, sage ich. »Ich verstehe das nicht ganz …«

Die Ärzte kehren zu uns zurück und wirken ein kleines bisschen ungeduldig.

»Wie konnte meine Mutter überhaupt eine Lungenentzündung bekommen? Es ging ihr doch gut. Sie hatte nicht einmal eine Erkältung. Ich verstehe das nicht.«

Dr. Bazra macht einen Schritt auf mich zu. »Ich fürchte, die Lungenentzündung steht im Zusammenhang mit der Huntington-Krankheit. Eine Lungenentzündung ist eine typische Komplikation, die Patienten im Endstadium dieser Erkrankung entwickeln. Es gibt verschiedene Arten der Lungenentzündung, und die typischste Art, die Patienten mit Chorea Huntington bekommen, nennt man Aspirationspneumonie. Da es für Ihre Mutter immer schwieriger wird, zu schlucken und zu essen, erhöht sich das Risiko, dass Speisen und Speichel in ihre Lunge geraten. Die Bakterien bewirken dann die Entzündungen in der Lunge.«

»Oh.«

Ich klammere mich an Debs fest, um nicht umzufallen. Dr. Bazras Worte wirken wie körperliche Schläge, die mich fast von den Beinen holen. *Endstadium.* Wie kann es sein, dass alles so schnell geht? Wie kann er das Wort »Ende« im Zusammenhang mit meiner Mum benutzen? Sie sollte doch noch ein langes Leben vor sich haben.

»Wichtig ist nur, dass wir die Lungenentzündung unter Kontrolle haben. Sie sollten mit den Pflegekräften darüber sprechen, welche Schritte jetzt unternommen werden müssen, damit so etwas in Zukunft vermieden werden kann. Wenn Sie uns jetzt bitte entschuldigen? Wir müssen uns noch um die anderen Patienten kümmern. Doch wir sehen während der Nacht immer wieder nach Ihrer Mutter.«

»Natürlich. Danke, Dr. Bazra«, sage ich. Ich will nur noch weg von ihm, will zu Mum und will mit eigenen Augen sehen, wie falsch er die Lage und ihren Gesundheitszustand eingeschätzt hat.

Dr. Bazra tritt in das nächste abgetrennte Abteil und zieht die Vorhänge hinter sich zu. Und ich öffne die Vorhänge vor Mums Bett.

Mum sieht so klein und so fremd aus, wie sie unter der hellblauen Decke in diesem Krankenbett liegt. Sie ist umgeben von Maschinen, angeschlossen an Drähte und Schläuche, und die Sauerstoffmaske verdeckt einen Teil ihres Gesichts. Ich sinke auf den Plastikstuhl, der neben ihrem Bett steht. Ich wage es nicht, sie zu berühren, nicht einmal, ihre Hand zu ergreifen.

Es stimmt: Es sieht im Augenblick nicht so aus, als wäre noch viel Leben in ihrem Körper. Ich kann also verstehen, dass Dr. Bazra sich so geirrt hat, als ich sie nun sehe. Aber nachdem sich der erste Schreck gelegt hat, beruhige ich mich. Der Zustand, in dem sie ist, ist vorübergehend. Eine Lungenentzündung ist eine Krankheit, von der sie sich erholen kann. Das hier ist nicht das Ende – überhaupt nicht.

Der Morgen graut in großer Eile. Das Licht vertreibt die beruhigende Dunkelheit auf der Station und erfüllt sie mit einem grellen Schein, der auf die Maschinen und die Metallbetten, auf die mintfarbenen Wände und den Resopalboden fällt. Alles wird erhellt, nichts länger versteckt.

Der neue Tag bringt, was Mums Zustand angeht, keine Veränderung. Doch er erinnert mich daran, dass ich zuletzt zum Mittagessen etwas getrunken und gegessen habe. Ich kann die Kopfschmerzen nicht länger ignorieren, denn sie werden immer stärker. Als Debs nach ein paar Stunden Schlaf auf den Stühlen im Wartebereich zurückkommt, schlage ich vor, dass wir uns ein Café suchen, einen heißen Kaffee besorgen und neue Kräfte tanken, bevor um neun Uhr die Visite kommt.

Wir gehen in die große Kantine statt in ein Café. An den Tischen sitzen Angestellte und Besucher, die am Anfang oder am Ende ihres Tages einen Kaffee trinken und frühstücken. In der Ecke entdecke ich einen Tisch, der zwar noch nicht abgeräumt, aber frei ist, und laufe hin, um ihn zu besetzen, während Debs sich um das Frühstück kümmert.

Zwanzig Minuten später kommt sie endlich mit einem Tablett an unseren Tisch. Ich bin kurz davor, vor Hunger in Ohnmacht zu fallen.

»Ich bin mir nicht sicher, ob du ein warmes Frühstück wolltest, doch das war alles, was sie hatten und was einigermaßen appetitlich aussah.«

Sie stellt einen Teller mit Rührei, Bohnen, Kartoffelrösti und Würstchen sowie einen großen Pappbecher mit Milchkaffee vor mich auf den Tisch.

»Im Augenblick ist es das Köstlichste, was ich je gesehen habe«, sage ich, bevor ich anfange, zuzuschlagen.

Wir sind beide so damit beschäftigt, uns auf unser Frühstück zu konzentrieren, dass wir uns zwischen den Bissen nicht unterhalten. Erst als die Teller leer sind und die Becher ausgetrunken, nehmen wir unsere Umgebung wieder wahr, und Debs ergreift meine Hand.

»Geht es dir gut, Liebes?«

»Ich weiß nicht. Ich glaube, ich stehe noch immer unter Schock. Als ich gestern das Haus verließ, war ich davon überzeugt, dass es nichts Schlimmes ist. Ich schwöre es. Ich wünschte, ich wäre gar nicht weggegangen. Ich hätte ein Auge auf sie haben sollen. Vielleicht hätte ich es noch früher erkannt.«

»Noch früher als ich?«

Der Vorwurf hängt zwischen uns in der Luft, und ich will meine Worte zurücknehmen.

»Nein, das habe ich nicht gemeint. Natürlich hätte ich nichts anderes tun können als du. Glücklicherweise warst du da und hast so schnell reagiert, als es Mum immer schlechter ging.«

»Gut. Denn wie du schon sagtest, ging es ihr gut, als du gegangen bist. Gerade schlief sie noch ganz ruhig, und ich saß neben ihr und sah ohne Ton fern, und im nächsten Moment rang sie nach Luft und ihre Lippen wurden blau. Du hättest auch nichts anderes tun können.«

»Vielleicht. Trotzdem fühle ich mich wie eine lausige Tochter.«

Debs lächelt, was echt nett von ihr ist, nachdem ich ihr vorgeworfen habe, ihren Job nicht richtig zu beherrschen. »Süße, du hast keinen einzigen lausigen Knochen in deinem Körper. Es ist schrecklich, aber diese Dinge werden deiner Mum noch öfter widerfahren – und auch wenn du dich vielleicht besser fühlst, wenn du dabei bist, wenn so etwas geschieht, wirst du trotzdem nicht verhindern können, *dass* sie passieren. Chorea Huntington ist ein Arsch. Es ist die Krankheit, der du Vorwürfe machen und die du hassen solltest – sonst nichts und niemandem. Und erst recht nicht dir selbst.«

»Du hast recht.«

»Ich weiß.«

Die Zeiger der Plastikuhr an der Wand über dem Tablettwagen bewegen sich auf halb neun zu. Die Gäste gehen nach und nach. Sie haben Termine, und auf den Stationen findet die Visite statt. Ich beobachte, wie die Menschen verschwinden, und frage mich, in welche Situation sie zurückkehren und ob hier alles für sie ein gutes Ende nehmen wird. Ein besseres Ende als für mich vermutlich. Als ich mich zu Debs umwende, um ihr vorzuschlagen, wieder auf die Intensivstation zurückzugehen, damit wir Dr. Bazras Bericht zu Mums Zustand nicht verpassen, ist Debs nicht mehr zu sehen. Sie hat sich zur Seite gebeugt und wühlt unter dem Tisch in ihrem Stoffbeutel der Tierschutzorganisation *Royal Society for the Prevention of Cruelty to Animals*, kurz RSPCA, den sie überallhin mitnimmt. Als sie wieder unter dem Tisch hervorkommt, hält sie einen Umschlag in den Händen.

»Bevor wir wieder nach oben gehen, müssen wir uns unterhalten. Ich habe mich vor diesem Moment gefürchtet, doch nachdem ich mit den Ärzten geredet und deine Mutter in diesem Zustand gesehen habe, glaube ich, dass ich es nicht länger aufschieben kann.«

Sie legt den Umschlag auf den Tisch. Mit den Fingern der rechten Hand berührt sie ihn und schiebt ihn zu mir, ehe sie ihn wieder zurückzieht. Vor und zurück, vor und zurück, unsicher, wohin der Umschlag soll, bis sie ihn entschlossen zu mir schiebt und sich auf ihre Hände setzt. Ich will ihn nicht. Aber er liegt zwischen uns wie eine Waffe, und ich weiß, dass ich ihn Debs abnehmen muss, dass ich sie von der Last befreien muss, für ihn verantwortlich zu sein. Ich nehme ihn vom Tisch und lege ihn auf meinen Schoß. Debs nickt. Ich rieche ihren Kaffeeatem, als sie ausatmet.

»Nachdem ihr mich eingestellt hattet, waren deine Mum und ich oft noch lange wach, während du schon geschlafen hast und sie nicht zur Ruhe kam. Du weißt ja, dass wir uns in der Zeit angefreundet haben. Es dauerte nicht lange, und es fühlte sich für mich nicht mehr so an, als würde ich zur Arbeit gehen, sondern Freunde besuchen.«

»Das weiß ich. Für uns hat es sich auch so angefühlt.«

»Und du weißt, dass deine Mum und ich uns in den ersten Monaten unglaublich viel unterhalten haben. Damals gehorchte ihre Stimme ihr noch, und ihre Gedanken waren beisammen, sodass sie dem Gespräch folgen konnte. Tja, es wird dich nicht überraschen, dass sie mehr über dich gesprochen hat als über alles andere. Sie hat mir erzählt, wie stolz sie auf dich und deine Arbeit wäre und wie gut du es verkraftet hättest, als du ebenfalls positiv auf die Huntington-Krankheit getestet wurdest. Sie sagte, dass sie sich wünschen würde, dass du reisen und ein erfülltes Leben führen würdest, solange du könntest. Und sie sagte, dass sie sich große Sorgen machen würde, als sie mitbekam, dass du Menschen aus deinem Leben ausgeschlossen hast, ohne sie durch neue Freunde und Bekannte zu ersetzen. Sie sprach auch noch von etwas anderem: von ihren Wünschen, wenn die Krankheit weiter fortschreiten würde. Immer wenn die Sprache auf dieses Thema kam, sagte ich zu ihr, dass sie mit dir und nicht mit mir darüber reden solle, doch sie hatte nicht das Gefühl, das tun zu können.«

»Das ist Unsinn. Wir haben immer über alles geredet. Es gab keine Tabus zwischen uns.«

»Ich weiß, Liebes. Ich weiß, wie nahe ihr beide euch steht. Aber das hier war etwas anderes. Sie wollte dich davor beschützen, wollte, dass du deine Jugend genießen konntest und nicht durch die Entscheidungen belastet werden würdest, die sie treffen musste. Also sprach sie mit mir darüber. Egal, wie klar und deutlich ihre Anweisungen waren, musste ich ihr immer wieder sagen, dass am Ende nicht ich entscheiden würde, was zu tun wäre – alle Entscheidung würdest *du* treffen müssen und nicht *ich*. Sie verstand das. Trotzdem brachte sie es nicht über sich, mit dir darüber zu reden. Stattdessen gab sie mir diesen Brief. Ich versprach, darauf aufzupassen und ihn dir erst zu geben, wenn ich der Meinung wäre, dass für dich die Zeit gekommen wäre, Entscheidungen darüber zu treffen, was für deine Mutter am Ende ihres Lebens das Beste ist.«

Ich starre auf meinen Schoß. Mein Name steht auf dem Umschlag. Es ist die Handschrift meiner Mum. Nur ab und zu ist ein Buchstabe verwackelt – ein Zeichen ihrer Krankheit. Ich lege den Umschlag zurück auf den Tisch und weiche zurück. Egal, wie groß der Wunsch ist, noch mehr von Mums Handschrift zu sehen und mich an die tröstliche Vergangenheit zu erinnern, kann ich es nicht über mich bringen, den Umschlag zu öffnen. Dieser Brief betrifft die Zukunft. Eine schmerzvolle, erschreckende Zukunft.

»Nicht du auch noch, Debs«, sage ich mit einem Seufzen. »Du klingst schon wie die Ärzte. Mum wird sich wieder erholen. Es ist eine Lungenentzündung. Unzählige Menschen erkranken ständig daran. Gesunde Menschen. Mit einem Antibiotikum wird die Krankheit auch wieder verschwinden. Ich weiß, dass es schrecklich war, Mum so zu sehen, und wir hatten beide Angst, doch das ist nicht der Anfang vom Ende ihres Lebens.«

Debs erstarrt. Panik flackert in ihrem Blick auf, als ich den Umschlag zu ihr schiebe. Wie auch immer sie sich den Verlauf dieses Gesprächs vorgestellt hat – dieses Szenario ist ihr ganz sicher nicht in den Sinn gekommen.

»Nein. Es tut mir leid, Jess, aber ich glaube, dass jetzt der Zeitpunkt gekommen ist. Sie hat die Lungenentzündung bekommen, weil sie nicht mehr schlucken kann. Weil ihre Muskeln den Dienst versagen und weil das Essen nicht dorthin transportiert wird, wo es hingehört, sondern zum Teil in ihre Lunge gerät. Ich weiß, dass es schwer ist, so etwas zu hören, Liebes, doch nachdem es nun einmal passiert ist, wird es wieder passieren. Und deshalb bin ich davon überzeugt, dass *jetzt* der Zeitpunkt gekommen ist, um darüber nachzudenken, was das Beste für deine Mum ist.«

Ich weiß genau, was sie meint, aber trotzdem frage ich mit giftiger Stimme: »Wenn ich mich nicht irre, hältst du es für das Beste, Mum in ein Heim zu stecken?«

Debs will meine Hand nehmen, doch ich verstecke meine Hände unter dem Tisch.

»Das tue ich. Es tut mir leid, aber ich glaube, dass deine Mutter von nun an noch mehr Hilfe brauchen wird. Und obwohl sie gesagt hat, dass sie gern zu Hause bleiben möchte, weiß ich, dass es ihr ausdrücklicher Wunsch war, dass du sie nicht bis zum Ende pflegen sollst.«

»Das reicht!«, schreie ich sie an. Ich stoße den Tisch weg und stürme aus der Kantine, wobei ich mit einem Kind zusammenpralle, das ein Tablett mit Chips und Limonade trägt.

»Idiotin«, ruft der Junge mir hinterher.

Ich werde nicht langsamer. Nachdem ich im Korridor bin, renne ich los und nehme lieber die Treppe als den Aufzug, um möglichst schnell zu Mum zurückzukommen. Erst als ich an ihrer Seite bin und wieder sehe, wie klein, wie zerbrechlich sie wirkt, spüre ich, wie ich zusammenbreche. Ich beuge mich über das Bett und lege den Kopf neben ihren.

Endstadium. Es gibt kein Entkommen mehr. Bei Licht betrachtet, ist es offensichtlich. Mir bleibt nicht mehr viel Zeit mit ihr.

»Es tut mir so leid, Mum«, flüstere ich ihr zu.

Debs tippt mir auf die Schulter, als sie auf die Intensivstation zurückkehrt.

»Mum kommt *nicht* in ein Heim«, sage ich tränenüberströmt zu Debs.

»Das ist deine Entscheidung, nicht meine. Versprich mir nur, dass du diesen Umschlag öffnen wirst, ehe du einen endgültigen Entschluss fasst.« Behutsam legt sie ihn ans Fußende des Bettes. »Deine Mum will, dass du weißt, was in dem Brief steht.«

Kapitel 29

Die Heizung im Haus ist tagelang nicht gelaufen.

Als Debs zum Haus fuhr, um mir frische Klamotten zum Wechseln und meinen Kulturbeutel zu holen, wusste sie, dass ich im Traum nicht daran denken würde, nach Hause zurückzukehren, ehe Mum außer Gefahr war, und hat die Heizung deshalb abgestellt.

Während einer ihrer Inneneinrichtungsorgien riss Mum im Wohnzimmer den Kamin aus der Wand, füllte das Loch auf und tapezierte es zu. Jetzt schalte ich das Licht im Wohnzimmer ein und blicke hasserfüllt auf die *Laura-Ashley*-Tapete.

Mum wurde auf die Intensivüberwachungspflegestation verlegt, nachdem der Beatmungsschlauch entfernt worden war. Die Krankenschwestern versicherten mir, dass das tolle Neuigkeiten wären. Die Ärzte hätten sie bestimmt nicht von der Intensivstation verlegen lassen, wenn sie nicht sicher wären, dass Mum das Schlimmste überstanden hätte.

Ich konnte ihnen keinen Vorwurf machen, denn weil meine Mutter so sediert unter der Decke lag, war es nicht einfach, Chorea Huntington zu erkennen. Für die Schwestern, die nicht wussten, wie brutal die Krankheit einen Menschen packte und nie mehr losließ, mochte es so aussehen, als hätte Mums Zustand sich gebessert. Und das war natürlich eine gute Nachricht. Allerdings empfand ich nur kurz Erleichterung über die Verbesserung ihres Zustands. Ja, sie hatte die Lungenentzündung überwunden, doch indem sie das geschafft hatte, hatte sie sich nur aus einem Gefängnis befreit, um gleich wieder zurück in das andere zu gehen.

Als ich diese Gedanken mit einer Krankenschwester teilen wollte, die gerade die zerschlissene Decke im neuen Bett über

Mum schlug und feststeckte, wurde ich milde belächelt. Die Schwester meinte, ich wäre doch sicherlich müde, könne allerdings nicht außerhalb der Besuchszeiten bei Mum bleiben und solle deshalb nach Hause fahren, um mich auszuruhen.

Hier ist es jedoch zu kalt, um mich auszuruhen. Ich habe die Heizung so hoch eingeschaltet, wie es geht, aber es ist ein altes System. Die Anlage scheint schon lange ein Eigenleben entwickelt zu haben und wählt selbstständig aus, welche Räume sie heizt und wie stark. Ich renne nach oben und reiße alle Türen auf, damit die Wärme sich so vielleicht im gesamten Haus verteilt. Als ich nach unten in die Küche zurückkehre, sehne ich mich danach, etwas zu trinken, um die Wärme des Alkohols zu spüren, der sich durch meine Blutbahn in meinem Körper ausbreitet. Jane hat zugestimmt, mir Urlaub zu geben, solange Mum im Krankenhaus ist, und ich erhebe mein Glas auf sie. Ich danke ihr dafür, dass sie mir keinen Grund gibt, morgens aufzustehen, sodass ich nach Herzenslust trinken kann.

Mums Brief steckt zusammengefaltet in der Tasche des Mantels, den ich noch immer trage. Je mehr ich trinke und versuche, ihn zu vergessen, desto schwerer scheint der Brief in meiner Tasche zu werden. Als ich bei meinem dritten Glas Shiraz angekommen bin, drückt mir der Brief schmerzhaft in die Seite und will, dass ich ihm meine Aufmerksamkeit schenke. Ich ziehe ihn aus der Tasche und lege ihn auf die Arbeitsfläche, ehe ich an den Tisch zurückkehre.

Draußen ist es dunkel, und abgesehen vom Licht am Herd, das mich zur Flasche führt, habe ich keine Lampe im Haus eingeschaltet. Der Umschlag liegt in absoluter Dunkelheit an seinem Platz. Und wartet.

Ich will gerade danach greifen, als es an der Tür klopft. Es ist so zaghaft, dass ich mir zuerst nicht sicher bin, ob es tatsächlich ein Klopfen war oder nur der Wind. Ich warte ab, bis es noch einmal erklingt, ehe ich aufstehe.

Ich erblicke Alec auf der Treppe vor dem Haus. Zwei Einkaufstüten von *Sainsbury's* stehen zu seinen Füßen.

Ich bin überrascht.

Ich hätte gedacht, dass Alec seine eigenen Stoffbeutel mit in den Supermarkt nimmt.

Als ich aus dem Krankenhaus kam, schaltete ich mein Handy wieder ein und erhielt eine wahre Flut von Nachrichten, die alle von Alec stammten. Ich antwortete ihm eilig.

Mum geht es besser. Ich fahre kurz nach Hause.

Und jetzt ist er hier.

»Hi, du«, sagt er und kommt um die Einkaufstüten herum, um mich in die Arme zu schließen.

»Hi.«

»Das ist doch in Ordnung, oder?«, fragt er, als ich ihn nicht hineinbitte oder sonst etwas sage.

»Was ist in Ordnung?«

»Dass ich hier auftauche? Ich dachte, nachdem du seit Tagen nur von Krankenhausessen überleben musst, könntest du eine anständige Mahlzeit vertragen. Und etwas Gesellschaft?«

»Ja, das ist in Ordnung. Komm rein.«

Alec nimmt seine Tüten und schwänzelt an mir vorbei wie ein Hund, der die Erlaubnis bekommen hat, ins Haus zu kommen.

Auf dem Weg in die Küche drückt er auf jeden Lichtschalter, an dem er vorbeikommt. Seine Anwesenheit scheint buchstäblich das Licht in mein Dasein zu bringen.

»Ich dachte, ich mache etwas Klassisches, wenn es okay für dich ist. Krabbencocktail gefolgt von Hühnchen in Parmaschinken. Ich habe auch Wein besorgt. Aber ich sehe gerade, dass du schon ohne mich angefangen hast.«

Ich beobachte, wie er sich durch die Küche bewegt und die Lebensmittel auf der Arbeitsplatte verteilt, sodass ein Eisbergsalat auf dem Umschlag landet. Er nimmt sich eines der

Vera-Wang-Weingläser, die Mums Arbeitskollegen ihr zum zehnjährigen Bestehen des Optikergeschäfts geschenkt haben. Je häuslicher er sich hier einrichtet, desto schlimmer wird es.

In diesem Moment sehne ich mich nach keinem Menschen mehr als nach Alec. Wenn ich es zulasse, wird er dafür sorgen, dass es mir besser geht. Wir werden zusammen essen, Wein trinken, und irgendwann wird er die Arme ausbreiten, und ich kann mich hineinfallen lassen. Doch ich darf es nicht. Nicht mehr.

Mum hat das letzte Stadium der Huntington-Krankheit erreicht. Ich darf nicht noch mehr von der wenigen Zeit verschwenden, die ihr noch bleibt, indem ich einem Traum hinterherjage, der nicht für mich bestimmt ist. Ich muss ab jetzt jede Sekunde an ihrer Seite sein und mich um sie kümmern.

Wenn ich Alec das sagen würde, dann würde er es verstehen. Aber danach können wir nicht einfach so weitermachen wie bisher. Wenn die Krankheit mit meiner Mum fertig ist, bin früher oder später *ich* an der Reihe. Das einzige Leben, das ich ihm von diesem Zeitpunkt an bieten kann, ist ein Leben voll grenzenlosem Schmerz.

Wenn ich mich einfach an meine Regeln gehalten hätte, dann wäre er gar nicht erst in diese ganze Sache hineingezogen worden. Stattdessen steht er jetzt vor mir, hier in unserer Küche, in einem Haus, in dem Krankheit und Leid und Schmerz herrschen, und er glaubt, er wäre freiwillig hier.

Es gibt nur eine Sache, die ich jetzt tun kann: Ich lasse ihn gehen.

»Verdammt noch mal, Alec!«, platze ich heraus. »Was zum Teufel machst du da?«

Er hat mir den Rücken zugewandt. Ich bemerke, wie seine Muskeln sich anspannen und wie er sich zu seiner vollen Größe von einem Meter dreiundachtzig aufrichtet.

»Ich dachte, es wäre einfach nett.«

»Nett? Was soll daran denn bitte nett sein? Du kommst ungebeten in mein Haus und veranstaltest ein romantisches Dinner mit mir, während meine Mum im Krankenhaus liegt? Da wir gerade von *unsensibel* sprechen«, brülle ich ihn an und starre währenddessen auf meine Fußspitzen. *Unsensibel, Jess?* Er könnte *niemals* unsensibel sein.

Alec lacht. Es ist ein entsetztes, ungläubiges Lachen, das mich treffen soll. »*Unsensibel?* Es ist also unsensibel, wenn ich mir tagelang Sorgen um dich mache, weil ich nichts von dir höre, und in der Sekunde, als ich erfahre, dass du zu Hause bist, hierherkomme? Ich bin mir ziemlich sicher, dass alle anderen Menschen das ganz anders sehen würden.«

Er beginnt, wieder einzupacken. Er rennt durch die Küche, stopft den Salat und die Tomaten und das Hühnchen zurück in die Einkaufstüten. Ich lasse ihn machen, starre auf den Boden und versuche mühsam, meine verärgerte Miene zu wahren.

»Ich habe mir Sorgen um dich gemacht«, sagt er, als ihm nichts mehr zu tun bleibt, als zu gehen. »Ich wollte mich nur vergewissern, dass es dir gut geht. Tut mir leid, wenn ich dich damit verletzt habe.«

»Du sollst dir keine Sorgen um mich machen, kapierst du das endlich?«

»Stimmt. Unsere Abmachung. Wir können uns treffen, miteinander schlafen, aber wir sollten uns nicht umeinander sorgen und uns gernhaben. Wie dumm von mir! Wie konnte ich das nur vergessen.«

Er legt die Hand an seine Wange. Das und seine leise, ruhige Stimme machen es mir schwer zu durchschauen, ob er das sarkastisch gemeint hat oder nicht. Nicht, dass es eine Rolle spielen würde.

»Ich wünschte, du hättest es nicht vergessen. Das macht alles so viel schwerer, als es eigentlich sein müsste. Ich habe gehofft, dass dir unter diesen Umständen klar ist, dass unser gemeinsamer Monat hier endet. Das Letzte, was ich jetzt gebrauchen kann, ist ein Streit mit dir, Alec.«

»Keine Sorge«, entgegnet er und geht an mir vorbei in den Flur. Die Tüten streifen mein Bein. »Ich habe nicht vor, mich mit dir zu streiten.«

Er steht an der Tür und hat den Knauf ergriffen, als er plötzlich die Schultern sinken lässt.

»Ich verstehe das nicht. An dem Abend im *The Rose*, dem Abend, als deine Mutter ins Krankenhaus eingeliefert wurde … Kurz bevor du den Anruf bekamst, dachte ich, du würdest mich fragen wollen, ob wir es doch ernsthaft miteinander versuchen sollen. Habe ich mich total geirrt oder wolltest du mehr?«

»Du hast dich geirrt. Ich wollte mich bei dir für den Spaß bedanken, den wir in den vergangenen Wochen hatten. Das war alles.«

»Hm. Ich hätte schwören können, dass du vorhattest, mir etwas anderes zu sagen. Ich wollte dir auch etwas sagen. Wenn wir noch etwas mehr Zeit gehabt hätten, dann hätte ich dir gesagt, dass ich mich in dich verliebt habe.«

Mit einem Mal herrscht Schweigen zwischen uns, das schwer und drückend wie Autoabgase in der Luft hängt.

»Gut, dass du dazu nicht die Gelegenheit hattest«, sage ich. Ich wünsche mir nichts mehr, als endlich davon befreit zu sein und ihn endlich von mir zu befreien.

Er starrt mich an, als würde er versuchen, herauszufinden, ob ich das alles wirklich ernst meine oder er in meinem Gesicht vielleicht irgendetwas entdecken kann, das meine Worte Lügen straft. Als ihm das nicht gelingt, bleibt ihm nichts anderes übrig, als zu verschwinden.

Erledigt.

Ich rutsche an der geschlossenen Haustür hinab, bis ich mit ausgestreckten Beinen auf dem Holzfußboden sitze. Ich habe keine Ahnung, wie lange ich so dasitze, die Augen geschlossen, aber als ich sie schließlich wieder öffne, hat die Heizung das ganze Haus erwärmt.

Ich bin bereit, mich trösten zu lassen. Langsam kehre ich

in die Küche zu der fast leeren Weinflasche zurück. Ich weiß, dass hinter den Schachteln mit dem Müsli noch ein paar volle Flaschen stehen. Mum hat immer gesagt, dass es ja wohl der Gipfel der Unhöflichkeit wäre, wenn man Gäste hat und der Wein aus ist. Ich halte mich an ihre weisen Ratschläge und habe immer einen Vorrat an Wein zu Hause.

Nachdem ich mir noch ein Glas eingeschenkt habe, bin ich so weit, mich zu beruhigen.

Es war die richtige Entscheidung. Wohin hätte uns die Ehrlichkeit geführt? Welchen Sinn hätte die Wahrheit gehabt?

Natürlich hätte ich ihm sagen können, dass es mich entzweireißen würde, mit ihm zusammen zu sein. Denn seit er mein Leben durcheinanderwirbelte, gab es nicht mehr allein mein Ich mit Chorea Huntington, sondern dank Alec ein weiteres Ich: ein junges, gesundes, glückliches Ich. Mit ihm zusammen zu sein, nährte dieses Ich, bis es größer war als das Ich, das ich kannte. Für einen kurzen Moment hatte ich geglaubt, ich könnte mich um Mum kümmern, während ich darauf wartete, dass ihre Symptome meine wurden, *und* gleichzeitig so leben, als würde das alles nicht passieren. Ich dachte, ich könnte mit ihm zusammen sein, könnte ihn lieben und mich von ihm lieben lassen.

Und wenn Debs mich nicht wegen Mum angerufen hätte, dann hätte ich ihm das auch so gesagt. Ich hätte ihn um eine Verlängerung unserer Frist gebeten und sie angenommen.

Doch wann hätte ich es schließlich beendet? Was hätte es gebraucht, damit ich erkannt hätte, dass ich ihn zu weit in die Sache hineingezogen habe? Einen Heiratsantrag? Eine Hochzeit?

All das, was ich mir geschworen hatte, einem anderen Menschen nie anzutun, hätte ich Alec fast angetan. Wenn Mums Lungenentzündung zu irgendetwas gut war, dann dazu, dass ich erkannt habe, wie gefährlich weit ich mit Alec schon gegangen bin. Die Lungenentzündung hat mich dazu gebracht, die Notbremse zu ziehen.

Ich werde mich wieder an meine Regeln halten, damit niemand anders wegen dieser Krankheit leiden muss.

Es war die richtige Entscheidung.

Diese Gedanken sollten mich eigentlich beruhigen, betäuben, aber ich bin vor allem enttäuscht. Jeder Gedanke, der mir in den Sinn kommt, wird im gleichen Moment von Alecs Worten weggewischt. *Dann hätte ich dir gesagt, dass ich mich in dich verliebt habe.*

Ich schnappe mir noch eine Flasche Wein und streife durch das verlassene Haus. Ich trinke direkt aus der Flasche und suche nach einem Platz, an dem ich mich niederlassen kann. Irgendwann tragen meine Füße mich wie von selbst zur Tür des Esszimmers. Ich schalte das Licht an. Der Anblick des leeren Bettes wirkt wie ein Schlag ins Gesicht. Die Bettdecke liegt auf dem Fußboden. Langsam gehe ich zu dem Sessel, in dem ich so oft gesessen und auf Mum aufgepasst habe. Dass sie nicht da ist, ist zu viel für mich.

Ich stelle schnell die Weinflasche ab, ehe ich zusammenbreche.

Komisch, dass die Vorstellungen, wie ein gebrochenes Herz aussieht, so … ordentlich sind. Meistens ist es ein sauberer Schnitt, der das Herz in zwei Teile teilt. Doch in meinem Fall ist nichts ordentlich oder sauber. Mein Herz scheint in unzählige winzige Stücke zu zerspringen. Wegen Alec, wegen des Lebens, der Zukunft, die wir niemals haben werden, wegen des Schmerzes, den ich ihm zugefügt habe, wegen der Liebe, die ich für ihn empfinde und ihm nun nicht mehr schenken kann, wegen Mum, wegen der verdammten Krankheit, die ihr Leben verkürzt, wegen der verdammten Krankheit, die mein Leben verkürzen wird.

Ich rolle mich im Sessel zusammen und schlinge die Arme um mich, um die Situation irgendwie zu beherrschen. Und dann weine ich, bis ich irgendwann einschlafe.

Kapitel 30

Am nächsten Morgen öffne ich Mums Brief.

Drei Dinge fallen aus dem Umschlag in meinen Schoß: eine handgeschriebene Auflistung von Mums Ersparnissen, Anleihen und Aktien, ein getippter Brief und ein Ausdruck der Website eines Pflegeheims.

Ich lege alles auf einen Stapel. Den Brief schiebe ich ganz nach unten. Nachdem ich mir Mums Ersparnisse angesehen und mir durchgelesen habe, was Henley Hall an Ausstattung und Komfort zu bieten hat, nehme ich erst einmal zwei Schmerztabletten, um die Shiraz-bedingten Kopfschmerzen loszuwerden, und mache mir eine Tasse Tee. Dann setze ich mich wieder an den Küchentisch und ziehe den Brief zu mir heran.

Ich will ihn nicht lesen. Eine Stimme in meinem Kopf brüllt mich an, ihn nicht in die Hand zu nehmen. *Wenn du ihn gelesen hast, gibt es kein Zurück mehr*, schreit die Stimme. *Wende einfach den Blick ab*, warnt sie mich. Aber ich muss ihn lesen. Diese Seiten sind Mums Stimme, und es ist meine Aufgabe, zuzuhören, was sie zu sagen hat.

Liebe Jess,
heute Morgen ist etwas Komisches passiert. Ich bin aufgewacht, und es kam mir so vor, als wären die letzten Jahre wie ausgelöscht. An den meisten Tagen fühlt es sich an, als wäre ich unter Wasser, doch heute kam es mir so vor, als wäre ich an einem der ruhigsten, klarsten Tage, die man sich nur vorstellen kann, an der frischen Luft aufgewacht. Ich kann dir gar nicht erklären, wie wundervoll es war.

Du dachtest, ich würde schlafen, als du auf dem Weg ins Büro noch einmal kurz ins Esszimmer geblickt hast. Aber ich habe nicht geschlafen. Ich habe dich beobachtet. Ich habe gesehen, wie du angefangen hast, beim Gehen den Kopf zwischen die Schultern zu ziehen. Deine Haare hattest du zu einem Zopf zusammengebunden, und du hast unglaublich müde ausgesehen, obwohl dein Tag doch gerade erst begonnen hatte.

Als du mit dem Job angefangen hast, bist du immer um sechs Uhr aufgestanden, um dein Haar mit dem Lockenstab zu frisieren und Make-up aufzulegen, und du warst erst zufrieden und hast das Haus verlassen, wenn du aussahst wie eine Figur aus Suits.

Als ich dich heute Morgen sah, wusste ich, was ich zu tun hatte. Ich rief Debs in mein Zimmer, nachdem du gegangen warst, und bat sie um meinen Laptop und einen Gefallen.

Wenn du das hier liest, heißt das, dass Debs den Zeitpunkt für gekommen hält, an dem ich intensivere Pflege benötige, und dass es dem Ende entgegengeht. Ich habe sie angewiesen, dir in diesem Fall den Brief zu geben und dafür zu sorgen, dass du ihn auch liest und nicht ignorierst.

Was würden wir nur ohne Debs machen? Wenn wir etwas Gutes in dieser ganzen Sache sehen wollen, dann ist das wohl Debs, oder? Es ist tröstlich zu wissen, dass du sie an deiner Seite hast, und es ist auch tröstlich, ihr vertrauen zu können, dass sie den richtigen Moment findet, um dir diesen Brief zu übergeben.

Es gibt so viele Dinge, die ich dir mit diesem Brief gern sagen würde, mein liebes, liebes Kind. So viele Erinnerungen, die ich von dir als kleines Mädchen habe, so viele Teile meines Lebens, die ich dir gern erzählen würde, weil sie nach meinem Tod für immer verloren sein werden. Allerdings weiß ich nicht, wie lange diese

Klarheit bei mir andauern wird, und ich weiß auch nicht, wie lange ich die Tasten am Computer noch drücken kann, ehe auch das zu schwierig wird. Also muss ich mich auf die Dinge beschränken und konzentrieren, die wichtig für dich sind und dir am meisten helfen werden. Aber bevor ich damit beginne, sollst du einfach wissen, dass du mir das beste Leben ermöglicht hast, das ich mir wünschen konnte. Ich liebe dich von ganzem Herzen.

Und jetzt zum Geschäftlichen …

Ich will nicht, dass du weiterhin die Pflege für mich übernimmst, wenn die Situation sich verschlimmert. Ich habe sehr viel und lange darüber nachgedacht, Jess. Ich weiß, dass du für mich da sein willst – und das kannst du auch –, doch ich möchte nicht, dass du mich bis zu meinem Tode pflegst.

Ich habe recherchiert und ein schönes Pflegeheim gefunden, in dem man sich um mich kümmern wird. Debs hat für mich mit der Managerin gesprochen, und sie haben einen Platz für mich, wenn die Zeit gekommen ist. In diesem Brief findest du eine Kopie der Website. Darauf stehen alle Informationen, die du brauchst, wenn du mit den Leuten dort Kontakt aufnehmen willst. Sie werden dir alle deine Fragen beantworten. Du wirst in diesem Brief auch sämtliche Informationen zu meinen Finanzen finden. Du hast die Vollmacht über mein Konto und kannst darauf zugreifen, wenn du für das Pflegeheim bezahlen musst. Es ist nicht günstig, aber es sollte genug Geld da sein, um die Kosten zu decken. Das habe ich die ganzen Jahre angespart, um im Rentenalter alles für Kreuzfahrten im Mittelmeer und Mittagessen bei Harvey Nichols *zu verschleudern … Tja, nun ist es anders gekommen, und ich sollte nicht zu viel darüber nachgrübeln. Wenn das Geld verhindert, dass du von den Erinnerungen an meine Pflege in den letzten Monaten fürs Leben gezeichnet wirst, dann ist es das allemal wert.*

Komm vorbei und besuch mich, wann immer dir danach ist. Egal, wohin diese Krankheit mich bringt, ich werde mich immer freuen, dich zu sehen. Doch wenn du es nicht möchtest und es zu schwer für dich ist, dann ist das auch in Ordnung.

Das Einzige, was ich mir von dir wünsche, ist das Versprechen, dass du wieder anfängst, dein Leben zu leben. Du wirst es nicht zugeben, aber du hast es aufgegeben. Du hast es aufgegeben, seit du das Ergebnis des genetischen Tests bekommen hast. Der Grund, warum ich nicht wollte, dass du den Test machst, war, dass ich wusste, dass dein Leben sich danach nicht mehr so entfalten würde, wie es eigentlich sein könnte und sollte. Du bist der organisierteste Mensch, den ich kenne. Ich wusste, dass du bei einem schlechten Ergebnis anfangen würdest, deine Pläne daran anzupassen und alles in Schubladen zu packen, damit es so ordentlich ist, wie es nur geht.

Bitte, sei mutig! Lass zu, dass dein Leben ab und zu chaotisch ist. Ich weiß, dass es schwer ist, wenn du zusehen musst, wie ich langsam immer schwächer werde. Noch schwieriger ist es, wenn du weißt, dass dir das Gleiche bevorstehen könnte. Doch den Mut zu finden, trotzdem ein normales Leben zu leben, wird den Unterschied zwischen einem guten Leben machen, das dir – hoffentlich – so viel Glück bescheren wird wie mir, und einem Leben, das du in den Schatten fristest, nur darauf wartend, dass die Krankheit an deine Tür klopft, um dich zu holen.

Ich werde müde, also muss ich Schluss machen. Wenn Debs dir diesen Brief gegeben hat, bedeutet das, dass es Zeit für mich ist, das Letzte für dich zu tun, was ich tun kann, und dir zumindest etwas Schmerz zu ersparen. Ich möchte, dass du weißt, wie sehr du geliebt wirst und wie dankbar ich dafür bin, so lange Zeit deine Mum gewesen sein zu können. Alles ist gut, mein Schatz, also kannst du aufhören, dir Sorgen zu machen.

Und jetzt geh los und finde dein Glück!

Mum xxx

Ich schiebe den Brief weg, ehe ich aufspringe und die Küche und das Schreiben hinter mir lasse. Ich will so weit entfernt von diesem Brief sein, wie es möglich ist. Die Wände in meinem Zimmer bieten nicht genug Platz für mich. Also schnappe ich mir meinen Mantel und verlasse das Haus. Ziellos streife ich durch die Straßen und achte darauf, mich von Didsbury Village fernzuhalten, damit ich nicht zufällig auf jemanden treffe, den ich kenne und der meine Wut dann abbekommt.

Wie kann meine Mum es wagen, über meinen Kopf hinweg diese Entscheidung zu treffen? Wie kann sie es wagen, mich am Ende ihres Lebens so auszugrenzen?

Ich bin auch wütend auf Debs, weil sie sich mit Mum verschworen hat. Weil sie seit Monaten weiß, was Mum vorhatte, und mir nie auch nur ein Sterbenswörtchen darüber gesagt hat, was passieren würde.

Und zu schreiben, dass mein Leben auch mal chaotisch sein dürfe ... Da kann ich ja nur lachen. Nach dem Durcheinander, das ich mit Alec verursacht habe, werde ich mein Leben in Zukunft so aufgeräumt und ordentlich wie möglich halten. *Vielen Dank auch.*

Nachdem ich fast eine Stunde lang durch die Gegend gelaufen bin, wird mir bewusst, dass ich das Haus gar nicht hätte verlassen sollen. Wenn ich in meinem Zimmer geblieben wäre, dann hätte ich diese Wut festhalten, sie einschließen können. Je länger ich mich an der kühlen, frischen Luft bewege, desto mehr verschwindet meine Wut. Sie zieht sich zurück wie eine Welle im Meer. Ich brauche diese Wut. Ohne die Wut ist der Brief noch schwerer zu ertragen.

Ich gehe nach Hause und lese ihn noch einmal. Dieses Mal erkenne ich die Freundlichkeit, die Liebe in Mums Worten.

Und mehr als alles andere erkenne ich ihre Entschlossenheit, noch etwas Kontrolle über diesen letzten Teil ihres Lebens zu behalten. Gott weiß, dass ich das verstehen kann.

Plötzlich fallen heiße Tränen auf den Brief, und einige von Mums Worten verschwimmen. Entsetzt tupfe ich den Brief mit einem Geschirrtuch trocken. Zwar sind die Worte etwas verschmiert, aber noch lesbar. Sie sind für all die Zeiten erhalten, die ich sie in den kommenden Monaten noch einmal lesen muss.

Vorsichtig drücke ich den Brief an mein Herz.

»Ich will nicht, dass du gehst«, flüstere ich, obwohl das Haus noch immer verlassen und niemand hier ist, der mich hören könnte.

Kapitel 31

Sieben Jahre zuvor

Nachdem ich meinen eigenen Koffer gepackt hatte, machte ich mich daran, Mums Sachen zusammenzusuchen.

Die einzige Bedingung, die Mum genannt hatte, als sie angerufen hatte, um zu sagen, dass sie uns einen Last-Minute-Trip nach Barcelona gebucht habe, war, dass ich ihren Koffer packen müsse. Sie wollte durcharbeiten, um all ihre Termine zu schaffen, bis wir am Freitagmittag aufbrechen wollten.

In ihrem Zimmer herrschte das reinste Chaos. Klamotten hingen auf der Rückenlehne ihres Sessels und lagen achtlos neben dem Bett auf dem Boden. Es war erstaunlich, wie jemand, der so professionell war wie Mum und der so stolz auf sein Haus war, sein Zimmer so verkommen lassen konnte. Ich trat aus Versehen auf eine dieser völlig sinnlosen, dünnen hautfarbenen Strumpfhosen, die sie jeden Tag unter ihre Arbeitskleidung zog, und zuckte zusammen. Davon würde ich garantiert keine einpacken. Ganz hinten in ihrem Schrank fand ich eine Plastikbox mit der Aufschrift: *Sommerkleidung*. Ich öffnete sie und erblickte einen Stapel heller Leinenkleidung. Es waren alte, zerknitterte Klamotten, die sie seit Jahren immer im Sommerurlaub getragen hatte. Nachdem ich ein paar ausgewählte Stücke hervorgezogen hatte, sah der Stapel, den ich auf ihrem Bett zusammengesucht hatte, klein und langweilig aus.

Da mir noch eine Stunde blieb, bis das Taxi, das ich vorbestellt hatte, kommen würde, verließ ich das Haus. In Didsbury hatte in der Woche zuvor eine neue Boutique eröffnet, und Mum hatte die leuchtend bunten Kleider im Schaufenster bewundert, als wir daran vorbeispaziert waren.

Ein blaues Maxikleid, ein Hemdblusenkleid mit Palmenmuster, ein kurzes schwarzes Jäckchen und eine knallpinke Hose später war ich bereit, nach Hause zu gehen, alles einzupacken und loszufahren.

»Hast du alles gefunden?«, fragte Mum auf dem Weg zum Flughafen.

»Ich glaube schon«, entgegnete ich.

Sie strich das Kleid über ihrem Bauch glatt und seufzte. »Es würde mich wundern, wenn mir irgendetwas davon noch passt – immerhin habe ich in letzter Zeit unglaublich viel zugenommen …«

»Ich bin mir sicher, dass alles passt.«

Am Abend kamen wir rechtzeitig im Hotel an, um uns umzuziehen und danach etwas essen und trinken zu gehen. Ich war gerade im Bad, als ich Mum fluchen hörte.

»Was ist los?«

»Nichts, ich habe nur den falschen Koffer mitgenommen.«

»Bist du dir sicher?«, fragte ich und kam raus, als sie stirnrunzelnd die pinkfarbene Hose in die Höhe hielt.

»Es sei denn, diese Hose gehört dir … Verdammt noch mal, ja, ich habe den falschen Koffer erwischt.«

»Die Hose gehört dir«, sagte ich zu ihr. »Ein kleines Geschenk, um mich für die Reise zu bedanken.«

»Oh, du wunderbares Mädchen, das wäre doch nicht nötig gewesen! Wie konntest du dir das leisten?«

»Hey, ich arbeite jetzt, schon vergessen?« Ich hatte den Großteil meines zweiten Gehaltsschecks der Marketingfirma, für die ich als Teilzeitkraft arbeitete, für die neuen Klamotten ausgegeben. Und wenn ich mir ihr Gesicht so ansah, hätte ich das Geld nicht besser investieren können.

»Ich weiß. Ich liebe die Teile! Danke. Sind das Kleider?«

»Die gehören auch dir.«

Sie quietschte vor Vergnügen. »Das hättest du nicht tun sollen«, sagte sie und breitete die neuen Kleider schon auf ihrem Bett aus. »Sie sind so schön!«

»Was wirst du als Erstes anziehen?«

»Definitiv die pinkfarbene Hose. Welcher spanische Adonis könnte der schon widerstehen?«

»Oh Gott, du wirst doch nicht den ganzen Abend über mit den Kellnern flirten, oder?«

»Natürlich nicht. Mit dieser Hose wird es nicht nötig sein zu flirten. Die Männer werden mir von allein zu Füßen liegen.«

Sie hatte nicht ganz unrecht. Als wir das Hotel verließen und Arm in Arm Las Ramblas entlangschlenderten, sah ich, wie die Männer sich nach ihr umdrehten und sie musterten. Sie hätte behauptet, dass es an den neuen Klamotten liegen würde, aber damit hatte es nichts zu tun. Es waren ihr Lächeln, ihr Lachen, ihre Freude daran, einfach auf der Welt zu sein. Es lag allein an ihr.

Kapitel 32

Mum hat eine gute Wahl getroffen. Henley Hall befindet sich in einem denkmalgeschützten Gebäude, das einst ein herrschaftliches Anwesen war. Die Fenster sind aus Buntglasscheiben, Säulen bewachen den Vordereingang und an jeder Seite ragt ein Türmchen empor. Die Fassade ist aus Sandstein, der mit seiner karamellbraunen Farbe sehr gepflegt wirkt. Die Fassade wird sicherlich mindestens zweimal im Jahr mit dem Hochdruckgerät gereinigt. Wenn die zusammengeklappten Rollstühle auf der Eingangsterrasse und die beiden Frauen in einer hellen Schwesterntracht nicht wären, hätte man Henley Hall leicht für ein exklusives Hotel halten können.

Debs und ich halten vor dem Anwesen an. Mum wird mit dem Krankenwagen gebracht, der sie aus dem Krankenhaus abgeholt hat. Auch das hat das Pflegeheim organisiert. Ohne den Koffer, in den ich Mums Jogginganzüge und ihre Pyjamas gepackt habe, und den Blumenstrauß mitzunehmen, geht Debs durch die offene Eichenholztür in den kleinen Empfangsbereich hinein, um Bescheid zu geben, dass wir eingetroffen sind. Ich laufe derweil zu dem abgeschlossenen Garten, der sich rechts vom Gebäude befindet.

Jemand hat eine Bank vor den Teich mit den Seerosen gestellt. An der Rückenlehne der Bank ist ein glänzendes Messingschild angebracht. Ich beuge mich vor, um die Inschrift zu lesen.

In Erinnerung an Maggie, die diesen Garten und das Heim geliebt hat. An jedem Tag schmerzlich vermisst von Frederick und Richard

Behutsam streiche ich mit den Fingerspitzen über das Schild. Wenn Maggie diesen Ort geliebt hat, dann gibt es auch Hoffnung für Mum. Ich erkunde den Garten und entdecke noch mehr schöne Dinge – sauber gejätete Beete, die mit bunten Blumen bepflanzt sind, und Rhododendronbüsche, die gerade beginnen, pink zu blühen. Dinge, die meine Mum glücklich machen werden. Dinge, an die ich mich klammern kann, wenn wir wieder wegfahren.

»Der Krankenwagen ist da, Liebes«, ruft Debs über die niedrige Hecke hinweg, die die Zufahrt vom Garten trennt.

Als Mum eintrifft, kommt eine kleine Frau in einem Kostüm und Stilettos heraus. Sie hat ihr Haar zu einem so festen Knoten auf dem Kopf zusammengesteckt, dass ich sehen kann, wie die Haut am Haaransatz spannt. Sie sieht so schick und adrett aus, dass ich mir, statt von ihrer Professionalität beeindruckt zu sein, sofort ausmale, wie sie wohl aussehen muss, wenn sie das Kostüm auszieht und ihre Haare offen trägt. Es ist ein unglückliches Nebenprodukt ihrer Bemühungen, dass ich sie mir, während sie auf mich zukommt, um mir die Hand zu schütteln, in einem Bademantel und mit Häschenhausschuhen vorstelle.

»Hallo, Sie müssen Jessica sein! Wir haben telefoniert. Ich bin Nina Lew.«

»Ja. Hi.«

»Sollen wir Ihrer Mutter helfen, sich hier einzurichten? Sie sind herzlich eingeladen, so lange bei ihr zu bleiben, wie Sie möchten. Wir empfehlen immer, dass sich die Angehörigen unserer Bewohner möglichst viel vom alltäglichen Leben in Henley Hall ansehen, damit sie beruhigt sind. Sie können also sehr gern zum Abendessen bei uns bleiben, wenn Sie möchten.«

»Das wäre wundervoll, danke.«

»Siehst du? Ich habe dir ja gesagt, dass die Leute hier sehr nett sind, oder?«, flüstert Debs mir zu, als wir zum Krankenwagen gehen, um Mum zu begrüßen.

Zwei Männer kommen, um Mums Rollstuhl aus dem Krankenwagen zu heben und über den unpraktischen Schotter bis zur Haustür zu tragen.

Mum sieht in ihrem Rollstuhl und unter der Krankenhausdecke, die man ihr bis zum Kinn gezogen hat, unglaublich klein und zerbrechlich aus. Während ich mir den prunkvollen Eingangsbereich ansehe, ist Mum ganz still. Ob sie kein Interesse an ihrer Umgebung hat oder sich nicht umsieht, weil es ihr schwerfällt, den Kopf zu drehen, kann ich nicht genau sagen.

»Wir bringen Sie gleich ins Zimmer Ihrer Mum. Nachdem Sie sich ein bisschen eingerichtet haben, kommen Sie gern wieder herunter und sehen sich unsere Gemeinschaftsräume an. Wenn ich nicht da sein sollte, um Sie herumzuführen, wird Ihnen eine der Schwestern sehr gern behilflich sein. Der Aufzug befindet sich hier entlang.«

Ein Minuspunkt. Diese Nina Lew sollte eigentlich mit Mum reden, nicht mit mir. Wenn sie nicht einmal das hinbekommt, was klappt dann unter ihrer Aufsicht noch alles nicht? Ich schiebe Mum im Rollstuhl zum Aufzug und habe von Schritt zu Schritt mehr das Gefühl, dass das hier ein Fehler ist.

Mums Zimmer, das sich am Ende eines langen, breiten Flurs im zweiten Stock befindet, ist hell und sehr geräumig. Ich vermute, dass wir Glück hatten, dieses Zimmer mit dem Erkerfenster bekommen zu haben, von dem aus man die Zufahrt überblicken kann, statt eines der kleineren Zimmer im hinteren Teil. Wenn das hier ein Hotel wäre, dann wäre es sicherlich ein Zimmer der Kategorie »Superior«.

Es ist schön. Vermute ich. Wenn nur die Tagesdecke auf dem Pflegebett nicht apricot wäre und wenn nur die Vorhänge keine Rüschenbesätze hätten.

Im Zimmer hängt ein muffiger, alter Geruch. Natürlich sind die meisten Bewohner von Henley Hall alt – Jahrzehnte älter als Mum. Mit fünfundfünfzig Jahren ist Mum die jüngste

Bewohnerin, die Henley Hall je aufgenommen hat. Sie nehmen niemanden auf, der noch jünger ist. Wenn Mum schon im vergangenen Jahr das Endstadium der Huntington-Krankheit erreicht hätte, dann hätte sie sich einen Platz in einem anderen Pflegeheim suchen müssen.

Am Fenster steht ein lindgrüner Sessel. Von dort aus hat man einen Blick auf den Garten. Ich setze mich auf die Armlehne, den Rücken durchgestreckt. Ich bin mir sicher, dass es Mum beruhigen würde, wenn sie sehen würde, dass ich mich hier wohlfühle. Es würde es ihr leichter machen, dasselbe zu empfinden. Doch meine Unsicherheit, meine Beklommenheit wächst, und ich weiß nicht, wie ich sie loswerden soll.

Das hier passt überhaupt nicht zu Mum. Mum mag bunte Farben, große Muster, gegensätzliche Strukturen und Oberflächen, warmes Licht. Und jetzt sitzt sie hier in diesem pastellfarbenen Albtraum.

Mir wird bewusst, dass wir nicht annähernd genügend von ihren persönlichen Dingen mitgebracht haben, damit sie sich hier wie zu Hause fühlen kann. Trotz ihrer Bemühungen ist es, nachdem Debs Fotorahmen aufgestellt, nachdem sie Decken und Deko verteilt hat, die sie mitgebracht hat, noch immer ein Zimmer, das zu einer faltigen Dame namens Joan oder Mavis passt und nicht zu meiner Mum, der früher so stylischen, modernen Frau Mitte fünfzig.

»So«, sagt Debs und stellt den Blumenstrauß, den sie besorgt hat, auf die Kommode. Im Auto wirkte der Blumenstrauß auf der Rückbank riesig und erfüllte den Innenraum des Wagens mit dem wundervollen Duft von Rosen und Nelken. Hier, in diesem riesigen Zimmer, scheinen die Blumen zu einem kleinen Sträußchen zusammengeschrumpft zu sein, das diesen Ort nicht aufheitern kann. Ich nehme mir vor, morgen, wenn ich wieder hierherkomme, so viele Dinge von zu Hause mitzubringen, wie ich kann. Nicht nur Deko. Ich werde auch ein Bücherregal aus dem Esszimmer mit ihren Lieblingsromanen herschaffen. Ihre *Jo-Malone*-Kerzen, die sie vielleicht nicht anzünden kann, aber die ich im Raum verteilen kann. Den *Next*-Teppich aus dem Wohnzimmer und die lilafarbenen Samtkissen vom Sofa.

»Danke, Debs«, sage ich, als sie sich mit einem lauten Schnaufen aufs Bett sinken lässt.

»Gern geschehen. Es sieht doch gut aus, oder?«, fragt sie Mum.

Mum wird müde. Ihr fallen allmählich die Augen zu.

»Wohin möchtest du, Mum?«, frage ich sie laut, ehe sie im Rollstuhl einschläft. »In den Sessel? Oder sollen wir dir ins Bett helfen?«

Mum deutet auf das Bett, und Debs und ich tragen sie dorthin. Sofort schlage ich die Decke über sie, damit ihr nicht kalt wird.

Nachdem sie im Bett liegt, fallen Mum wieder die Augen zu. Ich setze mich auf die Bettkante und klopfe ihr sacht auf die Beine, damit sie mich noch einmal ansieht, ehe sie einschläft.

»Fühlst du dich hier wohl, Mum? Ist es dein Wunsch, hierzubleiben? Wir können dich immer noch zu uns nach Hause holen, wenn es dir nicht gefällt. Es ist noch nicht zu spät.«

»Jess«, sagt Debs warnend. »Deine Mutter hat ihre Entscheidung getroffen.«

»Ich weiß«, zische ich, aber ich muss ihre Antwort auf meine Fragen hören. Sonst kann ich sie nicht allein lassen.

»Mir geht's gut«, sagt Mum einige Sekunden später. Sie ist blass, und ich weiß, wie viel Kraft sie diese Worte gekostet haben. Sie lächelt mir sogar noch einmal kurz zu und drückt meine Hand. Nachdem sie das getan hat, macht sie die Augen zu und öffnet sie auch nicht wieder.

»Sie ist bestimmt erschöpft von dem ganzen Hin und Her heute«, sagt Debs. »Wir lassen sie lieber schlafen.«

»Es ist bald Zeit fürs Abendessen. Wir sollten eigentlich zusammen nach unten gehen, um uns den Speisesaal anzusehen.«

»Mach dir darüber mal keine Gedanken.«

»Ja, gut. Vielleicht bringen sie ihr ja noch etwas zu essen aufs Zimmer.«

»Ich bin mir sicher, dass sie sich darum kümmern werden, wenn sie wach ist.«

»Ja, das werden sie wohl.«

Ich lege den alten laminierten Papierbogen mit den Symbolen, den ich von zu Hause mitgebracht habe, auf das Nachttischchen neben ihrem Bett. Wenn sie aufwacht, muss sie nicht reden, falls es ihr zu schwerfällt. Ziellos gehe ich im Zimmer umher.

»Sie wird sich hier gut einleben und wohlfühlen. Da bin ich mir sicher«, sagt Debs. Ihre Stimme klingt dabei so bestimmt, dass sie sich vermutlich auch selbst davon überzeugen will.

»Ja?«

»Ja. Es ist zwar nicht ihr Zuhause, doch sie ist hier sicher und man kümmert sich gut um sie. Es ist ihre Entscheidung gewesen, Jess. Wir müssen das Beste daraus machen.«

»Ich weiß.«

»Gut. Dann sollten wir jetzt aufbrechen, bevor der Verkehr zu schlimm wird.«

»Oh nein. Ich kann sie nicht allein lassen! Noch nicht.«

»Doch, du kannst, Süße. Du musst es sogar.«

Irgendwie bringt Debs mich dazu, noch mit Mums Tagesschwester Yolanda zu sprechen und mit ihr die Liste der Anweisungen für Mums Pflege durchzugehen, die ich schon per E-Mail geschickt habe. Ich bedanke mich bei dieser Frau, weil sie verspricht, sich um Mum zu kümmern und nach ihr zu sehen, und bitte sie, mich in zwei Stunden mal anzurufen.

Es ist, als wäre ich wieder ein Kind. Mit etwas gutem Zureden lasse ich mich von meiner Mutter fortreißen wie ein Kleinkind in der Spielgruppe. Da Debs mich ablenkt und mich schnell aus dem Gebäude und zum Auto führt, habe ich nicht einmal Zeit, um meine Mutter zu weinen.

Erst als ich wieder zu Hause bin und in das stille, beängstigend leere Haus komme, beginnt die Trennung wie eine entzündete Wunde zu pochen, zu schmerzen, und mir kommen die Tränen. In Henley Hall war Mum noch da, und sie hat nach mir gesehen – wie immer. Ich war so erleichtert, als sie meine Hand drückte und sagte, dass es ihr gut gehen würde. Nur deshalb konnte ich sie loslassen und gehen. Aber jetzt bin ich zu Hause, und zum ersten Mal ist sie nicht da. Sie ist nicht hier, um mir zu sagen, dass alles gut werden wird, weil wir nicht mehr zusammen hier leben. Wir werden nie mehr zusammen hier leben, und mir fällt in diesen Mauern nichts ein, was meinen Schmerz lindern könnte.

Kapitel 33

Ein Blumenstrauß von *Marks & Spencer* liegt auf meinem Schreibtisch, als ich zum ersten Mal, seit Mum so krank geworden ist, wieder ins Büro komme. Wer auch immer die Blumen besorgt hat, hat eine gute Wahl getroffen. Die langen Stiele der Gladiolen liegen auf meiner Tastatur und ragen über die Tischkante hinweg, und dazwischen sind noch geschlossene Lilien. Wenn sie erblühen, wird der Strauß herrlich und viel beeindruckender aussehen, als ein paar Rosen es geschafft hätten.

An der Folie, in die der Strauß eingeschlagen ist, hängt eine Karte, auf der in Janes großer Handschrift etwas geschrieben steht.

> *Wir denken in dieser schwierigen Zeit an dich. Wir sind für dich da.*
> *Deine Freunde bei McAllister Lewis Glenn*

Ein netter Gedanke, doch wie es bei Jane oft der Fall ist, ist sie ein wenig übers Ziel hinausgeschossen. Die Worte passen eher zu einem Hinterbliebenen. Ich bin keine Hinterbliebene. Noch nicht. Für diesen Zustand gibt es keine Klappkarten. Was macht Jane, wenn es tatsächlich so weit ist? Es wird eine erneute Spendensammlung geben und man wird noch einen Blumenstrauß für mich besorgen. Ich hoffe nur, dass es eine angemessen große Pause dazwischen geben wird – denn sonst wird es Unmut über die Kosten geben.

Als Jane zu mir kommt – das Gesicht eine Maske des Mitgefühls und viel zu viel Rouge –, lächele ich höflich und sage nichts darüber, wie sinnlos ihre Geste ist.

»Da bist du ja, Süße! Komm mal her.«

Sie umarmt mich kurz. Die knappe Umarmung will nicht zu dem schwermütigen Tonfall ihrer Worte passen. Na gut, sie trägt heute ihre *Jaeger*-Bluse. Mehr als eine kurze, knappe Umarmung würde die Bluse wahrscheinlich schrecklich zerknittern.

Ich musste Jane von Mums Erkrankung erzählen. Wenn ich zwei Wochen freigenommen hätte, um Mum täglich im Krankenhaus zu besuchen und die Unterbringung im Pflegeheim zu organisieren, und nichts gesagt hätte, dann hätte ich meinen Job riskiert. Man hat nur eine bestimmte Anzahl von Krankheitstagen, die man nehmen kann, ohne dass jemand von den Partnern Verdacht schöpft, zu schnüffeln beginnt und einem die Personalabteilung auf den Hals hetzt. Mit Jane über die wahren Hintergründe für mein Fehlen zu reden, war die einzige Möglichkeit, um freie Tage zu bekommen und am Ende noch einen Job zu haben, zu dem ich zurückkehren konnte.

Ich erzählte ihr, dass es um eine neurologische Erkrankung ginge. Wenn ich ihr mehr gesagt hätte, wäre es am heutigen Tag nicht nur darum gegangen, E-Mails abzuarbeiten und gute Wünsche entgegenzunehmen. Es hätte Blicke gegeben, Gemurmel hinter meinem Rücken und Störungen durch Leute, die krampfhaft versuchten, *nicht* an meinem Schreibtisch vorbeizugehen.

Und das wäre nur das, was die Kolleginnen tun würden.

In den oberen Etagen würde es Meetings geben, in denen es um die Frage gehen würde, wie man zukünftig mit mir verfahren wolle. Ich müsste zum Arbeitsschutz, wo man meine Befähigung untersuchen würde, ob ich meinen Job noch erfüllen und behalten kann. Sie würden mich behalten müssen. Ich kann nicht für eine Krankheit gefeuert werden, die noch nicht ausgebrochen ist und bisher nur in mir schlummert. Aber sie würden mich beobachten – alle – und auf Anzeichen warten, dass die Krankheit ausgebrochen ist.

Das hasste meine Mum am meisten, als ihre Erkrankung auch für Außenstehende bemerkbar wurde: die Aufmerksamkeit. Wenn die Leute nett waren, blieben sie stehen und erkundigten sich, ob es ihr gut ginge. Die meisten vermuteten, dass sie zu tief ins Glas geschaut hätte. Wenn die Leute nicht so nett waren, funkelten sie sie wütend an, während sie versuchte, ihren Körper unter Kontrolle zu halten, und wandten dann den Blick ab. Ich könnte das auch nicht ertragen. Nein, bei der Arbeit musste man nur über Mum Bescheid wissen. Mehr nicht.

Trotzdem war es eine Erleichterung für mich. Mums Krankheit geheim zu halten, hat mir das Leben noch schwerer gemacht. Das sehe ich inzwischen ein. Es sind die Lügen, die alles so kompliziert machen. Der Druck, eine Tarnung zu benutzen und ständig darüber nachdenken zu müssen, wie man die Wahrheit über das eigene Leben verbergen kann.

Ich rechnete damit, dass Jane weiter in mich dringen und mehr wissen wollen würde, doch damit lag ich falsch. Die Art, wie sie zu mir kam und mir ihre Hilfe anbot, wie sie mir sagte, ich solle nicht auf die Idee kommen, zur Arbeit zurückzukommen, ehe ich nicht wirklich wieder bereit dazu war, fühlte sich gut an. Zögerlich fragte sie mich, ob sie mit den Frauen im Büro über mich reden solle, da sie sich wegen meiner Abwesenheit Gedanken und Sorgen gemacht hätten. Natürlich, entgegnete ich. Sie sollte ihnen ruhig Bescheid sagen. Wenn sie genauso wie Jane auf die Nachricht reagieren würden und ich mir ihrer Unterstützung bei der Arbeit sicher sein könnte, wäre das das Stärkungsmittel, das ich dringend gebrauchen konnte.

»Und wie geht es *dir*?«, fragt Jane nun und setzt sich auf meinen Schreibtischstuhl.

»Mir geht's gut, danke. Es ist eine große Veränderung, an die wir uns gewöhnen müssen, aber Mum hat sich gut eingelebt, und ich beginne zu akzeptieren, dass es der beste Ort für sie ist. Danke für dein Verständnis.«

Sie winkt ab. »Das ist nicht nötig. Wir sind alle für dich da, um dich zu unterstützen, Schätzchen. Kaum vorstellbar, dass du das alles monatelang geheim gehalten und mit dir selbst ausgemacht hast. Wenn du nur ein Wort gesagt hättest, dann hätten wir dir helfen können.«

»Das ist echt nett von dir.«

»Nicht der Rede wert. Ich denke, Harold wird heute im Laufe des Tages noch mal hierherkommen, um mit dir zu reden. Nur, um sicherzugehen, dass es dir auch wirklich gut geht. Als ich ihm von deiner armen Mutter erzählte, war er genauso bestürzt wie ich. Mit fünfundfünfzig Jahren in einem Pflegeheim – das wünscht man seinem schlimmsten Feind nicht.«

»Nein, das kann man so sagen.«

Als Jane verschwindet, rufe ich mir in Erinnerung, dass es nicht unhöflich ist, solche Dinge zu sagen, also habe ich nicht das Recht, bei einer solchen Bemerkung einen Stich zu verspüren.

Ich schiebe den Blumenstrauß zur Seite und beginne, durch die unzähligen ungelesenen Mails zu scrollen. Alle Mails müssen geöffnet werden, um alle Mails muss ich mich kümmern. Da ich das nur mit jeder Menge Koffein schaffen werde, schnappe ich mir die Blumen und gehe in die kleine Teeküche, die vom offenen Großraumbüro abgetrennt ist. Dort treffe ich auf Olivia, die gerade dabei ist, sich einen grauenvoll riechenden Kräutertee zu brauen. Als sie sich zu mir umdreht, bemerke ich zum ersten Mal die kleine Wölbung unter ihrem Kleid.

»Sieh dich an!«, sage ich.

»Jess, du bist wieder da!«

Ehe ich's mich versehe, hat sie mich in die Arme geschlossen. Dieses Mal ist es eine innige, feste Umarmung.

»Okay, okay«, sage ich und winde mich heraus.

»Ich habe mir solche Sorgen um dich gemacht! Sehr gut, dass du Jane von deiner Mum erzählt hast. Sie ist eine furchtbare Nervensäge, doch sie meint es gut mit einem. Ich bin echt stolz auf dich.«

»Danke.«

Olivia und ich hatten an dem Abend, bevor ich es Jane erzählt habe, miteinander gesprochen. Ich musste sichergehen, dass sie mit niemandem über Mums tatsächliche Diagnose und über meine eigene Diagnose reden würde. Sie versicherte mir, keiner Menschenseele davon zu berichten, und ich weiß, dass sie ihr Wort gehalten hat. Obwohl meine Verkündigung bestimmt für unzählige Stunden von Klatsch und Tratsch geführt hat, hat Olivia nicht mehr dazu gesagt, als sie sollte.

»Warum hast du mir nicht verraten, wie schlimm es geworden ist? Und warum hast du mir nicht schon Bescheid gesagt, als deine Mum ins Krankenhaus eingeliefert worden ist? In den vergangenen Monaten habe ich mich ständig selbst bemitleidet und gejammert, und du hast dir das alles geduldig angehört. Ich hätte deine Mum doch besuchen oder dir etwas zu essen vorbeibringen können.«

»Ist schon okay.«

»Nein, das ist es nicht. Ich hätte dir helfen können.«

»Tut mir leid. Ich schätze, ich habe mich ein bisschen zurückgezogen.«

»Das lasse ich nicht mehr zu. Ab jetzt stehen ich und das gesamte Büro hinter dir. Wir werden alle unser Bestes geben, um dir das Leben ein bisschen leichter zu machen, wenn du es möchtest. Sogar Jane.«

Ich lache. »Wer hätte das je für möglich gehalten? Hey, du siehst weniger grün im Gesicht aus als beim letzten Mal. Ich vermute, die Morgenübelkeit lässt allmählich nach?«

»Jep. Hier, schnupper mal an mir.«

»Was?«

»Schnupper mal an mir.«

Ich beuge mich vor und atme höflich ihren Duft ein.

»Los! Was riechst du?«

»Ich weiß nicht … Deodorant. Shampoo.«

»Genau. Nicht ein Hauch von Kotze. Ich habe mich jetzt drei Tage am Stück nicht übergeben.«

»Wow. Herzlichen Glückwunsch! Ich vermute, das heißt, dass Rick dir nicht länger auf den Wecker fällt?«

»Das stimmt«, sagt sie und lächelt mit geschlossenen Augen. »Er ist heute Morgen zur Arbeit gegangen, ohne sich zu verabschieden. Es ist einfach wundervoll.«

»Toll.«

Es entsteht eine Pause. Ich ergreife die Gelegenheit, um den Wasserkessel zu füllen, und fische meinen Becher aus dem Schrank. Aber Olivia rührt sich nicht von der Stelle, tritt nur unruhig von einem Bein auf das andere.

»Ich muss dir noch etwas sagen. Ich war mir nur nicht sicher, ob du es hören wolltest, nachdem du dich von Alec getrennt hast.«

Als ich Alecs Namen höre, ist meine Kehle mit einem Mal wie zugeschnürt. Ich schlucke unsicher. Ich habe Olivia nicht mehr gesehen, seit Alec und ich Schluss gemacht haben. Wir haben nicht über ihn geredet – ich habe ihr nur mitgeteilt, dass ich ihn einfach nicht mehr sehe.

»Schieß los«, presse ich zwischen zusammengebissenen Zähnen hervor.

»Rick hat mir einen Antrag gemacht«, sagt sie schlicht.

»Oh.«

»Und ich habe Ja gesagt.«

»Oh. Tja, das ist doch toll! Ich freue mich für euch! Wie kommst du darauf, dass ich das nicht hören wollen würde?«

»Danke. Ich dachte nur … Alec und du seid euch ja ziemlich nahegekommen. Du weißt ja, wie es ist, wenn man sich von jemandem trennt … Das Letzte, was man hören will, ist, wie glücklich die anderen alle sind.«

»Olivia, wie oft habe ich dir schon gesagt, dass es zwischen Alec und mir nichts Ernstes war? Wir hatten nur ein bisschen Spaß. Ehrlich, ich habe in den letzten Wochen kaum an ihn gedacht. Das mit dir und Rick ist toll! Ich freue mich total für euch!«

»Danke, Jess. Du bist die Beste! Dann kommst du zu unserer Verlobungsparty?«

»Versuch mal, mich davon abzuhalten.«

Sie stößt einen kleinen Jubelschrei aus und packt meinen Ellbogen. »Super. Es wird eine ruhige Veranstaltung. Ich kann in meinem Zustand ja nicht mehr so richtig feiern«, sagt sie und streicht über die Wölbung unter ihrem Kleid. »Aber ich sorge dafür, dass sich alle amüsieren werden.«

»Klingt toll.«

»Fein. Wollen wir zusammen mittagessen?«

»Ja.«

Sie nimmt den Becher mit dem ekelig aussehenden Tee und lässt mich in der Küche allein.

Das ist auch gut so. Ich klammere mich an der Anrichte fest und ziehe den Kopf zwischen die Schultern. Ich suche nach dem Mut, den ich heute Morgen beim Verlassen des Hauses noch in mir gespürt habe. Doch nachdem ich am *The Wishing Well* vorbeigehen musste und nachdem ich dann auch noch Alecs Namen und Olivias Neuigkeiten gehört habe, ist nichts mehr davon übrig. Dabei ist es erst zehn nach neun.

Kapitel 34

»Wie wär's, Jess? Hast du Lust, etwas trinken zu gehen?«, fragt Maureen am Freitag, als wir Feierabend machen.

»Ich kann nicht, tut mir leid. Ich besuche heute Abend meine Mutter.«

»Wie dumm von mir … Natürlich tust du das.«

»Und wenn wir nur einen klitzekleinen Drink nehmen?«, schlägt Olivia vor. »Es ist das erste Mal seit Monaten, dass ich Lust habe, auszugehen, statt mich gleich nach Hause zu verkrümeln. Komm doch zur Feier des Tages mit!«

»Ich würde ja gern«, entgegne ich und meine es auch so. Jeder im Büro war die ganze Woche über so hilfsbereit, dass ich voller Bewunderung und mit einem warmen Gefühl für jeden hier ins Wochenende gehe. Es wäre schön, noch etwas Zeit mit ihnen zu verbringen. »Aber ich kann leider nicht. Mum erwartet mich.«

»Dann geh«, sagt Olivia. »Gib deiner Mutter einen Kuss von mir.«

»Und von mir auch«, fügt Maureen hinzu.

»Du kennst Jess' Mum doch überhaupt nicht«, bemerkt Olivia.

»Nein, aber deshalb kann ich ihr doch trotzdem einen Kuss schicken.«

Etwas niedergeschlagen gehe ich zur Metro-Station. Aber dann ermahne ich mich, nicht albern zu sein, da ich sie ja morgen Abend bei Olivias und Ricks Verlobungsparty wiedersehen werde.

Ich habe mir unzählige Gründe überlegt, nicht zu der Party zu gehen – die meisten von ihnen hatten mit Mum zu tun. Doch jedes Mal, wenn ich versuchte, Olivia einen dieser

Gründe zu unterbreiten, kam sie mir zuvor, indem sie sagte, wie sehr sie sich freue, dass ich kommen würde, oder wie viel Arbeit diese Party bedeute und dass sie durchdrehen würde, wenn jetzt noch etwas schiefgehen sollte. Und so brachte ich es nicht übers Herz, ihr abzusagen und sie zu enttäuschen.

Und eigentlich gibt es auch keinen Grund, nicht hinzugehen. Mum hat sich gut in Henley Hall eingelebt – das versichert man mir jedenfalls jedes Mal, wenn ich wieder gehe. Bei meinem ersten Besuch, nachdem ich sie nach Henley Hall gebracht hatte, brachte ich so viele ihrer Habseligkeiten mit, wie ich konnte. Mum beobachtete mit einem Lächeln im Gesicht, wie ich ihr Zimmer umgestaltete. Und ihr Lächeln wurde noch breiter, als verschiedene Schwestern und Pfleger hereinkamen und bemerkten, wie stylisch ihr Zimmer nun aussehen würde. Abgesehen von diesem Besuch hat sie in der letzten Woche jedes Mal geschlafen, wenn ich bei ihr war. Debs hat sie ebenfalls jeden Tag besucht. Anders als ich hat sie sie dabei auch mal wach erlebt. Ihrer Meinung nach bekommt Mum in Henley Hall von einigen der wundervollsten Schwestern die beste Pflege, die sie bekommen kann. Debs meint, dass Mum im Pflegeheim viel entspannter wirkt als bei uns zu Hause im Esszimmer.

Ihre letzten Worte treffen mich wie ein Schlag. Der Rest jedoch zeigt mir, dass Mum die richtige Entscheidung getroffen hat. Sie wusste schon immer, was das Beste für uns war – ob es nun die Frage danach war, welche Kurse ich in der Schule nehmen sollte, oder welchen Mantel ich beim Ausverkauf bei *Selfridges* nehmen sollte. Und auch in diesem Fall scheint sie wieder die beste Entscheidung gefällt zu haben.

Die Metro hat Verspätung, also rufe ich Debs an, während ich warte. Sie ist noch immer bei Mum. Flüsternd erzählt sie mir, dass Mum einen guten Tag hatte und dass sie jetzt schon eingeschlafen sei. Ich sage ihr, dass ich unterwegs bin, aber Debs erwidert, dass ich heute Abend nicht noch vorbeikommen müsse. Ich werde schon morgen den ganzen Tag mit Mum verbringen, und es ist ja auf jeden Fall jemand da, falls sie aufwachen sollte. Zuerst bin ich nicht überzeugt. Erst als Debs sagt, dass Erica die Nachtschicht übernimmt, willige ich schließlich ein. Erica ist die perfekte Schwester für Mum: freundlich, ohne zu überschäumend zu sein, und bestimmt, ohne herrisch zu sein. Ich kann mich noch daran erinnern, wie Erica meine Mum einmal zum Lachen brachte: Ich verrückte gerade die Möbel im Zimmer und dekorierte um, als Erica hereinkam, mich beobachtete und mich dann »die Marie Kondo der Pflegeheimwelt« nannte. Ich weiß, dass Mum ein Loblied auf Erica singen würde, wenn sie könnte.

Da ich heute Abend nicht zu Mum fahre, beschließe ich, kehrtzumachen. Ein Cocktail oder zwei, um mich aufs Wochenende einzustimmen – das ist genau das, was ich gebrauchen könnte. Ich werde auch nicht lange bleiben. Ein paar Drinks, ehe ich früh nach Hause gehe, um morgen Vormittag zu Mum zu fahren. Perfekt.

Maureen hatte vor, im *Drenched* Cocktails zu trinken, doch als ich dort ankomme, ist die Bar vollkommen überfüllt. Die Anzugträger drängen sich dicht an dicht vor dem Tresen – ein grauer Schleier der Enttäuschung, weil sie darauf warten müssen, endlich bestellen zu können. Olivia und Maureen sind nirgends zu entdecken.

Mein Magen ist vor Angst wie zugeschnürt, als ich Olivia anrufe.

»Wo steckt ihr denn? Ich bin zurückgekommen, aber ich finde euch nicht.«

»Toll!«, ruft Olivia über die Hintergrundgeräusche im Pub hinweg. »Im *Drenched* war es brechend voll, also haben wir aufgegeben und sind stattdessen ins *The Wishing Well* gegangen.«

»Oh. Ist Alec da?« Ich muss die Frage einfach stellen.

»Ja, aber hier ist es auch total voll. Vor dem Tresen stehen sie in mehreren Reihen. Ich stelle mich schon mal an, um ein Getränk für dich zu besorgen, während du kommst und dich dann zu uns an den Tisch setzt. Er wird nicht mal bemerken, dass du überhaupt hier bist. Nicht, dass es eine Rolle spielen würde. Stimmt's?«

»Stimmt. Hör mal, es ist schon spät. Vielleicht gehe ich doch lieber nach …«

»Zu spät«, unterbricht Olivia mich. »Du hast zugestimmt. Und jetzt beweg dich endlich hierher.«

Ich komme ins *The Wishing Well.* Ich habe den Pub an einem Freitagabend noch nie so voll gesehen. Olivia und Maureen entdecken mich und winken mich an ihren Tisch. Bevor ich zu ihnen gehe, riskiere ich einen kleinen Blick zur Theke. Und in dem Moment machen die Leute, die vor mir stehen, etwas Seltsames: Sie scheinen sich alle auf einmal zu bewegen, sodass eine Lücke entsteht, durch die ich die Bar erkennen kann. Dort steht Alec, zapft ein Bier und hebt just in diesem Moment den Blick. Innerhalb weniger Sekunden schließt sich die Lücke wieder, aber es ist zu spät. Alec und ich haben einander gesehen.

Ich kämpfe mich zum Tisch hindurch, um mich gleich wieder zu entschuldigen und zu verschwinden. Ich hoffe nur, dass ich hier abhauen kann, bevor Alec sieht, wo ich bin. Doch in diesem Augenblick spüre ich, wie jemand mir auf die Schulter tippt.

»Hallo.«

Er ist verschwitzt und riecht nach dem Bier, das er heute Abend wohl pausenlos zapft. Aber er lächelt auch.

Ich würde mir ja selbst eine Ohrfeige dafür verpassen, den Fehler gemacht zu haben, hierherzukommen, wenn es mir nicht jetzt schon so wehtun würde.

»Hi. Tut mir leid, ich wollte gerade gehen.«

»Tu das nicht. Du bist doch eben erst angekommen. Es ist schön zu sehen, dass du ausgehst. Ich vermute, das heißt, dass es deiner Mutter besser geht?«

»Ich muss jetzt wirklich los, Alec. Entschuldige mich bitte.«

Er geht nicht zur Seite. Ich versuche, mich zwischen den Leuten hindurch an ihm vorbeizudrängeln, aber es gelingt mir nicht.

»Warte. Meinetwegen musst du nicht versuchen, das *The Wishing Well* zu meiden.« Es klingt, als wäre es albern, ihm nach viereinhalb Dates aus dem Weg zu gehen.

»Das tue ich ja gar nicht.«

»Okay. Dann geht es dir gut?«

»Mir geht es gut.«

Plötzlich ergibt sich die Gelegenheit, zur Tür zu stürmen, und ich ergreife sie, ohne noch einmal zurückzublicken.

»Du Idiotin!«, schimpfe ich laut, als ich draußen und um die Ecke verschwunden bin. Es waren doch nur viereinhalb Dates. Keine große Sache.

Aber das hat offenbar schon gereicht.

Jetzt weiß ich wenigstens eines ganz genau: Es tut zu weh, ihn zu sehen. Das darf mir nicht noch einmal passieren.

Nach einer unruhigen Nacht erwache ich an einem wundervoll klaren Frühlingsmorgen und mache mich auf den Weg, um Mum zu besuchen. Die Sonne schafft es endlich wieder, die Luft ein bisschen aufzuwärmen. Vor Henley Hall jubiliert die Natur. Unzählige Narzissen, die die Zufahrt säumen, wiegen im leichten Wind ihre Köpfchen. Vögel fliegen zur Regenrinne und wieder zurück und zwitschern fröhliche Lieder. Hinter dem ehrwürdigen Gebäude steht eine Reihe von alten Eichen, die Knospen tragen und sich einander zuzuwenden scheinen wie alte Freunde.

Wenn man diese Schönheit betrachtet, fällt es schwer, sich vorzustellen, dass in Henley Hall etwas Schlimmes passieren könnte. Hier ist es leichter für mich, die schmerzhaften Gedanken an Alec beiseitezuschieben. Stattdessen denke ich an den Spaziergang, den ich mit Mum machen möchte, und an den anschließenden Nachmittagstee, und eile lächelnd und voller Vorfreude auf die kommenden Stunden die Treppe zu ihrem Zimmer hinauf.

Erica kommt aus Mums Zimmer, als ich vor der Tür ankomme.

»Guten Morgen«, trällert sie beschwingt, obwohl ihr eine Nachtschicht in den Knochen steckt.

»Hi, Erica. Wie geht es Mum?«

»Ihre Mum ist ein Traum, Schätzchen. Sie hat die ganze Nacht durchgeschlafen. Wenn die anderen Patienten doch auch so pflegeleicht wären.«

»Das klingt doch gut. Ist sie jetzt wach?«

»Nein. Sie ist noch immer im Land der Träume, die Glückliche.«

Ich will gerade lächeln und noch etwas zu Erica sagen, als mir der Haken an der Sache auffällt.

»Erica, wie oft war Mum in den letzten Tagen wach? Sie scheint außergewöhnlich viel zu schlafen.«

Erica zupft am Saum ihrer türkisfarbenen Tunika herum und zieht das Umhängeband um ihren Hals gerade. Ihr wird offensichtlich gerade bewusst, dass ihre Schicht noch nicht ganz zu Ende ist – um eines muss sie sich noch kümmern, bevor sie nach Hause gehen kann: um mich.

»Sie schläft sehr viel, aber das ist nicht unbedingt schlecht. Wenn sie schläft, leidet sie nicht. Wenn sie schläft, träumt sie sich an einen anderen Ort, an dem sie mit jemand anders zusammen ist als mit mir.«

»Ich weiß. Das verstehe ich. Ich mache mir nur Sorgen, dass sie nicht genug isst und trinkt, wenn sie kaum jemals wach ist.«

»Sie bekommt, was sie braucht, Schätzchen.«

Ich rechne eigentlich damit, dass sie ihren Worten Beweise folgen lässt und mir etwas von Kalorientabellen erzählt oder zumindest alles auflistet, was Mum in den vergangenen vierundzwanzig Stunden zu sich genommen hat. Doch alles, was

Erica mir gibt, ist ein verständnisvoller Blick, ehe sie mir auf die Schulter klopft.

In Mums Zimmer ist es dunkel, als ich hereinkomme. Der Morgen wartet geduldig vor dem Fenster, dass jemand die Vorhänge aufzieht. Kein Wunder, dass Mum so viel schläft, wenn es hier den ganzen Tag über dunkel ist. Ich ziehe die schweren Vorhänge so entschlossen zur Seite, dass die Gardinenringe über die Vorhangstange quietschen.

Selbst in diesem strahlenden Licht wirkt Mum wie ein kleiner, undeutlicher Hügel im Bett. Erica hat die Decke bis über Mums Achseln gezogen, damit sie nicht friert. Im Bett liegen viele Kissen, die Mum abstützen sollen, aber sie ist fast darin versunken. Ihr Mund ist bereits unter der dicken Bettdecke verschwunden. Wenn ich später gekommen wäre, dann wäre sie mit Sicherheit noch weiter nach unten gesackt und ihr Gesicht wäre komplett unter die Decke gerutscht. Mum hätte allein nichts dagegen tun können, selbst wenn sie aufgewacht wäre.

Ich hätte große Lust, Erica hinterherzulaufen, sie ins Zimmer zu zerren und ihr zu zeigen, welcher gefährliche Fehler ihr unterlaufen ist. Allerdings ist es jetzt wichtiger, diesen Fehler zu korrigieren, als sie zur Rede zu stellen. Ich ziehe Mum vorsichtig ein Stückchen hoch, sodass sie wieder über der Decke auf den Kissen liegt. Durch die Bewegung wacht Mum auf. Ich kann sie jetzt nicht allein lassen, um Erica anzuschreien. Mum braucht etwas zu trinken, ihre Haare müssen gekämmt und ihr Gesicht muss eingecremt werden. Ich erledige das alles und nehme mir vor, anschließend mit der Managerin über Erica zu reden.

Mum beobachtet mich unter halb geschlossenen Lidern, während ich geschäftig durch das Zimmer gehe. Ich bemühe mich, ihr zuliebe fröhlich zu sein, und erzähle ihr, wie lieb alle meine Kollegen bei der Arbeit waren und was wir beide heute zusammen Schönes unternehmen können. Doch es fällt mir nicht leicht, mich zusammenzureißen, als mir klar wird, dass meine Mum mich zum ersten Mal ansieht, als würde sie mich nicht erkennen.

Sofort treffe ich eine Entscheidung. Ich habe im vergangenen Jahr oft und intensiv über diesen Moment – meine größte Angst – nachgedacht und mich gefragt, wie ich darauf reagieren würde. Es ist schlimmer, als ich gedacht hätte. Es kommt mir vor, als hätte jemand eine Schere genommen und das Band zwischen meiner Mutter und mir zerschnitten. Aber trotz des unglaublichen Schmerzes ist mein Verstand ganz klar.

Bevor dieser Moment eintrat, wusste ich nie, ob es besser wäre, ihr zu sagen, dass ich ihre Tochter bin, und zu versuchen, sie dazu zu bringen, sich zu erinnern, oder ob ich so tun sollte, als wäre nichts passiert und alles in bester Ordnung. Der Gedanke, dass Mum sich erinnern könnte, machte mir fast so viel Angst wie ihr Vergessen. Sie würde außer sich sein, wenn sie wüsste, dass sie mich nicht wiedererkannt hat. Es wäre das Schlimmste, was diese Krankheit ihr antun könnte. Für mich wäre es natürlich besser, wenn sie mich wieder als ihre Tochter erkennen würde – doch wäre es auch besser für sie?

»Heute ist ein schöner Tag«, sage ich zu ihr, statt sie daran zu erinnern, wer ich bin. »Wenn du magst, können wir nach draußen gehen und etwas in der Sonne sitzen.«

Mum lächelt, und wir gehen zusammen nach unten in den Garten. Wie ich es geplant hatte.

Kapitel 35

Ich gebe mir alle Mühe, den Schrecken des Tages abzuschütteln, als ich zu Olivia fahre. Ich trage meinen schwarzen Jumpsuit, habe großzügig Make-up aufgelegt, und meine Füße in den Stilettos schmerzen jetzt schon. Äußerlich betrachtet, sehe ich so aus, wie ich sollte. Innerlich herrscht jedoch das reinste Chaos.

Alle paar Sekunden tauchen vor meinem inneren Auge Bilder meiner Mum auf. Mums Gesicht, als sie nach dem Aufwachen den Kopf zu mir umwandte. Ihre Augen, die mir durch den Raum zu folgen schienen. Ihre Miene, als ich anfing zu weinen, während ich die Sachen zusammensuchte, die sie für unseren kleinen Ausflug in den Garten benötigen würde. Immer erkenne ich im Ausdruck meiner Mutter Freundlichkeit oder Mitgefühl. Aber es sind eben die Freundlichkeit und das Mitgefühl, das sie auch für jeden anderen Menschen empfindet, dem sie begegnet. Ich erkenne dort nicht mehr die besondere Zuneigung und Liebe, die für mich allein reserviert sind.

Nach einem Tag, an dem ich darauf gewartet hatte, dass sie mich als Jess erkennen würde, und schließlich enttäuscht nach Hause gefahren war, noch auf eine Party zu gehen, kam mir wie der reinste Wahnsinn vor. Aber als ich in unser verlassenes Haus zurückkehrte, änderte ich meine Meinung. Wenn ich die Wahl zwischen einem leeren kalten Haus und einer Party hatte, auf der es genügend Alkohol und Gesellschaft gab, um mich von meinem Schmerz abzulenken, gab es nur eine Option.

Olivia öffnet mir nun die Tür. Sie trägt ein violettes Wickelkleid, das ihren Bauch perfekt in Szene setzt. Sie sieht so strahlend, so glücklich aus, dass ich ein schlechtes Gewissen habe, weil ich hier mit meinem Päckchen beladen aufgekreuzt bin. Ich zwinge mich zu einem Lächeln, mache einen Schritt nach vorn, um sie auf die Wangen zu küssen, und treffe die Entscheidung, meinen Schmerz draußen vor der Tür zu lassen – zumindest für ein paar Stunden.

»Weswegen hast du gestern das *The Wishing Well* so fluchtartig verlassen?«

»Ach, tut mir leid. Es war mir einfach viel zu voll dort.«

Sie winkt ab. »Schon gut. Ich freue mich, dass du jetzt hier bist. Wenn statt dir noch einer von Ricks Unifreunden vor der Tür gestanden hätte, dann hätte ich die Tür wieder zugemacht.«

Sie weist Richtung Wohnzimmer, wo eine Gruppe von hochgewachsenen Männern zusammensteht. Alle tragen pastellfarbene Oberhemden, die mich unangenehm an die Bettwäsche im Pflegeheim erinnern.

Ich lasse mich gern von Olivia an ihnen vorbei in ihre kleine Küche führen.

»Wo sind denn unsere Freunde?«, frage ich, ehe ich mir eine Olive nehme.

»Unsere Freunde? Habe ich dir das nicht erzählt? Sie kommen nicht. Maureen hat sich bei einem ihrer wilden Enkelkinder, auf die sie ständig aufpassen muss, mit irgendetwas angesteckt, und der Rest hatte schon etwas anderes vor.«

»Nein, das hast du mir nicht erzählt. Du meinst, es sind nur wir beide hier und diese Typen im Wohnzimmer?«

»Nein, Dummerchen«, trällert sie. »Das wäre wohl kaum eine echte Party, oder? Ich habe noch meine Cousinen eingeladen, und dann kommt noch … äh … Michael.«

»Und wer genau ist dieser Michael?«

Die Aufregung steigt ihr deutlich sichtbar in die Wangen, und ihre Sommersprossen verschwinden in dem Rot.

»Nur ein sehr gut aussehender, aufstrebender Manager in Ricks Firma. Dem Armen wird immer von irgendwelchen

Frauen, die nur auf sein Geld aus sind, das Herz gebrochen. Rick und ich haben uns über ihn unterhalten, und wir dachten, ihr beide könntet euch gut verstehen.«

»Rick kennt mich kaum«, gebe ich zu bedenken.

»Er weiß, dass du nett und großzügig bist und mich in den vergangenen Monaten super unterstützt hast, und er meint, Michael ist ein toller Mensch. Wir dachten, wir laden ihn heute Abend einfach mal ein und stellen euch einander vor. Kein Druck«, versichert sie mir noch.

»Kein Druck? Ich würde sagen, ein bisschen Druck baut ihr schon auf, da ich hier immerhin niemanden außer dir und Rick kenne – und ihm geht es vermutlich nicht anders.«

»Oje. War das eine blöde Idee? Ich dachte, nachdem du mir immer wieder versichert hast, dass du mit Alec nur ein bisschen Spaß haben wolltest, würdest du vielleicht … noch ein bisschen mehr Spaß haben wollen. Habe ich mich so geirrt?«

Sie sieht so niedergeschlagen aus, als sie nun, umgeben von all dem Fingerfood, durch den Stoff des Kleides hindurch ihren kleinen Babybauch streichelt. Was wäre ich für ein Monster, wenn ich sie jetzt enttäuschen würde.

»Nein, das ist schon in Ordnung. Wenn du und Rick so große Stücke auf ihn haltet, bin ich mir sicher, dass er echt nett ist. Ich brauche allerdings erst mal einen Drink.«

Ich trinke zwei große Gläser Weißwein, bevor es an der Tür klingelt und Michael die Wohnung betritt. Als er in die Küche kommt, nachdem er den anderen Gästen vorgestellt wurde und fast von Ricks Freunden vereinnahmt worden wäre, bin ich schon beim dritten Glas angelangt und ein wenig beschwipst.

»Jess, da bist du ja!«, sagt Olivia, als wäre es eine Überraschung, dass ich genau dort stehe, wo ich stehen bleiben sollte. »Das hier ist Michael, ein Kollege von Rick.«

»Hi, Michael.«

»Hi.«

»Michael, das hier ist Jess, meine wundervolle Arbeitskollegin. Ich hätte die letzten Monate nicht überstanden, wenn sie nicht da gewesen wäre, um sich um mich zu kümmern.«

»Gut gemacht, Jess. Klingt, als hätten Sie sich ein paar Drinks von unseren Gastgebern verdient. Es sei denn, Sie möchten einen von diesen …« Er zieht ein Dutzend schlanker Dosen aus der *Tesco*-Tüte, die er mitgebracht hat. In jeder Dose ist ein anderer Cocktail.

»Wow, da meint es aber jemand ernst heute Abend!«, sagt Olivia und betrachtet die Dosen.

»Oh ja! Übrigens habe ich dir auch was mitgebracht. Du sollst schließlich nicht leer ausgehen«, sagt er und reicht ihr eine Dose mit alkoholfreiem Mojito.

»Das ist echt lieb von dir. Jess, ist das nicht lieb?«

»Äh … ja.«

»Ich sag mal kurz Rick Bescheid, wie toll du bist.« Sie drängelt sich an Michael vorbei aus der Küche. »Ihr beide kommt doch ein paar Minuten allein zurecht, oder?«, fügt sie noch hinzu und zwinkert mir hinter Michaels Rücken zu.

Ohne Olivia bin ich gleich gehemmter. Ich wende mich dem Fenster zu, aber draußen ist es dunkel, und ich sehe in Michaels Augen, die sich im Fenster spiegeln. Als ich den Mut finde, mich zu Michael umzudrehen, steht er an der Anrichte, trommelt mit den Fingern auf die Arbeitsplatte und starrt auf seine Turnschuhe.

Irgendwann bleibt uns nichts anderes mehr übrig, als einander anzusehen.

»Wissen Sie«, sagt er, »ich habe das Gefühl, dass wir beide heute Abend verkuppelt werden sollen.«

»Ja, das würde ich auch sagen. Sie haben das aber jämmerlich schlecht eingefädelt und mehr als ungeschickt angestellt, oder?«

»Gott, ja.« Er beginnt zu lachen. »Schrecklich! Was ist das für eine Gästeliste? Ein paar besoffene sogenannte feine Pinkel und wir beide.«

»Das war allerdings nicht ganz dumm«, gebe ich zu. »Olivia weiß, dass ich mich auf keinen Fall mit einem von denen unterhalten werde, also bleibt mir gar nichts anderes übrig, als mich hier mit Ihnen zu verkriechen.«

»Mir geht's genauso. Rick weiß, dass ich den Typen da draußen nichts abgewinnen kann. Ich habe sie mal kennengelernt, und sie sind so ziemlich die lautesten, arrogantesten Langweiler, die man sich vorstellen kann. Rick denkt wahrscheinlich, dass wir uns, wenn wir nur lange genug allein in der Küche bleiben, Hals über Kopf ineinander verlieben werden.«

»Jep. Darauf baut Olivia bestimmt auch.«

»Es gibt schlechtere Orte, an denen man zurückgelassen werden kann. Und schlechtere Gesellschaft. Was würden Sie dazu sagen, wenn wir das Beste aus unserer Situation machen und das hier vernichten?«, fragt er und weist mit einer ausholenden Handbewegung auf das Fingerfood und die Dosen mit den Cocktails. »Trinken Sie mit mir einen Cocktail aus der Dose?«

»Sehr gern.«

Es ist schön, Zeit mit Michael zu verbringen. Er ist so begeisterungsfähig. »Sie *müssen* diese Pastete probieren – sie schmeckt köstlich.« »Warten Sie, bis Sie ein Häppchen von der Blutwurst gekostet haben – Ihre Geschmacksknospen werden explodieren!« Es ist unmöglich, seine Begeisterung nicht zu teilen. Am Ende klingen wir wie die Moderatoren von *Saturday Kitchen* und brechen bei einem Stückchen Brie in wahre Begeisterungsstürme aus.

Und er sieht auch noch gut aus. Je mehr wir trinken und je mehr wir lachen, desto klarer wird mir das. Er ist ganz anders als Alec. Alec ist eine klassische Schönheit, hochgewachsen und rau, während Michael eher feine, glatte Züge besitzt. Zwar würde man sein Gesicht vielleicht nicht im ersten Moment als schön bezeichnen, doch seine Züge an sich sind interessant und anziehend. Seine Wimpern zum Beispiel sind schwarz und wunderschön gebogen. Wenn er beim Lachen oder beim Genießen eines Bissens die Augen schließt, liegen diese Wimpern auf seiner hellen Haut. Sein Mund selbst ist schmal und nicht sonderlich auffällig, aber wenn er lächelt und neben diesem Mund seine Grübchen zu sehen sind, wird sein Mund zu seinem besten Merkmal. Ich frage mich, wie es sich anfühlen mag, mit den Fingerspitzen über diesen Mund zu streicheln.

»Leute, ich muss euch mal kurz stören«, ruft Rick und klopft an die geschlossene Küchentür, um uns vorzuwarnen.

»Oh, noch einen Moment, Kumpel! Ich muss mal eben die Hose hochziehen.«

»Wo ist denn nur mein BH?«, frage ich laut.

»Da ist er doch. Auf den Profiteroles.«

Rick kommt herein, und wir beide lachen hysterisch, wobei wir uns aneinanderlehnen.

»Tut mir leid, euch unterbrochen zu haben, aber meine Verlobte kommt um vor Hunger und braucht jetzt dringend etwas zu essen.«

»Meine Verlobte … uuuuuh«, tönen wir wie aus einem Munde.

»Verdammt, wie viel habt ihr beide gebechert? Und wo ist das ganze Essen?«

Wir werden von Rick aus der Küche gescheucht und sollen uns zu den anderen ins Wohnzimmer gesellen, damit er einen Toast ausbringen kann.

»Ich habe keine große Lust, mich *zu den anderen zu gesellen*. Und du?«, fragt Michael.

Als wir noch in der Küche waren, haben sie begonnen, Karaoke zu singen, und sind gerade mitten in einer Interpretation von »Sex on Fire« von den Kings of Leon. Die Performance dazu möchte ich mir wirklich nicht ansehen.

»Überhaupt keine Lust.«

»Dann komm mit.« Er öffnet die Tür zu Ricks und Olivias Schlafzimmer.

Ich zögere. Bisher hat Michael sich nicht anmerken lassen, ob er sich zu mir hingezogen fühlt oder nicht. Wir haben nicht miteinander geflirtet. Sein Vorschlag, ins Schlafzimmer zu gehen, hat vermutlich nur den Hintergrund, Ricks Kumpeln aus dem Weg zu gehen.

Und falls ich mich irre, wäre das so schlimm?

Michael ist nett, attraktiv, und ich habe schon darüber nachgedacht, ihn zu berühren. Warum sollte ich keinen Spaß mit ihm haben? Warum sollte ich die Gelegenheit, alles mal für ein paar Stunden zu vergessen, nicht einfach ergreifen?

Nicht für einen Monat, nicht für sechs Dates, nicht für ein Date. Nur für heute Abend.

Ich habe meine Lektion gelernt. Mit Alec bin ich einfach zu weit gegangen. Wir dachten, wir wüssten, was wir tun, doch wir haben Fehler gemacht. Nach Leeds zu fahren und seine Familie kennenzulernen, war ein Fehler. Ihm meine Mum vorzustellen, war ein Fehler. Ihm von Chorea Huntington zu erzählen, war ein Fehler. Ich habe ihn zu nah an mich herangelassen. Ich habe gedacht, ich wäre vernünftig, indem ich Regeln aufgestellt habe. Aber mit jeder neuen Regel, die ich für Alec aufgestellt habe, habe ich die Regeln, die wirklich zählten, nach und nach gebrochen, bis nichts mehr übrig war, das uns voneinander getrennt hätte.

Das werde ich nie mehr zulassen. Dessen bin ich mir sicher. Doch die Nähe, der Kontakt. Das alles fehlt mir. Wenn Alec und ich miteinander geschlafen haben, gab es wundervolle, himmlische Momente, in denen nichts anderes zählte außer seiner Berührung. In denen ich nur für das Gefühl lebte, mit ihm zusammen zu sein.

Heute Abend könnte ich genau so etwas gebrauchen. Und hier ist jemand, der mir das geben könnte. Wir werden keine Nummern austauschen. Es wird kein zweites Treffen geben.

Nur heute Abend.

»Okay«, stimme ich zu. Er ergreift meine Hand und führt mich ins Zimmer. Leise schließt er die Tür hinter uns.

Dann macht er alles falsch. Statt die Lampe auf dem Nachttisch einzuschalten oder eine der unzähligen Kerzen anzuzünden, die Olivia im Zimmer verteilt hat, schaltet er die Deckenlampe ein. Es ist so hell, dass ich sofort einen Kater bekomme. Es ist die Art von Licht, das alles, was es erhellt, größer und klarer erscheinen lässt. Verstohlen verdecke ich meine Nase, weil ich mir sicher bin, dass er vom Bett aus meine Mitesser erkennen kann.

Und das ist ein weiterer Punkt: Er ist *im* Bett. Nicht auf dem Bett. Er liegt im Bett und hat sich die Decke bis unters Kinn gezogen. Er sieht wie ein kleiner Junge aus, der darauf wartet, von seiner Mutter zugedeckt zu werden. Und ich frage mich zum ersten Mal an diesem Abend, wie alt Michael eigentlich ist.

»Kommst du?«

»Noch nicht.« Ich bleibe am Fußende des Bettes sitzen und strecke den Rücken durch, als hätte ich ein Lineal verschluckt.

»Gut, es hat ja keinen Sinn, wenn ich hier allein liege, oder?«, sagt er schmollend und krabbelt aus dem Bett, um sich neben mich zu setzen. »Hat dir der heutige Abend denn nicht gefallen?«, fragt er, nimmt eine meiner Haarsträhnen und streicht darüber.

Und plötzlich kommt mir die Erkenntnis. Er wird mich küssen, und ich will das nicht. Der einzige Mann, den ich küssen will, der einzige Mann, den ich auch in Zukunft küssen will, ist Alec. In meiner Zukunft wird es keine bedeutungslosen One-Night-Stands geben, wie Michael es sich gerade mit mir erhofft. Wenn ich Alec nicht haben kann, dann will ich keinen anderen.

»Ich fand den heutigen Abend wirklich nett«, sage ich und hoffe, dass er die Höflichkeit in meiner Stimme bemerkt.

Meine Zurückhaltung funktioniert allerdings nicht. Meine Worte sind die Ermutigung, die er anscheinend noch gebraucht hat. Er schürzt seine schmalen Lippen und kommt mir näher. Ehe ich die Chance habe, mich ihm zu entziehen, steckt er mir die Zunge in den Mund. Sie ist hart, dünn. Wie eine Schlange züngelt er vor und zurück.

Wie dumm von mir zu denken, dass ich je wieder so eine Aufregung verspüren würde wie bei den Küssen mit Alec. Oder das Gefühl, alles andere um mich herum zu vergessen. Dieser Kuss hier ist abstoßend. Ich schiebe Michael weg.

»Es tut mir leid. Ich kann das nicht.«

»Was meinst du damit? Was kannst du nicht? Du bist Single. Ich bin Single. Rick meinte, du würdest Spaß haben wollen. Das ist der einzige Grund, warum ich mir heute überhaupt die Mühe gemacht habe, hierherzukommen.«

»Das hat Rick gesagt? Tja, Rick hat offensichtlich keine Ahnung.«

Ich habe das Schlafzimmer verlassen, ehe Michael die Chance hat, noch irgendetwas zu sagen. Ich will ihn nie mehr wiedersehen. Doch Michael ist anscheinend nicht bereit, die Sache auf sich beruhen zu lassen.

»Frigide Ziege!«, brüllt er mir hinterher.

Ich verlasse die Wohnung und schlage die Tür so fest hinter mir zu, wie ich kann. Das Taxi, das ich bestellt habe, kommt erst in einer Stunde, also laufe ich los. Die Empörung über Michael und mich selbst wirkt wie ein Schutzschild gegen die Kälte dieser Märznacht.

Den gesamten Heimweg über weine ich um das, was ich mit Alec hatte und was ich verloren habe.

Kapitel 36

»Was hast du dir dabei gedacht?«, frage ich Olivia am Montagmorgen, als sie mit gesenktem Kopf zu mir an den Schreibtisch kommt.

»Es tut mir so leid. Das klingt jetzt albern, aber ich wollte dich nur aufmuntern. Ich dachte, dass du nach all dem Stress mit deiner Mutter ein bisschen Ablenkung und Aufregung vertragen könntest. Rick hat mir geschworen, dass Michael ein netter Kerl wäre.«

»Oh ja, er war der reinste Charmeur.«

»Ich kann noch immer nicht glauben, dass Rick der Meinung war, es wäre eine gute Idee, dich mit diesem Kerl zu verkuppeln. Nach deinem Abgang hat er sich wie ein Arsch verhalten, sich volllaufen lassen, dann in die Spüle gekotzt und ist im Badezimmer eingeschlafen. Und was noch schlimmer ist: Es war anscheinend kein einmaliger Ausrutscher. Rick hat zugegeben, dass er sich auf sehr vielen Partys, auf denen sie waren, genauso danebenbenommen hat. Er hat deswegen sogar schon mehrere Abmahnungen bekommen. Rick und ich haben uns wegen der ganzen Sache total in die Haare gekriegt.«

»Meinetwegen müsst ihr euch nicht darüber streiten. Ich war an dem Abend unglaublich sauer auf euch beide, doch ich bin längst darüber hinweg.«

»Echt? Das verstehe ich nicht …«

Mir fällt der gestrige Tag wieder ein, obwohl ich mir, als ich heute Morgen aufwachte, geschworen habe, die Erinnerung zu Hause zu lassen, sie einzusperren und die Vorhänge davor zu verschließen, damit niemand sie sehen kann.

Ich sehe Olivia an und zucke mit den Schultern, statt mich zu erklären, und sage ihr, dass ich heute Vormittag viel zu tun hätte. Olivia, die erleichtert ist, das Thema nicht weiter ausdiskutieren zu müssen, stimmt mir zu, dass wir etwas arbeiten sollten, und verschwindet wieder.

Allein an meinem Schreibtisch versuche ich, die Erinnerung zu verdrängen, indem ich mich darauf konzentriere, meine Post zu sortieren. Aber die Erinnerung ist einfach zu stark. Irgendwann bricht sie sich Bahn und drängt alle anderen Gedanken in die hinterste Ecke meines Verstandes …

Ich war spät aufgewacht und lag noch faul unter meiner warmen Bettdecke, bis der unwillkommene, sinnlose Kater ebenfalls aufwachte. Ich konnte ihn nicht länger ignorieren. Ich brauchte einen starken Kaffee. Also tapste ich barfuß in die Küche und machte mich an die Arbeit. Als ich am Tisch Platz nahm, erwartete ich eigentlich, dass ich wegen der Party und Olivias plumpem Verkupplungsversuch sauer sein würde, doch ich konnte mich nicht dazu aufraffen, über den Abend nachzudenken oder die Energie aufzubringen, Wut über den Vorfall zu empfinden. Es war, als wäre der Abend niemals passiert.

Das ist typisch für die Huntington-Krankheit: In der Dunkelheit, die die Erkrankung verbreitet, wird alles andere unsichtbar, wird verschluckt von der Finsternis, bis es einem so vorkommt, als wäre es nie da gewesen.

Wie sollte ich mir Gedanken über den vermasselten Verkupplungsversuch von Olivia machen, wenn meine Mum mich nur Stunden zuvor nicht mehr erkannt hatte?

Darüber sollte ich nachdenken.

Als ich meinen letzten Schluck Kaffee nahm, kam mir langsam die Erkenntnis: In dem Pflegeheim verlor Mum sich selbst. Fern von ihrer gewohnten Umgebung, fern von mir kämpfte Mum darum, sich an ihr Leben zu klammern. Zu Hause hatte Mum mich noch nie angesehen, als wäre ich eine Fremde. Zu Hause hatte sie immer ein Lächeln für mich gehabt. Und wenn sie keine Kraft gehabt hatte zu lächeln, hatte in ihrem Blick ein Ausdruck gestanden, der allein für mich reserviert war. In Henley Hall zwischen all den Fremden war ich inzwischen nur ein weiteres Gesicht und nicht spezieller als jede andere Pflegekraft, die sich den ganzen Tag lang lächelnd um sie kümmerte.

Aber Henley Hall war kein Gefängnis. Es gab kein Gesetz, das besagte, dass ich Mum nicht mitnehmen konnte, nachdem ich sie dort untergebracht hatte. Irgendwo auf den Hochglanzseiten ihrer Broschüre hatte ich gelesen, dass Ausflüge sogar empfohlen wurden, solange es dem Bewohner gut ging und er in der Lage dazu war.

Ein Nachmittag zu Hause war genau das, was Mum brauchte, um wieder zu sich selbst zu finden. Wir könnten mit offenen Türen in der Küche sitzen, Adele hören oder, wenn es Mum zu kalt werden würde, auch im Esszimmer einen Film schauen. Es würde kein Druck herrschen. Ich würde nicht einmal etwas kochen. Statt ihr ein Stück pürierten Braten zu servieren und ihr erwartungsvoll dabei zuzusehen, wie sie das Essen mühsam herunterschluckte, würden wir einfach Milchshakes trinken. Alles würde locker und entspannt sein. Normal.

Und dann würde sie sich bestimmt an mich erinnern.

Meiner Meinung nach war der einzige Haken an der Sache, Mum aus Henley Hall zu holen und wieder zurückzubringen. Ich könnte natürlich mit ihrem Wagen hinfahren, doch dann hätte ich keine Möglichkeit, mich auf der Fahrt um sie zu kümmern. Eigentlich musste ich bei ihr auf der Rückbank sitzen, um sicherzugehen, dass es ihr gut ging. Debs hatte Mum in dieser Woche jeden Tag besucht, und es kam mir nicht richtig vor, sie anzurufen und sie ausgerechnet in ihrer raren Freizeit um Hilfe zu bitten; sie wollte sicher Zeit mit ihrer Familie verbringen. Ein Taxi könnte funktionieren, aber wenn der Fahrer keinen Rollstuhl transportieren wollte oder zu spät kommen würde, wenn Mum bereit für die Abfahrt war, dann würde das meinen Plan durchkreuzen. Das konnte ich nicht zulassen, wenn es auch noch eine andere Lösung gab.

Ich nahm mein Telefon in die Hand und scrollte durch meine Kontakte, bis ich ihre Nummer fand.

»Hallo?«, fragte sie, als sie beim dritten Klingeln abnahm.

»Tante Sarah?«

»Jess?«

»Ja … äh … Hi. Wie geht es dir?«

»Oh, mir geht es gut.«

Meinen Anruf anzunehmen, hatte sie mehr verwirrt, als es mich verwirrt hatte, den Anruf zu tätigen. Ich hatte schließlich mehr als deutlich gemacht, dass ich sie nie mehr um irgendetwas bitten würde, und Sarah hatte sich längst daran gewöhnt, meine – oder Mums – Stimme nicht mehr am anderen Ende eines Telefons zu hören. Ich kam direkt zum Punkt.

»Da heute Sonntag ist und du Mum diesen Monat noch nicht besucht hast, habe ich mich gefragt, ob du das heute vorhast? Und wenn ja – könntest du mir dann einen Gefallen tun?«

»Oh, klar. Tja, um ehrlich zu sein, hatte ich nicht vor, sie zu besuchen, Jess. Nein.«

»Könntest du es dir vielleicht noch mal anders überlegen und doch kommen?«

»Das könnte ich natürlich tun, wenn ich darf. Ich war mir nicht sicher, ob sie dort überhaupt Besuch empfangen darf. Ich dachte, vielleicht dürfte nur die Familie vorbeikommen.«

»Nein, sie kann so viel Besuch empfangen, wie sie will.«

»Tja, das ist doch toll.«

»Das stimmt. Also, dann kommst du heute vorbei?«

»Ich … Das könnte ich wohl machen.«

»Perfekt. Ich habe vor, Mum für heute Nachmittag nach Hause zu holen. Könntest du uns vielleicht vom Pflegeheim abholen und nach Hause fahren?«

Bevor sie den Plan hinterfragen konnte, gab ich ihr die Adresse von Henley Hall und die Uhrzeit, zu der sie da sein sollte.

Ich beschloss, eine halbe Stunde vor Sarahs Ankunft dort zu sein, um Mum von meinem Plan zu erzählen und sie auf die Abfahrt vorzubereiten.

Als ich in Henley Hall ankam, stand Nina Lew im Eingang. Ihr Haar hatte sie zu einem nicht ganz so strengen Knoten zusammengebunden wie unter der Woche – immerhin war Wochenende. Ich war mir nicht sicher, ob ich sie um die Erlaubnis bitten musste, Mum mitzunehmen, aber ich erklärte ihr trotzdem kurz, was ich vorhatte, und achtete dabei nicht weiter auf die steile Falte, die sich zwischen ihren Augen bildete.

Trotz ihrer Einwände, dass es zu früh wäre, einen Ausflug mit Mum zu machen, und dass ein solcher Ausflug am Ende vielleicht mehr Schaden anrichten könnte, als meiner Mutter guttun würde, weil es sie zu sehr aufregen könnte, wollte ich meinen Plan durchziehen. Denn bei meiner letzten Begegnung mit Mum hatte sie mich nicht erkannt, und nichts war mir in diesem Moment wichtiger, als sicherzustellen, dass das nicht noch einmal passierte.

Mum war nicht in ihrem Zimmer. Eine Schwester, die ich nicht kannte, steckte ein paar Minuten später den Kopf in Mums Zimmer, um mir zu sagen, dass Yolanda im Garten einen Spaziergang mit meiner Mutter machte, weil es draußen so schön warm war.

Es war das erste Mal, dass ich allein in Mums Zimmer war. Als ich mich in ihrer Abwesenheit hier umschaute, sah ich meine Meinung bestätigt: Dieses Zimmer passte einfach nicht zu Mum. Dieses Zimmer passte eigentlich zu keinem Menschen. Wir hatten versucht, vertraute Dinge zu verteilen, doch trotzdem spiegelte es nur Henley Hall wider und nicht Mum.

Im Flur hörte ich leise Schritte und das gedämpfte Geräusch der Reifen des Rollstuhls auf dem Holzfußboden. Mums Tür wurde einen Spaltbreit geöffnet, ehe sie wieder zufiel. Dann schwang sie ein zweites Mal auf, und Yolanda kam rückwärts herein und hielt mit ihrem Hinterteil die Tür auf, damit sie nicht wieder ins Schloss fiel.

»Lassen Sie mich Ihnen helfen«, sagte ich und griff nach der Tür, um sie aufzuhalten. Yolanda drehte um und schob Mum an mir vorbei zum Fenster.

Ich wartete darauf, dass Mum mir den Kopf zuwandte, aber sie rührte sich nicht. Zusammengesunken wie eine alte Frau saß sie in ihrem Rollstuhl. Es war, als wäre ich gar nicht da.

Yolanda ging geschäftig durchs Zimmer. Sie holte eine apricot Fleecedecke und Mums Handschuhe aus der Tasche am Rollstuhl und legte sie zurück in den Schrank. Ihr fiel die Stille anscheinend nicht auf.

Enttäuschung machte sich in meinem Körper breit. Sie erfüllte und umhüllte mich wie eine Gewitterwolke und verdunkelte den Moment, von dem ich gehofft hatte, dass es ein guter, ein schöner Moment werden würde. Ich holte ein paarmal tief Luft und atmete durch, um diese Empfindung zu verjagen. Dann ging ich zu Mum.

»Ich habe eine kleine Überraschung für dich«, sagte ich und gab ihr einen Kuss aufs Haar, ehe ich vor den Rollstuhl trat und in die Hocke ging.

In diesem Augenblick bemerkte ich es zum zweiten Mal.

Sie erkannte mich nicht.

Es würde keine Rolle spielen, wo wir waren. Ich sah in ihre leeren, müden Augen und wusste, dass Chorea Huntington ihr Werk vollbracht hatte. Die Krankheit hatte das Band, das uns achtundzwanzig Jahre lang so eng miteinander verbunden hatte, ein für alle Mal durchtrennt.

Ich konnte es nicht ertragen, das zu sehen. Mit einer gemurmelten Entschuldigung stürzte ich aus dem Zimmer, rannte die Treppe hinunter, wollte nur spüren, wie meine Beine mich von hier wegtrugen.

Am Fuße der Treppe stieß ich mit Sarah zusammen, die sich gerade mit Nina unterhielt.

»Passen Sie doch auf …«, wollte sie gerade losschimpfen. Aber als sie sich umdrehte und mich erkannte, legte sie die Hand, mit der sie sich über die schmerzende Schulter gerieben hatte, auf meinen Arm. Ich wollte nicht, dass sie mich umarmte, und rannte, ohne mich bei ihr zu entschuldigen, weiter zur Tür.

»Jess, was um alles in der Welt ist passiert?«, rief sie mir hinterher.

»Wenn du dir verdammt noch mal die Mühe gemacht hättest, Mum zu besuchen, dann wüsstest du das!«, schrie ich zurück, ehe ich weiter die Zufahrt hinablief.

Sarah trifft mich zum Mittagessen im *Costa* neben dem *Arndale Center*. Die Erinnerung an jenen Tag hat mich den ganzen Vormittag über nicht losgelassen. Also beschließe ich, dass es vielleicht besser ist, die Gedanken rauszulassen, damit sie mich vielleicht in Ruhe lassen, wenn ich mich mit ihnen auseinandergesetzt habe.

Die Nachricht, die ich Sarah am Vormittag geschrieben habe, hat sie innerhalb weniger Minuten beantwortet. Sie hat eingewilligt, sich auf einen Kaffee und eine Entschuldigung mit mir zu treffen.

Ich schäme mich für mein Benehmen – nicht nur um meinetwillen, sondern auch um Mums willen. Sie wäre wütend, wenn sie wüsste, dass ich so unhöflich zu ihrer Freundin – oder sonst jemandem – gewesen bin. Wenn Mum in der Lage wäre, mich auszuschimpfen, dann würde sie von mir verlangen, die Sache wieder geradezurücken.

»Hi, Jess.« Sarah drängelt sich an den Wartenden in der Schlange vorbei, um zu mir zu kommen. Ich stehe bereits an der Kasse und lächele den beiden Männern hinter mir entschuldigend zu.

»Hi. Was kann ich dir bestellen?«

»Nur ein Wasser, bitte.«

»Bist du dir sicher?«

»Ja.«

Es wird anscheinend schwieriger, als ich gedacht hätte. Ein Latte macchiato hätte bedeutet, dass sie sich freut, mich zu sehen. Eine Tasse Tee hätte bedeutet, dass sie bereit ist, mir zuzuhören. Ein Wasser bedeutet, dass sie noch immer sauer ist.

Wir setzen uns auf zwei Hocker, von denen aus man den Exchange Square im Blick hat. Sarah schließt noch mal sorgfältig den Verschluss ihrer *Burberry*-Handtasche, stellt sie auf den Boden und sichert sie, indem sie die Trageschlaufe um ihr Bein legt – falls irgendein Grobian hereinkommen sollte, um sich einen Kaffee zu bestellen, und dabei auf die Idee kommt, die Tasche zu klauen.

»Sarah, ich wollte dir sagen, wie leid es mir tut, wie ich gestern mit dir gesprochen habe.«

»Du musst dich nicht entschuldigen … okay, vielleicht doch. Aber deshalb bin ich nicht gekommen. Ich bin gekommen, weil ich mir schreckliche Sorgen um dich mache. Nachdem du aus dem Pflegeheim gestürmt bist, bin ich nach oben gegangen, um deine Mum zu besuchen. Ich hatte keine Ahnung, dass es so schlimm geworden ist. Ich glaube nicht, dass sie mich überhaupt noch erkannt hat, Jess.«

Sie fängt an zu weinen. Ich gebe ihr eine Serviette und warte ab, während sie mit dem rauen Stück Papier über die dünner werdende Haut um ihre Augen wischt.

»Erkennt sie dich noch?«, will sie wissen.

»Nicht mehr.«

Erneut bricht sie in Tränen aus. Ich warte ab, bis sie sich wieder beruhigt hat.

»Du Arme! Ich kann mir gar nicht vorstellen, wie es für dich sein muss. Mitzuerleben, was deiner Mum passiert, und zu wissen, dass es dir eines Tages auch so gehen wird. Und dabei ganz allein zu sein …«

Ich will ihr sagen, dass ich nicht allein bin – ich habe ja Debs und Olivia. Und ich will ihr sagen, dass ich mir keine

Sorgen um meine Zukunft mache, wenn Mum mich gerade so sehr braucht. Doch ich bekomme nicht die Gelegenheit dazu, denn Sarah spricht weiter.

»Also, du bist nicht mehr allein. Ich bin für dich da. Das ist mein Ernst. Ich war ein Feigling. Ich hatte Angst vor der Krankheit und davor, zusehen zu müssen, wie es deiner Mutter immer schlechter geht. Ich schäme mich für mich selbst. Aber nachdem ich dich gestern so erlebt habe, bin ich bereit, mich allem zu stellen, wenn ich dir damit irgendwie helfen kann. Also bin ich hierhergekommen. Ich bin für dich da, solange du mich brauchst.«

Sie stellt ihr Wasser ab, und ich umarme sie.

»Danke, Tante Sarah. Danke vielmals.«

Sie reicht mir eine Serviette und bleibt bei mir, bis meine Tränen versiegt sind. Dann springt sie von ihrem Hocker, schnappt sich ihre *Burberry*-Tasche und bestellt uns zwei Becher Kakao und zwei Blaubeer-Muffins. Der erste Beweis dafür, wie ernst es ihr ist, mich unterstützen zu wollen. Zwar ist uns beiden bewusst, dass heiße Schokolade und Kuchen nicht helfen und nichts ändern werden, doch sie tun trotzdem gut.

Kapitel 37

Es vergeht ein Tag nach dem anderen, an dem ich es vermeide, Mum zu besuchen. Ich verlasse mich darauf, dass Debs Mum besucht und mir danach erzählt, wie es war. Als Debs mich anruft, nachdem wir uns wochenlang kaum gesehen haben, und mich fragt, ob ich nicht Lust hätte, auf eine Tasse Tee zu ihr zu kommen, bin ich nicht überrascht. Sie lässt mich wissen, dass Lauren und ich – nachdem wir es allein nicht hinbekommen haben – danach zusammen ausgehen und etwas trinken werden. Was sie mir nicht sagt, ist, dass ich, bevor wir losgehen, erst einmal eine Standpauke bekommen werde.

Ich bin froh. Wenn mein eigenes schlechtes Gewissen nicht ausreicht, um zu Mum zurückzukehren und mich ihrem leeren Blick zu stellen, wird eine Ansage von Debs mich bestimmt dazu bringen.

Der Freitag bringt eine frühe Hitzewelle, die laut Wettervorhersage das ganze Wochenende über anhalten soll. Didsbury Village quillt vor Menschen über, die wild entschlossen sind, das Beste aus den ungewöhnlich warmen Temperaturen herauszuholen. Ein paar ausgebuffte Nachmittagstrinker haben die Außenplätze der Bars offensichtlich schon vor Stunden besetzt. Warteschlangen bilden sich auf den Gehwegen, vor einigen Delis sogar bis auf die Straße hinaus. Der Klang von Hupen vermischt sich mit lauten Unterhaltungen, und es ist alles angenehm vertraut. In mir kommen Erinnerungen an Wochenenden hoch, an denen ich mitten unter diesen Menschen war, mit meinen Freunden *Pimm's* getrunken oder mit meinem Freund auf einer Steinmauer gesessen und mir eine Flasche Wein mit ihm geteilt habe, ehe wir dann in eines der Restaurants gegangen sind. Es ist schön, wieder hier draußen zu sein, auch wenn ich nur auf dem Weg zur Bushaltestelle bin.

Wenn ich nicht mitten auf der Wilmslow Road laufen möchte, muss ich mich zwischen vier aufgedonnerten Mädchen hindurchschlängeln, die noch keine zwanzig sind und alle hübsche Jumpsuits mit Blümchenmuster tragen. Ich persönlich halte ja mein Outfit – bestehend aus Jeans, einem weißen Spitzentop und einer hellblauen Strickjacke – für viel passender für diesen Abend. Denn wenn die Sonne erst untergegangen ist, wird die Temperatur bestimmt in den Keller fallen. Die Mädchen werden schon bald vor Kälte bibbern.

Ich lächele. »Entschuldigung, Ladys!«, sage ich mit einem aufgesetzten Cockney-Akzent, und sie treten höflich zur Seite, um mir Platz zu machen.

Es gelingt mir, in dem halb leeren Bus einen Fensterplatz zu ergattern. Während der Fahrt starre ich in den blauen Himmel, der genau die gleiche Farbe wie meine Strickjacke hat – wenn es nicht schon ganz langsam dunkel werden würde. Vielleicht sitzt meine Mum auch gerade am Fenster und beobachtet, wie die Dunkelheit sich wie ein Vorhang vor dem Himmel schließt. Ich empfinde das als seltsam tröstlich: Wir beide sind noch immer zusammen unter demselben Himmel.

Bevor ich an Debs' Tür komme, steigt mir bereits der Duft von Fleisch und Zwiebeln in die Nase.

»Hi.« Lauren steht vor der Tür und hat eine E-Zigarette zwischen den Lippen.

Ich versuche, nicht die Nase zu kräuseln, als ich den deftigen Geruch von Debs' Kochkünsten wahrnehme, der so gar nicht zu dem leichten Frühlingsabend passen will. Leider gelingt mir das offensichtlich nicht, denn Lauren fängt an zu lachen.

»Irgendetwas duftet hier ganz köstlich«, sage ich.

»Hör auf! Mam dreht gerade durch. Sie sagt, sie wusste, dass sie lieber eine Quiche Lorraine hätte kaufen sollen. Wer möchte bei diesen Temperaturen schon eine Rindfleischpastete essen?«

»Ich liebe eine gute Rindfleischpastete – egal, wie das Wetter ist.«

»Ich glaube kaum, dass du das immer noch sagst, wenn du bemerkst, wie heiß es in unserer Küche werden kann.«

Ich folge ihr durch den Wohnbereich der Familie in die Küche, die sich im hinteren Teil des Hauses befindet. Die Intensität des Geruchs nimmt mit dem Öffnen jeder Tür zu.

»Hi, Debs«, sage ich zu ihrem Rücken, als sie gerade versucht, die Pastete aus dem Ofen zu holen. Als sie sich aufrichtet, rinnen ihr Schweißperlen über die Wangen und hinterlassen Spuren in ihrem Make-up.

»Hi, Liebes. Tut mir leid wegen der Hitze hier. Ich weiß nicht, was ich mir dabei gedacht habe, den Herd einzuschalten, wenn die verdammte Sonne unsere Küche sowieso schon in einen Backofen verwandelt. Tu mir einen Gefallen und hilf Lauren, die Stühle nach draußen zu tragen, ja? Wir speisen heute im Freien«, sagt sie und wackelt keck mit den Hüften.

»Toll! Es duftet jedenfalls wundervoll. Die perfekte Wahl.«

»Hm. Bratensoße während einer Hitzewelle – genau das, was ich mag«, stimmt Lauren zu.

»Ach, verschwindet nach draußen, ihr zwei«, entgegnet Debs und wirft ein Geschirrhandtuch nach uns.

Lauren bringt eine Flasche Wein und drei Gläser nach draußen, nachdem wir die Stühle, einen Klapptisch, eine Tischdecke, Besteck und Schüsseln mit Kartoffelpüree, Karotten und Kohl aus der Küche in den Garten geschleppt haben.

»Die Hitze ist echt drückend«, sage ich, ziehe meine Strickjacke aus und zupfe meine Jeans von meinen verschwitzten Beinen. Ich muss zugeben, dass die Mädchen in den Jumpsuits anscheinend doch wussten, was sie taten.

»Ich weiß. Der Garten ist die reinste Hitzefalle. Das ist toll – es sei denn, man muss noch etwas anderes tun, außer reglos herumzuliegen. Wein?«

»Bitte.«

Wir prosten einander zu. Es entsteht ein angenehmes Schweigen. Das ist komisch, immerhin kennen wir uns kaum. Abgesehen von heute Abend habe ich sie erst ein einziges Mal gesehen. Aber Lauren weiß durch Debs so gut wie alles über mich – genau wie ich über sie. Es ist also in Ordnung, dass wir die Kennenlernphase überspringen und gleich beim angenehmen Schweigen landen. Mit geschlossenen Augen nippe ich genüsslich an meinem Wein und freue mich darauf, später mit Lauren auszugehen.

»So«, sagt Debs, als sie zu uns in den kleinen Garten hinter dem Haus kommt. Sie kämpft mit einer Pastetenform, aus der die Soße über die Seiten quillt und ihr auf die Ofenhandschuhe tropft.

»Das sieht toll aus«, sage ich aufrichtig. Mein Magen erinnert mich daran, dass ich mich in dieser Woche fast ausschließlich von Chips und *Frosties* ernährt habe.

Es schmeckt auch gut. Nichts anderes habe ich von einem von Debs selbst gekochten Essen erwartet. Während Lauren und ich essen, rührt sie ihren Teller kaum an. Stattdessen gibt sie noch mehr Pastete und Püree auf unsere übervollen Teller. Weder Lauren noch Debs beginnen eine Unterhaltung, sondern sagen nur ab und an zwischen zwei Bissen etwas über das Essen. Ich könnte mir vorstellen, dass ihre gemeinsamen Mahlzeiten immer so ablaufen.

Sobald Debs damit fertig ist, ihr Essen auf ihrem Teller hin und her zu schieben, bittet sie Lauren, alles wieder ins Haus zu tragen und schon mal mit dem Abwasch zu beginnen. Als Lauren an ihrer Mum vorbeigeht, bemerke ich, wie Mutter und Tochter einen Blick wechseln und ein verständnisvoller Ausdruck über Laurens Gesicht huscht, ehe sie im Haus verschwindet.

»Ich weiß, was du mir sagen möchtest«, beginne ich und nehme das Gespräch in die eigene Hand, ehe Debs die Chance dazu hat. »Ich sollte Mum öfter besuchen. Ich weiß, dass ich das tun sollte. Es ist nur so … schwer. Ich habe versucht, mir selbst einzureden, dass es keine Rolle spielt, ob ich nun da bin oder nicht, nachdem sie mich sowieso nicht mehr erkennt. Doch ich weiß, dass das nicht stimmt. Ich kann nicht länger darüber jammern, was ich verloren habe, solange sie noch da ist und solange ich noch die Gelegenheit habe, Zeit mit ihr zu verbringen. Also werde ich sie morgen früh als Erstes besuchen.«

»Das ist gut. Aber hör mal: Was auch immer passiert, du darfst dich nicht damit quälen, dass du es schwer findest. Natürlich ist es schwer. Es ist verdammt noch mal schrecklich. Wenn du ein paar Tage Zeit für dich und Abstand brauchst, ist das völlig in Ordnung.«

»Danke, Debs. Ich kann dir gar nicht sagen, wie viel leichter das alles für mich ist, weil ich weiß, dass du für Mum da bist.«

Debs rutscht auf ihrem Sitz hin und her, als hätte sie soeben bemerkt, dass sie auf etwas Spitzem sitzt.

»Das freut mich. Ich hole uns mal eben Wasser. Ich bin gleich wieder da. Vermutlich habe ich etwas zu viel Salz in die Pastete getan.«

»Okay. Danke.«

Die gute Debs. Kümmert sich stets um andere. Wenn sie gleich wieder aus dem Haus kommt, werde ich ihr ein Glas Wein einschenken und wir werden über etwas Unverfängliches wie Tom Hardy oder die Neueröffnung des Supermarktes in der nächsten Woche plaudern.

Die Sonne verschwindet allmählich hinter den Bäumen hinter dem Haus. Schon bald wird es zu kalt sein, um noch länger draußen zu sitzen. Ich halte mein Gesicht in die Sonne und schließe die Augen, als ich die letzten Strahlen einfange. Aus dem Nichts taucht Alec vor meinem inneren Auge auf. Ich stelle mir vor, wie er die Stufen zu Henley Hall erklimmt, den Korridor zu Mums Zimmer durchquert und die Tür aufmacht. Doch statt meiner Mum erblickt er mich. Er hockt sich vor mich, lächelt und sagt meinen Namen. Aber sein Lächeln und seine Fröhlichkeit weichen einem entsetzten Gesichtsausdruck, als ihm klar wird, dass ich ihn nicht mehr erkenne.

Ich reiße die Augen auf und greife nach meiner Strickjacke, als mir bewusst wird, wie kalt es geworden ist. Wenn Alec bei mir geblieben wäre, dann wäre das sein Schicksal gewesen. So wie Mums Leben in Zukunft das meine sein wird, wäre das Leben, das ich gerade führe, das Spiegelbild dessen, was Alec in Zukunft durchmachen würde. Zum Glück hat er noch rechtzeitig den Absprung geschafft.

»Geht es dir gut, Jess? Du bist ganz blass.« Debs ist, ohne dass ich es bemerkt habe, wieder in den Garten gekommen und legt nun besorgt eine Hand auf meine Schulter.

»Mir geht es gut. Hier, trink ein Glas Wein mit mir.«

»Später. Zuerst muss ich etwas mit dir besprechen.«

»Es ist so lieb von dir, dich gerade so intensiv um Mum zu kümmern. Ich verspreche dir, dass ich bald wieder in der Spur bin. Morgen besuche ich sie und werde mich verdammt noch mal dem stellen, was auch immer sie gerade durchmachen muss. Ich muss das tun. Sie ist meine Mutter, und diese Krankheit wird mich nicht länger daran hindern, Zeit mit ihr zu verbringen.«

»Das ist gut. Auch wenn ich nicht eine Sekunde daran gezweifelt habe, dass es so sein wird. Du machst das alles ganz toll. Darüber wollte ich allerdings gar nicht mit dir sprechen.«

»Ach so?«

»Gott, es ist nicht so leicht. Ich sage es jetzt einfach, ja? Seit deine Mutter in Henley Hall lebt, habe ich mehr Zeit für meine Familie gehabt. Vor allem für Ray. Natürlich habe ich mir schreckliche Sorgen um deine Mum und dich gemacht, doch die Zeit mit Ray hat uns auch gutgetan. Wir haben erkannt, dass unsere Beziehung vielleicht doch noch nicht ganz so tot ist, wie wir dachten.«

»Kehrst du zu ihm zurück?«

»Ja«, entgegnet sie beinahe trotzig. »Wir sind seit einer Ewigkeit verheiratet und beide der Meinung, dass es Wahnsinn wäre, uns zu trennen – nicht, wenn noch die Chance besteht, dass wir die Beziehung retten können.«

»Aber ich dachte, du wolltest nicht mehr zu ihm zurück. Das hast du zumindest gesagt.«

»Tja, das stimmt. Ich sage auch nicht, dass es jetzt perfekt ist. Doch dass ich einen Schlussstrich gezogen habe, hat uns dazu gezwungen, noch einmal miteinander zu reden. Über all das, was nicht so gut lief. Und über alles, was gut lief. Wir sind seit langer Zeit verheiratet, und in all den Jahren gab es auch viel Gutes. Ich habe das alles zu schnell aufgeben wollen. Wir wollen es noch einmal miteinander versuchen.«

»Das ist toll! Wenn es das ist, was du willst.«

»Das ist es.«

»Dann ist das gut. Wenn du dir sicher bist, wünsche ich dir und euch Glück.« Ohne die Welle der Traurigkeit zu beachten, die über mir zusammenschlägt, weil Debs ihr Glück auf eine Art verfolgt, die Mum und mir verwehrt bleiben wird, umarme ich sie und streichele ihr über den verschwitzten Rücken. »Ich sollte Lauren in der Küche helfen, damit wir gleich losgehen können, um etwas zu trinken.«

Ich erhebe mich von meinem Stuhl und will ihn mit zurück ins Haus nehmen.

»Warte. Da ist noch etwas.«

»Noch etwas?«

»Also, nachdem ich ja nicht mehr mit der Pflege deiner Mutter betraut bin und Ray im Ruhestand ist, haben wir darüber geredet, wo genau wir neu anfangen wollen. Ray wollte seinen Ruhestand immer an einem Ort verbringen, wo es warm ist. Er leidet unter Arthritis, und die Wärme am Mittelmeer lindert seine Beschwerden. Wenn wir dieses Haus verkaufen, glaubt er, dass wir genug zusammenkratzen können, um uns eine hübsche kleine Wohnung am Meer leisten zu können. Ich war mir zuerst nicht sicher, aber die Kinder haben den Plan unterstützt, und ich glaube, es würde uns wahnsinnig guttun.«

Mein Magen zieht sich beinahe schmerzhaft zusammen. »Was willst du mir damit sagen, Debs?«

»Wir spielen mit dem Gedanken, nach Spanien zu ziehen.«

Ich lasse den Stuhl fallen, den ich in den Händen gehalten habe, und er landet krachend auf den Steinplatten. »W... Was?«, bringe ich mühsam hervor. Mein Hals fühlt sich an, als hätten sich zwei Hände darumgelegt und würden zudrücken. Ich bekomme keine Luft mehr.

»Ich ziehe fort, Liebes«, wiederholt sie. »Wahrscheinlich noch nicht sofort – es wird etwas dauern, das Haus auf dem Markt anzubieten, jemanden zu überreden, über das Gerümpel von drei Jahrzehnten hinwegzusehen und es zu kaufen, und uns danach eine Wohnung in Spanien zu suchen. Ganz sicher bin ich noch hier, bis deine Mum ... du weißt schon ...«, stammelt sie, ohne das wesentliche Wort auszusprechen. »Eines Tages hoffen wir jedoch, unseren Traum Wirklichkeit werden zu lassen. Du verstehst das doch, oder?«

Ich verstehe nur, dass sie uns alleinlässt. Sie tut das, was sie für das Beste hält, um ein glückliches Leben zu führen. Schon bald ist sie weg, und ich werde immer noch hier sein. Das ist jetzt mein Leben. Menschen begleiten mich eine Weile und verschwinden dann wieder. Alle blicken nach vorn und entwickeln sich weiter, und ich bleibe stehen, verharre und blicke ihnen hinterher.

»Klingt toll«, sage ich und schaffe es nicht zu lächeln.

Ihr fällt das gar nicht auf. Sie ist zu beschäftigt damit, erleichtert zu sein.

»Danke, Liebes! Um ehrlich zu sein, hatte ich Angst davor, es dir zu sagen. Lauren meinte, ich sollte es erst einmal nicht erzählen, bis alles in trockenen Tüchern wäre und wir bereit zum Aufbruch wären, aber das konnte ich nicht übers Herz bringen. Ich konnte mir nicht vorstellen, herumzuschleichen und zu verheimlichen, was wir vorhaben.

Ich dachte, du solltest es besser wissen – und so ist es auch, oder?«

Lauren kommt wieder in den Garten zurück. Sie hat etwas Make-up aufgelegt.

»Ich habe es Jess gesagt. Und es ist okay für sie. Ich wusste, dass sie so reagieren würde.«

Lauren grinst. »Danke, dass du so toll reagiert hast, Jess. Mam hat sich die größten Sorgen gemacht, dass du glauben könntest, sie würde dich im Stich lassen. Sie ist noch eine Ewigkeit hier, und deine Mum ist dann vielleicht schon gar nicht mehr … du weißt schon. Wie auch immer … Es ist ja nicht so, als wäre Spanien am anderen Ende der Welt. Und es gibt immer die Möglichkeit, zu skypen oder zu telefonieren, wenn du sie brauchst, stimmt's?«

»Das stimmt. Und unsere Lauren bleibt ja auch hier. Ihr werdet so enge Freundinnen sein, wenn ich irgendwann fortgehe, dass ihr mich gar nicht vermissen werdet.«

Lauren streckt die Hände aus, und ich ergreife sie. »Du hast recht. Ich freue mich für euch. Mum wird sich auch freuen. Wenn ihr mich jetzt entschuldigen wollt? Mir ist plötzlich etwas komisch. Das muss an der Wärme liegen. Ich muss nach Hause.«

Ich lasse Lauren durch meinen Aufbruch im Stich, ergreife nicht die Gelegenheit, mich weiter mit ihr anzufreunden. Wozu auch? Ich habe gerade die Mutter verloren, also warum sollte ich die Tochter in mein Leben lassen, damit sie mich auch verlässt, sobald sich ihr Leben in eine andere Richtung entwickelt?

Ich lasse Laurens Hände los, gehe in die Küche und durch Debs' Haus zur Haustür, wobei ich mir bei dem Versuch, möglichst schnell zu verschwinden, den Fuß an einem Staubsauger stoße und gegen eine Tür renne. Ich will nur raus und endlich allein sein.

Kapitel 38

Die Hitzewelle hält über das gesamte Wochenende an. Horden von Menschen werden ihr Zuhause verlassen, um sich in Parks und Biergärten in und um Manchester herum zu treffen. Ich könnte mich natürlich anschließen und meinen kalkweißen Beinen die ersten Sonnenstrahlen des Jahres gönnen. Ich könnte wie jeder andere auch darüber spotten, wie verrückt ein bisschen Sonne uns alle macht, während ich meine Sonnenbrille aufsetze, den Kopf genießerisch in den Nacken lege und dabei ein eiskaltes Getränk in der Hand halte. Ich könnte mir wieder in Erinnerung rufen, wie sehr ich solche heißen Tage liebe.

Stattdessen wache ich am Samstagmorgen in meinem stickig-warmen Zimmer auf, spüre eine große Traurigkeit in mir und schließe die Vorhänge im ganzen Haus. Dann schlage ich mein Lager im Doppelbett im Gästezimmer auf, das über einen Deckenventilator aus den Siebzigerjahren verfügt, den Mum nie abgenommen hat. Der Ventilator dreht sich nicht annähernd schnell genug, um mir bei der Hitze Erleichterung zu verschaffen, doch die schwache Brise ist zumindest besser als die erdrückende Stille in den anderen Zimmern.

Es riecht nach muffiger Bettwäsche, die schon viel zu lange nicht mehr gewechselt worden ist. Ein feiner Staubfilm haftet an meinen Fingerspitzen, als ich mit der Hand über die enteneiblaue Decke streiche. Ich kann mich nicht mehr daran erinnern, wann in diesem Zimmer zuletzt ein Gast übernachtet hat. Debs hat das Zimmer jedenfalls nie genutzt: Wenn sie die Nacht bei uns verbracht hat, war ihr Platz an der Seite meiner Mutter. Wenn sie mal ein bisschen eingenickt ist, dann auf dem Stuhl neben Mums Bett. Ich schätze, der letzte Mensch, der dieses Zimmer vielleicht mal genutzt hat, muss Sarah gewesen sein, als sie an einem der Freitagabende bei uns zu viel getrunken hat.

Es gab einmal eine Zeit, in der dieses Zimmer oft gebraucht wurde. Wenn nicht von Sarah, dann von einer meiner Freundinnen, die bei mir übernachtet hat, oder von mir und meinem jeweiligen Freund, den Mum vielleicht genug mochte, dass er auch mal bei mir schlafen durfte.

Als ich nun hier liege, empfinde ich die Stille im Haus als noch erdrückender als die Wärme. Ich möchte nicht mehr hier sein, möchte die Stille nicht mehr ertragen müssen. Ich sollte aufstehen und Mum besuchen. Aber dazu fehlt mir die Kraft. Ich bin noch nicht bereit dazu, wieder miterleben zu müssen, dass sie mich nicht erkennt. Ich bleibe einfach, wo ich bin, und schwöre mir, dass ich in zwei Stunden oder so, wenn ich etwas abgekühlt bin, aufstehen und losfahren werde.

Der Ventilator beginnt zu ächzen, weil er schon so lange nicht mehr genutzt wurde. Ich muss ihn abstellen, denn sonst überhitzt er. Ich stehe auf, um ihn auszuschalten, und setze mich nicht wieder hin. Stattdessen dusche ich schnell, wobei ich aufs Haarewaschen verzichte, zerre ein leicht zerknittertes kakifarbenes T-Shirtkleid und bronzene Flipflops aus meinem Schrank und gehe nach unten. Der Garten sieht so trostlos aus wie immer. Und die Sonne verstärkt diesen Eindruck noch. Ich begnüge mich damit, mich in die Küche zu setzen, die Türen zu öffnen und ein Magazin zu lesen, das Debs oder eine andere Pflegekraft hier vergessen hat.

Um kurz vor Mittag klopft es. Einige der medizinischen Gerätschaften meiner Mutter sollen noch abgeholt werden. Auf dem Weg zur Haustür komme ich am Esszimmer vorbei. Mein Blick fällt auf das leere Pflegebett, das nun jemand anders bekommt, weil Mum keine Verwendung mehr dafür hat. Noch nie zuvor habe ich mir gewünscht, etwas, das ich so sehr hasse, bei mir behalten zu dürfen.

»Was willst du denn hier?«, frage ich den Mann, der definitiv nicht gekommen ist, um Mums Pflegebett abzuholen.

Alec nimmt die Sonnenbrille ab und lächelt mich an.

»Ich bin gekommen, um nach dir zu sehen. Wie geht es dir?«, sagt er. Es scheint ihm nicht unangenehm zu sein, dass er ungebeten hier aufgetaucht ist. Und es scheint nach seinem letzten Besuch hier und meinem Gefühlsausbruch auch nichts zwischen uns zu stehen.

»Darf ich reinkommen?«, fragt er.

Ich habe nicht mehr geputzt, seit Mum fort ist. Im Flur liegen meine benutzten Klamotten auf dem Boden, der Fußboden in der Küche ist schmutzig und klebt, und auf jeder freien Oberfläche stapelt sich mittlerweile schmutziges Geschirr.

»Warum nicht.«

Das Beste ist es, ihn durchs Haus und gleich hinaus in den Garten zu führen. Draußen sieht es zwar genauso schlimm aus wie drinnen, doch wenigstens stinkt es nicht.

»Was ist los?«, will ich wissen, als er auf der Gartenmauer sitzt. »Ich weiß nicht genau, warum du hier bist.«

»Okay. Zeit, Klartext zu sprechen«, sagt er. »Seit deine Mum ins Krankenhaus gekommen ist, habe ich ziemlich oft mit Olivia geschrieben. Ich wollte wissen, wie es dir geht, wollte sicher sein, dass du zurechtkommst. Olivia hat mir allerdings nur das Nötigste erzählt – dass deine Mutter im Pflegeheim ist, dass du wieder ins Büro gehst. Mehr hat sie nicht gesagt. Sie meinte nur, es wäre schwer für dich. Als ich sah, wie schön der Morgen ist, musste ich an dich denken. Und ich habe mich gefragt, ob wir nicht Zeit miteinander verbringen könnten. Ich weiß – du kannst keine Beziehung führen, darum geht es mir auch nicht. Ich dachte, wir könnten auch einfach nur wieder zwei Menschen sein, die ab und zu ganz gern miteinander reden – so wie früher. Was meinst du dazu?«

Ich glaube, dass sich hier die Gelegenheit ergibt, dem Ganzen ein Ende zu bereiten und wenigstens eine Träne für immer in meinem gebrochenen Herzen einzuschließen.

»Das ist nett«, entgegne ich. »Ich kann allerdings nicht aufhören, deine Beine in der kurzen Hose anzustarren. Wir werden nie wieder zwei Menschen sein können, die ab und zu gern miteinander reden.«

»Kannst du versuchen, damit aufzuhören? Ich werde nicht auf deine Taille gucken, wenn du aufhörst, meine Beine anzustarren.«

»Es wird nicht funktionieren, Alec. Es ist schön, dass du gekommen bist, und ich weiß, wie gut es tut, wenn du da bist, aber ich kann das nicht.«

Er atmet tief durch. Ich nehme den schwachen Duft von Zahnpasta wahr und denke daran, wie perfekt seine Zähne sind. »Okay. Ich habe mir schon gedacht, dass du das sagen wirst«, entgegnet er. »Trotzdem musste ich dich fragen. Wenn die Chance bestanden hätte, dass du dir doch meine Gesellschaft wünschst und ich dir das nicht angeboten hätte, dann hätte ich mich für immer geärgert. Hier, das ist für dich.«

Er bückt sich und hebt eine kleine Tüte auf, die neben seinen Füßen steht. Mir ist gar nicht aufgefallen, dass er sie mitgebracht hat.

»Was ist das?«

»Ich habe es für dich besorgt, als deine Mum ins Krankenhaus musste. Ich wollte an dem Abend zu dir kommen, für dich kochen und es dir geben – aber dazu kam es nicht. Ich konnte es nicht über mich bringen, es zurückzugeben. Es braucht ein schönes Zuhause.«

Ich mache die Tüte auf und erblicke einen Troll mit fuchsiafarbenen Haaren unter einer Wollmütze. Der Troll trägt eine Skijacke und Boots.

»Eine kleine Erinnerung an unseren Ausflug in den Lake District«, sagt er.

Ich erinnere mich an die Trollsammlung, die ich als Mädchen hatte. Die Sammlung, die ich jahrelang aufgebaut habe. Die Sammlung, die mir mehr bedeutet hat als alles andere. Das habe ich ihm nie erzählt, oder?

»Ich liebe ihn«, sage ich leise. Ich möchte nicht vor ihm in Tränen ausbrechen, also huste ich und gehe zurück ins Haus. »Du bist echt nett«, sage ich zu ihm, nachdem er mir wieder zur Haustür gefolgt ist. »Wenn nur alles anders wäre ...«

»Ja, wenn nur alles anders wäre ...«

»Kannst du mir einen Gefallen tun, Alec?«

»Schieß los.«

»Hör auf, Olivia zu schreiben, und such dir eine Freundin.«

»Ich weiß nicht ...«

Ich stelle mich auf die Zehenspitzen, um ihm einen letzten Kuss auf die Wange zu geben.

»Tu es. Für mich.«

Kapitel 39

Debs hält ihr Wort und besucht Mum fast jeden Tag, während sie nebenbei ihr Leben bei uns zu einem Abschluss bringt. Es ist fast so, als hätte sich nichts geändert. Wir reden oft miteinander. Sie schreibt mir immer, um Bescheid zu geben, dass sie Mum besuchen fährt, und wenn wir mal zufällig gemeinsam in Henley Hall sind, ist sie genau so, wie sie war, als sie noch sechs Abende in der Woche bei uns zu Hause war.

In Mums Gegenwart spricht sie nie über ihre Pläne, fortzugehen – sie glaubt wahrscheinlich, dass es keinen Grund dazu gibt. Doch ab und zu erzählt sie mir am Telefon oder auf dem Weg aus Mums Zimmer von einer Wohnung, die sie an der Costa del Sol gesehen haben, oder von dem Haus in ihrer Straße, das zu einem wirklich guten Preis verkauft werden konnte. Ich tue dann immer so, als würde ich mich für sie freuen, und sie tut so, als wäre es gar keine große Sache – es wird sowieso noch eine halbe Ewigkeit dauern, bis es so weit ist. Aber wir wissen es beide. Wir steuern auf das Ende, auf *unser* Ende zu. Der einzige Unterschied ist, dass Debs es so will und sich freut und dass ich schreien möchte, dass es aufhören soll.

Was noch schlimmer ist: Der einzige Mensch, an den ich mich in meiner Not wenden könnte, ist kaum noch wach, um mit ihm sprechen zu können.

Mum ist ständig müde und unglaublich erschöpft. Wenn ich sie abends besuchen komme, liegt sie schon zugedeckt im Bett. Ich kann nur noch ihre Hand halten und dankbar dafür sein, dass sie zumindest im Schlaf ihren Frieden zu finden scheint.

So geht das Leben ein paar Wochen lang weiter. Ich habe solche Angst, dass ich Mum nicht mehr wach erlebe, dass ich mir einen Tag freinehme, um vielleicht doch noch eine ihrer Wachphasen zu erwischen.

An einem Donnerstagnachmittag besuche ich Mum. Es ist ein schöner, trockener Tag. Als ich die Zufahrt hinaufkomme, sehe ich, dass einige der Bewohner mit ihren Verwandten durch den Garten spazieren und das Wetter genießen. Ich fühle mich ermutigt, fast schon beschwingt. Wenn es Mum gut genug geht, könnte ich ja auch mit ihr nach draußen gehen.

Nachdem ich mich in die Besucherliste eingetragen habe, suche ich nach Debs' Namen. Da ist er ja. Sie war um neun Uhr hier und ist um Viertel vor zehn wieder gegangen.

Ich freue mich, dass ich Mum für mich allein habe, und gehe die Treppe zu ihrem Zimmer hinauf. Ich bin aufgeregt, sie zu sehen. Falls sie schläft, habe ich noch Zeit genug, um bei ihr zu bleiben, bis sie wieder aufwacht.

Im Zimmer ist es überraschend hell, als ich hereinkomme. Eine der Schwestern hat die Vorhänge aufgezogen und das Fenster aufgemacht, um die warme Brise ins Zimmer zu lassen. Statt im Bett zu liegen, wie ich es vermutet habe, trägt Mum eine Leggings und die Strickjacke, die ich ihr gekauft habe, und sitzt im Sessel am Fenster, von wo aus sie das Geschehen im Garten beobachten kann.

»Hi, Mum. Du siehst heute aber gut aus.«

»Oh, es geht ihr auch gut, es geht ihr auch gut«, ertönt Yolandas fröhliche Stimme aus dem Badezimmer. Lächelnd kommt die Schwester kurz darauf ins Zimmer. »Wir haben heute einen guten Tag, oder, Susan?«

»Das ist doch toll.«

Ich knie mich neben Mum, um ihr einen Kuss auf die Wange zu geben, und plötzlich passiert etwas Wundervolles: Sie lächelt mich an. Es ist nicht das freundliche Lächeln, das Mum jedem Menschen schenkt, dem sie begegnet, sondern das Lächeln, das nur für mich reserviert ist. Mir schießen Tränen in die Augen. Sie erkennt mich.

»Hi, ich bin's. Ich bin's, deine Jess«, sage ich wieder und wieder, schlinge die Arme um ihren mageren Körper und drücke sie.

»Vorsicht«, sagt Yolanda und tritt zu mir. »Sie zerdrücken sie ja sonst.«

Sofort löse ich meine Umarmung etwas. »Sorry, Mum.« Ich wende mich Yolanda zu. »Was hat das zu bedeuten?«

»Es bedeutet, dass sie einen sehr guten Tag hat. Und Sie sollten das Beste daraus machen.«

»Das werde ich. Hast du Lust auf einen Spaziergang, Mum?«

Wir verbringen den Nachmittag zwischen den bunten Blumen im Garten. Ein milder Wind weht die nach Lavendel duftende Luft über unsere Gesichter, und die Sonne streichelt mit ihrer sanften Wärme unsere Wangen.

Ich erzähle Mum von Olivias Schwangerschaft, von Alecs Besuch und dem geschenkten Troll, von allem Schönen, das mir so einfällt. Mum beobachtet mich die ganze Zeit über. Ihre Hand streicht unablässig über die Halskette, die ich ihr zu Weihnachten geschenkt habe. Ich ertappe mich dabei, dass ich die Hand ebenfalls des Öfteren auf meine Halskette lege.

Als Mum von meinem Geplapper allmählich müde wird, höre ich auf, und sie schließt die Augen. Innerhalb weniger Sekunden ist sie eingeschlafen. Es ist zu schön hier draußen, um sie in ihr Zimmer zurückzubringen. Also schiebe ich sie zu Maggies Bank, setze mich und halte Mums Hand.

Ein Mann setzt sich zu mir, während seine beiden Kinder wie Welpen, die man von der Leine gelassen hat, durch den Garten toben. Während er ihnen ab und zu zuruft, nicht in die Beete zu laufen, führt er mit mir das typische Gespräch unter Verwandten der Bewohner des Pflegeheims. Sein Vater wohnt, wie er mir erzählt, seit sechs Jahren hier in Henley Hall – seit seine Demenz es ihm unmöglich gemacht hat, zu

Hause zu leben. Überrascht frage ich, ob sein Vater gern seit so langer Zeit hier lebt. Der Mann lacht und antwortet, dass sein Vater diesen Ort liebt. Und oft scheint er hier viel ruhiger und zufriedener zu sein als in seinem eigenen Zuhause.

Ich betrachte meine schlafende Mutter und denke darüber nach, dass es ihr Wunsch, ihre Entscheidung war, hierherzukommen. Sie hat sich diesen Ort selbst ausgesucht, und ich verstehe ihre Wahl inzwischen. Mum glaubte, ihre letzten Jahre hier wären friedlicher, als wenn sie zu Hause geblieben wäre. Ich hoffe, dass sie recht behält.

Yolanda kommt zu uns, als es für Mum Zeit ist zu essen. Ich wecke Mum auf und bringe sie in den Speisesaal. Yolanda besteht darauf, Mum selbst zu füttern, statt mich das tun zu lassen, und ich stimme widerwillig zu. Yolanda ist immerhin die Schwester. Mum muss sich anstrengen, um all das Kartoffelpüree, das Yolanda ihr in den Mund schiebt, lange genug im Mund zu behalten, um es runterschlucken zu können. Es ist schwer, sie so kämpfen zu sehen. Aber Yolanda versichert mir, dass Mum genug davon isst, um die Nährstoffe zu bekommen, die sie benötigt.

Als Mum fertig und wieder zurück in ihrem Zimmer ist, sieht sie blass und vor Müdigkeit ganz wächsern aus. Yolanda und ich bringen sie in ihr Bett, und ich weiß, dass sie wie an den anderen Abenden nun für ein paar Stunden schlafen wird.

»Gute Nacht, Mum«, sage ich. Ich küsse sie auf die Stirn. Als ich mich zurückziehe, bemerke ich, dass sie mich anblickt.

»Ich liebe dich so sehr«, sage ich zu ihr. Ich weiß nicht, wie lange uns noch bleibt und wie viele gute Tage wir noch erleben werden, doch ich weiß, dass ich jeden dieser Tage nutzen muss, um ihr zu sagen, wie sehr sie geliebt wird. »Du bist die beste Mutter, die ich mir je hätte wünschen können.«

Sie lächelt und schließt die Augen. Ich streichele ihr übers Haar, bis sie eingeschlafen ist.

Auf dem Weg nach draußen bedanke ich mich bei Yolanda und verspreche ihr, Mum von jetzt an so oft tagsüber zu besuchen, wie ich kann. Der Nachmittag hat uns beiden so gutgetan.

Der Anruf kommt, als ich am nächsten Tag bei der Arbeit bin.

»Miss Hyland?«

»Am Apparat.«

»Hier spricht Nina Lew von Henley Hall. Ich rufe an, um Ihnen mitzuteilen, dass wir für Ihre Mutter einen Rettungswagen kommen lassen mussten. Wir machen uns wegen ihrer Atmung Sorgen, und wir möchten gern, dass die Ärzte im Krankenhaus sie sich einmal ansehen.«

»Oh Gott. Geht es ihr gut?«

»Ja. Uns ist nur die Veränderung aufgefallen, und sie hat leicht erhöhte Temperatur, also wollen wir auf Nummer sicher gehen und sie ins Krankenhaus bringen lassen. Können Sie dorthin kommen?«

»Natürlich. Ich komme sofort.«

Ich suche im Büro nach Jane. Sie ist im Konferenzraum, der sich in unserem Stockwerk befindet, gerade mit ihrem Ehemann in eine angespannte Unterhaltung vertieft. Für gewöhnlich störe ich sie nicht, wenn sie allein mit Mr. Lewis ist, aber jetzt platze ich in den Raum und lasse den beiden keine Gelegenheit, so zu tun, als hätten sie ein professionelles Gespräch geführt und sich nicht gestritten.

»Tut mir leid, dass ich stören muss. Meine Mum ist ins Krankenhaus eingeliefert worden. Kann ich gehen?«

»Oje. Natürlich, geh ruhig«, sagt Jane.

Mr. Lewis macht den Mund auf, um etwas zu sagen, doch Jane hebt die Hand und bedeutet ihm zu schweigen.

»Mach dir keine Gedanken wegen der Arbeit. Fahr zu deiner Mutter und sei an ihrer Seite.«

Sie umarmt mich und schiebt mich dann in Richtung der Aufzüge.

Im Taxi zum Krankenhaus wird mir bewusst, dass ich nicht so viel Angst habe wie beim letzten Mal, als ich Hals über Kopf zum *Manchester Royal Infirmary* fuhr. Ich habe schon die Schläuche gesehen, die in Mums Körper steckten. Ich habe das unregelmäßige Piepsen der Maschinen, die sie umgaben, gehört. Ich weiß, dass ich die Nacht auf dem Stuhl neben ihrem Bett verbringen werde und mich am nächsten Morgen kaum noch werde rühren können. Und ich weiß, dass ich ein ungesundes, fettiges Frühstück zu mir nehmen werde und mir dann die knappen tröstenden Worte der Ärzte in ihren Krankenhauskitteln werde anhören müssen.

Ein Rückschlag, dem ich mich stellen muss. Aber eine inzwischen vertraute Situation.

»Lassen Sie mich hier aussteigen«, sage ich zu dem Taxifahrer. Dieses Mal weiß ich genau, wohin ich gehen muss.

Mum wird nicht in der Notaufnahme sein. Wenn sie wieder eine Lungenentzündung hat, dürfen die Ärzte keine Zeit vergeuden. Sie werden sich bereits intensiv um sie kümmern, um sie zu stabilisieren. Ich sehe mich nicht um, sondern gehe direkt zum Empfangstresen des Krankenhauses.

»Können Sie mir sagen, auf welcher Station ich Susan Hyland finde? Sie ist vor einer halben Stunde mit dem Rettungswagen eingeliefert worden.«

Beeindruckt von meiner Effizienz wendet die Schwester am Empfang sich mit der gleichen Schnelligkeit ihrem Rechner zu. Ihr Bauch ragt über die Tischkante, als sie nun die wichtigsten Informationen in den Computer eintippt.

Eine steile Falte erscheint zwischen ihren Augen und verdrängt ihre sonst so neutrale Miene, als sie auf den Bildschirm blickt.

»Nehmen Sie bitte im Wartebereich Platz. Jemand wird Sie dort abholen.«

Das ist anders als beim letzten Mal.

Unsicher, was es zu bedeuten hat, nehme ich auf dem einzigen freien Stuhl neben einer Mutter und ihrem unruhigen Kleinkind Platz. Innerhalb weniger Minuten erscheint eine

Oberschwester in einem dunkelblauen Kittel und ruft mich auf.

»Hallo. Können Sie bitte hier entlangkommen? Dr. Thornley untersucht gerade noch einen Patienten, doch er ist gleich für Sie da.«

Angst breitet sich in meinem Körper aus, bis ich mich auf nichts anderes mehr konzentrieren kann.

»Was ist denn los?«

»Hier entlang, bitte.«

Ich werde durch einen stillen Flur in einen kleinen, schlecht beleuchteten Raum geführt. Drei Sessel in unterschiedlichen Primärfarben stehen um einen kleinen, runden Tisch herum, auf dem eine Box mit Taschentüchern steht – exakt in der Mitte. An der Wand hängt ein abstraktes Gemälde einer Lilie.

Nachdem ich mich in den gelben Sessel habe sinken lassen, schließt die Schwester die Tür und lässt mich allein. Zwar habe ich noch nicht viel vom *Manchester Royal Infirmary* gesehen, aber irgendwie ahne ich, dass das hier das schlimmste Zimmer im gesamten Krankenhaus ist.

Zwanzig Minuten später klopft jemand sacht an die Tür. Und in dem Moment weiß ich es – ein Arzt mit guten Nachrichten würde nicht so leise anklopfen. Ein Job im staatlichen Gesundheitssystem lässt einem Menschen nicht die Zeit, um so höflich und zaghaft zu sein. Ein Arzt mit einem Patienten, der sich auf dem Wege der Besserung befindet, hätte laut geklopft, wäre ins Zimmer gestürmt, hätte kurz berichtet und wäre dann genauso schnell wieder verschwunden.

Die Tür wird behutsam einen Spaltbreit geöffnet, und ein junger Mann mit einem Dreitagebart steckt den Kopf ins Zimmer.

»Hi. Ich bin Dr. Thornley. Kann ich hereinkommen?«

Eine seltsame Frage – immerhin ist das hier sein Krankenhaus und nicht meins.

»Ja.«

Statt der Krankenhauskleidung, in der ich die Ärzte auf der Intensivstation bisher immer gesehen habe, trägt dieser Arzt einen schmal geschnittenen Anzug und unglaublich glänzende schwarze Loafer. Er sieht aus wie ein Teenager, der sich für seinen ersten Arbeitstag schick gemacht hat und glaubt, dass er – dank des Shoppingtrips mit seiner Mutter – nun absolute Spitze ist. Wie kann er es wagen, so strahlend, so frisch auszusehen, wenn er von Krankheit und Tod umgeben ist?

»Ich fürchte, ich habe schlechte Nachrichten für Sie«, beginnt er und setzt sich mir gegenüber in den roten Sessel. »Ihre Mutter wurde mit massiven Atemproblemen eingeliefert, die durch ein akutes Lungenversagen hervorgerufen wurden. Im Augenblick kämpfen wir darum, sie zu stabilisieren, und machen uns große Sorgen. Ich muss Sie das fragen … Wissen Sie, dass Ihre Mutter das VaW-Protokoll unterschrieben hat?«

»Wie bitte?«

»Das ist die Anordnung zum Verzicht auf Wiederbelebung.«

»Ach, das. Ja, das weiß ich.« Mum hat es mir vor einigen Jahren erzählt, als klar wurde, dass der Zeitpunkt näher rückte, an dem ich medizinische Entscheidungen für sie würde treffen müssen. Damals kamen mir alle Gespräche über das Lebensende so unnötig vor, dass ich es vollkommen verdrängt habe. Nun ist es so weit, und ich höre den Ausdruck wieder. Und zum ersten Mal wird mir bewusst, welches Gewicht, welche Bedeutung er hat. Dieser Ausdruck könnte das Leben meiner Mutter beenden.

»Kann ich sie sehen?«, frage ich.

»Natürlich. Ich bringe Sie nach oben.«

Ich werde auf die Intensivstation gebracht. Mum sieht genauso klein und zerbrechlich aus wie beim letzten Mal auf der Intensivstation. Neben all den Geräten, die letztes Mal um sie herumstanden, entdecke ich weitere Maschinen, die sie damals noch nicht brauchte. Mum ist so still, so reglos, dass es mir den Atem raubt.

»Oh, Mum.« Ich ergreife ihre Hand und lege meinen Kopf neben ihren auf den kleinen Bereich des Kissens, wo keine Kabel und Schläuche liegen.

Über Stunden rühre ich mich nicht weg. Ich flüstere ihr meine Lieblingserinnerungen an uns ins Ohr und sage ihr immer wieder, wie sehr ich sie liebe. Niemand stört uns. Wir brauchen nichts anderes. Die Umgebung, die Station um uns herum scheint zu verschwinden, bis es nur noch uns zwei gibt.

Erst als der Alarm an einer Maschine erklingt, hebe ich den Kopf, um zu schauen, was los ist. Dr. Thornley geht leise zu dem Gerät, das das schreckliche Geräusch macht, und drückt einen Knopf. Das Geräusch verstummt.

»Es tut mir so, so leid«, sagt er.

Ich lege den Kopf wieder dorthin zurück, wo er hingehört, und streichele Mum übers Haar.

»Oh, Mum.«

Kapitel 40

Das Kleid, das sie für mich ausgesucht hat, ist schrecklich.

Grün und blau. Luftig. Bodenlang. Fröhlich. Ich stehe in ihrem Zimmer, betrachte mich seit geschlagenen zehn Minuten in ihrem bodentiefen Spiegel und kann mir noch immer nicht erklären, warum sie gewollt hat, dass ich wie eine Meerjungfrau gekleidet zu ihrer Beerdigung gehe.

Doch ihre Anweisungen waren eindeutig. Debs gab mir den Brief zwei Tage nach Mums Tod und schickte am Abend noch eine Textnachricht – komplett in Großbuchstaben –, um sicherzugehen, dass ich den Brief auch wirklich las.

Voller Angst im Herzen riss ich den Umschlag auf. Es gelang mir gerade so, mich zusammenzunehmen, das alltägliche Leben zu meistern, mich abzulenken und nicht zu oft zu Hause zu sein, indem ich mich um all das kümmerte, was der Tod eines Menschen so mit sich brachte. Noch ein Brief wie der letzte, den sie mir geschrieben hatte, wäre so, als würde mir jemand auf die Finger treten, mit denen ich mich verzweifelt am Rand des Abgrunds festklammerte – ich müsste loslassen und würde in die Finsternis stürzen.

Aber Mum schien zu wissen, was ich jetzt brauchte. Statt mir zu versichern, wie sehr sie mich lieben würde, hatte sie nur einen kurzen Brief und eine lange Liste geschrieben. Der Brief war offensichtlich entstanden, als Mums Handschrift noch sicher wirkte und sie ganz klar hatte denken können.

Liebe Jess,
ich habe eine Liste der Dinge zusammengestellt, um die du dich kümmern musst, wenn ich nicht mehr da bin. Es

tut mir leid, dass ich so makaber sein muss, doch ich möchte vorher alles regeln, und ich hasse den Gedanken, dass du kämpfen musst und in Schwierigkeiten gerätst, weil ich nicht den Mut hatte, mich zu Lebzeiten noch mit all dem auseinanderzusetzen.

Es sollte genug Geld da sein, damit du nach meinem Tod alles bezahlen kannst, was nötig ist. Bitte um Hilfe, wenn du irgendetwas brauchst. Debs kommt mir wie ein anständiger Mensch vor. Wenn sie noch immer da sein sollte, bin ich mir sicher, dass sie dich gern unterstützen wird.

Ich liebe dich,
Mum xx

Ich lächelte, als ich die Stelle über Debs las – wie recht sie doch hatte –, und widmete mich dann der Liste. Es war eine wundervoll praktische Liste, die mich durch die kommenden Tage führen würde. Neben der Anweisung, Lastschriften sofort einzustellen, die Versicherung über ihren Tod zu informieren und zum Notar zu gehen und ihr Testament einzusehen, gab es auch Anweisungen hinsichtlich der Beerdigung. Nichts Großes. Die Beerdigung sollte nicht länger als dreißig Minuten dauern, das Lied zum Einzug sollte »The Time of My Life« vom *Dirty-Dancing*-Soundtrack sein, ins Krematorium sollten nur enge Freunde und Familie kommen und der Leichenschmaus sollte im *Didsbury Cricket Club* stattfinden, weil es dort eine schöne Aussicht und gute Parkmöglichkeiten gab.

Die einzige Bitte, mit der ich Probleme hatte, war und ist ihr Wunsch, dass ich auf ihrer Beerdigung ein lächerliches Kleid tragen soll.

In der Liste hatte meine Mutter auch etwas dazu geschrieben.

Bitte, keine trostlose Trauerkleidung auf der Beerdigung. Nur leuchtende Farben. Trag das Kleid, das du im hinteren Teil meines Kleiderschranks finden wirst, neben meinen Mänteln. Ich sah es vor ein paar Wochen online im Ted-Baker-*Sale und musste an dich denken. Es wäre schön, wenn du die Gelegenheit nutzt, um dich ausnahmsweise mal aufzustylen. Du wirst den Leuten mit deinem fabelhaften Outfit ein Lächeln ins Gesicht zaubern.*

Den ganzen Morgen über habe ich darüber nachgedacht, ob ich das Kleid tatsächlich anziehen soll. Aber als um elf Uhr die Türklingel ertönt, vergesse ich das Kleid und auch die akribischen Pläne, die ich in der vergangenen Woche im Auftrag von Mum ausgeführt habe. Ich trete in den leichten Regen hinaus, ziehe die Haustür hinter mir ins Schloss, gehe zu den beiden Bestattungsunternehmern und begrüße sie. Sie sprechen mir ihr Beileid aus, und wie jede Beileidsbekundung, die ich mir seit der von Dr. Thornley angehört habe, nehme ich auch diese wie betäubt, unaufrichtig entgegen.

Ich nicke den Nachbarn zu. Wie bei einer Szene aus *Coronation Street* – einer, die ich im echten Leben niemals für möglich gehalten hätte – sind sie auf die Straße hinausgetreten, um ihr Mitgefühl auszudrücken, und stehen mit gesenkten Köpfen auf dem Gehweg. Ich danke ihnen mit einem Nicken, während ich mich zögerlich den Wagen nähere.

Das erste Auto in der Reihe sehe ich mir nicht an – in diesem Wagen liegt Mum. Stattdessen steige ich in den zweiten Wagen ein und bitte den Fahrer, sofort loszufahren.

Mum wollte, dass Tante Sarah, Debs und ihr Cousin Joe mit mir im Auto sitzen, doch das war einer der Wünsche, die ich ihr nicht erfüllen konnte. Diese Reise möchte ich mit ihr allein machen. Mum und ich – ein letztes Mal.

Wenn ich bedenke, wie wenige Menschen am Ende von Mums Leben noch Teil davon waren, hat sich in der Kirche eine ziemlich große Menschenmenge versammelt und wartet auf uns. Zum ersten Mal an diesem Morgen rinnen mir Tränen über die Wangen. Ich hatte nicht mit den Tränen gerechnet, also kann ich sie nicht mehr rechtzeitig zurückdrängen. Auf die schlimmeren Momente dieses Tages hatte ich mich vorbereitet, hatte versucht, meine Kraft für diese Augenblicke einzuteilen. Dass mich der Anblick all dieser lieben Gesichter so überwältigen würde, ist eine Überraschung für mich.

Tante Sarah sticht in ihrem roten Hosenanzug aus der Menge heraus. Sie sitzt mit einigen ehemaligen Kollegen Mums aus dem Optikergeschäft in einer Kirchenbank. Ich sehe auch Mums Cousin Joe und seine Frau, Erica und Nina aus Henley Hall, Debs und Lauren und eine große Gruppe von Mums Unifreunden. Neben Sarah sitzen auch noch einige ältere Damen, die ich nie zuvor gesehen habe. Vermutlich handelt es sich um ehemalige Kundinnen von Mum. Und schließlich entdecke ich meine Kolleginnen, die ganz hinten sitzen, an ihren schwarzen Kostümen zupfen und sich offensichtlich unwohl fühlen.

Ich muss vergessen haben, sie über den Dresscode in Kenntnis zu setzen. *Arme Jane.* Sie hat sich als Jackie Onassis herausgeputzt, trägt ein schwarzes Kostüm und dazu einen Hut mit einem Schleier über den Augen. Für gewöhnlich wird sie dafür bewundert, sich für jeden Anlass perfekt zu stylen, und muss sich im Augenblick schrecklich fühlen, weil sie so unangemessen gekleidet hier erschienen ist. Ich ertappe sie dabei, wie sie Sarah neidische Blicke zuwirft, und lächele ihr entschuldigend von der Kirchentür aus zu, während ich darauf warte, dass Mum hereingebracht wird.

Nachdem die Sargträger Mums Sarg auf die Schultern gehoben haben und ich mich dahinter gestellt habe, um in die Kirche zu gehen, verdränge ich die Gedanken an Janes Verärgerung aus meinem Kopf. »The Time of My Life« erklingt, und ich gehe los, um Abschied von Mum zu nehmen.

Die Trauerrede halte ich nicht. Wenn Mum das gewollt hätte, dann hätte sie mich darum gebeten. Sie hätte mir vermutlich sogar gesagt, was ich über sie erzählen soll. Dass sie zu dem Thema nichts geschrieben hat, war ein letzter Beweis ihrer Liebe für mich. Ich hätte es niemals geschafft, neben ihrem Sarg zu stehen und meinen Schmerz zu unterdrücken, um über ihr Leben zu reden.

Stattdessen habe ich Sarah gebeten, die Aufgabe zu übernehmen.

Sie hat mir seit Mums Tod unglaublich toll geholfen. Sie war jeden Tag bei mir zu Hause und hat mir die unangenehmen Aufgaben abgenommen. Und was das Beste war: Sie hat mir dabei unablässig von Mum erzählt, hat Erinnerungen mit mir geteilt, hat dafür gesorgt, dass Mum noch da war. Das war wohl ihre Art, all die verlorene Zeit wiedergutzumachen.

Ich habe Sarah vorher nicht gefragt, was sie in der Kirche sagen wird. Als sie nun am Rednerpult steht und ihre Jacke glatt streicht, kommt mir der Gedanke, dass ich das vielleicht besser hätte tun sollen …

Mum hatte mir klipp und klar gesagt, dass die Huntington-Krankheit auf ihrer Trauerfeier auf keinen Fall thematisiert werden sollte. Das Arschloch hatte ihr das Leben genommen, also hatte es nicht das Recht, auch noch ihre Beerdigung zu zerstören.

Jetzt kann ich mich nicht mehr genau daran erinnern, ob ich das Sarah gegenüber deutlich genug gemacht habe. Als sie zu sprechen beginnt, fürchte ich, mich jeden Moment übergeben zu müssen. Mit beiden Händen klammere ich mich an der Kirchenbank fest und kneife die Augen zusammen.

»Susan Hyland hat so viele Leben berührt und bereichert, ehe sie uns auf so grausame Weise entrissen wurde.«

Oh nein.

»Für mich war sie eine kluge und intelligente Geschäftspartnerin. Sie war wie ich auch eine Mutter, die immer gute Ratschläge parat hatte. Und sie war eine wundervolle, absolut verrückte Freundin.«

Hinter mir erklingt ein kleines, scheues Lachen. Das reicht, damit ich die Augen vorsichtig wieder aufmache.

»Seit Jess mich gebeten hat, heute hier die Trauerrede zu halten, habe ich mir das Hirn zermartert, um die Worte zu finden, die Susan in einigen kurzen Minuten zusammenfassend beschreiben können. *Wie* soll ich ausdrücken, was für eine wundervolle Freundin sie für mich war, was für eine erstaunliche Mutter sie für Jess war und wie viel sie uns allen bedeutet hat? *Wie* soll ich das in eine kurze Rede packen? Es ist schlicht unmöglich. Ich könnte für den Rest meines Lebens über Susan reden, und es würde noch immer nicht reichen. Also habe ich gestern Abend eine Entscheidung getroffen: Ich kann euch in ein paar Minuten niemals all das Gute über sie erzählen, das ich erlebt habe, also werde ich euch von der Eröffnungsfeier unseres Optikergeschäfts erzählen.« Sie holt Luft. »Wie ihr euch vorstellen könnt, war dieser Abend ein Meilenstein unserer beruflichen Laufbahn. Wir hatten so hart für diesen Augenblick gearbeitet, und man kann mit Fug und Recht behaupten, dass Susan vielleicht ein bisschen übers Ziel hinausschoss: Sie engagierte einen Caterer, kaufte Unmengen von Champagner und gab zweihundertfünfzehn Pfund allein für Luftballons aus. Ich kann mich noch so gut an die genaue Summe für die Ballons erinnern, weil ich damals nicht darüber hinwegkommen konnte, dass man so viel Geld für Ballons ausgeben kann, wenn man gerade ein Geschäft eröffnet. Kein Wunder, dass ich von der Sekunde an die Budgetierung sicherheitshalber selbst in die Hand genommen habe.«

Wieder erklingt Lachen. Dieses Mal ist es lauter. Ich muss ebenfalls lachen.

»Da standen wir nun in unseren neuen Räumlichkeiten, wie aus dem Ei gepellt, bereit, unsere zukünftigen Kunden zu begrüßen – aber es kam keiner, denn wer geht schon zur Eröffnung eines Optikers? Ich war enttäuscht und, wenn ich ehrlich bin, auch sauer, weil meine neue Geschäftspartnerin so viel Geld verschwendet hatte. Doch statt verzweifelt zu sein, sagte Susan, dass ich mir keine Sorgen machen solle – wir würden aus dem Eröffnungstag einfach eine ganze Eröffnungswoche machen. In jener Woche bekam jeder, der durch die Tür trat, ein Glas Champagner, einen Teller mit Häppchen und zum Abschied noch einen goldenen Luftballon. Das sprach sich herum, und wir wurden ziemlich schnell der beliebteste Optiker in der Gegend. Viele der ersten Kunden verliebten sich in Susans Großzügigkeit und ihren Sinn für Humor und sind uns auch zwanzig Jahre später noch treu. Einige von ihnen sind sogar heute hier.« Sie blickt sich um. »Susan war eine lebenslustige, freundliche und sehr kluge Frau, die allen Menschen, denen sie begegnete, viel Freude bereitete.« Sie wendet sich dem Sarg zu und wischt sich die ersten Tränen weg, die ihr nun über die Wangen rinnen. »Ich vermisse dich mehr, als du es ahnst, meine liebe, liebe Freundin.«

Sarah verlässt das Rednerpult, geht zum Sarg und legt mit gesenktem Kopf für ein paar Momente die Hand darauf. Dann geht sie zurück in die Kirchenbank. Ich gebe ihr ein Zeichen, dass sie sich zu mir nach vorn setzen kann. Den Rest der Messe sitze ich neben ihr, während sie mich im Arm hält und ich den Kopf auf ihre Schulter gelegt habe.

Wir halten uns aneinander fest, bis wir Mum ins Krematorium gebracht, uns zum letzten Mal von ihr verabschiedet haben, wieder im Auto sitzen und zum Leichenschmaus fahren.

»Ich kann da nicht rein«, sage ich zu Sarah, nachdem sie aus dem Wagen gestiegen ist und darauf wartet, dass ich sie begleite.

»Doch, du kannst das. Das ist das letzte Stück des Weges. Wenn du dich hast blicken lassen und etwas getrunken und gegessen hast, ist es vorbei und du kannst nach Hause.«

Nach Hause gehen zu müssen, ist noch beängstigender als der *Cricket Club*. Also steige ich aus dem Wagen und bin entschlossen, so lange hierzubleiben, wie ich kann.

Sarah führt mich in eine ruhige Ecke, wo ich mich hinsetzen kann, ehe sie losgeht, um uns etwas zu trinken zu holen und auch gleich noch nach den Vorbereitungen für das Büfett mit den warmen Speisen zu schauen, das gleich eröffnet werden soll. Überall, wohin mein Blick auch fällt, sehe ich Mitgefühl für mich. Ich richte den Blick auf meinen Schoß.

»Es tut mir so leid«, erklingt eine vertraute Stimme. Der Person fällt es offenbar nicht leicht, solch ungewohnte Worte auszusprechen.

Lauren setzt sich auf dem zerschlissenen Samtsofa neben mich. In ihren Augen stehen Panik und Mitgefühl, und sie, die sonst so gelassen wirkt, kommt mir unglaublich aufgewühlt vor. Ich möchte sie beruhigen, möchte, dass sie die Kontrolle über ihre Gesichtszüge wiedergewinnt.

»Danke. Und danke, dass du gekommen bist. Wie geht es dir?«

»Oh, mir geht es gut. Danke. Aber was noch wichtiger ist: Wie geht es dir?«

»Ach … du weißt ja …«

»Ja«, sagt sie, bevor die Lüge sie dazu zwingt, wegzuschauen. Natürlich weiß sie es nicht. Lauren hat ihre Mutter schließlich noch.

»Wo ist deine Mam?«, frage ich.

»Dahinten«, sagt sie. »Sie spricht mit einigen Kollegen deiner Mutter. Allerdings wäre sie viel lieber hier bei dir. Sie wollte aber warten, bis du dich mit allen unterhalten hast, mit der Familie und allen Freunden.«

»Sie *ist* Familie für mich! Bitte frag sie doch, ob sie herkommen möchte.«

Als Lauren ihr das Startzeichen gibt, entschuldigt sich Debs sofort bei ihren Gesprächspartnern, stellt mit Nachdruck ihr Weinglas auf den Tresen und kommt zu mir geeilt.

»Du hast das heute so gut gemacht, Liebes. Deine Mum wäre so stolz auf dich gewesen.«

»Wäre sie das?«

»Selbstverständlich wäre sie stolz gewesen. Du machst ihr alle Ehre. Das war schon immer so.«

»Danke, obwohl ich ja eigentlich nichts getan habe, auf das man stolz sein könnte.«

»Doch, das hast du. Du hast ihr zum Beispiel den perfekten Abschied organisiert.«

»Kann sein. Genau genommen ist das aber Sarahs Verdienst. Es war ihre Trauerrede, die die Messe zu etwas Besonderem gemacht hat.«

Wie aufs Stichwort erscheint Sarah mit zwei Gläsern Gin Tonic und setzt sich auch neben mich. Die beiden Frauen lächeln sich schmallippig zu, ehe sie ihre Aufmerksamkeit wieder auf mich richten.

»Das Büfett sieht gut aus. Es ist gleich bereit. Ich hole dir etwas zu essen. Du musst vor Hunger umkommen«, sagt Sarah.

»Du darfst nicht vergessen, deine Kräfte zu schonen«, fügt Debs hinzu. »Weißt du was? Ich komme morgen vorbei und bringe dir ein paar Mahlzeiten, die du in deinen Gefrierschrank stellen kannst.«

»Wie nett von Ihnen«, sagt Sarah an meiner Stelle, »doch ich fürchte, im Gefrierschrank ist kein Platz mehr. Sie hat schon genug, um die nächsten Wochen über die Runden zu kommen.«

Mum hätte es gefreut zu wissen, dass Debs und Sarah sich wie Glucken um mich kümmern wollen. Ich wage nicht zu sagen, dass ich gar keinen Appetit habe.

Debs macht ein langes Gesicht. Durch ihre leichten Hängebäckchen sieht sie fast aus wie ein trauriger Hund.

»Vielleicht konnten Sie ja morgen etwas Frisches vorbeibringen, das wir alle zusammen essen können?«, schlägt Sarah vor.

»Das mache ich gern. Sagt Bescheid, was ihr gern essen würdet. Egal, was.«

»Danke, Debs.«

Ich nippe an meinem Gin Tonic, während die beiden Frauen weiterhin versuchen, sich in ihrer Großzügigkeit zu überbieten. Als Sarah aufspringt, um einen Teller mit Quiche und Würstchen im Blätterteigmantel zu holen, haben die beiden mir versprochen, mir jede Woche je eine warme Mahlzeit zu bringen. Debs will mir, wenn sie in den Supermarkt geht, frische Lebensmittel mitbringen. Und Sarah möchte mir einen Kochkurs geben, damit ich Gerichte vorkochen kann, um nicht jeden Abend Eier auf Toast machen zu müssen.

Unter ihren aufmerksamen Blicken nehme ich mir ein paar Chips und knabbere den Blätterteig von einem Würstchen im Teigmantel. Ein paar weitere Trauergäste kommen zu mir, um mir ihr Beileid auszusprechen, und ich bedanke mich bei ihnen. Ich achte darauf, kurz mit jedem zu reden und Fragen zu stellen, auch wenn ich nicht den blassesten Schimmer habe, wer die meisten dieser Leute sind.

Es ist unglaublich anstrengend.

Irgendwann machen die Leute sich auf den Heimweg. Sie entschuldigen sich, weil die Rushhour beginnt oder weil sie ihre Kinder aus der Schule abholen müssen. Der Tag neigt sich dem Ende entgegen. Ich bin heute Morgen aufgewacht und habe diesen Moment herbeigesehnt, aber als er nun gekommen ist, hasse ich ihn. Am heutigen Tag drehte sich alles um Mum. Morgen wird das ganz anders sein. Oder übermorgen. Morgen geht das normale Leben wieder los, und ich bin noch nicht bereit dazu.

Sarah bietet mir an, mich nach Hause zu begleiten, doch ich bitte sie, zu ihr nach Hause zu gehen, weil sie heute schon genug für mich getan hat. Debs lädt mich ein, bei ihnen zu übernachten. Ich beharre darauf, dass dazu kein Grund besteht. Ich scheuche die beiden aus dem *Cricket Club* und in zwei Taxen und verspreche ihnen noch, direkt nach Hause zu fahren, sobald ich sicher bin, dass alles wieder aufgeräumt ist.

Allerdings werde ich nicht nach Hause gehen. Ich kann nicht. Das Haus wird heimgesucht vom Schmerz, von der Trauer, und ich habe Angst.

Ich wäre mit Debs gegangen, wenn ich der Meinung gewesen wäre, dass fernsehen und ihre Rumpelkammer für mich ausgereicht hätten, um die Nacht zu überstehen. Aber das reicht nicht. Nicht einmal annähernd.

Den ganzen Tag habe ich meine Rolle wie eine Schauspielerin in einem Film gespielt. Ich habe mich ans Drehbuch gehalten und bin bis zur letzten Szene in der Rolle geblieben. Jetzt ist es vorbei, jetzt dreht die Kamera nicht mehr, und ich brauche etwas für mich. Etwas, das nicht vom Schmerz und von der Trauer vergiftet ist. Etwas, das mir hilft zu fliehen – zumindest für heute Nacht.

Ein paar Minuten nachdem die anderen gegangen sind, kommt mein Taxi. Ich steige ein und nenne dem Fahrer eine Adresse. Eine Adresse, an der ich hoffentlich auf den Menschen treffe, den ich jetzt mehr als alles andere brauche. Alecs Adresse.

Kapitel 41

Es scheint beinahe so, als hätten die Regeln, die ich in den vergangenen Jahren für mich selbst aufgestellt und an die ich mich – bis auf ein paar Wochen – so strikt gehalten habe, niemals existiert. Ich gehe durch die offenen Eingangstüren von Alecs Wohnkomplex, klingele bei ihm und steige, ohne zu zögern, die Stufen zu seiner Wohnung hinauf. Ich weiß ganz genau, was ich will, und es macht mir nicht das Geringste aus.

Ich klopfe an seine Tür, als wäre ich schon seit Jahren mit ihm zusammen, und schiebe noch schnell meine Brüste in dem Meerjungfrauenkleid zurecht, während ich darauf warte, dass er mir öffnet.

Es sind die Umzugskartons, die hinter ihm stehen, die meine Sicherheit ganz gehörig ins Wanken bringen.

»Hallo. Was für eine unerwartete Überraschung.« Ich habe ihn mit meinem Outfit, meinem Gesicht, meiner bloßen Anwesenheit an diesem Ort aus der Fassung gebracht. Er ringt um einen angemessenen Gesichtsausdruck. Am Ende presst er unsicher die Lippen aufeinander.

Mir wird schlagartig bewusst, dass es ein Riesenfehler war. Ich muss mich am Türrahmen festhalten.

»Ich hätte nicht herkommen sollen.«

»Okay.«

»Tut mir leid. Auf Wiedersehen.«

Er lacht auf, auch wenn es nicht wirklich ein Lachen ist, sondern eher ein Laut des Schmerzes angesichts der bizarren Situation, in die ich ihn hier gebracht habe.

»Tja dann … auf Wiedersehen«, sagt er.

Ich warte darauf, dass er die Tür schließt. Er hat genug von meinem Mist. Wenn er nicht genug davon hätte, dann würde er fragen, warum ich überhaupt hier bin. Er würde zumindest versuchen, mich hereinzubitten. Nein, er hat die Nase voll von mir. Er will es vielleicht nicht sagen, doch das muss er auch gar nicht. Die Umzugskartons sprechen ihre eigene Sprache. Er kehrt nach Hause zurück. Zurück nach Leeds und zurück zu ihr.

Ich habe beinahe Mitleid mit ihm, weil er so schwach ist. Bis mir klar wird, dass es gar kein Zeichen von Schwäche ist, sondern einfach die beste Option für ihn. Er und Ellie können zusammen ein langes, sicheres, vielleicht etwas langweiliges Leben führen, können gemeinsame Kinder haben und sich ihrer Gesundheit sicher sein. Ein Leben mit Ellie gegen ein Leben mit mir. Dieser Wettbewerb ist verzerrt. Die Wahl fällt leicht.

Also, warum schließt er nicht diese verdammte Tür? Warum starrt er mich so eindringlich an und scheint mit seinem Blick jede Emotion aus mir herausziehen zu können, als wären seine Augen Magnete?

Er macht weiter, bis ich nicht mehr kann. Der Mut, den ich so mühsam aufrechterhalten habe, verlässt mich – vor seinen Augen.

Der Schmerz ist überwältigend, und ich sacke zu Boden. Verzweifelt versuche ich, den Schmerz irgendwie loszuwerden. Wenigstens ein bisschen. Aber ich kann nichts tun. Ich kann nicht mal schreien. Ich mache den Mund auf, doch nichts kommt raus.

»Was ist passiert? Was ist los?«

Ich will ihm antworten, will mir von ihm helfen lassen, aber es tut zu weh zu reden. Stattdessen übergebe ich mich auf seine Schuhe.

Es dauert lange, bis der Schmerz so weit nachlässt, dass ich merke, wo ich bin. Ich sitze in Alecs Wohnzimmer. Kissen stützen mich im Rücken ab. Auf meinem Oberschenkel verspüre ich einen leichten Druck. Als ich den Blick senke, erkenne ich Alecs Hand, die über mein Bein streichelt. Eine Weile beobachte ich nur diese Bewegung. Sie beruhigt mich, bis ich schließlich ruhig genug bin, um aufzublicken.

Er starrt ins Nichts. Er schwitzt. Sein Haar klebt an seiner Stirn. Der Schweiß, den er schon abgewischt hat, ist in seinen Haaren gelandet, die ihm in alle Richtungen vom Kopf abstehen. Trollhaare. Er hat sich eine Trollfrisur gezaubert. Ich würde ja lächeln, wenn er nicht so totenblass wäre und wenn ihm keine Tränen über die Wangen laufen würden.

»Es tut mir so leid«, murmele ich.

Ich habe ihn erschreckt. Er zieht die Hand weg, und ich frage mich, wie lange wir schon so hier sitzen.

»Kannst du mal aufhören, dich zu entschuldigen?«

»Tut mir leid.«

»Du musst dich nicht entschuldigen. – Meinst du, du kannst mir jetzt erzählen, was überhaupt passiert ist?«

Ich fange wieder an zu weinen, doch dieses Mal ist der Ausbruch weniger heftig. Nachdem ich sicher bin, dass die Tränen mich nicht wieder umhauen, gelingt es mir, es auszusprechen. »Heute war Mums Beerdigung.«

»Oh, Jess. Ich würde alles tun, um deinen Schmerz zu lindern.«

Er zieht mich an sich, drückt mich an seine Brust, und ich weiß wieder, warum ich hier bin. Alec *kann* meinen Schmerz lindern – zumindest für eine Weile. Es wäre kein Problem für ihn. Er müsste nur anfangen, mich zu küssen.

Wenn ich ihn fragen würde, dann würde er es tun. Trotz des Leids, das ich ihm zugefügt habe, trotz Ellie und obwohl er der anständigste Mensch ist, den ich kenne, würde er es tun.

Ich schweige. Ich versuche, stattdessen Trost in seinem Duschgel mit Zitrusduft zu finden, in seinen Fingern, mit denen er mir durchs Haar streicht, in seiner Wärme, in seiner Stärke, die ich im Gegensatz zur Schwerelosigkeit meines eigenen Körpers spüren kann. Es reicht jedoch nicht.

Ich löse mich von ihm, weiche zurück, komme auf die Beine.

»Was willst du?«, fragt er und erhebt sich ebenfalls.

»Ich hätte wirklich nicht hierherkommen sollen. Es ist nicht fair von mir, irgendetwas von dir zu erwarten. Vor allem jetzt«, sage ich und deute in den beinahe leeren Wohnbereich. »Ich freue mich übrigens für dich.«

»Tatsächlich?«

»Ja. Und ich kann es dir nicht mal verübeln. Ich bin mir sicher, dass es diesmal mit dir und ihr klappen wird.«

»Jess, wovon sprichst du überhaupt?«

»Du gehst doch zurück zu Ellie. Wenn du mich fragst, ist das die richtige Entscheidung.«

»Interessant … Ich gehe übrigens nicht zurück zu Ellie. Ich ziehe in eine Hausgemeinschaft in Chorlton. Das Haus ist näher an der neuen Bar, die ich bald leiten werde. Aber ich nehme mir deine Meinung über Ellie und mich natürlich zu Herzen.«

»Du meinst, du wirst nicht …«

»Nein, ich werde nicht.« Er bleibt ernst, doch seine Stimme klingt amüsiert. Ich streife meine Selbstbeherrschung wie einen Mantel ab, der mit einem Mal zu eng, zu schwer, zu erdrückend geworden ist, und werfe mich Alec in die Arme. Stürmisch küsse ich ihn, und er versucht in der ersten Sekunde, etwas überrascht zurückzuweichen. Aber ich halte seinen Kopf fest, während ich ihn weiterküsse. Irgendwann verliere ich mich in ihm.

Ich mache weiter und schmiege mich so dicht an ihn, dass es fast schon wehtut. Und er lässt es zu, zieht mich an sich, taucht seine Zunge in mich.

Es reicht nicht. Warum funktioniert es nicht?

Wir machen noch etwas weiter, doch es ist klar, dass ich noch immer ich bin, und er ist noch immer er. Es hat sich nichts geändert. Meine Mutter ist noch immer tot, und ich mache mich gerade vor dem Mann, den ich liebe, zum absoluten Trottel.

Ich löse mich von ihm und senke den Blick. Verlegen starre ich auf die goldenen Riemchensandalen, die ich schon den ganzen Tag trage, und mir fällt auf, wie geschwollen und rot meine Füße in ihnen aussehen.

»Sieh mich an«, sagt Alec leise.

»Ich kann nicht.«

»Doch, du kannst.« Er legt einen Finger unter mein Kinn und hebt es an, damit ich ihn ansehen muss. »Siehst du? Also, was auch immer du heute Nacht bei mir gesucht hast, ich werde es dir geben. Keine Fragen. Aber bevor du dich wieder auf mich stürzt – falls es das ist, was du willst –, darf ich einen Vorschlag machen?«

»Schieß los.«

»Wie wäre es mit einer neuen Regel für heute Nacht?«

»Was für eine Regel?«

»Eine Regel, die es mir erlaubt, mich um dich zu kümmern, ohne mir Gedanken darüber machen zu müssen, was es bedeutet oder wohin es führt. Meinst du, du könntest mir das erlauben?«

Die Küsse haben offensichtlich dafür gesorgt, dass ich schwach geworden bin. Auf keinen Fall kann ich die Energie aufbringen, mit Alec zu schlafen. Es fällt mir schon schwer, mich nur auf den Beinen zu halten.

Ich lehne mich an ihn und lasse mich von ihm in die Arme schließen.

»Das wäre schön.«

Kapitel 42

In der Wohnung ist es still, als ich aufwache. Ich liege im Wohnbereich auf einem provisorischen Bett aus Sofapolstern, einem zusammengerollten Handtuch als Kissen und einer Bettdecke ohne Bezug. Die Sofapolster sind schmal. Mit Sicherheit habe ich hier allein geschlafen. Vage kann ich mich daran erinnern, wie Alec gestern Abend dieses Provisorium zusammengebaut hat, während ich an die Wand gelehnt auf dem Boden gesessen und ihm zugesehen habe. Ich werfe einen Blick unter die Bettdecke und stelle fest, dass ich eines seiner T-Shirts über meiner Unterhose trage. Ich kann mich schwach daran erinnern, dass er mir auch das rausgesucht hat. Behutsam setze ich mich auf und erblicke mein Meerjungfrauenkleid. Ordentlich zusammengefaltet liegt es auf einem Kartonstapel. Sein Werk.

Alec muss noch in seinem eigenen Zimmer sein und schlafen. Es muss schon ziemlich spät sein. Ich habe offensichtlich den Großteil des Tages verschlafen. Die fröhliche Aufregung des Frühlingsmorgens hat sich gelegt. Alles, was noch übrig ist, sind das gelegentliche Zwitschern eines Vogels und das Geräusch einer Bohrmaschine in der Ferne.

Ich rolle von den Sofakissen auf den Boden und stemme mich langsam hoch, um dann mühsam auf die Beine zu kommen. In der letzten Nacht wollte ich nur noch schlafen – egal wo. Ich hätte mich auch auf den Holzfußboden gelegt, solange ich nur endlich meine Augen hätte schließen können. Jetzt strecke ich meine schmerzenden Glieder und frage mich etwas missmutig, warum Alec mir nicht sein Bett überlassen hat.

Ich gehe in sein Zimmer und möchte noch etwas weiterschlafen, aber ich halte abrupt inne, als ich sehe, dass mitten in dem Zimmer, wo einst sein Bett stand, nur ein zusammengefalteter Schlafsack liegt. Dann hat er mir also doch die gemütlichere Schlafstatt überlassen.

Er ist nicht im Schlafzimmer, und auch aus dem Badezimmer oder der Küche dringen keine Geräusche: Alec ist nicht hier.

Ich kehre in den Wohnbereich zurück und trete ans Fenster. Den Kopf an die Scheibe gelegt, schlinge ich die Arme um meinen Körper, um die Kälte abzuwehren. Draußen regnet es, und der ohnehin trübe Ausblick wirkt gleich noch trostloser. Gegenüber steht ein baugleicher Wohnblock. Zwischen den Blöcken stehen zwei Bänke, die einander zugewandt sind – sonst gibt es ja auch keine lohnende Aussicht. Mein Atem lässt langsam die Scheibe beschlagen, und ich kann nichts mehr sehen. Ich mache mir nicht die Mühe, über die Scheibe zu wischen.

Alec kommt zurück. Er sieht mich, wie ich mit geschlossenen Augen noch immer am Fenster lehne. Vermutlich bin ich kurz eingenickt, denn als Alec meinen Namen ausspricht, erschrecke ich. Als ich mich zu ihm umdrehe, habe ich einen Moment lang keine Ahnung, wo ich bin, und mir ist schwindelig, als hätte ich mich ein paarmal zu oft im Kreis gedreht.

Er hält eine Schachtel mit zwei Pappbechern und eine Papiertüte in die Höhe, ehe er in der Küche verschwindet. Als er wieder auftaucht, reicht er mir eine Serviette mit einem warmen Croissant und einen Cappuccino.

»Ich hoffe, dir machen die etwas ungemütliche Umgebung und das provisorische ›Geschirr‹ hier nichts aus«, sagt er entschuldigend. »Ich hatte nicht mit Besuch gerechnet. Alle meine Habseligkeiten sind schon in Kartons verpackt und bereits im neuen Haus. Und dazu zählen auch die Teller, fürchte ich.«

»Das ist schon in Ordnung.« Ich lächele schwach. Mir fällt wieder ein, dass wir am Morgen nach unserer ersten gemeinsam verbrachten Nacht das gleiche Frühstück zu uns genommen haben.

Schweigend essen wir und konzentrieren uns darauf, jeden Krümel auf die Serviette zu bugsieren und nicht auf seinen makellos sauberen Boden. Ich sollte ihn fragen, wann er endgültig ausziehen muss, ob ich ihn vielleicht gerade von irgendetwas abhalte, ob ich lieber gehen soll – aber es ist unmöglich, die Energie zum Sprechen aufzubringen, und eigentlich will ich die Antworten auf die Fragen auch gar nicht hören.

»Komm«, sagt er, nachdem er mir die Serviette und den Pappbecher abgenommen hat. »Es ist eiskalt. Der Vermieter ist ein echter Arsch. Mein Mietvertrag ist gestern offiziell ausgelaufen, und obwohl er eingewilligt hat, dass ich noch einen Tag bleiben darf, bis ich ins neue Haus kann, hat er die Heizung schon abstellen lassen. Mir fällt nur ein Weg ein, wie wir uns aufwärmen können.« Er nimmt meine Hand und führt mich zu dem Bett zurück, das er für mich bereitet hat. Nachdem er sich hingelegt hat, hält er die Bettdecke hoch, damit ich mich zu ihm legen kann. Ohne darüber nachzudenken, was es bedeutet, wenn ich seiner Aufforderung nun folge, schlüpfe ich zu ihm unter die Decke. Wir umschlingen einander, um die Kälte zu vertreiben. Für eine Weile liege ich einfach nur da und warte ab, was Alec als Nächstes tun wird. Es ist kein aufgeregtes, nervöses Warten, sondern eher eine unbeteiligte Neugierde. Falls er mich küssen sollte, werde ich diese Küsse erwidern. Falls er mir das T-Shirt, das ich trage, ausziehen sollte, werde ich ihn nicht daran hindern. Falls er sich auf mich legen sollte, werde ich die Arme um ihn schlingen und ihn an mich ziehen. Falls er gar nichts tun sollte, werde ich eben neben ihm liegen und seinem Atem lauschen – genau wie ich es gerade mache. Doch als seine Körperwärme mich wohlig einhüllt, werde ich müde, und es gibt nur eines, was jetzt noch passieren kann …

Als ich wieder aufwache, hält er mich noch immer fest umschlungen. In der Wohnung ist es fast dunkel. Der Regen ist stärker geworden. Er fällt wie ein dichter, silbrig funkelnder Vorhang, der die Wohnung von der Außenwelt abzuschirmen scheint. Ich rühre mich nicht und öffne auch nicht die Augen. Es ist warm und still und sicher. Ich möchte mich nie mehr bewegen.

»Hi«, flüstert er.

»Hi. Wie lange bist du schon wach?«

»Seit einer Weile.«

Ich wende mich ihm zu. Er hat sich leicht aufgesetzt und den freien Arm, der nicht unter mir liegt, unter seinen Kopf gelegt. In seinem Gesicht ist keine Spur von Müdigkeit zu erkennen. Er betrachtet mein Gesicht und hat die Augen ganz leicht zusammengekniffen. Ich könnte einfach hier liegen bleiben, bis ich wieder einschlafe. Aber Alec hat anscheinend andere Pläne. Er ist bereit für etwas anderes. Mit einem Stöhnen wird mir klar, warum er mich so eindringlich ansieht: Er wartet darauf zu sehen, was ich als Nächstes mache.

Gehen wahrscheinlich. Ich sollte gehen. Ich sollte ihm für den vergangenen Abend danken. Dafür, dass er mich hereingelassen hat. Und dann sollte ich mein blau-grünes Kleid anziehen und verschwinden.

Stattdessen erkundige ich mich nach seinem neuen Job.

Der Abend vergeht. Gesprächsphasen wechseln sich mit Momenten der Stille ab. Irgendwann öffnet er einen der Kartons und holt eine Flasche Rotwein heraus. Langsam trinken wir ihn aus der Flasche und wechseln uns ab.

Während der Gesprächsphasen nippe ich am Wein und höre Alec zu. Alec achtet genauso vorsichtig wie ich darauf, Themen zu meiden, die mir wehtun könnten. Das ist noch eine Regel – eine unausgesprochene: Mein Leben findet für den Augenblick in diesem Apartment statt und sonst nirgends. Und deshalb erwähnt keiner von uns mein Leben außerhalb dieser vier Wände.

Gegen zehn Uhr hören wir auf zu reden. Es fühlt sich an, als wäre es schon drei Uhr morgens. Alec stellt die leere

Weinflasche auf die Fensterbank und führt mich zurück ins Bett.

Seit gestern Morgen habe ich mir nicht mehr die Zähne geputzt oder die Haare gekämmt. Was von meinem Make-up noch übrig war, dürfte sich längst auf meinem Gesicht verteilt haben. Ich sehe bestimmt abscheulich aus. Alec scheint das jedoch nicht zu stören. Er fragt mich, ob er heute Nacht bei mir bleiben kann. Ich sage ihm, dass ich mich darüber freuen würde.

Nachdem Alec mir am folgenden Morgen mithilfe des Wasserkessels mühevoll eine Badewanne eingelassen hat und ich mich endlich waschen konnte, stehe ich nun in ein Handtuch gewickelt vor ihm. Und plötzlich bricht Alec die neue Regel.

Er muss heute aus der Wohnung ausziehen. Am Nachmittag wird jemand anderes in das Apartment einziehen.

Als wir heute Morgen erwachten, löste Alec sich aus unserer Umarmung, meldete wieder den Besitzanspruch auf seinen eigenen Körper an und machte sich daran, die Überreste unserer gemeinsamen Zeit wegzuräumen, alles wieder einzupacken und noch einmal sauber zu machen.

Unsere gemeinsame Zeit findet also nun ihr Ende.

»Hast du darüber nachgedacht, was du jetzt tun wirst?«, fragt er mich und betrachtet die nassen Fußabdrücke, die ich auf dem Boden hinterlassen habe.

»Ich werde nach Hause gehen. Debs und Sarah machen sich bestimmt schon Sorgen. Ich bin mir sicher, dass sie heute noch vorbeikommen werden.«

Ich habe seit der Beerdigung nicht mehr auf mein Handy geblickt. Die Liste der verpassten Anrufe wird mit Sicherheit immer länger, und die Sprachnachrichten werden, nachdem ich immerhin zwei Tage lang verschwunden war, immer panischer. Ich muss die beiden sofort anrufen, sobald ich zurück bin.

»Das ist gut. Ich bin froh, dass sie sich um dich kümmern werden. Ich meinte aber nicht nur heute. Ich dachte an die Zukunft.«

»Ich schätze, ich werde darüber nachdenken müssen, irgendwann wieder zur Arbeit zu gehen.«

»Nein, das meinte ich auch nicht. Gott, machst du das absichtlich? Ich meinte deine Pläne, die Welt zu sehen. Du hast immer gesagt, du kannst das nicht tun, weil deine Mum dich braucht. Ich fragte mich, ob du den Gedanken an deine Reisepläne jetzt zulassen kannst.«

Daran hatte ich in der Tat überhaupt nicht gedacht. Ich hatte mir immer eingeredet, dass Mum das Band wäre, das mich an das Leben knüpfte, das ich führte, und dass ich, sobald dieses Band gekappt wäre, frei wäre, um loszuziehen und die Welt zu erkunden, ohne dass mich irgendetwas zurückhalten würde. Jetzt bin ich mir da nicht mehr so sicher. Vielleicht war es mehr als Mum. Ich habe es nie zugegeben, doch vielleicht hänge ich mehr an dem Leben, das ich bisher geführt habe, als ich dachte. Im Augenblick macht mir die Vorstellung, vollkommen allein und Tausende von Kilometern entfernt von Debs, Sarah und Olivia zu sein, eine Heidenangst. Ich dachte immer, dass ich – abgesehen von Mum – ganz allein wäre. Nachdem sie nun tot ist, begreife ich, dass das nicht stimmt. Meine Freunde – *unsere* Freunde – haben mir in den letzten Wochen Halt gegeben, und ich bin unglaublich dankbar, sie an meiner Seite zu haben.

Ich fange an zu weinen.

»Hey, ist schon in Ordnung.« Alec ist sofort bei mir und wischt mir mit den Daumen behutsam die Tränen von den Wangen, bevor er mich an sich zieht. »Du musst im Augenblick gar nichts entscheiden. Die Welt wird auf dich warten.«

»Ich weiß. Und vielleicht würde ich sogar Pläne machen, wenn ich nicht so …« Ich halte inne.

»So was?«

»… so voller Angst wäre. Ich habe mich daran gewöhnt, immer als die Tochter meiner Mutter betrachtet zu werden. Bei Chorea Huntington ging es nur um Mum. Es war ihr

Kampf, nicht meiner. Darauf habe ich mich konzentriert. Und jetzt ...«

Ich kann nicht weitersprechen. Ich ertrinke. Mein Hals brennt. Ich bekomme nicht genug Sauerstoff in meine Lunge. Die Tränen, die in mir aufsteigen, sind zu groß, zu schwer. Sie überwältigen mich, übernehmen. Ich stehe mitten in Alecs ausgeräumtem Wohnzimmer und ertrinke. Ich ringe nach Luft und rudere mit den Armen, aber je mehr ich nach Luft schnappe, desto schmerzhafter wird es.

Alec legt die Hände auf meine Schultern und hält mich fest. »Sieh mich an. Sieh mir ins Gesicht, Jess. Es geht dir gut. Hier.« Er reicht mir die Papiertüte, in der die Croissants waren. »Atme in die Tüte! Atme tief ein! Und wieder aus! Ein! Aus! Mach ganz tiefe Atemzüge. Denk an nichts anderes als an deine Atmung. Ein und aus. Ein und aus.«

Ich befolge seine Anweisungen, glaube allerdings kaum, dass eine Papiertüte ausreichen wird, um mich zu retten. Doch der Schmerz lässt langsam los, öffnet den Griff um meinen Hals, und meine Atmung wird tatsächlich ruhiger. Mir fällt auf, wie tief mein Handtuch gerutscht ist, und ich ziehe es zurück. Es gelingt mir, meinen Blick von Alecs schrecklich ängstlichen Augen zu lösen und ins Badezimmer zu gehen. Ich schließe die Tür hinter mir zu und spritze mir kaltes Wasser ins Gesicht.

»Kann ich reinkommen?«, fragt Alec.

»Nein.«

»Okay, das ist in Ordnung. Sag mir nur, ob es dir gut geht, dann lasse ich dich in Ruhe.«

»Mir geht es überhaupt nicht gut. Ich bin der selbstsüchtigste Mensch auf Erden. Meine arme, wundervolle Mutter ist tot, und ich kann nur an mich selbst denken. Dass ich die Nächste bin. Dass ich unglaubliche Angst habe. Dass das alles so verdammt ungerecht ist.«

»Atme weiter, Jess. Lange, tiefe Atemzüge, wie zuvor. Und hör mir zu. Du bist der selbstloseste Mensch, den ich je kennengelernt habe. Verdammt, du hast beinahe dein ganzes Leben stillgelegt, um so alle anderen in deinem Umfeld davor zu schützen, den Schmerz anzusprechen, den die Pflege deiner Mutter dir bereitet hat. Du bist sogar bereit, allein zu leben, um deine Krankheit kontrollieren und um niemanden damit zu belasten. Das ist nicht selbstsüchtig. Das ist zwar dumm, aber nicht selbstsüchtig.«

Ich stehe vom Badewannenrand auf und mache die Tür auf, als ich mir sicher bin, ihm gegenübertreten zu können, ohne gleich wieder zusammenzubrechen.

»Alec, ich habe mit dir gespielt und dich verletzt. Das war selbstsüchtig.«

»Meinst du, du kannst dich jetzt anziehen?«, fragt er behutsam.

»Ja, ich nerve dich nicht länger.«

Das einzige Kleidungsstück, das ich habe, ist mein Meerjungfrauenkleid, und ich kann es nicht wieder anziehen. Alec leiht mir ein sauberes T-Shirt und ein Paar Shorts. Ich sehe lächerlich aus, doch es ist besser als die Alternative.

»Oh«, sagt er, als ich in seinen Klamotten durch den Flur zurückkomme. »Ich wollte dich noch bitten, mir einen Gefallen zu tun, aber ich schätze, dass du in dem Aufzug nicht unbedingt in die Innenstadt von Manchester willst. Ich fahre dich erst mal nach Hause. Könntest du in zwei Stunden ein letztes Mal ins *The Wishing Well* kommen?«

Ich hätte beinahe Nein gesagt, doch es ist die Bemerkung, dass es das letzte Mal sein soll, die mich davon abhält. Ich möchte nicht, dass Alec mich bei unserem letzten Treffen in diesem Aufzug sieht. Ich möchte mich anständig von ihm verabschieden. Wenigstens das kann ich tun.

»Okay.«

»Er ist im Hinterzimmer und wartet«, sagt der Barkeeper mit den roten Haaren, als ich ins *The Wishing Well* komme. »Gehen Sie ruhig durch.«

Ich hatte gehofft, dass wir zum Abschied einen Drink nehmen würden. Stattdessen laufe ich um die Theke herum, gehe durch die unauffällige Tür am Ende der Bar und betrete den Lagerraum.

Im Raum ist es dunkel. Das einzige Licht kommt von den Teelichten, die auf den Regalen verteilt stehen und eine provisorische Sitzecke umgeben, die Alec aus umgedrehten Kisten, Biermatten und Mänteln gebaut hat. Mit einer Handbewegung bedeutet er mir, mich neben ihn zu setzen. Auf einer umgedrehten Getränkekiste vor ihm stehen zwei Gläser mit Champagner.

»Was soll das hier alles?«

»Ich möchte dir eine Idee unterbreiten«, antwortet er und reicht mir den Champagner.

»Noch eine?«, frage ich und erinnere mich an das letzte Mal, als ich in diesem Raum war.

»Diese Idee ist besser. Versprochen. Diese Idee beginnt damit, dass ich dir sage, wie sehr ich dich liebe.«

»Alec, hör auf.«

»Hör mich an, ja? Ich weiß, dass du nicht möchtest, dass ich dich liebe, weil du nicht willst, dass ich miterlebe, wie die Huntington-Krankheit Besitz von dir ergreift.«

»Ganz genau.«

»Dann hast du keine Ahnung, wie sehr ich mich in dich verliebt habe. Wenn es dazugehört, miterleben zu müssen, wie du eines Tages verschwindest, dann ist das eben so. Ich möchte mit niemand anderem mein Leben verbringen als mit dir.«

»Das weißt du doch gar nicht.«

»Oh doch, das weiß ich. Du hast mich dazu gebracht, tiefer zu empfinden und mehr zu lieben, als ich es je für möglich gehalten hätte. Was wir zusammen haben, Jess, das ist es. Das ist das, wonach ich gesucht habe. Ich weiß, dass große Herausforderungen vor uns liegen, und es besteht die Möglichkeit, dass ich einen Teil meines Lebens ohne dich werde verbringen müssen, aber damit bin ich einverstanden. Ich bin auch mit den dunklen Zeiten einverstanden, weil das Leben, das wir zusammen führen werden, mit unzähligen hellen und glücklichen Momenten angefüllt sein wird. Wir können glücklich zusammen sein. Wünschst du dir das nicht auch?«

»Mehr als alles andere. Das Ding ist … Die Dunkelheit, von der du sprichst … Du hast sie nicht gesehen. Nicht wirklich. Ich dagegen habe sie miterlebt, und ich werde dich nicht in diese Dunkelheit führen. Du hast keine Ahnung, wie es werden wird, Alec.«

»Du doch auch nicht. Du kannst die Zukunft nicht vorhersagen. Im Augenblick sieht es so aus, als wäre das Schicksal deiner Mutter auch deines, aber es ist doch noch alles möglich. In der Forschung über Chorea Huntington werden wahnsinnige Fortschritte gemacht. Wenn die Krankheit bei dir ausbricht, gibt es vielleicht schon Möglichkeiten, die Symptome zu mildern. Du weißt es einfach nicht. Wir könnten uns auch entschließen, zusammen zu sein, und ich werde dann ein paar Monate später krank. Niemand kann mit Sicherheit sagen, was in Zukunft geschehen wird. Wir können uns nur lieben und einen Tag nach dem anderen nehmen, wie er kommt. Also, hier ist mein Vorschlag. Bist du bereit?«

Ich weine. Dicke Tränen kullern mir über die Wangen.

»Ich bin bereit.«

»Jess, willst du mit mir zusammen sein? Nicht für einen Monat, nicht für ein Jahr, sondern für alle Zeit, die uns bleibt?«

Kapitel 43

Zweieinhalb Jahre später

Es gibt nichts außer diesem Schmerz. Ich kann ihn bereits spüren, bevor ich überhaupt wach bin. Er wartet darauf, mich wieder zu erfüllen. Pochende Muskeln, hämmernde Kopfschmerzen und eine Übelkeit, die die beiden Biere, die ich gestern wider besseres Wissen getrunken habe, wieder an die Oberfläche befördern will.

Neben meinem Ohr erklingt ein Rascheln – und zwar viel zu laut und zu zielstrebig, wenn man bedenkt, dass es noch mitten in der Nacht ist.

»Ruhe!«, knurre ich.

»Dir auch einen wunderschönen guten Morgen! In welche Tasche haben wir die Ponchos gepackt? Es gießt in Strömen, und Pepe ist gleich da, um uns abzuholen.«

»Ist es denn schon drei?«, frage ich stöhnend.

»Jep. Ich wette, jetzt bist du froh, dass du das Bier getrunken hast, oder?«

Ich hätte das Zeug nicht anrühren sollen. Seit ich vor drei Tagen am Flughafen von Cusco gelandet bin, leide ich unter der Höhenkrankheit. Es wäre schon unangenehm genug gewesen, wenn wir in der Stadt geblieben wären und uns nur in dem billigen Hotelzimmer aufgehalten hätten, das wir gebucht haben. Aber in der dünnen Höhenluft über den Inka-Pfad durch die Anden nach Machu Picchu zu wandern, hat mir den Rest gegeben.

Gestern sind wir in zwölf Stunden zehn Kilometer weit gewandert. Wir sind durch Dschungel und archäologische Fundstätten gelaufen, Treppen hinauf und über steile Hügel.

Die ganze Zeit über hatte ich das Gefühl, nicht genug Luft in meine Lunge zu bekommen. Alle zehn Minuten musste ich um eine Pause bitten, erschöpft von der Anstrengung.

Dank Pepes geduldiger Führung erreichten wir das dritte Camp vor Einbruch der Dunkelheit. Im Nebel war schon Machu Picchu zu sehen.

Alec und ich waren uns einig: Abgesehen von den Schmerzen war es einer der besten Tage unseres Lebens. Ein Triumph, erfüllt von Schönheit. So einen Tag hatten wir uns erträumt, als wir hierherkamen. Die Berge zu betrachten und zu wissen, wie weit wir schon gekommen waren, war ein feierlicher Moment. Und als Clifford, der Vater der amerikanischen Familie, mit der wir unterwegs waren, zwei Sixpacks Bier hervorzauberte und sie der Runde anbot, zögerte ich nicht.

Inzwischen wünsche ich mir, ich wäre so vernünftig wie Alec gewesen und hätte stattdessen einen Becher von Pepes Tee getrunken. In jedem Reiseführer, den ich gelesen habe, stand die Warnung vor den Gefahren des Alkohols, wenn man an der Höhenkrankheit leidet. Zwei Biere später musste Alec mich in unser Zelt tragen.

»Die Ponchos, Jess?«

»Klar. Ich glaube, sie sind in der vorderen Tasche meines Rucksacks.«

Alec leuchtet mit der Taschenlampe in meine Richtung und findet zwei durchsichtige Plastikponchos, die wir in Cusco gekauft und gehofft haben, wir würden sie nicht brauchen. Ich rutsche tiefer in meinen Schlafsack, während er sich in einen der Ponchos kämpft.

»Tadaaa!«

Zögerlich schiebe ich den Schlafsack ein Stück nach unten und setze mich auf, um Alec anzusehen.

Ich muss lachen. »Tja, die reinste Augenweide.«

»Ich weiß. Hier, zieh deinen auch an.«

Im Zelt ist es eiskalt. Instinktiv krame ich in meinem Rucksack nach dem dicken Pullover und der Wollmütze, die ich eingepackt habe, doch mir fällt wieder ein, wie schwül es werden wird, sobald die Sonne aufgeht. Also entscheide ich mich für ein T-Shirt, einen dünnen Fleecepulli und Chinoshorts.

»Umwerfend«, sagt Alec zu mir, als ich schließlich fertig bin und mich vor ihm drehe – soweit das Zweimannzelt das zulässt. Der Poncho knistert wie eine leere Chipstüte. »Ich bin so froh, dass wir auf unseren Bildern von Machu Picchu diese Outfits tragen werden.«

»Ich auch.« Ich kann mir vorstellen, wie die Fotos von uns beiden aussehen werden, wenn wir in Alecs Handy grinsen. Zwei Freaks am Ende ihrer Reise, die Augen gegen die Sonne zu schmalen Schlitzen verengt, die Arme umeinander gelegt, lachend. Wir werden diese Bilder zu Hause rahmen und in der ganzen Wohnung in Leeds aufhängen, wohin wir vor einem Jahr gezogen sind, weil wir näher bei Alecs Eltern wohnen wollten, falls wir mal Unterstützung brauchen. Wir werden immer wieder auf die Fotos blicken und uns an diesen Tag erinnern.

Wenn dieser Tag nur nicht mit einem Kater begonnen hätte.

Vor dem Zelt erklingt ein höfliches Husten, das bei dem Regen, der auf das Zeltdach prasselt, kaum zu hören ist. Aber wir haben es schon erwartet und darauf gelauscht. Alec zieht den langen Reißverschluss auf und erblickt Pepe, der mit zwei Bechern mit Kokatee in den Händen vor unserem Zelt steht. Kokatee ist eine peruanische Teespezialität, gewonnen aus den Blättern des Kokastrauchs. Pepe schwört, dass der Tee das Heilmittel für alle Leiden ist, die unsere Wandergruppe in den vergangenen drei Tagen befallen haben.

»Gut, ihr seid so weit. Trinkt das, um euch auf die Reise vorzubereiten. Wir müssen vor Tagesanbruch noch sechs Kilometer wandern. In zehn Minuten brechen wir auf.«

Alec nimmt ihm die Becher mit dem Tee ab, verzieht das Gesicht, nachdem er einen Schluck gekostet hat, und reicht mir meinen Becher. »Bereit?«

»Bereit.«

Wir erreichen Machu Picchu, als die Sonne gerade aufgeht. Pepe sagt uns, dass unsere Gruppe von allen Gruppen, die er im Laufe der Jahre hierhergeführt hätte, die tüchtigste gewesen wäre. Wir haben offenbar einen Geschwindigkeitsrekord gebrochen. Von allem, was wir in den letzten drei Wochen in Südamerika gesehen und getan haben, war es diese Wanderung – im Dunkeln und im strömenden Regen –, auf die ich am stolzesten bin.

Mum wäre auch stolz auf mich gewesen. Das Geld, das sie mir in ihrem Testament hinterlassen hat und das ich nur für Reisen ausgeben darf, war der letzte Anstoß, den sie mir gegeben hat, um das Leben zu führen, das sie sich für mich gewünscht hat. Ein Leben wie dieses hier.

Als wir ankommen, hat sich vor dem Eingang zur antiken Stätte von Machu Picchu schon eine lange Warteschlange gebildet. Schon bald wird es hier von Touristen nur so wimmeln. Wir werden warten müssen, bis wir an der Reihe sind, um das Kultfoto mit dem Huayna Picchu im Hintergrund schießen zu können. Ungeduldig tippe ich mit der Fußspitze auf den staubigen Boden, will endlich rein und den Ort als das erleben, was er ist: ein stiller Ort. Kein Touristenmagnet.

Alec legt den Arm um meine Schultern. »Wie geht es dir?«

»Toll. Und dir?«, frage ich und tue so, als wäre der Kater weg, auch wenn mein Schädel sich noch immer so anfühlt, als würde er gleich zerspringen.

»Auch super. Todmüde, doch schlafen können wir ja später noch, stimmt's?«

»Stimmt.«

Die Schlange bewegt sich langsam auf den Eingang zu, und Pepe achtet darauf, als Erster unserer Gruppe vorauszugehen, damit wir ohne Probleme eingelassen werden.

Als wir endlich in der Ruinenstadt sind, rät er uns, nicht den anderen Touristen zu den typischen Fotospots zu folgen. Stattdessen führt er uns ins Herz der verlassenen Inkafestung. Schweigend folgen wir ihm und lauschen seiner leisen Stimme, als er uns die Geschichte dieses Ortes erzählt. Sein Wissen über die Inkas und sein Respekt vor diesem Volk spiegeln sich in unzähligen Fakten, mit denen er uns unterhält.

Uns bleiben zwei Stunden in der Ruinenstadt, ehe wir wieder aufbrechen müssen. Nach einer Stunde fragt er uns, was wir gern tun würden. Alle finden, dass wir Fotos machen sollten, auf denen wir auf die Inkafestung blicken. Pepe führt uns die Stufen zur Hütte des Torwächters hinauf, wo wir die »klassischen Fotos« schießen können.

Zu diesem Zeitpunkt müssen May-Louise, die amerikanische Mutter, und ihre Tochter Reece schon dringend zur Toilette. Sie bitten Alec und mich, vor uns ihre Bilder machen zu dürfen. Also warten wir schließlich hinter ihnen und zwei weiteren Familien, die nicht zu unserer Gruppe gehören und uns davon überzeugen, auch vor uns ihre Fotos machen zu können.

Während ich warte, fahre ich mir mit gespreizten Fingern durchs Haar, um die Knoten zu lösen, die sich im heftigen Regen der Nacht und des Morgens gebildet haben.

Alec ergreift meine Hand, als ich sie wieder sinken lasse, und hält sie mit beiden Händen fest.

»Möchtest du dich irgendwo hinsetzen? Wir haben genug Bilder gemacht. Wir müssen nicht auch noch dieses Foto schießen.«

Bei jedem Schritt unserer Reise war Alec besorgt um mein Wohlbefinden, hat ständig nach Anzeichen geschaut, ob es mir vielleicht nicht gut gehen würde. Mit der tickenden Zeitbombe Chorea Huntington im Kopf ist das keine große Überraschung, aber ich wünschte, der Schatten, unter dem wir leben müssen, würde wenigstens für einen Tag mal verschwinden. Für einen perfekten Tag wie diesen.

Ich löse mich aus seinem Griff. »Natürlich machen wir dieses Bild noch. Ich habe Debs versprochen, dass ich ihr ein Foto von uns auf dem Gipfel schicken werde, und das werde ich auch tun.«

»Dann komm, wir sind als Nächstes dran.«

Wir reichen Pepe Alecs Handy und stellen uns ein Stück zur Seite, damit er den ganzen Ort und uns auf das Foto bekommt. Ich frage mich, ob er diesen Teil seines Jobs innerlich hasst. Wenn es für mich ein so geheiligter Ort wäre wie für Pepe, wäre ich wohl nicht damit einverstanden, dass er auf ein bloßes Bild auf einem iPhone reduziert wird.

»Drei, zwei, eins, lächeln!«

Alec sieht nicht in die Kamera. Stattdessen beugt er sich vor, um mir einen Kuss auf die Wange zu geben.

»Ah … die Turteltäubchen«, sagt Pepe. »Wunderschön.«

»Kein schlechtes Bild für die Flitterwochen«, flüstert Alec mir ins Ohr, ehe er weitergeht, damit das nächste Paar unseren Platz einnehmen kann.

Ich denke zurück an unsere kleine Hochzeitsfeier vor einem Monat. Wenn ich mich daran erinnere, sehe ich vor meinem geistigen Auge einen Kreis. Einen Kreis enger Freunde und Familie, der uns umgibt. Ich sehe die lächelnden Gesichter, und inmitten all dieser glücklichen Menschen Alec, mit dem breitesten Grinsen auf dem Gesicht. Meinen Ehemann.

»Einen Moment noch«, sage ich und ziehe ihn zurück.

»Wir sollten weitergehen.«

»Ich weiß.« Ich wende der Reihe von Touristen den Rücken zu und betrachte die Berge. »Ich möchte den Anblick noch etwas länger in mich aufnehmen.«

»Okay.«

Ganz still stehe ich da. Alec ist an meiner Seite. Wir wissen nicht, was uns als Nächstes erwartet, wenn Chorea Huntington in unser Leben tritt. Ich könnte so alt wie Mum werden, ehe sich die ersten Symptome zeigen, sodass uns noch viele Tage wie dieser bleiben. Oder es könnte schon früher beginnen. Sehr oft macht mir diese Vorstellung Angst. Sie macht uns beiden Angst.

Doch im Augenblick ist da nichts anderes außer mir und

Alec und den grünen Hängen der Anden, die sich vor uns erstrecken.

Ich wende mich von diesem Anblick ab und sehe Alec an. Im vergangenen Jahr haben sich einige neue Falten in sein Gesicht gegraben, und die ersten grauen Strähnen durchziehen das Schwarz seiner Haare. Ich stelle mich auf die Zehenspitzen, um ihn zu küssen.

»Machu Picchu haben wir damit erledigt.«

Er schließt die Augen – erschöpft, aber lächelnd. »Ja. Wir haben es geschafft, Jess.«

»Das haben wir. Und wohin jetzt?«

Danksagung

Zuallererst und vor allem geht ein riesiges Dankeschön an Rachel Neely. Danke für die Unterstützung und das Vorstellungsvermögen, die dabei geholfen haben, dass *Ein Monat und für immer* zu der Geschichte geworden ist, die Sie hier lesen konnten. Jeder Autor kann nur davon träumen, mit einer Redakteurin wie dir zusammenzuarbeiten!

Ich hatte sogar das Glück, nicht nur mit einer, sondern gleich mit zwei Redakteurinnen im Team arbeiten zu dürfen. Und beide haben ihre Zeit, ihre Kraft und ihr unermessliches Talent in die Arbeit an diesem Buch gesteckt.

Ich bedanke mich bei Katie Brown, weil sie von Anfang an für dieses Buch gebrannt und mir so viel wertvollen Input geliefert hat.

Mein Dank geht auch an das Team von *Trapeze*. Ich hätte mir für die Zusammenarbeit keine erfahreneren und tolleren Menschen wünschen können!

Dieses Buch begann im Zuge eines Wettbewerbs. Dank an *eHarmony* und *Trapeze*, die sich zusammengetan und 2018 den Wettbewerb *Schreib deine eigene Liebesgeschichte* ins Leben gerufen haben. Ohne diese Chance weiß ich nicht, ob ich überhaupt je den Mut aufgebracht hätte, diese Geschichte zu Papier zu bringen. Danke auch an die Jury, die daran geglaubt und mir einen Lebenstraum erfüllt hat.

Ganz herzlich bedanke ich mich auch bei der *Huntington's Disease Association*, die sich vor allem als ich begann, den Erzählstrang von Jess und Susan zu entwickeln, die Zeit genommen hat, um mir all meine Fragen zu beantworten.

Ein Buch zu schreiben, ist manchmal echt komisch. Man verbringt sehr viel Zeit allein vor dem Laptop. Ich hätte nie gedacht, dass ich durch meinen Laptop den Zugang zu der größten, lustigsten und hilfsbereitesten Gruppe von Schriftstellern finden könnte, die es gibt. Danke an alle, die zur *Virtual Writing Group* gehören. Eure Freundschaft, euer Rat und eure Unterstützung bedeuten mir unendlich viel, und ich bin auf ewig dankbar dafür.

Ein besonderer Dank auch an Jenny Ireland und Sally Beare, die die frühen Entwürfe gelesen und mir dabei geholfen haben, vor allem Alecs Figur weiterzuentwickeln.

Ich bedanke mich bei den Gruppen, zu denen zu gehören ich im Vorfeld der Veröffentlichung das Glück hatte – besonders *@DebutsUK2021* und *Debut 21.*

Ich kann mich glücklich schätzen, einige gute Freunde zu haben, die sich in den vergangenen Jahren einfach unglaublich toll verhalten und mir das Schreiben dieses Buchs zu einer wahren Freude gemacht haben. Danke, Gemma, Nat, Kathryn, Isla, Laura, Helen, Nic und natürlich Gill. Für eure Begeisterung und Unterstützung geht ein dickes Dankeschön an meine großartigen Freunde in Culcheth.

Ich bedanke mich bei meiner wundervollen Familie für die Ermutigung und dafür, dass ihr in mir den Glauben daran gestärkt habt, alles schaffen zu können, was ich mir in den Kopf setze. Ich erinnere mich daran, wie Dad alle zwei Wochen mit mir nach Bolton gefahren ist, um dort die neueste Ausgabe von *Point Horror* zu kaufen – meine Liebe zu Büchern hat zu Hause angefangen und hat mich hierhergeführt.

Und *last but not least* bedanke ich mich bei Mark, Max und Sophie – dieses Buch widme ich euch.